Weiße Weihnacht in Alaska

© Ralf Eyertt

Christopher Ross gilt als Meister des romantischen Abenteuerromans. Durch Bestseller wie *Hinter dem weißen Horizont*, *Mein Beschützer, der Wolf*, *Geliebter Husky* und die Romane der *Clarissa*-Saga wurde er einem breiten Publikum bekannt. Während zahlreicher Reisen und längerer Aufenthalte in Kanada und Alaska entdeckte er seine Vorliebe für diese Länder, die bevorzugten Schauplätze seiner Romane.

Mehr über den Autor: www.christopherross.de
www.facebook.com/christopher.ross.autor

Christopher Ross

Weiße Weihnacht in Alaska

Roman

Weltbild

Besuchen Sie uns im Internet:
www.weltbild.de

Copyright der Originalausgabe © 2022 by Weltbild GmbH & Co. KG,
Ohmstraße 8a, 86199 Augsburg
Projektleitung: usb bücherbüro, Friedberg/Bay.
Redaktion: Ingola Lammers
Umschlaggestaltung: www.buerosued.de
Umschlagmotiv: gettyimages / Tom Merton
Satz: Datagroup int. SRL, Timisoara
Druck und Bindung: CPI Moravia Books s.r.o., Pohorelice
Printed in the EU
ISBN 978-3-96377-690-8

1

Michelle zog ihren Verlobungsring vom Finger und betrachtete ihn nachdenklich. Seitdem sich Paul um das Bürgermeisteramt von Petaluma bewarb, war nichts in ihrer Beziehung mehr so, wie es noch vor einigen Wochen gewesen war. Nicht einmal der Weihnachtsmann, der seit Thanksgiving vor der Boutique gegenüber um Kunden warb, hatte ihr helfen können. Sein »Ho, ho, ho! Herzlichen Glückwunsch zur Verlobung!« klang im Nachhinein wie Hohn.

Michelle wohnte in einem Apartment in Midtown. Der Fernseher in ihrem Wohnzimmer lief, als sie sich mit einem Latte Macchiato auf die Couch setzte und den Lokalsender einschaltete, der Pauls Rede vor den Mitgliedern des Petaluma Golf & Country Club übertrug. Er wusste sich zu präsentieren, das musste ihm der Neid lassen. Seine Stimme klang fest und selbstbewusst, wie man es sich von einem Politiker wünschte, und er vertrat einige Ansichten, denen auch Michelle zustimmen konnte. Vor allem für eine bessere Politik für Kinder und Jugendliche wolle er sich einsetzen, in sie müsse man investieren, wenn man Petaluma voranbringen wolle. Bessere Schulen, mehr Kindergärten, fantasievollere Spielplätze, Hilfsprogramme für bedürftige Familien. Im selben Atemzug warb er jedoch dafür, Sexualkunde in den Schulen zu verbieten und Bücher über Rassismus und Homosexuelle aus der Bibliothek zu verbannen.

Carolyn Foley, seine Widersacherin, gab sich wesentlich liberaler, war aber nicht so redegewandt wie er und lag jetzt schon hoffnungslos in den Umfragen zurück. Nur Michelle wusste, dass es Paul vollkommen egal war, ob Sexualkunde unterrichtet wurde und wie die Schulbibliotheken bestückt waren, ihm ging es nur darum, zum Bürgermeister gewählt zu werden; er war ein Opportunist, wie er im Buche stand, ein Politiker, der seine Fahne in den Wind hängte. Leider hatte sie seinen wahren Charakter erst erkannt, nachdem er seine Kandidatur bekannt gegeben hatte. Zu spät, um noch einen Rückzieher zu machen.

Oder doch nicht?

Pauls Heiratsantrag war aus heiterem Himmel gekommen. Schon drei Wochen, nachdem sie sich auf einem Schulfest begegnet waren, hatte er sie in ein exklusives Restaurant im nahen San Francisco eingeladen und das samtüberzogene Etui mit dem Verlobungsring neben ihren Teller gelegt. Kein Kniefall, keine blumigen Worte, nur das selbstsichere Lächeln eines Mannes, der es gewohnt war, von seinen Verehrerinnen respektiert und geliebt zu werden.

Als er ihr Zögern bemerkte, verdüsterte sich seine Miene. »Gefällt dir der Ring nicht?« Er trug Jeans, Poloshirt und weiße Sneakers, wahrscheinlich, um jünger zu wirken, sah mit seinen nach hinten gekämmten Haaren und dem künstlich gebräunten Gesicht aber älter aus. »Wenn du willst, kannst du dir gern einen anderen aussuchen, aber einen größeren Diamanten gibt es kaum.«

Sie wagte nicht, ihm in die Augen zu blicken. »Er ist wunderschön, Paul, und ich bin dir sehr dankbar, ein wunderschöner Ring, aber wenn ... wenn das bedeuten soll ... ich meine, wir kennen uns gerade mal drei Wochen. Sollten wir uns nicht etwas besser kennenlernen, bevor wir so einen großen Schritt tun?«

»Ohne Ring kämen wir schnell ins Gerede«, sagte er. Ihm war anzusehen, dass er nicht mit ihrem Zaudern gerechnet hatte. »Bei einer Wahl sehen die Leute genau hin, auch wenn es nur um das Bürgermeisteramt geht. Sie erwarten geordnete Verhältnisse bei einem Kandidaten, nur dann vertrauen sie ihm.«

Sie hob den Kopf und blickte ihn an. »Mit Liebe hat das nichts zu tun? Du willst dich mit mir verloben, damit du in der Öffentlichkeit besser dastehst?«

»Du weißt doch, dass ich dich liebe«, sagte er mit leichter Ungeduld in der Stimme. »Früher oder später hätte ich dir sowieso einen Antrag gemacht. Aber ich stehe nun mal in der Öffentlichkeit, seit ich meine Kandidatur bekannt gegeben habe, und muss auch andere Aspekte in Betracht ziehen. Eine Wahl gewinnt man nicht nebenbei.«

»Du hättest mich wenigstens fragen können.«

Paul nahm ihren Einwand nicht ernst; er beruhigte sie mit dem milden Lächeln, das er auch für seine politischen Gegner bereithielt. »Du liebst mich doch auch, Michelle. Es kommt auch dir zugute, wenn wir unsere Beziehung mit einem Ring dokumentieren und die Leute dich als ehrbare Frau anerkennen.«

»Und ehrbar ist man als Frau nur mit einem Ring am Finger?«

»Du weißt doch, wie ich das meine.«

Sie wusste natürlich, in welcher Klemme er sich befand. Petaluma war eine Kleinstadt, in der man sich moralisch keine Blöße geben durfte, wenn man ein öffentliches Amt bekleiden wollte. Ein lockerer Lebenswandel würde die Wahl negativ beeinflussen, wer sonntags die Kirche schwänzte, rauchte, kiffte oder übermäßig Alkohol trank oder sich gar mit wechselnden Partnerinnen in der Öffentlichkeit sehen ließ, ging ein unnötiges Risiko ein. Eine Verlobte oder besser noch Ehefrau erhöhte die Chancen um ein Vielfaches. Umso ansehnlicher und sympathischer diese Frau war, desto größer seine Chancen, die Wahl zu gewinnen.

Doch die Opfer, die sie dafür bringen musste, waren ihr zu groß. Sie gehörte nicht zu den Frauen, die vor ihrem Mann in die Knie gingen und ihre eigene Karriere für eine Statistenrolle als »First Lady« opferten. Charity war ihr nicht genug, sie hatte sich als Immobilienmaklerin einen Namen gemacht und dachte nicht daran, stattdessen nur noch die hübsche Gattin zu spielen und in Kameras zu lächeln. Er hatte ihr erst einen Tag vor seiner Kandidatur verraten, dass er sich um das Bürgermeisteramt bewerben würde, und konnte nicht erwarten, dass sie ihre Arbeit aufgab, um ihm bei seinem politischen Aufstieg zu unterstützen.

Sobald wie möglich würde sie mit ihm darüber sprechen, vielleicht schon an diesem Abend, wenn sie sich nach seinem Auftritt im Petaluma Golf & Country Club zum Essen im Steakhaus trafen. Sie versuchte ehrlich zu sich selbst zu sein. Vielleicht liebte sie ihn nicht genug, vielleicht hatte sie ihn nie geliebt und war nur zu bequem gewesen, ihm die Wahrheit zu sagen und die Beziehung zu beenden. Sie war es ihnen beiden schuldig, ihm endlich reinen Wein einzuschenken.

Für ihre Verabredung zog sie den weinroten Hosenanzug, eine weiße Bluse und cremefarbene High Heels an. Ihre blonden Naturlocken fielen bis auf die Schultern und verliehen ihr ein jugendliches und frisches Aussehen, das nicht nur Männer beeindruckte. Ihr Make-up war dezent, auch beim Schmuck hielt sie sich zurück. Der etwas protzige Verlobungsring war ihr schon unangenehm genug.

Sie wollte gerade ihre Wohnung verlassen, als ihr Handy klingelte. »Mrs Cook? Herbert Wheeler hier. Meine Frau und ich interessieren uns für die Villa am Dublin Court. Hätten Sie vielleicht Zeit, uns das Haus zu zeigen? Wir sind leider nur noch heute in Petaluma und zufällig auf Ihre Anzeige gestoßen.«

»Sie sind nicht von hier?«

»San Diego ... wir haben unseren Sohn besucht.«

Die Villa war für stattliche 1,8 Millionen Dollar inseriert. Der Verkauf wäre ihr bester Deal in diesem Jahr und würde eine stattliche Provision einbringen. Der älteren Dame, der es gehörte, war jeder Käufer recht, solange er mindestens eine Million Dollar zahlte. Sie brauchte dringend Bargeld. »Ich könnte in einer Viertelstunde bei Ihnen sein, Mister Wheeler. Einverstanden?«

»Natürlich ... wir warten auf Sie.«

Michelle war froh, bereits angezogen zu sein, und griff nach ihrem Mantel und ihrer Umhängetasche. In ihrem Sportwagen textete sie an Paul, dass sie sich aus geschäftlichen Gründen etwas verspäten würde, und fuhr aus der Parkgarage.

Die Villa lag im äußersten Südwesten der Stadt an einem Park. Die Wheelers stiegen aus ihrem Cadillac und begrüßten sie. Man sah ihnen an, dass sie Geld hatten. Die Halskette von Mrs Wheeler war sicher ein Vermögen wert. »Danke, dass Sie eine Ausnahme für uns machen, Mrs Cook.«

»Michelle ... unsere Besichtigungszeiten sind nicht in Stein gemeißelt.«

Michelle war eine gute Maklerin, fand genau den richtigen Ton für ihre Kunden und verstand es, die Vorzüge einer Immobilie ins rechte Licht zu rücken. Bei dieser Villa brauchte sie nicht zu übertreiben. Sie bot alle Vorzüge eines luxuriösen Heims, wie es Kunden wie die Wheelers bevorzugten, viel Platz, exquisite Bäder, eine große Terrasse und eine Garage für zwei Wagen.

Die Wheelers nahmen sich viel Zeit für den Rundgang, und Michelle war ständig versucht, auf die Uhr zu blicken, durfte mögliche Käufer wie sie aber auf keinen Fall drängen. Und ihre Geduld wurde belohnt: Nach einer Stunde besprach sich Wheeler kurz mit seiner Frau und sagte: »Das Haus entspricht genau unseren Vorstellungen. Wir würden aber gern noch eine Nacht darüber schlafen und uns morgen früh bei Ihnen melden. Sie können aber davon ausgehen, dass wir es kaufen werden.« Kein Feilschen um den Kaufpreis, keine Änderungswünsche, kein unnötiges Gerede. Solche Kunden waren äußerst selten.

Nachdem sie die weitere Vorgehensweise besprochen hatten, verabschiedete sie sich und fuhr in die Stadt zurück. In der letzten Stunde waren zahlreiche Textnachrichten von Paul eingegangen, die sie alle ignoriert hatte und auch jetzt nicht lesen wollte. Mit über einer Stunde Verspätung erreichte sie das Steaklokal, stellte ihren Sportwagen auf den Parkplatz und betrat das Lokal.

Paul saß an dem Tisch, den der Besitzer für prominente Gäste reserviert hatte. Dort war er einigermaßen sicher vor neugierigen Blicken, die er seit seiner Kandidatur fast überall in der Stadt auf sich zog, und behielt den Eingang im Auge. Als er Michelle erblickte, winkte er sie heran, und sie sah ihm schon von Weitem seine Verärgerung an. Er trug einen dreiteiligen Anzug mit roter Seidenkrawatte, sein Standard-Outfit für öffentliche Auftritte, und hatte ein Glas Rotwein vor sich stehen. »Wo bleibst du denn so lange?«, fragte er mit einem leichten Vorwurf in der Stimme. »Ich hatte schon Angst, dir wäre was passiert.«

Sie begrüßte ihn mit einem Wangenkuss. »Tut mir leid, ich hatte noch einen Anruf und musste einem Ehepaar die Villa am Park zeigen. Sie hatten leider nur noch heute Abend Zeit. Bei so einem Projekt konnte ich nicht Nein sagen.« Sie hängte ihre Tasche und den Mantel über den Nachbarstuhl und setzte sich.

»Und da konnte keine Kollegin einspringen?«

»Die Villa steht auf meiner Liste, oder soll ich mir eine so fette Provision durch die Lappen gehen lassen? Hast du meine Nachricht nicht bekommen?«

»Da stand, dass du dich etwas verspäten würdest.« Er betonte »etwas«.

»Tut mir leid. Hast du schon gegessen?«

»Ich habe auf dich gewartet … wie es sich gehört.«

Sie bestellten Steaks mit gebackenen Kartoffeln und stießen mit Rotwein an. Paul war noch immer verärgert. Er behielt gern die Kontrolle über alles, was um ihn herum geschah, auch über sie. Er hätte sie wohl am liebsten als Marionette gesehen, die man in jede gewünschte Richtung steuern konnte. Keine gute Idee, mit ihm in dieser Stimmung über ihre Beziehung zu diskutieren.

Doch Paul ließ ihr keine Wahl. Er schien nicht einmal zu ahnen, welche Gedanken ihr durch den Kopf gingen, hatte ihre Reaktion auf seinen Antrag und den Ring anscheinend längst vergessen und legte ihr versöhnlich eine Hand auf den Unterarm. »Du siehst wunderbar aus«, überraschte er sie mit einem seiner seltenen Komplimente, ein Zeichen dafür, dass er etwas Besonderes im Schilde führte. Das tat er immer, wenn seine Stimme diesen Klang hatte.

Sie blickte ihn verwundert an. »Du bist mir nicht mehr böse?«

»Wie könnte ich?«, erwiderte er. »Welcher Mann könnte einer so schönen Frau wie dir schon böse sein.« Er fuhr mit dem Daumen über ihren Verlobungsring und verstärkte sein Lächeln. »Ich hab eine große Überraschung für dich.«

Sie zog die Augenbrauen hoch. »Mein Geburtstag ist im April.«

»Ein Geschenk für uns beide.« Er zog sein Handy aus der Jackentasche, blätterte darauf herum und zeigte ihr mehrere Fotos einer luxuriösen Wohnung im Südwesten der Stadt. Die Greenwood Apartments, erkannte sie sofort, die Heimat der Reichen und Schönen, leider bei der Konkurrenz unter Vertrag.

Sie kapierte nicht gleich. »Suchst du eine Wohnung?«

»Ich hab sie schon gefunden.« Er hatte seine Zähne wie ein Hollywoodstar bleachen lassen, immerhin war seine Mitbewerberin für das Bürgermeisteramt eine attraktive Frau, der man auch optisch Paroli bieten musste. Michelle irritierte das viel zu strahlende Weiß. »Eine Traumwohnung. Na, was sagst du?«

»Du meinst doch nicht …«

»Wir könnten in einer Woche einziehen, Michelle. Die Küche ist voll eingerichtet, und ich habe sogar schon die Möbel bestellt. Vielleicht findet sich ein Mieter für deine Wohnung, der deine Möbel übernimmt. Als Maklerin hast du es sicher nicht schwer, sie weiterzuvermieten.« Er war Feuer und Flamme. »Wenn du willst, fahren wir gleich mal vorbei. Ich hab die Schlüssel.«

»Wie kommst du darauf, dass ich mit dir zusammenziehen will?«

»Aber der Wunsch ist doch ganz natürlich, wenn sich zwei Menschen lieben. Sie heiraten, ziehen zusammen und gründen eine Familie. Du wünschst dir doch sicher auch Kinder. Du könntest endlich deine Arbeit aufgeben …«

»Langsam, Paul, langsam!« Sie wirkte irritiert, war ein solches Tempo nicht gewöhnt, vor allem, wenn ihre Ansichten von einer glücklichen Beziehung so grundverschieden waren wie bei ihnen. »Ich habe nicht die Absicht, nach wenigen Wochen mit dir zusammenzuziehen, und wenn es so wäre, würde ich mir wünschen, dass du mich nicht vor vollendete Tatsachen stellst. Ich möchte bei der Wohnungssuche dabei sein und mitentscheiden, welche Möbel wir kaufen und was sonst noch zu tun ist. Und ich habe dir schon bei unserer Verlobung gesagt, dass ich meinen Beruf auf keinen Fall aufgeben werde, zumindest nicht in absehbarer Zeit. Tut mir leid, Paul, aber mir gefällt nicht, was du von mir in unserer Beziehung erwartest. Ich bin kein naives Püppchen, das sich für öffentliche Auftritte herausputzt und dir hilft, eine Wahl zu gewinnen.«

»Aber das sagt doch niemand«, erwiderte er. Er war eher verwundert als gekränkt, schien gar nicht zu verstehen, was sie ihm mitzuteilen versuchte. »Die Wohnung gefällt dir bestimmt, und wenn dir das eine oder andere Möbelstück nicht zusagt, können wir es immer noch umtauschen. Ich habe nur an dich gedacht, als ich den Kaufvertrag unterschrieben habe, Michelle. Die Öffentlichkeit hat Notiz von dir genommen. Auch wenn du vielleicht anders denkst, würde man nicht verstehen, dass wir die Heirat so lange hinausschieben und nicht zusammen wohnen. Die Leute sind konservativer, als du denkst.« Er versuchte, sie mit seinem Lächeln umzustimmen. »Warum heiraten wir nicht noch vor Weihnachten? Es ist nicht mehr lange hin bis zur Bürgermeisterwahl …«

»Ich kann es nicht mehr hören«, ging sie dazwischen, wohl wissend, dass sie lauter sprach, als es in dem vornehmen Lokal angebracht war. »Immer geht es nur um dich, dich und noch mal dich! Ich werde überhaupt nicht gefragt. So geht das nicht, Paul! Tut mir leid, aber ich hatte mir unsere Beziehung anders vorgestellt.«

Gegen ihren Willen, weil sie eigentlich nicht für dramatische Auftritte zu haben war, stand sie auf, griff nach Mantel und Tasche und verließ das Lokal. Die Abendluft fühlte sich gut an, beruhigte sie aber kaum. Mit energischen Schritten lief sie zu ihrem Wagen. Als sie sich umdrehte und Paul aus dem Lokal kommen sah, begann sie zu rennen, stolperte im Kies auf dem Parkplatz und verlor einen Absatz. Fluchend hielt sie sich an einem Wagen fest.

»Michelle! Was soll das?«, hörte sie Paul sagen. Er war mit ein paar Schritten bei ihr und stützte sie. »Wir können doch in Ruhe über alles reden. Vielleicht war ich etwas zu voreilig und habe bei meinen Entscheidungen zu wenig an dich gedacht, aber ich war der Meinung, es wäre alles okay zwischen uns.«

»Das ist es aber nicht, Paul. Du brauchst eine First Lady, die repräsentieren kann, sich bei Charity-Aktionen engagiert und die Leute mit ihrem guten Aussehen und ihrem Lächeln verzaubert, keine Frau wie mich, die kein Talent für so was hat und auf eigenen Füßen stehen will.« Sie hob den abgebrochenen Absatz auf und verstaute ihn in ihrer Handtasche. »Tut mir leid, ich wollte dich eben nicht blamieren, aber es sieht so aus, als wären wir nicht füreinander geschaffen.«

»Das meinst du doch nicht wirklich.«

»Doch, Paul. Tut mir ehrlich leid.«

»Du bist aufgebracht, Michelle.«

Sie humpelte zum Wagen, öffnete die Tür und drehte sich noch einmal um. »So klappt das nicht mit uns, Paul. Es ist nicht nur wegen der Wohnung und der Hochzeit, ich hab schon seit Längerem den Eindruck, dass wir nicht zusammenpassen. Ich hätte den Verlobungsring gar nicht annehmen sollen.« Sie zog ihn vom Finger und reichte ihn ihm. »Wir haben uns nichts vorzuwerfen, Paul. Wir haben beide unser Bestes gegeben, doch leider war das nicht genug für eine dauerhafte Beziehung. Ich wünsche dir alles Gute für die Wahl. Du gewinnst, da bin ich ganz sicher.« Sie stieg in den Wagen und zog die Tür zu.

Sie vermied es, in den Rückspiegel zu blicken, als sie vom Parkplatz fuhr, und schämte sich ein wenig, auf diese theatralische Weise mit ihm Schluss gemacht zu haben. Doch wie hätte sie es sonst anstellen sollen? In einem offenen Gespräch auf dem heimischen Sofa? Dort wäre es nur zu unschönen Szenen gekommen. Per E-Mail oder SMS? So etwas hätte sie nicht einmal auf der Highschool fertiggebracht. Nicht ihr Stil. Während eines gemeinsamen Spaziergangs an einem der Seen? Vielleicht, aber jetzt war es schon vorbei, und sie fühlte sich ohne den Verlobungsring wesentlich freier und beschwingter.

Paul war ein Fehler gewesen. Er hatte ihr mit seinem gepflegten Aussehen und seinen modischen Anzügen imponiert, ein Gentleman der alten Schule, hatte sie gedacht, der noch wusste, wie man sich einer Dame gegenüber benahm, und nicht gleich den Macho herauskehrte. Als ihr aufgefallen war, dass auch er nur an sich dachte und sie als schmückendes Beiwerk für seinen Wahlkampf und seine Karriere betrachtete, war es zu spät gewesen. Ihr Fehler, dass sie nicht davongerannt war, als er ihr den Antrag gemacht und den sündhaft teuren Ring an den Finger gesteckt hatte. Sie war sicher, dass er nach einiger Zeit wie sie denken und sich neuen Jagdgründen zuwenden würde.

Als sie in ihre Parkgarage fahren wollte, blockierte ein angetrunkener Weihnachtsmann die Einfahrt. »Ho, ho, ho!«, lallte er. »Sind Sie ein Engel?«

»Heute nicht«, antwortete sie durch das offene Fenster.

»Das ... hicks ... das ist aber schade!«

Sie wartete, bis er die Einfahrt freigemacht hatte, und fuhr in die Garage hinab. Auch dort wartete ein Weihnachtsmann, jünger als der vor der Einfahrt und mit einem spärlich bekleideten Rauschgoldengel in eindeutiger Pose.

Höchste Zeit, dass ich ins Bett komme, dachte sie.

2

Am nächsten Morgen wurde Michelle mit einer neuen Version von »Jingle Bells« geweckt. Sie griff blind nach dem Radiowecker und schaltete ihn aus, drehte sich auf die andere Seite und verbarg ihren Kopf im Kissen. Sie hatte in der ständigen Angst geschlafen, Paul könnte anrufen oder sie mitten in der Nacht aus dem Bett klingeln und sie bitten, den Verlobungsring zurückzunehmen, und selbst jetzt ging ihr Blick zu Handy und Haustür, weil Paul nicht der Typ war, der eine solche Niederlage auf sich beruhen ließ. Sie war selbst überrascht, wie konsequent und entschlossen sie ihm gegenüber aufgetreten war.

Sie ging ins Bad und stellte sich unter die heiße Dusche. Ohne den Verlobungsring fühlte sie sich besser, wie von einer schweren Last befreit, die sie daran gehindert hatte, auf ihrem eigenen Weg zu bleiben. Sie mochte Paul noch immer, er war ein Mann, um den sie sicher zahlreiche Frauen beneidet hatten. War sie anders als diese Frauen? Sie war keine geborene Hausfrau, konnte nicht mal richtig kochen, hielt sich aber auch nicht für eine gefühllose Karrierefrau, die sich einbildete, auf einen Partner verzichten zu können. Jeder Mensch sehnte sich doch nach Zweisamkeit, aber der Richtige musste es sein!

Nach dem Frühstuck setzte sich Michelle an den Computer und erledigte einige Routinearbeiten. Sie arbeitete meist von zu Hause aus, wenn sie nicht mit möglichen Kunden unterwegs war, ließ sich aber mindestens einmal in der Woche im Büro der Immobilienfirma sehen, für die sie arbeitete. Jedes Mal, wenn ihr Telefon klingelte, befürchtete sie, dass Paul anrief, aber er hielt sich zurück, und sie wurde allmählich ruhiger. Sie hatte ihr altes Leben zurück, würde aber sicher noch einige Zeit brauchen, um sich daran zu gewöhnen. Wie eine Tochter, die ihrem strengen Vater entkommen war und auf eigenen Beinen stand. Manchmal hatte sie sich bei Paul tatsächlich wie eine Tochter gefühlt.

Am Nachmittag meldete sich Herbert Wheeler, der Anruf, auf den sie wirklich gewartet hatte. Er teilte ihr mit, dass er das Haus kaufen würde, und bat sie, ihm den Kaufvertrag zuzuschicken. »Sobald ihn unser Anwalt abgesegnet hat, fliegen wir nach Petaluma und machen alles offiziell. Einverstanden?«

Natürlich war sie einverstanden. Der Deal war ihr größter Erfolg in ihrer bisherigen Karriere und würde ihr einen fetten Bonus bringen, der für mehrere Monate ausreichen würde. Leider wurde ihr Hochgefühl durch die Auflösung ihrer Verlobung getrübt, die Paul auf seiner Website herunterspielte und auf ihren »beruflichen Ehrgeiz« schob, der es nicht zugelassen hätte, sich »in den Dienst der Stadt« und einer »höheren Aufgabe« zu stellen. Ihr erster Impuls war, mit einem Kommentar zurückzuschießen, doch sie hielt sich zurück. Wozu einen Rosenkrieg starten, wenn ihre Beziehung sowieso schon zu Ende war?

Zumindest unterließ es Paul, mit einem Rosenstrauß vor ihrer Wohnung aufzutauchen und sie um Verzeihung zu bitten. Er ahnte wohl, dass sie den Verlobungsring und ihre Entscheidung nicht zurücknehmen würde. Oder war ihm ein paar Tage später bereits bewusst, dass er damit sowieso nichts erreichen würde? Denn einen Tag, nachdem die Wheelers den Kaufvertrag unterschrieben hatten, rief ihre Freundin Alice an und rief: »*Today in the Bay*! Schnell!«

So hieß die tägliche Nachrichtensendung auf NBC. Sie war gerade aus dem Bad gekommen und schaltete den Fernseher ein. Archivaufnahmen von Paul und ihr, wie sie zusammen bei der Einweihung einer neuen Grundschule gewesen waren, einer ihrer wenigen Auftritte vor Kameras. »... musste Paul Bradley, einer der beiden Kandidaten für das Bürgermeisteramt in Petaluma, inzwischen zugeben, seine Verlobte Michelle Cook mit einer achtzehnjährigen Praktikantin betrogen zu haben.« Eine attraktive junge Frau, eigentlich noch ein Mädchen mit langen blonden Haaren, erschien im Bild. »Erst heute wurde bekannt, dass Ella Roderick schwanger von ihm wurde und sich einer von ihm bezahlten Abtreibung unterzog. Außerdem zahlte ihr Bradley ein fünfstelliges Schweigegeld.« Die Kamera zeigte ein Ehepaar um die Vierzig vor ihrem Wohnwagen in einem Trailer Park. »Tom und Sarah Roderick, Eltern« stand unter den laufenden Bildern. »Wir hatten keine Ahnung«, jammerte die Frau unter Tränen. »Und von dem Geld hat sie uns auch nichts verraten.« Die Reporterin wandte sich an die Zuseher. »Mit dem Rücktritt von Paul Bradley als Bürgermeisterkandidat wird heute Nachmittag gerechnet. Er selbst war nicht zu einem Kommentar bereit.«

Michelle schaltete den Fernseher aus und starrte auf den leeren Bildschirm. Es dauerte einige Zeit, bis ihr die volle Bedeutung des Berichts klar wurde. Paul hatte sie betrogen. Schlimmer noch, er hatte sich an einer blutjungen Mitarbeiterin vergangen, sie für eine Abtreibung bezahlt und ihr Schweigen mit einer fünfstelligen Summe erkauft! Nur zögernd realisierte sie die bitteren Tatsachen.

Ihr Handy klingelte. Da sie glaubte, dass Alice zurückrief, ging sie dran.

»Michelle ... ich ...«

»Paul?«

Er klang weinerlich. »Tut mir leid, dass ich dich belogen habe. Ich wollte das alles nicht. Wir waren betrunken, und es ist einfach passiert. Es hatte nichts mit uns zu tun. Ich wollte dich nicht betrügen. Wir waren doch ein perfektes Paar, Michelle. Und wenn Ella ... dieses dumme Ding den Mund gehalten hätte ...«

»Warum rufst du an, Paul? Soll ich dir die Absolution erteilen?«

Er hörte gar nicht zu, es ging ihm anscheinend nur darum, sich auszuweinen. »Ich hab sie nicht vergewaltigt, Michelle. Sie hat sich an mich rangemacht. Ich wette, sie hatte es schon damals auf das Schweigegeld abgesehen. Sie sah älter aus, viel älter, und hat mir verschwiegen, dass sie die Pille nicht verträgt. Sie hat mich verführt. Wenn ich nicht so betrunken gewesen wäre, hätte ich mich niemals mit ihr eingelassen. Das musst du mir glauben, Michelle, bitte!«

»Mir bist du keine Rechenschaft mehr schuldig«, sagte sie kühl.

Er weinte ungeniert. »Ich bin geliefert, Michelle!«

»Hast du mit ihr geschlafen? Die Abtreibung bezahlt? Ihr was weiß ich wie viele tausend Dollar gezahlt, damit sie dich nicht an die Medien verrät?«

»Ich sage dir doch … es ist einfach passiert.«

»Leb wohl, Paul. Ich kann nichts für dich tun.«

»Aber …«

Sie legte auf und wollte das Handy schon weglegen, als es erneut klingelte. Diesmal blickte sie aufs Display. »Alice? Wahnsinn! Können wir uns sehen?«

»Zum Lunch? In meinem Büro? Ich bestelle uns Pizza.«

»Frutti di Mare.«

»Geht klar … und ich bringe eine Flasche von dem guten Rotwein mit.«

»Rotwein? Mittags?«

Alice war Inhaberin eines Reisebüros und konnte sich eine verlängerte Mittagspause und ein Glas Rotwein erlauben. Ihre Angestellten, zwei junge Frauen mit entsprechender Ausbildung, würden auch allein mit den Kunden fertig. Das Büro lag an einer belebten Straße in der Innenstadt, und es gab glücklicherweise einen Innenhof, in dem Michelle ihren Sportwagen parken konnte.

Ihre Freundin war zwei Jahre älter als sie, sehr sportlich, und wirkte mit ihrer modernen Kurzhaarfrisur und ihrem leicht spöttischen Lächeln immer ein wenig wie ein Kobold. Sie trug ein beiges Kostüm, Schuhe im gleichen Farbton und eine Strickjacke, die bis über ihre Hüften reichte.

»Hey«, grüßte sie, »in der Küche, okay?«

In der Wohnküche duftete es bereits nach Pizza. Sie stießen mit dem Wein an und aßen eine Weile, bevor Alice sagte: »Krasse Sache! Und ich hab Paul immer für einen dieser geschniegelten Politiker gehalten, die nur ihre Karriere im Blick haben. Hab ich dir nicht gesagt, dass er nichts für dich ist?«

»Du hast gesagt, er wäre ein langweiliger Vogel«, erwiderte Michelle. »Aber du hattest recht. Er war nicht der Richtige.« Sie brachte Alice auf den neuesten Stand, erzählte ihr, dass sie Paul schon den Verlobungsring zurückgegeben hatte, bevor der Bericht im Fernsehen kam. »Paul hat mich vorhin angerufen.«

»Paul? Nach dem Bericht im Fernsehen? Na, der hat Nerven!«

»Ich habe kein Mitleid mit ihm. Selbst wenn er diese Ella nicht geschwängert hätte, wäre er bei mir unten durch. Mich zum Repräsentieren aufhübschen und zu den Empfängen mitnehmen und heimlich mit jungen Dingern rummachen, so haben wir nicht gewettet.« Sie biss in ihre Pizza und kaute eine Weile. »Was soll's, Alice? Er war der Falsche. Ich hab mal wieder danebengelangt.«

»Jetzt hättest du dir eigentlich einen Urlaub verdient.«

»Daran hab ich auch schon gedacht«, sagte Michelle, »solange es keine Kreuzfahrt ist. Ich werde schon auf der Fähre seekrank. Vielleicht beim Weihnachtsmann am Nordpol. Obwohl ... von Männern hab ich erst mal genug.«

»Hawaii? Tahiti? Bora-Bora?«

»Könnte ich mir sogar leisten.« Sie berichtete vom Verkauf der teuren Villa und lachte. »Stell dir vor, sie wollten nicht mal handeln. Ein vorgezogenes Weihnachtsgeschenk.« Sie trank einen Schluck. »Warum hast du eigentlich keinen Weihnachtsmann vor deinem Reisebüro postiert? Lohnt sich nicht?«

»Ich hatte einen … letzte Woche. Er war ständig betrunken.«

»Die ich getroffen habe, waren auch alle daneben.«

»Ich hab tolle Weihnachtsreisen im Programm«, sagte Alice. »Schneewanderung in den Rocky Mountains, Christmas Shopping in New York, weihnachtliche Kreuzfahrt in der Karibik, festliche Weihnachten in Disneyworld, dem Winter entfliehen, nach Südafrika, Hawaii, Tahiti … alles, was du willst.«

»Nichts für mich … vielleicht bleibe ich doch zu Hause.«

»Ganz allein? Bei deinen Eltern? Bei deiner Tante Agatha?«

Michelle schüttelte den Kopf. »Allein vor dem Fernseher? Bei dem Weihnachtsprogramm? Meine Eltern arbeiten im Krankenhaus. Die sind mit ihrem Beruf verheiratet und arbeiten lieber durch. Und Tante Agatha geht auf die Hundert zu, hält mich für ihre missratene Schwester und beschimpft mich ständig. Und du fliegst nach L.A. und feierst mit deinem verrückten Bruder.«

»Scotty und ich würden uns freuen, wenn du kämst.«

»Nein, du hast schon recht. Nach der Pleite mit Paul sollte ich Weihnachten irgendwo anders verbringen und mich ablenken. Wenn ich hierbleibe, kommt er noch auf die Idee, an meine Tür zu klopfen und um Vergebung zu bitten.«

Alice warf die Pappschachtel in den Abfalleimer. »Ich weiß, wo der richtige Weihnachtsmann wohnt«, sagte sie, während sie sich die Hände wusch.

»Am Nordpol, das weiß doch jeder. Soll ich da Urlaub machen?«

»Warum nicht?«, antwortete Alice grinsend. »Natürlich nicht am richtigen Nordpol, da wär's ein bisschen arg frostig. Komm mit, dann zeig ich's dir!«

Sie trugen ihre Gläser ins Büro, und Michelle setzte sich vor Alices Schreibtisch auf den Besucherstuhl. Alice drehte den Monitor ihres Computers so, dass beide etwas sehen konnten. Sie rief die Website des Santa Claus House in North Pole auf und vergrößerte ein Foto mit einem verschachtelten Gebäude und der dreidimensionalen Statue des Weihnachtsmannes. »Voilà ... North Pole, eine kleine Stadt in Alaska, nur ein paar Meilen von Fairbanks entfernt. Dort ist der Weihnachtsmann das ganze Jahr aktiv. Und in dem riesigen Christmas Shop, der ebenfalls das ganze Jahr geöffnet hat, kannst du dich mit dem echten Santa Claus fotografieren lassen. Da kommst du garantiert in Weihnachtsstimmung.«

»Ich soll beim Weihnachtsmann übernachten?«

»Nein, der Besuch beim Weihnachtsmann wäre ein Tagesausflug. Wenn ich du wäre, würde ich zwei oder drei Wochen in der Denali Mountain Lodge buchen. Die liegt in der Nähe des Denali National Parks und gehört zum Besten, was die Gegend zu bieten hat. Die Lodge gehört einem Mann namens John T. Walker und seiner Frau Susan. Am besten spiele ich dir das Video mit den beiden vor.«

Sie klickte den entsprechenden Button an, und die beiden Lodge-Besitzer erschienen im Bild. Er ein sportlicher Typ mit dunklen Haaren und Drei-Tage-Bart, sie ebenfalls sportlich mit wenig Make-up, blauen Augen und Pferdeschwanz. Ein sympathisches Paar, beide in Jeans, Pullovern und Stiefeln.

»Ich bin Johnny Walker«, begann er, »und damit Sie's gleich wissen: Ich mag keinen Whiskey.« Sie saßen auf einer Bank, an der Wand hinter ihnen hing ein Gemälde, das einen schneebedeckten Berg zeigte. »Ich habe etliche Jahre als Biologe für die University of Alaska gearbeitet und bin auf Wölfe spezialisiert. Keine Angst, die sind nicht so böse, wie in manchen Filmen und Büchern behauptet wird. Einige Jahre war ich als Fallensteller in den Bergen unterwegs und kenne die Wildnis wie meine Westentasche. Der Berg hinter mir ist übrigens der Mount Denali, der höchste Berg der Vereinigten Staaten.«

»Und ich bin Susan Walker. Ich bin in Fairbanks aufgewachsen und habe meinen Eltern bei der Huskyzucht geholfen, bevor ich Johnny kennengelernt habe. Ich habe an zahlreichen Hundeschlittenrennen teilgenommen und war beim Iditarod, das über tausend Meilen von Anchorage nach Nome führt, zweimal unter den Top Ten. Auch auf unserer Lodge kümmere ich mich um die Hunde. Wir haben zwanzig sibirische Huskys und organisieren Fahrten in den Nationalpark und die nähere Umgebung, an denen auch Anfänger teilnehmen dürfen. Bei uns lernen Sie einen Hundeschlitten zu lenken.«

Alice klickte auf den Button mit der Aufschrift »Winter«, der die winterlichen Aktivitäten der Denali Mountain Lodge vorstellte. Während John sprach, waren die Lodge, ein zweistöckiges Blockhaus mit einer breiten Veranda in einem verschneiten Tal, und Ansichten aus dem Denali National Park zu sehen, grandiose Landschaften, der Mount Denali und die umliegenden Gletscher, zu Eis erstarrte Flüsse und Seen, verschneite Fichtenwälder.

»Unsere Winter sind bitterkalt, strahlen aber auch eine faszinierende Magie aus. Und mit der richtigen Kleidung machen Ihnen die niedrigen Temperaturen wenig aus. Sie werden mit einer Wildnis verwöhnt, wie es sie kein zweites Mal auf der Welt gibt, mit fantastischen Bildern, die Sie nie mehr vergessen.«

Im Bild erschien Susan, wie sie Huskys vor einen Schlitten spannte, ihr Gespann anfeuerte und über einen verschneiten Trail in die Berge fuhr. »Es gibt nichts Schöneres, als auf den Kufen eines Hundeschlittens die Wildnis zu erkunden. Bei uns lernen Sie alles, was Sie über ›Mushing‹ wissen müssen, und auf den Ausflügen werden Sie erleben, wie aufregend eine solche Fahrt sein kann. Sie stapfen auf Schneeschuhen durch den Tiefschnee und sehen wilde Tiere, Elche, Bären, vielleicht sogar Wölfe.« Auf dem Monitor brausten Gäste auf Snowmobilen durch den Schnee. »Und wenn Sie mehr Action mögen, können Sie sich auf einem Snowmobil vergnügen.« Wieder neue Bilder. »Zur Entspannung gehen wir eisfischen, durch ein Loch im Eis geangelt schmecken die Fische noch besser. Auch auf dem Pferderücken erkunden wir die Wildnis, falls der Schnee nicht zu hoch für unsere Pferde liegt.«

Die Szenerie auf dem Monitor wechselte, und zu John und Susan hatten sich ihre Mitarbeiterinnen und Mitarbeiter gesellt. John stellte sie vor: »Der junge Mann heißt Andy und ist unser Mädchen für alles. Florence ist unsere Maid und kümmert sich um den Haushalt. Und Sie werden es nicht glauben ...« Er deutete auf einen hünenhaften Mann mit Schürze. »Bulldog ist unser Koch. Unser Schwergewicht weiß, was hungrige Wildnisbewohner essen wollen.«

Zum Abschluss des Films sah man die Lodge im flackernden Schein des Nordlichts, das in allen Farben des Regenbogens am Himmel knisterte. Susan sagte: »Wir freuen uns auf Ihren Besuch in der Denali Mountain Lodge!«

Michelle blickte ihre Freundin an. »Alaska, hm?«

»Mal was anderes. Hawaii kann jeder im Winter.«

»Auch wieder wahr. Wäre mal ein echter Tapetenwechsel.«

»Mit Hunden kannst du doch«, sagte Alice.

»Mit Schoßhündchen«, erwiderte Michelle. »Mehr war meine Dolly nicht. Huskys sind ein anderes Kaliber. Ich hab mir sagen lassen, die fauchen jeden an, der sich in ihre Nähe wagt. Ich hab keine Lust, gebissen zu werden.«

»Susan versteht ihr Geschäft.«

»Nette Leute, und Erfahrung haben sie sicher genug.«

»Ich will dich nicht überreden, Michelle, von dir nehme ich sowieso keine Provision, aber bei mir haben schon einige Kunden die Lodge gebucht, und alle waren begeistert. Ich hab mir vorgenommen, selbst mal hinzufahren.«

»Warum fahren wir nicht zu zweit?«

»Geht nicht ... hab Arbeit ohne Ende.«

»Und ich hab gerade eine Villa verkauft.«

»Eben«, sagte Alice. »Und triffst dort oben den Weihnachtsmann.«

»Solange er mir keinen Ring an den Finger steckt.«

Alice war begeistert. »Was meinst du? Die beiden Wochen bis Weihnachten?« Sie nannte den ungefähren Preis. Nicht gerade billig, aber erschwinglich bei dem Bonus, der auf sie wartete. »Okay für dich?«

»Alaska, warum nicht? Da hätte ich genug Abstand.«

»Okay, ich blockiere die beiden Wochen für dich, und du sagst mir bis morgen Mittag Bescheid. Aber verrate niemandem, wohin du fährst, sonst rücken dir noch Paul oder die Presse auf den Pelz. Man weiß nie bei solchen Skandalen.«

»In der Firma sage ich, dass ich eine kurze Auszeit nehme.«

»Sehr gut, damit liegst du im Trend.«

»Und du bist sicher, dass ich in Alaska den echten Weihnachtsmann treffe?«

»Vielleicht auch einen Prinzen. Hast du *Die Eiskönigin* gesehen? Wie ich den kenne, lässt der seine Eiskönigin sofort stehen, wenn er dich sieht. Nach der Pleite mit Paul bist du dran. Schick mir ein Selfie von eurem ersten Date!«

Michelle lachte. »Deine Fantasie möchte ich haben.«

3

Die Wheelers unterschrieben den Kaufvertrag für die Villa am nächsten Morgen. Alle beteiligten Parteien waren zufrieden, besonders Michelle, die sich über eine fünfstellige Provision freuen durfte. So einen Deal schloss man nur alle paar Jahre ab, die meisten Häuser brachten deutlich weniger Geld ein. Petaluma lag zwar in der begehrten Bay Area von San Francisco, eine geschäftige Kleinstadt, war aber weniger attraktiv als romantische Küstenorte wie Monterey und Carmel.

Michelle saß an ihrem Computer und erledigte Bürokram, legte aber mehrere Pausen ein und dachte über die Aussicht nach, die Weihnachtszeit auf einer Lodge in Alaska zu verbringen. Die Idee gefiel ihr immer besser. Hawaii klang verlockend, und der Gedanke, vor einem Strandhaus im Liegestuhl zu faulenzen und Santa Claus beim Surfen zuzusehen, war verlockend. Trotzdem, Alaska wäre mal was anderes und würde ihr das Gefühl geben, auf einem anderen Kontinent zu sein: ein Kontrastprogramm, das sie auch den nervigen Zoff mit Paul vergessen lassen würde. Eine Auszeit, gar nicht so abwegig, diese Idee.

Der strenge Winter schreckte sie nicht ab, und was John und Susan Walker auf ihrer Lodge anboten, konnte sich sehen lassen. Sie verwandelten die Wildnis für ihre Kunden in einen großen Abenteuerspielplatz, aufregender als *Pirates of the Caribbean* bei Disney und die Achterbahnen bei Universal. Dort konnte man sich nach Herzenslust austoben, auf den Kufen eines Hundeschlittens, im Sattel eines Snowmobils oder auf Schneeschuhen. Aufregende Erlebnisse in der Bergwelt Alaskas, die ihr gefallen würden, auch wenn sie allein unterwegs war und außer ihr wahrscheinlich nur Paare gebucht hatten.

Sie rief Alice an und buchte, bekam noch am selben Tag die Bestätigung der Lodge von ihr und überwies den geforderten Betrag. »Wow!«, sagte sie zu dem Plüschhasen, der im Regal neben dem Fenster ein einsames Dasein fristete, »ich hab's tatsächlich getan. Alaska ... was sagst du dazu?«

Gar nichts, wie sich herausstellte.

Sprachlos waren auch ihre Eltern, die beide in der Chirurgie eines Krankenhauses in San Francisco arbeiteten und schwerer zu erreichen waren als der Präsident. Michelle erwischte sie in einer Pause, hörte ihre Mutter fragen: »Alaska? Wie kommst du denn darauf?«, doch als sie antworten wollte, wurden sie schon wieder gerufen, und sie schafften es gerade noch, sich gegenseitig »Merry Christmas« zu wünschen. »Ich schicke euch eine Mail aus Alaska, okay?«

Bis zu ihrem Abflug hatte sie noch drei Tage. Zeit genug, um zur Mall zu fahren und sich mit Winterkleidung einzudecken. In ihrem geschäftlichen Handy hatte sie bereits die Ansage gespeichert, dass sie erst im neuen Jahr wieder erreichbar sei, kein großes Risiko, da so kurz nach Weihnachten ohnehin nur wenige Leute eine Immobilie kauften. Falls doch, leitete sie eine Nummer zu einer Kollegin weiter, die sicher froh über ein lukratives Geschäft sein würde. Michelle hatte freie Bahn, fühlte sich beinahe beschwingt, als sie zum Einkaufszentrum fuhr, auch wenn es ihr nicht gelang, den Ärger mit Paul ganz auszublenden. Nicht genug, dass er sie nicht wie eine vollwertige Partnerin behandelt hatte, auch die Meldung über seine Affäre mit der jungen Ella hatte sie tief getroffen. Niemals hätte sie gedacht, dass er zu so etwas fähig wäre. Seiner Freundin die Abtreibung zu bezahlen, nur weil die Affäre seiner Karriere im Weg gestanden hätte, war voll daneben. Tiefer konnte man nicht sinken.

Die Stadt hatte sich bereits weihnachtlich herausgeputzt. Vor allem einige der alten viktorianischen Häuser erstrahlten in bunter Lichterpracht, in den Schaufenstern der Läden blinkte und glitzerte es, und als sie ihr Fenster einen Spalt öffnete, tönte »Rockin' Around the Christmas Tree« aus einem Drugstore über die Straße. Noch festlicher ging es in der Mall zu. Schon auf dem Parkplatz begrüßte einen Santa Claus mit Gutscheinen für eine kostenlose Massage auf einem neuen Wunderstuhl, in den Gängen funkelten Weihnachtsbäume, und auf einem geschmückten Schlitten mit vier künstlichen Rentieren wartete der Weihnachtsmann auf Eltern, die ihre Kinder zusammen mit Santa Claus fotografieren lassen wollten. Aus jedem Laden schallte andere Weihnachtsmusik, von Bing Crosby bis hin zu den Beach Boys, Lady Gaga und angesagten Rappern.

Michelle beeilte sich, zu dem Outfitter zu kommen, den sie im Internet gefunden hatte. Sie war noch nicht bereit für die fröhliche Weihnachtsstimmung, fühlte sich durch manche Songs und das fröhliche Winken des Weihnachtsmanns beinahe peinlich berührt. Glücklicherweise geriet sie an eine nette Verkäuferin, die sie Paul und seine Affäre für eine Weile vergessen ließ, eine junge Frau, die sich bestens auskannte und einen gefütterten und winterfesten Anorak, Hosen und Pullover und wasserdichte Stiefel für sie heraussuchte, dazu eine weiße Wollmütze und Handschuhe, die selbst in der Arktis warmhielten. Mit zwei großen Taschen ging sie zum Aufzug. Als sie an einem Elektromarkt vorbeikam und sich selbst auf mehreren Fernsehern in der Auslage sah, blieb sie vor Schreck stehen, löste sich aus ihrer Erstarrung und betrat den Laden. Vor einem der laufenden Apparate drehte sie den Ton etwas lauter.

»... soll er bereits mit Michelle Cook verlobt gewesen sein, als er die Bekanntschaft der achtzehnjährigen Ella Roderick machte, sie schwängerte und ihr mehrere tausend Dollar für die Abtreibung bezahlte.« Auf dem Monitor war das Gesicht der jungen Frau zu sehen. »Vor einer Stunde erklärte er seinen Rücktritt.«

Da muss ich schon unterwegs gewesen sein, dachte sie, als Paul in einer Rückblende vor der amerikanischen Flagge in seinem Büro erschien und erklärte: »Liebe Bürgerinnen und Bürger, ich gestehe mit ehrlicher Reue in meinem Herzen, das moralische Empfinden, das uns von Gott vorgegeben ist, verletzt zu haben, und erkläre hiermit meinen Rücktritt von meiner Kandidatur für die nächste Bürgermeisterwahl. Ich habe die Abhängigkeit meiner achtzehnjährigen Praktikantin ausgenutzt, um mit ihr intim zu werden, und sie nach der ungewollten Schwangerschaft mit Geld genötigt, eine Abtreibung vorzunehmen und dieses Vorgehen für sich zu behalten. Ich entschuldige mich bei der leidtragenden Praktikantin, ihren Eltern und Verwandten und allen Bürgerinnen und Bürgern dafür, ihr

Vertrauen missbraucht zu haben. Und ich bitte Gott um Vergebung für meine schändliche Tat. Ich wünsche dem Kandidaten, der an meiner Stelle nachrücken wird, viel Glück. Gott schütze Amerika!«

Michelle verließ hastig den Laden und blieb in einiger Entfernung stehen. Was für ein beschämender Abgang für Paul. Wie konnte man so dumm sein und sich mit einer solchen Affäre eine vielversprechende Karriere verderben? Und warum traf man nicht die entsprechende Vorsorge, wenn man schon ein solches Risiko einging? Michelle hatte nichts von seiner Affäre gemerkt, wäre gar nicht auf die Idee gekommen, dass ein Mann, der sich für ein politisches Amt bewarb und alles darangesetzt hatte, sie sobald wie möglich zu heiraten, sich mit einer anderen Frau traf und eine sexuelle Beziehung mit ihr hatte. Mit einer achtzehnjährigen Praktikantin! Wie dumm musste man sein, sich selbst dermaßen zu demontieren?

Von düsteren Gedanken begleitet, lief sie zu ihrem Wagen zurück. Das fröhliche »Ho, ho, ho!« eines Weihnachtsmanns, an dem sie vorbeikam, klang wie Hohn in ihren Ohren. Die Reporterin hatte ihren Namen erwähnt, und auf dem Bildschirm war auch sie zu sehen gewesen, an der Seite von Paul und in die Kamera lächelnd. Eine Wohltätigkeitsveranstaltung für Schulkinder, erinnerte sie sich, sie hatte Paul dazu eingeladen. Ein Fehler, wie sich jetzt herausstellte, aber wer hätte damals schon eine solche Entwicklung voraussehen können?

Sie fuhr nicht auf direktem Weg nach Hause, sondern stoppte an einem McDonald's und hielt sich an einem Big Mac und einer Diet Coke fest, bevor sie weiterfuhr. Ihre

Angst, vor ihrer Wohnungstür könnten Klatschreporter warten, um nach ihrer Beziehung mit Paul zu fragen, war groß. Doch sie hatte Glück, niemand wartete auf sie, und sie hatte auch keine E-Mails oder Anfragen über ihre Voice Mail bekommen. Wahrscheinlich stürzten sie sich erst mal auf Ella Roderick, die bisher noch nicht in Erscheinung getreten war. Die junge Frau tat ihr leid, hätte aber auch selbst für Verhütung sorgen können, wenn sie sich auf ein so gefährliches Spiel einließ. Oder hatte sie vorgehabt, Paul zu erpressen? Es gab solche Frauen, die nur darauf warteten, einen Prominenten verführen und persönlichen Gewinn daraus zu schlagen. Zumindest bei dem naiven Eindruck, den Ella auf dem Foto machte, das im Fernsehen gezeigt worden war, glaubte Michelle das aber nicht. Die Kleine war Pauls väterlichem Charme erlegen, das war alles.

Die nächsten beiden Tage blieb Michelle zu Hause. Sie wollte so schnell wie möglich aus Petaluma verschwinden, um gar nicht erst zum Thema der Klatschberichte zu werden und in Alaska rasch auf andere Gedanken kommen. In den Lokalnachrichten war der Skandal immer noch das vorherrschende Thema, und es würde nicht mehr lange dauern, bis man auch auf sie kommen würde. Inzwischen hatte Pauls Partei einen neuen Kandidaten präsentiert, der aber hoffnungslos gegen Carolyn Foley zurücklag und keine Chance hatte, neuer Bürgermeister zu werden. Weil der parteilose Bürgermeister, der zurzeit das Amt innehatte, schon vor einigen Wochen erklärt hatte, nicht mehr anzutreten, galt die Wahl der liberalen Carolyn Foley nach Pauls Rücktritt als sicher.

Einen Tag vor ihrer Abreise war Michelle dabei, ihre Koffer zu packen, und hatte bereits nichts anderes mehr im Sinn, als es an der Tür klingelte. Sie erwartete niemanden und zögerte etwas, öffnete erst, als es Sturm klingelte und jemand mit der Faust gegen die Tür trommelte. »Paul!«, rief sie entsetzt.

Er stürmte in ihr Wohnzimmer, blieb wie ein gehetztes Tier stehen und blickte sich nervös um, als hätte er Angst, jemand könnte in der Wohnung auf ihn lauern. Ein irrwitziger Gedanke, aber folgerichtig, wenn man in seine geweiteten Augen sah. »Bist du allein?«, rief er. »Bist du allein, Michelle?«

Sie schloss die Tür und blieb einige Schritte von ihm entfernt stehen. So wie er sich gab, würde er sich an sie hängen und sie bedrängen, wenn sie ihm zu nahe kam. »Was soll das, Paul?«, fragte sie streng. »Was willst du hier?«

»Die Reporter wollen mich jetzt endgültig fertigmachen«, stieß er hervor. »Sie haben sich vor meiner Wohnung postiert, als wäre ich ein Schwerverbrecher!«

»Und da kommst du ausgerechnet zu mir?«

»Ich wusste nicht, wohin ich sonst gehen soll.« Im Lichtschein der Deckenlampe sah Michelle die Tränen in seinen Augen. »Du hast mich betrogen, Paul! Du hast dieses arme Mädchen geschwängert, obwohl du schon mit mir zusammen warst. Hast du etwa erwartet, die Reporter lassen dich in Ruhe?«

»Ich hab mich entschuldigt und bin zurückgetreten. Was wollen sie denn noch? Soll ich auf die Knie fallen?« Er ließ sich in einen Sessel fallen und starrte vor sich hin. »Die Sache mit Ella ist passiert, bevor wir uns kannten.«

»Aber du hast sie immer noch getroffen.«

»Ich konnte sie doch nicht einfach wegschicken.«

»Ach nein?« Michelle hatte kein Mitleid mit ihm. »Du hast mit ihr geschlafen! Mir schenkst du einen Verlobungsring und faselst was von ewiger Liebe, und nebenbei machst du mit einer Praktikantin rum. Das ist ziemlich schäbig, meinst du nicht auch? Warum hast du das getan? Wenn du schon auf Ella und mich keine Rücksicht genommen hast, hättest du wenigstens an deine Karriere denken können. Du weißt doch, dass solche Fehltritte immer rauskommen.«

»Es ist einfach so passiert. Lass mich ein paar Tage hierbleiben.«

»Hier?« Sie glaubte, sich verhört zu haben. »Sie haben uns beide im Fernsehen gezeigt. Was meinst du, wie lange es dauert, bis die Reporter hier auftauchen? Ich will mit deinem Skandal nichts zu tun haben. Ich werde weder Interviews geben noch mich sonst irgendwie äußern, aber helfen kann ich dir nicht. Diese Suppe musst du schon allein auslöffeln. Wir sind geschiedene Leute.«

»Sei doch nicht so herzlos, Michelle. Da draußen warten Hyänen!«

»Das musst du als Politiker doch gewohnt sein. Wer sich als Politiker, auch als Kandidat, danebenbenimmt, muss dafür bezahlen.« Sie dachte nicht daran, sich zu ihm zu setzen, wollte ihn so schnell wie möglich wieder loswerden. »Was können dir die Reporter denn noch antun? Du bist zurückgetreten, musst dich aus der Politik zurückziehen, kannst froh sein, wenn du kein Verfahren an den Hals bekommst. Ella mag achtzehn sein, aber sie war von dir abhängig, und wegen der Abtreibung bekommst du zumindest mit deiner Partei noch Ärger. Du weißt, wie die zu dem Thema stehen. Schlimmer geht es doch gar nicht.«

»Es geht immer noch schlimmer. Nur ein paar Tage, Michelle!«

»Außerdem verreise ich morgen.«

»Du verreist? Ausgerechnet jetzt?«

»Ich brauche Abstand. Von dir ... von allem.«

»Das kannst du mir nicht antun. Du bist alles, was ich noch habe.«

Michelle verstand nicht, was in seinem Kopf vorging. War sie denn nicht deutlich genug gewesen? Wie konnte er ernsthaft an eine Versöhnung glauben? »Wie oft soll ich es denn noch sagen, Paul? Wir sind geschiedene Leute. Unsere Verlobung war ein großer Fehler. Auch ohne Ella. Geh nach Hause und schließ die Tür ab. Hier kannst du nicht bleiben.«

»Es gibt also keine Hoffnung mehr für uns?«

»Nein ... tut mir leid, Paul.«

»Sie werden mich steinigen.«

»Haben sie das nicht schon? In der Politik findest du bestimmt keinen Job mehr. Such dir was anderes, Paul. Hast du nicht Jura oder so was studiert?«

»Vier Semester.«

»Dann studiere weiter. Bis du fertig bist, hat sich alles beruhigt.«

»Du willst wirklich, dass ich gehe?«

»Leb wohl, Paul.«

Paul stand auf und verließ mit hängendem Kopf ihre Wohnung. Durchs Fenster beobachtete sie, wie er in seinen Wagen stieg und aus ihrem Leben fuhr. Eine Episode, die sie sich gerne erspart hätte. Sie gab auch sich selbst die Schuld. Sie hätte viel früher erkennen müssen, dass zwischen Paul und ihr keine echte Liebe möglich war. Sie kamen aus verschiedenen Welten, und sie konnte froh sein, noch rechtzeitig vor einer möglichen Hochzeit ausgestiegen zu sein. Nicht auszudenken, was für einen Skandal es gegeben hätte, wenn sie verheiratet gewesen wären.

Früh am nächsten Morgen brachte Alice sie zum Flughafen. Sie half ihr, das Gepäck zu ihrem Wagen zu tragen. »Die Parkgebühren am Flughafen wollte ich dir nicht zumuten. Diesen Service kriegst natürlich nur du.«

»Dann hast du jetzt einiges bei mir gut.«

»Hast du gestern die Nachrichten gesehen?«

»Wegen Paul?«

»Ellas Eltern wollen ihn verklagen. Unzucht mit Abhängigen.«

»Damit kommen sie nicht durch. Er hat einen guten Anwalt.«

»Er hat sich schäbig benommen.«

»Ich weiß«, sagte Michelle. »Er war gestern bei mir.«

Alice staunte. »In deiner Wohnung?«

Michelle berichtete ihr, was vorgefallen war. »Er war ziemlich fertig, hat sogar geweint. Die Sache ist ihm ziemlich nahegegangen. Er wollte bei mir unterkriechen, wegen der Reporter. Er hat Angst, dass sie ihn fertig machen.«

»Das haben sie doch schon.«

»Hab ich ihm auch gesagt. Tiefer kann er doch sowieso nicht mehr sinken.«

»Du hast ihn hoffentlich rausgeschmissen.«

»Er ist von selbst gegangen. Ich war ziemlich deutlich.«

»Anders ist so einem eingebildeten Kerl auch nicht beizukommen«, erwiderte Alice. »Ich mochte Paul nie. Ich habe bloß nichts gesagt, weil ich dich nicht kränken wollte. Du hast einen besseren Mann verdient, Michelle.«

»Den richtigen oder keinen. Apropos ... was ist mit dir?«

»Ich mach den Schmetterling. Von einem zum anderen.«

Michelle lächelte. »Das kann anstrengend sein. Nichts Festes?«

»Bei mir hält's keiner aus. Der Einzige, bei dem ich länger als ein paar Minuten nachdenken musste, bevor ich Schluss gemacht habe, war Mike Olsen.«

»Der Kollege von der Reisemesse in L.A.?«

»Er hat ein Reisebüro in Omaha. Warst du schon mal in Omaha?«

»Nicht, dass ich wüsste.«

»Sei froh. Ich war einmal dort. Da liegt der Hund begraben.«

»Aber?«

»Mike ist cool und nicht so langweilig wie die Stadt, in der er wohnt.«

Michelle musste grinsen. »Ist Petaluma besser?«

»Wir haben San Francisco. Omaha hat jede Menge Gegend.«

»Er könnte nach Petaluma ziehen, und ihr könntet euch zusammentun«, sagte Michelle, »auch beruflich. Oder ein neues Reisebüro in San Francisco eröffnen. Reisebüros kommen wieder in Mode nach den vielen Online-Pleiten.«

»Das hieße aber ...«

»Du bist noch nicht so weit.«

»Vielleicht taugen wir nicht für Beziehungen?«

»Glaube ich nicht«, erwiderte Alice. »Neulich beim Friseur hab ich eine alte Bekannte getroffen, die kannte ich nur als überzeugte Junggesellin. Und was sehe ich an ihrem Finger? Einen Ehering. Und auf ihrem Handy hatte sie Fotos von ihrem Mann und ihrem Sohn. Sie hat mit achtunddreißig geheiratet.«

»Mit anderen Worten: Prince Charming lässt sich manchmal Zeit.«

»Ich laufe ihm bestimmt nicht hinterher.«

Sie hatten den Flughafen erreicht und hielten vor dem Terminal von Alaska Airlines. »Guten Flug!«, wünschte Alice. »Schönen Gruß an die Elche!«

4

Obwohl es noch früh am Nachmittag war, dämmerte es bereits, als ihre Maschine in Fairbanks landete. Sie fühlte sich erleichtert, in der Fremde zu sein, weit entfernt von den Problemen, die sie sich teilweise selbst aufgebürdet hatte, und von Paul, der die Unverfrorenheit besessen hatte, ausgerechnet bei ihr aufzutauchen. So schnell war noch nie ein Mann in ihrer Achtung gesunken.

Am Mietwagenschalter musste sie einige Zeit warten, bis sie die Papiere für ihren Geländewagen bekam. Während sie ihren Führerschein aus der Geldbörse zog und es vermied, ihr hässliches Passbild anzublicken, fielen ihr zwei Weihnachtsmänner auf, die abseits der Warteschlangen standen und nicht zu wissen schienen, was sie als Nächstes tun sollten. Einer war schlank, der andere kräftiger, der Kräftige hinkte leicht, als er ein paar Schritte ging. Sie winkten einer Familie mit zwei Kindern zu, die sich bei Avis anstellten, und Michelle fragte sich gerade, ob sie für den Flughafen arbeiteten oder auf jemanden warteten, als ihr auffiel, dass sie ständig auf die Koffer blickten, die einige Passagiere an der Wand abgestellt hatten, während sie in der Schlange warteten.

Waren die beiden Wölfe im Schafspelz? Waren ihre Santa-Claus-Kostüme und die wallenden Bärte nur Tarnung? Wollten sie sich einen der Koffer unter den Nagel reißen? Das fragte sich anscheinend auch einer der Wachmänner, die ihren Dienst im Rental Car Center taten. Er gesellte sich zu den Weihnachtsmännern, die sichtlich erschraken, als ein Uniformierter neben ihnen auftauchte und sie höflich, aber bestimmt aufforderte, die Halle zu verlassen.

Michelle blickte ihnen nach. Wie dumm musste man sein, sich so auffällig zu benehmen? Selbst wenn sie nicht vorgehabt hatten, mit einem Koffer zu verschwinden, war es unsinnig, sich verdächtig machen, vor allem in einer Halle, die von uniformierten Wachmännern und wahrscheinlich auch mit Kameras überwacht wurde. Warum gingen sie nicht in einer Mall auf Handtaschenraub, wenn sie etwas stehlen wollten? Oder entrissen älteren Damen auf der Straße ihre Einkaufstaschen? Aber sie wären nicht die Ersten, die es versuchten. Hörte man nicht jedes Jahr von Weihnachtsmännern, die ihre Verkleidung sogar dazu benutzten, Banken zu überfallen? Eine perfekte Verkleidung, wenn einige Hundert andere Weihnachtsmänner in der Stadt herumliefen.

Der Geländewagen, ein knallroter Jeep Wrangler, hätte gut zu ihrem kleinen Sportwagen gepasst, aber wer brauchte in Petaluma schon einen Geländewagen? Sie hatte beschlossen, die erste Nacht in einem Motel südlich von Fairbanks zu verbringen und erst am nächsten Morgen zur Lodge zu fahren, um nicht in die Dunkelheit zu kommen. Auf den Touristikseiten im Internet hatte sie gelesen, dass die Sonne in Fairbanks im Dezember erst gegen zehn Uhr aufging und sich nicht einmal sechs Stunden am Himmel zeigte; ansonsten lagen Dunkelheit oder arktisches Zwielicht über dem Land, nicht einfach für eine Frau wie Michelle, die fast ihr ganzes Leben in Kalifornien verbracht hatte.

Den Rest des Nachmittags wollte sie für eine Fahrt ins nahe North Pole nutzen, um herauszufinden, ob der echte Weihnachtsmann dort wirklich zu Hause war. Sie stellte ihr Navi ein und fuhr los. Leichtes Schneetreiben begleitete sie, getrieben vom Wind, der aufgewirbelten Schnee über die Straße blies. Sie brauchte einige Zeit, um sich an das fremdartige Wetter zu gewöhnen. Angeblich sollten die meisten Tage im Winter klar sein, und manchmal würde sich sogar die Sonne blicken lassen, wenn auch nur für zwei, drei Stunden, aber sie vertraute auf Alice, die schon mal in Alaska gewesen war, und die Fotos auf den Internetseiten über das »winterliche Paradies im Hohen Norden der USA«.

Auf der Fahrt durch die Stadt besserte sich ihre Stimmung. Viele Häuser waren mit bunten Lichtern geschmückt und leuchteten in dem Schneetreiben. Über einigen Straßen hingen Girlanden mit glitzernden Sternen. Alles nicht so festlich, wie sie erhofft hatte. Das Schneetreiben in der nachmittäglichen Dämmerung verlangte vor allem höchste Aufmerksamkeit beim Fahren, denn auf dem Highway nach Südosten war viel los, und stellenweise kam der Verkehr nur langsam vorwärts.

Das änderte sich während der Fahrt nach North Pole, als das Schneetreiben nachließ, und sich die winterliche Umgebung von Fairbanks deutlicher gegen den Himmel abhob. Orangefarbene Wolken leuchteten am Himmel über den Bergen und den Fichtenwäldern, einige kahle Laubbäume am Straßenrand waren mit Eis überzogen und wirkten wie kunstvolle Plastiken aus einer Galerie, und eine dünne Schicht Neuschnee bedeckte die Dächer der

Häuser. Eine magische Landschaft, wie es sich gehörte, wenn man zu Santa Claus unterwegs war.

North Pole, eigentlich eine langweilige Kleinstadt, war ein begehrtes Touristenziel, seitdem es dort ein Weihnachtspostamt und das riesige Santa Claus House gab, in dem man das ganze Jahr über so ziemlich alles kaufen konnte, was mit Weihnachten zu tun hatte. Dort fand man auch den angeblich echten Weihnachtsmann, der nach dem Glauben zumindest amerikanischer Kinder in North Pole zu Hause sein sollte. Vor dem verschachtelten Gebäude warb ein riesiger Santa Claus aus Plastik um Kunden, und aus den Lautsprechern des Ladens tönten Weihnachtslieder und das »Ho, ho, ho!« des Weihnachtsmanns.

Als sie geparkt hatte und sich dem Eingang näherte, fuhr ein Pick-up Truck mit zwei Weihnachtsmännern vorbei. Sie dachte an die beiden Männer am Flughafen, schüttelte aber sofort den Kopf. Zur Weihnachtszeit fuhren so viele Weihnachtsmänner durch die Gegend, dass es schon ein seltsamer Zufall wäre, wenn es ausgerechnet diese Männer wären. Außerdem konnte man sie in ihren rotweißen Kostümen und mit den dichten Bärten kaum auseinanderhalten.

Sie betrat den Laden und blieb erst einmal stehen, so vielfältig und bunt war die Auswahl an künstlichen Weihnachtsbäumen, Christbaumschmuck, Büchern, Süßigkeiten, Spielsachen, mit Santa Claus und seinen Rentieren auf T-Shirts, Pullovern, Bechern, Geschirr und allem, was man sich vorstellen konnte. Mehr Weihnachten auf begrenztem Raum ging nicht. Irgendwie kitschig, aber auch originell und erstaunlich, wenn man bedachte, was man alles auf Weihnachten trimmen und verkaufen konnte. Dazu Weihnachtslieder in Endlosschleife, vor allem »Jingle Bells« und »Rudolph the Red-Nosed Reindeer«. Und sogar echte Rentiere konnte man hinter dem Santa Claus House bestaunen.

Michelle entschied sich für einen Becher mit einem lachenden Santa Claus und wurde auf einen lebendigen aufmerksam, der auf einem Thron inmitten einer üppigen Kulisse aus einer mit künstlichem Schnee bedeckten Fichte und einem ebenfalls künstlichen Rentier mit roter Nase saß und in einem Buch las.

»Ich wusste gar nicht, dass Sie Krimis mögen«, sagte Michelle.

Santa Claus blickte auf und wischte einige der künstlichen Barthaare von seinen Lippen. »Die mit Serienkillern lese ich am liebsten«, erwiderte er lächelnd, »aber sagen Sie's nicht weiter. Im Himmel sehen sie das nicht gern.«

»Nichts los heute?«

»In ungefähr einer Stunde sieht's hier schon anders aus, Ma'am.«

»Keine Ma'am. Michelle.«

»Und zu mir können Sie Santa sagen«, erwiderte er. Seine Augen blitzten fröhlich, aber das konnte auch an den vielen Lichtern in dem Raum liegen. »Heute kommen noch zwei Tourbusse, da hab ich noch mal Großeinsatz.«

»Und Sie sind der echte Santa Claus?«

»Es gibt nur einen echten Santa Claus, und das bin ich. Okay, eigentlich sind wir zu dritt und wechseln uns ab, aber ich bin der Chef und war damals auch der Glückspilz, der mit Rudolph unterwegs war. Wissen Sie eigentlich, dass er immer noch Schnupfen hat? Die rote Nase ist so was wie sein Markenzeichen geworden, deshalb rennt er ständig draußen rum und hofft, dass der Schnupfen bleibt. Nur mit seiner roten Nase wagt er sich unter Menschen. Sehen Sie mal hinter dem Haus nach. Wenn Sie Glück haben, können Sie ihn begrüßen.«

»Und Sie? Wo wohnen Sie?«

Santa Claus legte sein Buch beiseite. »Irgendwo in Fairbanks, aber die Adresse ist geheim, sonst würden ständig Kinder vor meinem Haus stehen, und ich hätte keine Ruhe mehr. Ein alter Mann wie ich, der besonders im Dezember unter Stress steht, braucht auch mal eine Pause. Aber mein eigentliches Zuhause ist im Himmel. In klaren Nächten können Sie sogar mein Haus sehen.«

»Das wusste ich nicht.«

»Nun ja«, schränkte Santa ein, »man sieht es auch nur, wenn man sehr scharfe Augen hat. Für die meisten sieht es eher wie ein sehr heller Stern aus.«

»Und wie kommen Sie da hin? Können Sie fliegen?«

»Ich nicht, aber meine Rentiere.«

Michelle genoss die Unterhaltung mit dem Weihnachtsmann. »Und da oben liegt auch die große Werkstatt, in der Ihre Elfen die Spielzeuge für die Kinder basteln? Oder stimmt das mit den fleißigen Elfen gar nicht?«

»Ein paar Zwerge sind auch darunter«, räumte er ein, »aber Sie haben recht, die Werkstatt befindet sich im Himmel. Einige der Spielzeuge in diesem Laden kommen auch daher. Natürlich stellen sie nicht alles Spielzeug her, bei Computerspielen helfen sie nur bei der Verpackung, bei

Legosteinen tun sie sich schwer, und auch Süßigkeiten kommen von der Erde. Beim Einpacken der Schokolade muss ich besonders aufpassen, das süße Zeug essen sie am liebsten selbst.«

»Und warum sind Sie dann nicht bei der Arbeit?«

»Das übernehmen meine Leute. Ich hab genug damit zu tun, die ganzen Sachen in einer Nacht auszuliefern. Selbst mit Rudolph geht das nicht ruckzuck.«

Eine Mutter mit ihrer kleinen Tochter näherte sich dem Weihnachtsmann. Sie trug einen schäbigen Anorak und Jeans, ihre Schuhe waren durchgetreten. Ihre Tochter trug einen billigen Mantel. Das Mädchen blickte mit großen Augen auf die funkelnde Pracht und die Spielsachen, die Mutter hatte den Laden wohl nur widerwillig betreten. Sie sah nicht so aus, als hätte sie auch nur einen Dollar für Weihnachtsschmuck übrig, leider keine Seltenheit mehr im eigentlich so reichen Amerika.

Santa Claus erfasste die Situation mit einem Blick. Natürlich würde die Mutter auch kein Geld für ein Foto mit dem Weihnachtsmann haben. »Ho, ho, ho!«, rief er. »Und da kommen unsere Gewinner! Treten Sie näher, Ma'am!«

Die Frau wusste nicht, wie ihr geschah, und kam langsam näher. Ihre Tochter war ein wenig schüchtern und zögerte ebenfalls. »Meinen Sie ... uns?«

»Natürlich, Ma'am. Darf ich fragen, wie Sie heißen?«

»Kathryn Mallory.«

»Und wer bist du?«, fragte er das Mädchen.

»Ich heiße Jessica.«

Santa blickte die Mutter an. »Heute ist Ihr Glückstag, Kathryn. Sie sind die hundertste Besucherin und haben ein kostenloses Foto und fünfhundert Dollar gewonnen!« Er zog fünf Hundert-Dollar-Scheine hervor und reichte sie ihr.

»Fünfhundert Dollar?« Tränen schossen ihr in die Augen.

»Nehmen Sie das Geld, Kathryn! Und du, Jessica, bekommst eine Extra-Überraschung, weil ich heute so gute Laune habe.« Er griff hinter sich und zog ein Plüschrentier aus dem Regal, mit roter Nase natürlich. »Das ist Rudolph!«

Jessica drückte es an sich. »So eins habe ich mir immer gewünscht.«

Santa streckte eine Hand nach ihr aus. »Und jetzt komm zu mir auf den Schoß, dann knipsen wir ein schönes Foto!« Das Mädchen sah seine Mutter an, holte sich ihr Einverständnis und ließ sich von Santa Claus auf den Schoß heben. Er rief nach dem Fotografen, einem jungen Mann, der hinter dem Tresen auf seinem Handy herumgespielt hatte und damit nun mehrere Fotos von Santa Claus und Jessica schoss. »Drei Ausdrucke, Jack«, bat er ihn.

Jack verschwand, und Santa Claus wandte sich an das Mädchen auf seinem Schoß. Die Kleine war wohl selten so glücklich gewesen. Ihre Mutter kämpfte immer noch mit den Tränen und konnte ihr Glück gar nicht fassen. Fünfhundert Dollar waren wahrscheinlich ein Vermögen für sie, ein Geschenk des Himmels.

»Wie alt bist du denn, Jessica?«, fragte der Weihnachtsmann.

»Ich werde bald sieben.«

»Dann gehst du ja schon zur Schule. Gefällt es dir dort?«

»Schon, aber ich hab keine Freundin. Alle sagen, ich wäre arm.«

»Jessica!«, rief ihre Mutter mit brüchiger Stimme.

Santa Claus bedeutete ihr mit einem Lächeln, dass sie sich nicht zu schämen brauchte. »Kein Mädchen, das so lächeln kann wie du, ist arm. Du hast eine liebe Mutter, die für dich sorgt und immer für dich da ist, und sicher hast ...«

»Eine Oma hab ich auch, aber die ist im Heim, und wir sehen sie nur an den Wochenenden. Mein Opa ist schon lange tot. Und mein Daddy ist nicht mehr aus dem Krieg zurückgekommen. Er ist bei den Engeln im Himmel, sagt Mom.«

»Tut mir leid«, entschuldigte sich Kathryn.

»Aber dazu bin ich doch da, um mir die Sorgen der Menschen anzuhören. Ich will dir mal was sagen, Jessica. Wenn ich das nächste Mal mit meinem Schlitten im Himmel vorbeikomme, fahre ich bei deinem Daddy vorbei und richte ihm einen Gruß von dir aus. Ich sage ihm, dass du ihn ganz lieb hast.«

»Und dass ich jetzt meinen eigenen Rudolph habe.«

»Ganz recht.« Er hob sie von seinem Schoß und verabschiedete sich von ihr und ihrer Mutter. »Es war mir ein Vergnügen, ihr beiden. Merry Christmas!«

Der Fotograf brachte die Bilder, und Kathryn steckte sie in ihre Manteltasche. »Vielen Dank, Santa Claus! Sie ... Sie haben uns sehr glücklich gemacht.«

»Ho, ho, ho! Das freut mich. Auf Wiedersehen.«

Auch Michelle hatte Tränen in den Augen, als Kathryn und ihre Tochter den Laden verließen. »Wow!«, sagte sie. »Ich habe selten zwei so glückliche Menschen gesehen. Ich glaube fast, Sie sind tatsächlich der echte Weihnachtsmann.«

Sie musterte ihn eine Weile. »Geben Sie's zu, es gab gar keine Belohnung für den hundertsten Besucher, und wahrscheinlich haben Sie auch gar nicht mitgezählt. Sie haben das alles erfunden, um den beiden eine Freude zu machen. Sie haben das aus eigener Tasche bezahlt. Sind Sie Millionär? Haben Sie irgendwo ein paar Milliarden Dollar liegen und wollen etwas Gutes tun?«

»Ich verstehe Ihre Fragen nicht«, sagte er. »Ich bin doch schließlich Santa Claus.«

»Sie haben die beiden nie vorher gesehen?«

»Nie.«

»Und woher wussten Sie, dass es die Richtigen trifft?«

»Als Weihnachtsmann hat man ein besonderes Auge für so was. Dass die beiden arm waren, konnte man an der Kleidung sehen. Aber was sie wirklich bedrückt, konnte ich in ihren Augen erkennen. Ich war selbst mal ein armer Schlucker, wissen Sie, auch als Santa Claus muss man sich hocharbeiten, bevor man seinen Dienst antreten kann. Ich weiß, wie man sich dann fühlt.«

»Sie wollen es mir nicht verraten, nicht wahr?« Sie lächelte. »Aber ich kann Sie verstehen. Sie wollen keinen Rummel. Sie sind ein guter Mann, Santa.«

»Und Sie sind eine kluge Frau. Machen Sie Urlaub in Alaska?«

Michelle erzählte es ihm. »Ich bin Immobilienmaklerin und habe gerade eine teure Villa verkauft. Die beste Gelegenheit, um mal eine Pause einzulegen. Meine Freundin Alice besitzt ein Reisebüro, sie hat mir Alaska empfohlen.«

»Eine kluge Frau. Alaska ist ein Paradies.«

»Aber kalt.«

Seine Augen funkelten. »Als Weihnachtsmann bin ich die Kälte gewohnt. Wissen Sie, wie kalt es auf dem Schlitten ist, wenn wir über die Berge sausen? Kein Wunder, dass sich Rudolph ständig erkältet. Sind Sie allein unterwegs?«

Wäre er ein junger Mann gewesen, hätte sie wohl eine Anmache vermutet, aber Santa musste jenseits der Siebzig sein. »Mutterseelenallein«, antwortete sie, »und das ist auch gut so. Ich habe vor ein paar Tagen meine Verlobung gelöst; eine lange Geschichte. Aber ich will Sie nicht langweilen. Mir geht es gut, nur auf eine Beziehung habe ich im Augenblick keine Lust. Das gibt sich irgendwann, ich weiß. Ich hab nichts gegen Männer, solange sie mich für voll nehmen.«

»Eine starke Frau. Dann sind Sie in Alaska goldrichtig.«

»Kommen Sie auch aus Alaska?«

»Ich bin der Weihnachtsmann.«

»Und Ihr anderes Ich?«

»Kodiak Island ... da, wo's die großen Bären gibt.«

»Und eine Mrs. Santa Claus gibt es auch?«

Er senkte den Blick. »Meine Frau ist vor vier Jahren gestorben. Lungenkrebs, dabei hat sie nie geraucht. Aber es geht ihr gut, das spüre ich. Ich besuche fast jeden Tag ihr Grab und rede mit ihr. Sie war ... sie ist eine gute Frau.«

»Tut mir leid, Santa.«

»Auch der Weihnachtsmann hat seine Sorgen.«

»Und tut viel Gutes«, sagte Michelle. »Ich werde die Freudentränen von Kathryn und das glückliche Lächeln von Jessica niemals vergessen. So bekommt Weihnachten wieder einen Sinn. War mir eine Freude, Sie kennenzulernen.«

»Passen Sie gut auf sich auf!«

Michelle bezahlte ihren Becher mit dem lachenden Santa Claus und verließ den Laden. Obwohl es nur ein paar Schritte bis zu ihrem Wagen waren, spürte sie die eisige Kälte, die mit der Dämmerung gekommen war. Sie drehte die Heizung voll auf und rieb die Hände gegeneinander. Es würde wohl einige Tage dauern, bis sie sich an die Temperaturen in Alaska gewöhnt hatte.

Als sie vor einem Drugstore hielt, um Shampoo und ein paar andere Dinge zu kaufen, wurde sie auf einen rostigen Pick-up Truck aufmerksam, der so geparkt war, dass der Fahrer nicht zu wenden brauchte, wenn er vom Parkplatz fuhr, und ohne Umschweife auf die Straße gelangen konnte. Als sie ausstieg und an dem Wagen vorbeikam, hörte sie, dass der Motor lief. Seltsam, wie bei einem Bankraub, dachte sie. Der Pick-up kam ihr bekannt vor, und als sie den Laden betrat, fiel ihr auch ein, wem er gehörte. Aber da war es schon zu spät.

5

Der kräftigere der beiden Weihnachtsmänner hielt eine Pistole in der Hand und bedrohte den Kassierer. Der Schlanke griff nach den Dollarscheinen und Papieren, die der Mann hinter dem Tresen mit zitternden Händen aus der Kasse räumte. Über ihren Bärten trugen sie Gesichtsmasken, sodass man kaum ihre Augen erkennen konnte. Aus den Lautsprechern tönten die ersten Takte von »Santa Claus Is Coming to Town«, und eine Stimme verriet, dass selbst der Weihnachtsmann in ihrem Drugstore einkaufe, weil es dort am billigsten sei.

»Geht das nicht ein bisschen schneller?«, fuhr der Kräftige den Angestellten an. »Her mit dem Geld, aber ein bisschen *pronto*! Und vergiss die Gutscheine nicht, zwei Shampoos für den Preis von einem, so was mag meine Freundin.«

Der Angestellte zitterte vor Angst und verspürte offenbar keine Lust, wegen zwei nervösen Dieben mit einer Pistole sein Leben zu riskieren. Auch er hatte von den Kollegen gelesen, die für ein paar Dollar erschossen worden waren.

»Wird's bald?«, feuerte ihn der Kräftige an.

Michelle erstarrte und blickte entgeistert auf die Pistole. Sie war eine tapfere Frau, aber auch nicht so leichtsinnig, auf einen bewaffneten Mann loszugehen.

Für den Bruchteil einer Sekunde erschraken auch die Weihnachtsmänner, dann rief der Kräftige: »Weg hier! Mach schon, Fletch, schnell weg hier!« Er stieß sie mit der freien Hand gegen einen Santa Claus aus Pappe und humpelte aus dem Laden. Der Schlanke geriet so in Panik, dass er den größten Teil der Geldscheine fallen ließ, aber nicht die Nerven besaß, sie aufzuheben; er stürmte hinter seinem Partner her und sprang zu ihm in den Pick-up. Als Michelle sich aufrichtete und zur Tür lief, heulte der Motor auf, und sie fuhren hastig davon.

»Rufen Sie die Polizei!«, rief sie dem jungen Angestellten zu.

»Ich ... aber ich ...« Er stand immer noch unter Schock.

Michelle zog ihr Handy aus der Anoraktasche und wählte selbst die Notrufnummer. Das Geld, das der schlanke Weihnachtsmann verloren hatte, ließ sie liegen. Aus zahlreichen Fernsehkrimis wusste sie, dass man an einem Tatort nichts verändern sollte, nicht mal bei so einem harmlosen Diebstahl zweier Amateure. Erfahrene Diebe hätten niemals die Nerven verloren und ihre Beute fallen lassen.

Wenige Minuten später hielten zwei Streifenwagen mit eingeschalteten Warnlichtern vor dem Laden, einer von der Fairbanks Police, der andere von den Alaska State Troopers. Der Polizist war um die Fünfzig und hätte mit seinem aktuellen Gewicht wohl kaum die Prüfungen der Police Academy bestanden: Er schnaufte bei jedem Schritt. Die Trooperin war ungefähr in Michelles Alter, versteckte ihre dunkelblonden Haare unter ihrem Hut und sah selbst in ihrer Uniform ansehnlich aus. Genau der Typ, auf den Männer hereinfielen, bis sie in ihre stahlblauen Augen blickten. Sie ging bestimmt nicht auf die Versuche von Verkehrssündern ein, die sie mit einem Kompliment vom Schreiben eines Strafzettels abhalten wollten. »Shirley Logan« stand auf ihrem Namensschild.

»Sie haben den Überfall beobachtet?«, fragte die Trooperin.

»Ich kam gerade in den Laden, Officer«, antwortete Michelle.

»Okay, ich komme gleich zu Ihnen.«

Michelle blieb stehen und beobachtete, wie der Polizist die Geldscheine aufhob. »Hundertsechsundzwanzig Dollar«, sagte und reichte das Geld dem Angestellten zurück. »Zu dumm, um die Beute festzuhalten. Wie ist das passiert?«

Der Angestellte hatte sich etwas erholt und berichtete, was geschehen war. »Sie können höchstens zwanzig Dollar erwischt haben, Officer, so viel Geld war nicht in der Kasse. Wer zahlt denn heute noch bar? Und die Gutscheine.«

»Gutscheine?«

»Für Shampoo und Duschgel. Gibt's für einen Einkauf ab zehn Dollar.«

»Können Sie die Diebe beschreiben?«

»Wie denn? Zwei Weihnachtsmänner in roten Mänteln und roten Zipfelmützen. Und mit Gesichtsmasken und langen weißen Bärten. Die laufen gerade dutzendweise in der Stadt rum, wie sollte ich die wohl auseinanderhalten?«

»Was für einen Wagen fahren sie?«

»Keine Ahnung.«

»Einen rostigen Pick-up«, antwortete Michelle für ihn, »beige oder braun, so genau konnte man das nicht erkennen. Beim Kennzeichen war ein A dabei.«

»Und einer der beiden Männer humpelte?«

»Der Kräftigere der beiden, ja.«

Die Trooperin schien die Antwort erwartet zu haben. »Hinter denen sind wir schon seit Thanksgiving her«, sagte sie zu dem Polizisten. »In Moose Creek haben sie fünfzig Dollar in einem Souvenirshop und in Nenana nicht viel mehr an einer Tankstelle erbeutet. Leider gab es keine Überwachungskameras und Beschreibungen auch nicht, bis darauf, dass einer der beiden humpelt.«

»Wir haben auch keine Kameras hier«, sagte der Angestellte.

»Dachte ich mir«, sagte die Trooperin. Ihre Stimme klang energisch und schien wenig Widerspruch zu dulden. Sie blickte Michelle an. »Ist Ihnen was Besonderes aufgefallen? Außer, dass einer der beiden schlecht zu Fuß war?«

»Wie gesagt, einer humpelte. Ach ja, und der Schlanke heißt Fletch.«

»Fletch?«

»So hat ihn der Kräftige genannt. Der hatte das Sagen ... und die Pistole.«

»Was für eine Pistole?«

»Keine Ahnung ... eine Pistole eben.«

»Okay«, gab sich die Trooperin zufrieden, »wir kümmern uns um die Sache. Ich nehme an, die zwanzig Dollar werden Sie wohl verschmerzen können, aber es geht hier ums Prinzip, und Sie sind ja nicht der Einzige, der bestohlen wurde.«

»Ich bin nur ein Angestellter.«

»Ihren Namen und Ihre Adresse bräuchte ich noch«, sagte sie zu Michelle.

»Michelle Cook aus Petaluma in Kalifornien.«

»Dachte mir schon, dass Sie nicht von hier sind.«

Michelle erschrak. »Man sieht mir an, dass ich ein Greenhorn bin?«

»War nur so ein Gefühl. Sie machen Urlaub hier?«

»Zwanzig Tage in der Denali Mountain Lodge ... ab morgen.«

»Die Adresse hab ich. Handynummer?«

Michelle gab sie ihr.

»Okay, ich melde mich, falls noch Fragen auftauchen.«

Michelle ging zum Wagen, als ihr einfiel, weswegen sie eigentlich gehalten hatte, sodass sie noch einmal in den Laden zurückkehrte. Der Angestellte war wieder in seinem alten Trott, saß hinter dem Tresen und spielte auf seinem Handy.

»Ist ja noch mal gutgegangen«, sagte sie, während er kassierte.

Er nickte nur.

Sie kletterte in ihren Jeep und fuhr nach Fairbanks zurück. An der Stadt vorbei lenkte sie ihren Wagen nach Süden, dem Denali National Park und ihrer Lodge entgegen. Noch immer war es nicht dunkel, lag geheimnisvolles Zwielicht über dem Highway und den Wäldern und gab ihr das Gefühl, durch eine verzauberte Landschaft zu fahren. Je weiter sie sich von der Stadt entfernte, desto einsamer wurde der Highway. Nur noch vereinzelte Trucks kamen ihr entgegen und brausten polternd wie Güterzüge an ihr vorbei. Im Dezember waren nur wenige Urlauber auf der Straße, kein Vergleich mit den vielen Reisenden, die im Sommer in Wohnmobilen und Campern unterwegs waren.

Michelle hörte selten Radio, wenn sie abseits von Städten unterwegs war. Die rockige Musik, die ihr gefiel, passte nicht zur Natur. Bei den leisen Motoren, die es inzwischen gab, hörte man sogar den böigen Wind, der von den Bergen im Westen kam und in die dichten Kronen der Fichten fuhr. Die Räder summten auf dem teilweise vereisten Highway und sorgten nur für Misstöne, wenn der Wagen leicht ins Schleudern geriet, und sie gezwungen war, vorsichtig gegenzusteuern. Auch in einem Jeep musste man bei diesem Wetter aufpassen.

Sie hatte beide Hände am Lenkrad. Wer hätte gedacht, dass sie nicht nur einem, sondern gleich drei Weihnachtsmännern begegnen würde, dachte sie amüsiert. Auf ihren Zusammenstoß mit den beiden Dieben hätte sie allerdings gern verzichtet. In einem Fernsehkrimi wirkten solche Überfälle immer besonders spannend und bei Weihnachtsmännern auch humorvoll, sogar die anschließenden Verhöre sah man sich gerne an. Aber die Wirklichkeit war anders. Selbst zwei Volltrottel wie die beiden Weihnachtsmänner hätten ihr gefährlich werden und sogar ihr Leben bedrohen können, und das Verhör durch die Trooperin war ebenfalls nicht angenehm gewesen, was sicher auch an ihrer strengen und humorlosen Art lag. Sie wirkte kalt und unnahbar, legte es vielleicht sogar darauf an, um sich keine blöde Anmache gefallen lassen zu müssen. Wer etwas verbrochen hatte und in ihre Fänge geriet, hatte bestimmt nichts zu lachen; nicht mal als Verkehrssünderin wollte Michelle von ihr gestoppt werden.

Michelle hatte kein Motel reserviert, ließ es darauf ankommen und hielt vor einer einsam gelegenen Herberge am Waldrand, schräg gegenüber von einem Roadhouse, das »Alaska-Atmosphäre« und das »Beste Essen des Nordens« auf einem Schild am Straßenrand anpries. Es waren noch genug Zimmer frei. Sie bezahlte im Voraus, ließ sich Minuten später aufs Bett fallen und brauchte erst mal eine Weile, um sich von dem aufregenden Tag zu erholen. Ihr Besuch beim »echten« Weihnachtsmann im Santa Claus House, ihr Zusammenstoß mit den als Weihnachtsmann verkleideten Dieben ... Santa Claus schien es auf sie abgesehen zu haben.

Sie schaltete den Fernseher ein, zappte durch mehrere Kanäle und erwischte die Fünf-Uhr-Nachrichten eines großen Senders in Anchorage. Das Übliche: Kriegsgefahr in Osteuropa, ein Anschlag im Nahen Osten, ein Schlagabtausch zwischen Republikanern und Demokraten. Eine Gasexplosion in einem Wohnhaus in Palmer, ein Medizinerkongress in Anchorage, die steigenden Lebensmittelpreise in den Supermärkten. Sie hörte nur mit halbem Ohr hin, bis das vertraute Gesicht ihre ehemaligen Verlobten auf dem Bildschirm zu sehen war.

»Petaluma, eine Kleinstadt nordwestlich von San Francisco, wird von einem handfesten Skandal erschüttert«, berichtete eine Reporterin. »Wie gestern schon berichtet, musste Paul Bradley, einer der Bewerber um den Bürgermeisterposten, seine Kandidatur nach einer Affäre mit der achtzehnjährigen Ella Roderick niederlegen. Er hatte die Abtreibung der Praktikantin und ein fünfstelliges Schweigegeld bezahlt. Seine Verlobung ging bereits vor Bekanntwerden des Skandals in die Brüche.« Michelle war dankbar, weder ihren Namen zu hören noch ihr Foto zu sehen. Dafür tauchte Ella Roderick vor zahlreichen Mikrofonen auf, eine junge Dame, die sicher von ihrem Anwalt angewiesen worden war, sich möglichst züchtig zu kleiden und unschuldig dreinzuschauen.

Mit Tränen in den Augen sagte sie: »Er hat mich gezwungen, das Kind abzutreiben! Ich wollte es behalten. Ich dachte, er liebt mich. Er hat gesagt, mit seiner Verlobung, das wäre sowieso nichts Ernstes.« Sie schniefte. »Als ich keine Ruhe gab, hat er mir Geld geboten, damit ich den Mund halte. Er würde sonst was mit mir anstellen, wenn ich ihn hinhängen würde. Warum tut er so was? Ich bin doch keine Schlampe, mit der jeder machen kann, was er will.«

Die Reporterin tauchte im Bild auf. »Inzwischen hat sich noch eine weitere junge Frau gemeldet, eine College-Studentin aus Berkeley, und über sexuelle Übergriffe des ehemaligen Kandidaten beklagt. Er soll sie gegen ihren Willen unsittlich berührt und sie geschlagen haben. Was an ihren Vorwürfen dran ist, versucht die Polizei zu klären. Zurück zu dir, Angie, und Neues vom Sport.«

Michelle schaltete den Fernseher aus und starrte ins Leere. Der Skandal um Paul nahm immer groteskere Formen an. Eine Praktikantin, ein College Girl aus Berkeley, hatte er wirklich geglaubt, damit durchzukommen? Als Bewerber um ein öffentliches Amt? Und warum war sie auf ihn reingefallen? Er hatte sie doch nur gebraucht, um in der Öffentlichkeit mit ihr repräsentieren zu können. »Die Frau an seiner Seite«, hätte die Presse geschrieben. Und er hätte sich weiter mit seinen jungen Gespielinnen vergnügt. Allein der Gedanke daran, auf diese schäbige Weise gedemütigt zu werden, machte sie wütend. Wenn sie noch einen Funken Mitleid für ihn gespürt hatte, war der jetzt auch erloschen.

Ihr Handy klingelte. Ihre Freundin aus Petaluma.

»Alice! Was macht die Heimat?«

»Ist in Aufruhr. Sei bloß froh, dass du das Weite gesucht hast.«

»Paul und das College Girl? Hab ich gerade in den Nachrichten gehört. Als ob die Geschichte mit Ella nicht Skandal genug wäre. Und von so einem Mann hab ich mir einen Verlobungsring anstecken lassen. Warum war ich nur so dumm?«

»Er war ein Charmeur. Das zieht bei den Mädels.«

»Und bei mir. Ich schäme mich, Alice.«

»Brauchst du nicht.« Alice räusperte sich. »Weswegen ich anrufe …«

»Schlechte Nachrichten?«

»Wie man's nimmt«, sagte Alice. »Die Medien haben herausgefunden, dass wir befreundet sind. Bei mir haben zwei Fernsehsender angerufen, und ein Reporter war persönlich hier und wollte wissen, wo du bist. Ich hab ihnen gesagt, dass du vor dem Rummel geflohen bist und keine Lust auf Interviews hast.«

»Sie haben keine Ahnung, wo ich bin?«

»Wo es schön warm ist, hab ich behauptet.«

»Aber wenn es jemand darauf anlegt, kriegt er's trotzdem raus.«

»Ein Detective vielleicht.«

»Was soll's«, erwiderte Michelle. »Bis mich hier jemand findet, ist die Sache längst vergessen, und sie treiben schon eine andere Sau durchs Dorf. Ich könnte ihnen sowieso nichts Neues erzählen. Halt mir die Meute vom Hals, okay?«

»Ich tue, was ich kann. Sonst alles im grünen Bereich?«

Michelle berichtete ihr vom Besuch bei Santa Claus und dem Überfall im Drugstore. »Von wegen, ich sei ein Weihnachtsmuffel, wie meine Grandma immer behauptet, nur weil ich keine Lust hatte, Plätzchen zu backen und den ganzen Tag ›Jingle Bells‹ und so was zu hören. Mehr Weihnachten als hier geht gar nicht. So viele Weihnachtsmänner wie hier in Alaska hatte ich noch nie um mich.«

»Solange du dich nicht mit einem verlobst.«

»Ich halte dich auf dem Laufenden, Alice. Bis bald!«

Michelle stand auf und trat ans Fenster. Über den Wäldern und dem Highway strahlten unzählige Sterne am dunklen Himmel, in Sichtweite vor dem Motel und dem Roadhouse gegenüber hoben sich einige Lampen und die wenigen erleuchteten Fenster gegen die Dunkelheit ab. Die Scheinwerfer eines Trucks flogen über den Highway. Als sie sich mit der flachen Hand am Fenster abstützen wollte, zuckte sie erschrocken zurück, so eisig kalt war das Glas.

Dennoch beschloss sie, die wohlige Wärme in ihrem Zimmer noch einmal zu verlassen. Sie hatte seit dem Morgen nichts mehr gegessen und verspürte großen Hunger. Die Kälte war gewöhnungsbedürftig, war mit Einbruch der Nacht und in dem böigen Wind, der von den Bergen der Alaska Range herabwehte, noch eisiger geworden. Geduckt lief sie über den Highway und betrat das Lokal.

Es kam ihr vor, als wäre sie von Zauberhand in die Pionierzeit zurückbefördert worden, die Zeit des großen

Goldrausches, als unzählige Männer und auch Frauen nach Norden gezogen waren, um in Alaska nach dem wertvollen Edelmetall zu suchen. So musste es damals in einem Saloon oder Roadhouse ausgesehen haben. Ein langer Tresen mit Barhockern, die sicher ebenfalls aus der Zeit um 1900 stammten, zog sich über die volle Breite des Blockhauses und trennte den Schankraum von der Küche und den Vorratsräumen ab. Für die Gäste standen Tische mit karierten Tischdecken und Stühle bereit. An den Wänden hingen Werkzeuge aus der Goldrauschzeit, die Schneeschuhe eines Goldsuchers, der damals auf eine reiche Ader gestoßen war, und historische Fotos. In der Mitte des Raumes bullerte ein bauchiger Kanonenofen leise vor sich hin. Ein bunt geschmückter Minibaum auf dem Tresen und rote Kerzen auf den Tischen waren die einzigen Zugeständnisse an die Weihnachtszeit.

Das Lokal war gut besucht. Die meisten Tische waren besetzt, doch am Tresen waren noch Plätze frei. Michelle zog ihren Anorak aus und setzte sich. Aus alten Westernfilmen kannte sie die Szene, wenn ein Fremder den Saloon betritt und alle Unterhaltungen verstummen, und für einen Augenblick setzt sogar der Klavierspieler aus, bevor er weiterspielt und wieder gesprochen wird. Hier betrachteten einige Männer sie zwar anerkennend, aber niemand schien verwundert. Das Roadhouse lag am Highway zwischen Anchorage und Fairbanks, und es kehrten öfter Touristen ein. »Einen Cheeseburger und eine Diet Coke, bitte!«, bestellte sie.

Die Wirtin, eine übergewichtige Frau mit geröteten Wangen und einem gutmütigen Lächeln, rief die Bestellung ihrer Tochter in der angrenzenden Küche zu und zapfte ihr eine Diet Coke. »Auf Urlaub hier?«, fragte sie neugierig.

»Hab eine Lodge gebucht, aber heute übernachte ich gegenüber.«

»Das Motel ist okay. Kalifornien?«

Michelle hatte keine Ahnung, warum man sie als Kalifornierin erkannte, und fragte: »Woher wissen Sie das? Warum nicht Oregon oder Washington?«

»Keine Ahnung, ich hab so was im Gefühl.«

»Petaluma, nordwestlich von San Francisco«, erklärte Michelle. »Ich dachte, ich besuche mal den Weihnachtsmann. Den wollte ich schon als Kind treffen.«

»Dann müssen Sie nach North Pole fahren.«

»Da war ich schon … ein freundlicher Mann.«

»Bei meinen Kindern hab ich den Santa Claus gespielt«, erwiderte die Wirtin lachend. »Mein Mann ist zu schlank, und ich hatte die passende Figur. Bin nicht durch den Kamin gestiegen, der wäre sowieso zu eng für mich gewesen, aber vor dem Fenster hab ich mich sehen lassen. Hier spiele ich ihn auch jedes Jahr. An Weihnachten serviere ich die Mahlzeiten im Santa-Claus-Kostüm.«

Der Cheeseburger war fertig. Die Wirtin brachte ihr den Teller und wünschte guten Appetit. »Der beste Cheeseburger, den man in Alaska bekommen kann!«

Michelle lächelte. »Daran zweifele ich keinen Augenblick.«

6

Michelle achtete auf ihr Gewicht, gehörte aber nicht zu den Frauen, die sich mit Salatblättern begnügten. Nichts gegen einen frischen Salat mit Tomaten und Avocados, aber manchmal durfte es auch ein deftiger Cheeseburger sein, besonders, wenn er so gut wie dieser war. Auf den Apple Pie mit reichlich Schlagsahne, den die Wirtin ihr anbot, verzichtete sie jedoch. Man konnte es auch übertreiben. Stattdessen bestellte sie einen heißen Früchtetee mit Zitrone.

Der sehnige Mann am anderen Ende des Tresens fiel ihr erst jetzt auf. Er hatte seinen Mantel auf den Nachbarhocker gelegt und saß in einer schäbigen Wollhose und einem geflickten Pullover vor einem Teller mit Eintopf. Sein Gesicht war verwittert, sein Alter unmöglich zu bestimmen. Die langen grauen Haare hatte er zu einem Pferdeschwanz gebunden. Zwischen den Bissen schlürfte er von seinem Kaffee. Er schien aus einer anderen Zeit zu kommen.

»Was macht die Jagd?«, fragte ihn die Wirtin, als sie ihm nachschenkte.

»Geht so«, antwortete er kauend. Seine Stimme klang wie ein Reibeisen, aber freundlich. »Die Biber und Bisamratten sind nicht mehr so dumm wie früher, die Falle muss schon gut präpariert sein, wenn sie einem auf den Leim gehen sollen. Und wenn du dich an anderen Pelztieren vergreifst, bekommst du sofort Ärger mit den Tierschützern. Die können ziemlich fanatisch sein.«

»Haben sie dich geärgert?«

»Geärgert?« Er kaute eine Weile. »Die sind mit Transparenten durch die halbe Stadt gelaufen und haben uns Fallensteller als Mörder und Tierquäler beschimpft. Und wenn meine Hütte nicht vier Meilen von hier im Wald läge und sie keinen Schiss hätten, wären sie mir auch dort auf die Pelle gerückt.«

»Wird vielleicht Zeit, den Beruf zu wechseln.«

»Wegen der paar Chaoten?« Er schüttelte heftig den Kopf. »Niemals! Ich hab weder Angst noch ein schlechtes Gewissen. Ich hatte immer Ehrfurcht vor der Natur, mehr als die meisten Indianer. Und ich war nie darauf aus, eine Tierart auszurotten. Aber das Gleichgewicht muss gewahrt bleiben. Vor allem in der Natur, sonst entsteht Chaos. Siehst du doch an den Wölfen. Hast du zu viele, sterben zu viele Karibus. Hast du zu wenige, stimmt das Gleichgewicht nicht mehr, weil die meisten Tiere dann keine Fressfeinde mehr haben.«

»Ist immer noch dein Lieblingsthema, was?«

»Ist doch wahr.« Er wischte sich den Mund ab und trank einen Schluck. »Immer schiebt man uns den Schwarzen Peter zu.« Seine Miene entspannte sich. »Ich hoffe doch, du hast noch ein Stück von dem guten Apple Pie da.«

»Für dich immer, Jeff.« Sie reichte ihm ein besonders großes Stück auf einem Teller und schenkte ihm Kaffee nach. Er war bestimmt schon beim fünften Becher angelangt. »Musst du heute Abend noch zurück in deine Hütte?«

»Darauf kannst du wetten«, antwortete er. »Es liegt was in der Luft, ein Blizzard, so was spüre ich, und ich hab keine Lust, auf halbem Weg gegen einen Baum geschleudert zu werden. Du weißt, wie hässlich solche Stürme sein können.«

Die Wirtin erschrak. »Ein Blizzard? Ist doch ganz friedlich draußen.«

»Das ist es immer vor so einem Sturm.«

»Und wann?«

»Wer weiß das schon?«, überlegte er laut. »Heute Nacht? Morgen früh? Übermorgen? Auf alle Fälle in nächster Zukunft. Hast du nicht gesehen, wie der Himmel über den Bergen geleuchtet hat? Das war ein deutliches Zeichen.«

»Ich muss sowieso nicht weg. Halb so schlimm.«

»Warte, bis ein Blizzard dein Haus wegweht. Dann redest du anders.«

»Mein Roadhouse? Das steht seit über hundert Jahren.«

»Dein Wort in Gottes Ohr, Maggie.«

Der Fallensteller war so mit seinem Apple Pie und seiner Unterhaltung mit der Wirtin beschäftigt, dass er Michelle kaum bemerkte. Erst als er gezahlt hatte und seinen Mantel anzog, sagte er: »Sorry, aber ich rede ein bisschen viel, wenn ich hier bin. Zu Hause in der Wildnis und wenn ich meine Fallen auslege, bin ich allein, da quatsche ich nur mit Benny … so heißt mein Husky. Die anderen Hunde hab ich verkauft, bin nur noch mit dem Snowmobil unterwegs.«

»Die Dinger machen einen Heidenlärm.«

»Sind aber billiger als Hunde. Auf Urlaub in Alaska?«

»Denali Mountain Lodge.«

»Gute Leute, die Walkers. Verstehen ihr Handwerk.«

»Und Sie sind?«

»Jeff Lafferty.« Er reichte ihr die schwielige Hand.
»Michelle Cook«, erwiderte sie.
»Aus Kalifornien?«
»Das sieht man mir anscheinend an. Wieso eigentlich?«
»Nur so ein Gefühl«, erwiderte er.
»Ein komischer Vogel, nicht wahr?«, sagte die Wirtin, als er gegangen war. »Einer von der alten Sorte. Der gehört in die Wildnis, bei den Wölfen und Bären ist er zu Hause. In einer Stadt wie Fairbanks könnte der nicht leben.«

Michelle ließ sich heißes Wasser nachschenken. Es gefiel ihr, mit Menschen zu sprechen, die ein völlig anderes Leben führten als sie und ihre Kunden in Petaluma. Ungefähr die Hälfte der Gäste im Roadhouse bestand aus Einheimischen, die wohl öfter bei der Wirtin einkehrten und ein paar Worte mit ihr wechselten, wenn sie auch lange nicht so gesprächig waren wie Jeff Lafferty. Der Rest waren Durchreisende, die entweder wie sie im Motel gegenüber wohnten oder noch am selben Abend weiter nach Fairbanks oder Anchorage wollten. Ihre Mienen entspannten sich ein wenig, als Maggie die CD mit Christmas Songs etwas lauter drehte, und Dean Martin »Winter Wonderland« anstimmte. Auch nach über fünfzig Jahren immer noch aktuell und irgendwie cool. Verständlich, dass Grandma auf den Schmusesänger stand, dachte sie.

Ein Mann betrat das Lokal. Sie sah ihn nur kurz aus dem Augenwinkel an, ein weiterer Gast, sicher ein Einheimischer, doch ein unerklärlicher Impuls brachte sie dazu, sich noch einmal nach ihm umzudrehen. Er war kein Schönling, keiner dieser makellosen Männer, wie es sie nur in Hollywood zu geben scheint, eher ein ganzer Kerl, wie man ihn nur in Alaska vermutet. Das Gesicht von Wind und Wetter gebräunt, warmherzige Augen und ein energisches Kinn, sportlich und durchtrainiert wie jemand, der täglich draußen in freier Natur arbeitet. Ein Mann, der einen Raum mit seiner Aura ausfüllte und dennoch so zurückhaltend und bescheiden schien, als wäre er es nicht gewohnt, von anderen beachtet zu werden. Er trug gebleichte Jeans, einen weinroten Parka und eine Wollmütze.

»Ethan!«, begrüßte ihn die Wirtin herzlich., »Dass du dich auch mal wieder blicken lässt. Setz dich! Ein Steak Sandwich mit viel Zwiebeln und Pommes?«

»Wie immer, ja. Und Kaffee mit Milch und Zucker, bitte!«

»Immer noch ein Süßer?«

Er legte den Anorak ab, grüßte Michelle mit einem freundlichen Kopfnicken und setzte sich zwei Hocker von ihr entfernt an den Tresen. Unter seinem Anorak trug er einen roten Pullover, der seine starken Muskeln ahnen ließ.

»Danke, Maggie«, sagte er, als sie ihm Kaffee einschenkte.

»Auf dem Weg zur Arbeit?«

»Ich muss morgen früh raus. Meine Schicht beginnt um sieben. Auf den Campgrounds an der Park Road und auf den Trails gibt es eine Menge zu tun. Und meine Huskys brennen darauf, mal wieder weite Strecken zu laufen. Ich hab ihnen versprochen, bis zum Wonder Lake und den Gletschern zu fahren.«

»Ist Ruby wieder gesund?«

»Dem geht's prächtig. Man merkt kaum noch was.«

Michelle saß nahe genug, um ihre Unterhaltung mitzubekommen, und verriet wohl mit ihrer Miene, dass sie zugehört hatte. »Ethan arbeitet als Park Ranger im Denali National Park«, erklärte Maggie, als sie ihr noch einmal Kaffee nachschenkte. »Und Ruby ist einer seiner Huskys. Sein Leithund, hab ich recht?«

»Der beste Leithund, den man sich vorstellen kann«, ergänzte er und blickte Michelle zum ersten Mal länger an. Er reichte ihr eine Hand. »Ethan Stewart. Ich bin für die Huskys im Nationalpark verantwortlich, zusammen mit einer Kollegin.«

Sie erwiderte seinen Händedruck. »Michelle Cook. Freut mich ...«

»Ethan«, unterbrach er sie. »Alles andere hört sich albern an.«

»Kein alltäglicher Name.«

Er lächelte amüsiert. »So hieß John Wayne in *The Searchers*, einer seiner bekanntesten Filme und einer der besten Western überhaupt, sagt jedenfalls mein Vater. Er ist ein großer Westernfan und sieht sich die alten Filme heute noch auf YouTube an. In *The Searchers* holt Ethan eine Gefangene von den Comanchen zurück.« Er lachte. »Ich sehe mir lieber Dokus an, aber den Film mochte ich.«

»Ich glaube, den hab ich auch mal gesehen.«

»Aber Ihr Vater ist kein Westernfan?«

»Meine Eltern kennen nur ihre Arbeit. Sie arbeiten in der Chirurgie eines großen Krankenhauses. Ich hab ihnen schon öfter gesagt, sie sollten mal Urlaub machen und ausspannen, aber mehr als ein paar Tage in einem Wellness-Hotel waren nie drin. Sie konnten froh sein, dass meine

Oma eine ziemlich ausgeschlafene Frau ist und ihnen bei meiner Erziehung geholfen hat. Ohne Grandma hätte ich es wohl nie zu etwas gebracht.«

»Und wieso entspannen Sie ausgerechnet in Alaska?«

»Das fragen alle«, sagte sie. »Weil ich mal was anderes sehen wollte und weil mir eine Freundin dazu geraten hat. Sonnenschein haben wir in Kalifornien genug, und zum nächsten Strand hab ich zu Hause auch nicht weit. Aber zwanzig Stunden Dunkelheit, die hab ich nicht überall.« Sie lachte. »Hauptsächlich bin ich wegen der Natur hier. Ich bin gern in der Natur, auch wenn ich zu Hause wenig Zeit für Ausflüge habe. Sicher, die Sierras und Yosemite können sich sehen lassen, aber ich hab den Eindruck, hier ist alles größer und weiter.«

»Da haben Sie recht. Fahren Sie auf eigene Faust durch Alaska?«

»Ich hab den Weihnachtsmann in North Pole besucht und werde sicher ein wenig rumfahren, aber die meiste Zeit bleibe ich auf der Denali Mountain Lodge. Wenn schon Tapetenwechsel, dann richtig und mitten in der Wildnis.«

»Eine gute Wahl«, lobte er. »Die Walkers sind gute Leute. Ich kenne John und Susan schon seit ein paar Jahren. Sie kennen sich besser in der Wildnis aus als die meisten Ranger. Ich sehe öfter mal auf einen Kaffee bei ihnen vorbei.«

Ethan verzichtete darauf, ihr zu sagen, dass man sich dort sicher einmal begegnen wurde. Ob aus Schüchternheit oder weil er nicht aufdringlich sein wollte, konnte sie nicht sagen. Sie war froh darüber; sie mochte weder Anmachversuche im Internet noch so abgenutzte Sätze wie: »Haben wir uns nicht schon mal irgendwo gesehen?« oder: »Ich kenne da ein nettes Lokal.« Obwohl den Männern manchmal gar nichts anderes übrig blieb. Vielleicht war sie ungerecht. Bei dem Ranger hätte sie selbst bei einem solchen Vorschlag zugesagt.

Sie erschrak über ihre eigenen Gedanken. Hatte sie nicht gerade erst einen Mann in die Wüste geschickt? War sie nicht um eine Haaresbreite einem Skandal entkommen? Nicht auszudenken, wie sehr die Medien sie bedrängt hätten. Sie war nicht der Typ, der sich so etwas lange gefallen ließ. Wahrscheinlich hätte sie getobt, und bei der Klatschpresse hätte man sich die Hände gerieben: »Ex-Verlobte des Kandidaten rastet aus! Schlug Paul Bradley seiner Ex-Verlobten einen flotten Dreier vor?« Allein bei dem Gedanken an solche Schlagzeilen lief es ihr eiskalt den Rücken hinunter. Eigentlich sollte sie sich für eine Weile von Männern fernhalten, erst recht hier im fernen Alaska. Urlaubsflirts führten zu nichts, sie endeten meist mit Katzenjammer und Tränen.

Dabei war nicht mal sicher, ob Ethan tatsächlich flirtete. Er schien sie sympathisch zu finden, sonst hätte er anders reagiert, wahrscheinlich nur ein paar Worte gemurmelt und sich dann über sein Steak-Sandwich hergemacht. Auch in ihrer Gegenwart schien er jeden Bissen zu genießen. Sie glaubte schon, er würde sich jetzt anderen zuwenden, sah sich aber bald getäuscht.

»Sollten Sie mal probieren«, sagte er. »Schmeckt köstlich!«

»Ich hatte den Cheeseburger, der war auch gut.«

»Dann haben Sie ein geheimes Schlankheits- und Schönheitsrezept?«

»Cheeseburger nicht jeden Tag, an Schokolade möglichst vorbeilaufen, ausgenommen die teure aus der Schweiz, und täglich Gymnastik und Laufen.«

Er hielt grinsend inne. »Und einen Job haben Sie auch?«

»Maklerin«, erklärte sie freimütig. »Ich verkaufe Immobilien. Bevor ich hierherkam, hatte ich gerade eine teure Villa verkauft. Ohne die Provision hätte ich wohl Urlaub in Petaluma gemacht. Petaluma, California, da wohne ich.«

»Bei San Francisco, nicht wahr?«

»Sie kennen sich aus.«

»Ich hab mal Urlaub in Kalifornien gemacht, mit meiner damaligen Frau, bevor sie mir den Laufpass gab. Ausgerechnet in San Francisco hat sie einen anderen kennengelernt, mitten auf der Golden Gate Bridge. Ich war live dabei und konnte nichts dagegen tun. Es war immer mein Traum gewesen, einmal über die Golden Gate zu laufen. Heute kann ich drüber lachen, aber damals war es weniger lustig. Aber ich will Sie nicht mit meinen Geschichten langweilen.«

»Und jetzt sind Sie allein?«

»Ja, und zwar ganz gern«, gestand er. »Zumindest, wenn ich mit dem Hundeschlitten unterwegs bin. Es gibt nichts Schöneres, als abseits der Zivilisation in der Wildnis zu campen und den Mond und die Sterne und das Nordlicht zu genießen. Die Einsamkeit da draußen hat etwas Beruhigendes. Natürlich nur, wenn man sich auskennt und weiß, wie man bei einer Begegnung mit wilden Tieren reagieren muss.« Er trank von seinem Kaffee und versank für einen Augenblick in Gedanken. »Sie sollten unbedingt in den Nationalpark kommen. Ruby würde sich freuen. Ruby und die anderen Huskys. Mögen Sie Huskys?«

»Ich liebe sie und hätte mir längst einen angeschafft«, erwiderte sie, »aber bei meinem Job geht das nicht, und eine Großstadtwohnung wäre sowieso nicht das Richtige für einen Hund. Kann ich denn eine Tour bei Ihnen buchen?«

»Schon notiert. Ich nehme Sie auf eine Inspektionstour mit, okay?«

»Klingt gut. Mit Ruby vor dem Schlitten?«

»Ruby ist auf allen Touren dabei«, sagte er. »Einen verlässlicheren Leithund als ihn gibt es nicht. Ich betreue die Huskys im Nationalpark schon seit einigen Jahren und hatte nie einen besseren Hund. Eine Indianerin vom Kobuk River hat ihn uns geschenkt. Er hatte sich kürzlich den Magen verdorben und war einige Tage außer Gefecht, aber inzwischen geht es ihm besser, und er ist wieder voll da.«

»Ich bin sehr gespannt.« Sie ließ sich neuen Tee einschenken, obwohl sie längst genug hatte, und übersah das milde Lächeln der Wirtin. »Ich dachte, die Ranger sind inzwischen nur noch mit Snowmobilen unterwegs. Oder mit kleinen Flugzeugen. Wäre das nicht praktischer bei den großen Entfernungen?«

Ethan schob seinen leeren Teller von sich und wischte sich den Mund ab. »Ja, aber es gibt einige Ecken im Park, da kommst du auch heute nur mit dem Hundeschlitten oder auf Schneeschuhen hin. Der Denali National Park ist riesig. Größer als manche Länder. Und der Berg überragt alles!«

»Anscheinend haben Sie Ihren Traumberuf gefunden.«

»Die Begeisterung für die Natur hab ich von meinen Eltern«, sagte er, »obwohl mein Vater lange auf den Ölfeldern an der Prudhoe Bay gearbeitet hat. Dort war am meisten Geld zu verdienen, und nur so schaffte er es, mein College-Studium zu finanzieren. Ich werde ihm ewig dankbar dafür sein. Inzwischen ist er Hausmeister an der Schule, an der meine Mutter als Lehrerin arbeitet. In der Freizeit sind die beiden mit ihrem Wohnmobil unterwegs.«

»Das haben sie sich verdient.«

Ethan nickte. »Ich hab Biologie studiert und wollte eigentlich für die University of Alaska arbeiten, aber dann kam dieser große Waldbrand nördlich von Fairbanks, und ich war bei den freiwilligen Helfern. Danach stand mein Entschluss fest: Ich wollte zu den Firefightern. Bis ich einen Bericht über die Park Rangers im Fernsehen sah. Als Ranger könnte ich alles: aktiven Naturschutz betreiben, mich um Tiere und Pflanzen kümmern und den Besuchern die Natur beibringen. Und bei Waldbränden wäre ich als Firefighter dabei.«

»Ein aufregender Job. Sie machen mich neugierig.«

»Wollen Sie sich als Ranger bewerben?«

»Ich tauge mehr als Maklerin«, sagte sie, »obwohl ich als Kind immer viel über ferne Länder und wilde Tiere gelesen habe. Eine Zeitlang wollte ich als Wildhüterin nach Afrika gehen, aber davon träumt wohl jedes Mädchen.«

»Ich dachte, die wollen alle mit Einhörnern spielen.«

»Nur wenn sie jünger sind.«

Sie lachten beide, und sie hatte plötzlich das Gefühl, ihm ganz nahe zu sein, obwohl er immer noch zwei Hocker weiter saß und schon wieder mir der Wirtin scherzte. Sein Lachen hatte etwas Lausbubenhaftes. Maggie hatte ihm wohl ein Stück Apple Pie angeboten, und er hatte angenommen, denn im nächsten Augenblick stellte sie ihm einen Teller mit dem Kuchen und viel Sahne hin.

»Maggie kann man nichts abschlagen«, sagte er lachend. Sein Blick war wieder auf Michelle gerichtet. »Was soll ich machen? Sie ist die Chefin im Haus.«

Michelle hatte das Gefühl, gehen zu müssen, und fragte nach der Rechnung. Als sie bezahlt hatte und nach ihrem Mantel griff, sagte sie: »Ich hab einen anstrengenden Tag hinter mir und brauche dringend Schlaf. Hat mich gefreut, sie kennenzulernen, Ethan. Sie haben das doch ernst gemeint mit der Tour?«

»Natürlich! Ich melde mich bei Ihnen, okay? Die Nummer der Lodge hab ich. Und noch was: Brechen Sie möglichst früh auf! Es ist schlechtes Wetter angesagt. Ein Blizzard oder so was. Vielleicht nicht morgen früh, aber bald.«

»Ich bin hart im Nehmen«, sagte sie.

7

Michelle spürte die abendliche Kälte kaum, als sie die Straße überquerte. In Gedanken war sie noch bei Ethan, der völlig anders war als alle Männer, denen sie bisher begegnet war. Ein Naturbursche im besten Sinne, der sich in der Wildnis am wohlsten zu fühlen schien und alles tat, um sie zu schützen und für die Nachwelt zu erhalten. Der nicht nur redete, sondern jeden Tag etwas dafür tat und als Park Ranger wohl seinen Traumjob gefunden hatte. Kein »verrückter Öko«, der nur Forderungen stellte, sondern ein ganzer Kerl, der noch dazu gut aussah und gar nicht zu merken schien, wie sehr er auf Frauen wirkte.

Sie betrat einigermaßen verwirrt ihr Zimmer. Nach einer heißen Dusche trat sie in Shorts und T-Shirt ans Fenster, stellte die altersschwache Heizung etwas niedriger und blickte aus dem Fenster. Über die parkenden Autos, die im Mondlicht glänzten, beobachtete sie, wie Ethan das Lokal verließ und zu seinem Wagen ging. Im Licht der beiden Lampen vor dem Roadhouse war er deutlich zu erkennen. Sie bekämpfte den seltsamen Impuls, nach draußen zu laufen und ihm zuzuwinken, sah aber, wie er stehen blieb und zum Motel herüberblickte, bevor er einstieg und davonfuhr. Hatte der Blick ihr gegolten?

Ein bisschen albern kam sie sich schon vor. Sie war nicht der Typ, der nach einer netten Unterhaltung schon an mehr glaubte und mit glänzenden Augen durch die Gegend lief, schon gar nicht nach den Enttäuschungen der letzten Wochen, aber Ethan hatte einen bestimmten Nerv bei ihr getroffen und sie dazu gebracht, ihm aufmerksam zuzuhören. Sie stellte sich nur zu gern vor, dass es ihm ähnlich ergangen war. Für zwei Fremde waren sie sich erstaunlich nahe gewesen.

Auch weil sie allmählich an den Beinen fror, kroch sie rasch unter ihre Decken. Ihr Bett war nicht gerade bequem, eher Motelstandard aus den Achtzigern, und sie brauchte einige Zeit, um in den Schlaf zu finden. Sie träumte nicht, hatte aber das Gefühl, ständig gelächelt zu haben, als sie am nächsten Morgen erwachte und sofort wieder an Ethan und sein lausbubenhaftes Lächeln denken musste. Es verschwand erst, als ihr Handy klingelte, sie nervös danach griff und Pauls Namen auf dem Display las. Sie ließ es klingeln und stieg unter die Dusche, auch weil sie es dort nicht hörte, doch als sie sich anzog, rief er wieder an, und sie ging dran. »Was soll das, Paul? Was willst du denn noch?«

»Leg bitte nicht auf!«, erwiderte er nervös.

»Was willst du?«

»Ich brauche deine Hilfe, Michelle!«

»Meine Hilfe? Ich hör wohl nicht recht.«

»Ich verstehe ja, dass du wütend bist, Michelle. Es tut mir leid, und ich entschuldige mich dafür. Ich hätte das alles nicht tun dürfen. Aber ich muss teuer dafür bezahlen, und ich brauche unbedingt jemanden, der mich versteht und aus der Schusslinie der Medien nimmt. Wo hast du dich versteckt? Kann ich zu dir kommen? Wir könnten miteinander reden, und vielleicht ergibt sich ja doch noch eine Möglichkeit für uns, wieder zusammenzufinden, Michelle.«

»Meinst du das wirklich im Ernst?«

»Mach dich nicht lustig über mich, Michelle! Ich muss schon genug einstecken. Sie dichten mir inzwischen irgendwelche Affären an, mit Frauen, die ich nie gesehen habe. Wo bist du, Michelle?«

»Das werde ich dir nicht sagen.«

»Du musst mir verzeihen ... bitte!«

»Ich habe dich weder angezeigt, noch bin ich zu den Medien gegangen und habe schmutzige Wäsche gewaschen. Ich ... wir haben einen Fehler begangen, auch ohne deine Eskapaden, und jetzt geht jeder wieder seine eigenen Wege.«

»Nur für ein paar Tage, Michelle!«

Sie hatte genug. »Jetzt reicht es, Paul! Wir sind getrennte Leute, und ich bin nicht dazu da, deine Probleme zu lösen. Du hättest die Mädchen in Ruhe lassen sollen, dann hättest du jetzt noch Chancen, Bürgermeister zu werden. Keine Ahnung, wie du darauf kommst, dass ich dir helfen könnte. Selbst wenn ich wollte, würde das nicht klappen. Also spar dir in Zukunft deine Anrufe.«

»Michelle!«

»Stell dich deinen Problemen, Paul! Sei ein Mann, verdammt!«

»Michelle ... bitte ...«

»Leb wohl, Paul.«

Sie drückte ihn weg und hätte am liebsten ihr Handy an die Wand geworfen. Wie er auf die Idee kommen konnte, sie anzurufen, nach allem, was vorgefallen war, wollte ihr nicht in den Kopf. Paul musste schon sehr verzweifelt sein. Aber was konnte sie tun? Ihn nach Alaska holen und sich mit ihm in einer Blockhütte verbarrikadieren? Etwas in der Art stellte er sich wahrscheinlich vor. Nur gut, dass er nicht wusste, wo sie sich aufhielt.

Sie zog sich fertig an, lud ihr Gepäck in den Kofferraum und checkte aus. Wie jeden Morgen um diese Jahreszeit war es noch dunkel. Eine Windböe wirbelte Schnee auf und zwang sie, den Kopf zu senken. Im Motel gab es kein Frühstück, aber das Roadhouse hatte schon geöffnet, und ein Schild mit der Aufschrift »Breakfast served« verriet, dass man dort auch Frühstück bekam.

Es war schon einiges los, als sie sich auf denselben Platz setzte wie am Abend zuvor. Aus der Küche zog der Duft von gebratenem Speck herüber. Sie bestellte Rührei mit Speck und Toast und frischen Kaffee.

»Netter Kerl, der Ethan, nicht wahr?«, sagte die Wirtin.

»Sehr nett.« Michelle errötete leicht.

»So lange habe ich ihn noch nie mit einer Frau reden sehen. Er muss große Stücke auf Sie halten.« Maggie stellte ihr den Teller mit dem Frühstück hin. »Er ist ein ehrlicher Bursche, keiner dieser Windmacher, die den Helden rauskehren und ständig über sich selbst reden. Setzen Sie ihm bloß keine Flausen in den Kopf!«

Michelle strich sich Marmelade auf den Toast. »Keine Angst! Ich gehöre nicht zu den Frauen, die einem Mann schöne Augen machen, nur weil sie ihn ins Bett bekommen und ein paar schöne Urlaubstage mit ihm verbringen wollen.«

»So hab ich Sie auch nicht eingeschätzt.«

»Sie machen sich Sorgen um ihn, was?«

»Muttergefühle einer alternden Witwe.« Die Wirtin

grinste, wurde aber gleich wieder ernst. »Er ist sensibel, auch wenn man es ihm nicht ansieht. Es würde mir das Herz brechen, wenn ihn jemand verletzt.« Ihr Grinsen kehrte zurück. »Außerdem müsste ich mir wochenlang sein Gejammer anhören. Ich muss mir viel anhören, wenn der Tag lang ist, aber das würde mir das Herz brechen.«

Michelle wechselte das Thema. »Gibt's Neues vom Wetter?«

»Sieht so aus, als würde der Blizzard noch eine Weile auf sich warten lassen«, antwortete Maggie, »aber genau weiß man das nie. Nicht in Alaska.«

»Danke, Maggie. Wir sehen uns sicher wieder.«

Michelle stieg in ihren Wagen und fuhr weiter nach Süden. Der Mond stand noch immer hoch am Himmel und würde an diesem Tag auch nicht untergehen, wie sie gehört hatte. In Alaska gingen die Uhren anders, und man musste schon auf die Uhr blicken, um zu wissen, welche Tages- oder Nachtzeit man hatte. Der Wind kam aus Nordwesten und wehte den Schnee von den Schwarzfichten und kahlen Laubbäumen. Obwohl es nicht schneite, musste sie die Scheibenwischer einschalten und jederzeit darauf gefasst sein, bremsen zu müssen.

Es gab kaum Siedlungen, auch Anderson bestand nur aus wenigen Häusern und einem Laden am Highway. Beim Vorbeifahren überlegte Michelle, ob sie sich in einem so entlegenen Ort wohlfühlen würde, und kam zu dem Schluss, dass es ihr schwerfallen würde, auf die Annehmlichkeiten einer größeren Stadt zu verzichten. Es musste keine Großstadt wie San Francisco sein, aber Fairbanks sollte zumindest in der Nähe liegen. Der Gedanke, in dieser

Einöde als Immobilienmaklerin zu arbeiten, amüsierte sie. Sicher war hier einiges Geld mit großen Grundstücken zu verdienen, aber gegen die einheimische Konkurrenz würde sie niemals ankommen. Nur in Petaluma hatte sie ein Heimspiel.

Sie ließ das Navi ausgeschaltet. Auf der Forststraße zur Lodge würde es sowieso nichts nützen, dort sollten nicht einmal Handys funktionieren. Aber die Walkers hatten ihr eine genaue Wegbeschreibung gemailt, und es kam nur darauf an, die richtige Abzweigung zwischen Anderson und Clear zu erwischen. Von dort bis zur Lodge waren es ungefähr anderthalb Stunden, je nachdem, wie gut man vorankam. Das Wetter in der Gegend war unberechenbar.

Ein Windstoß zwang sie, vom Gas zu gehen. Sekundenlang wurde ihr Jeep von einem Schneeschauer eingehüllt. Als sie wieder freie Sicht hatte, entdeckte sie den gestrandeten Pick-up zwischen den Birken am Straßenrand. Es war kein geparkter Wagen, er war gegen einen Baum geprallt, anscheinend so heftig, dass die Insassen zu Fuß weiterlaufen mussten. Beide Türen standen offen.

Als sie auf die Bremse trat und den Pick-up anstarrte, erkannte sie ihn sofort. Beim Kennzeichen war ein A dabei, er war beige, braun oder irgendwas dazwischen. Und er war rostig und hatte sicher etliche Meilen auf dem Buckel. Es war der Wagen, den die beiden Weihnachtsmänner gefahren hatten, daran gab es kaum einen Zweifel. So rostige Pick-ups gab es auch in Alaska selten.

Sie zog ihr Handy aus der Umhängetasche und stieg aus. Am Highway bekam sie noch ein Netz. Sie rief die Alaska

State Troopers an und verlangte Trooper Shirley Logan. Nach einigen Versuchen klappte die Verbindung.

»Trooper Logan? Michelle Cook ... die Zeugin aus North Pole.«

»Was gibt's, Michelle?«

»Ich bin südlich von Anderson am Highway. Der Pick-up der beiden Diebe steht hier ... der Weihnachtsmänner ... Sie müssen gegen einen Baum gefahren sein.« Sie erzählte der Trooperin, wie sie den Wagen gefunden hatte. »Die Diebe sind nicht hier.«

»Okay«, antwortete Shirley, »ich bin ganz in der Nähe und spätestens in zwanzig Minuten bei Ihnen. Bleiben Sie, wo Sie sind, und fassen Sie nichts an!«

»Mach ich«, sagte Michelle.

Sie wartete im Wagen und stieg erst aus, als die Trooperin mit ihrem Streifenwagen hinter ihr parkte. Dann zog sie den Reißverschluss ihres Anoraks gegen den böigen Wind nach oben und ihre Wollmütze weiter in die Stirn. »Trooper Logan«, sagte sie, »ich dachte, ich sage Ihnen besser Bescheid. Ich bin sicher, dass dies der Pick-up ist, der den Dieben gehört. Reiner Zufall, dass ich ihn entdeckt habe.«

»Und Sie sind wirklich sicher, dass es der Wagen ist?«

»Da A im Kennzeichen, die Farbe, der Rost ... es stimmt alles.«

Die Trooperin nickte. »Warten Sie hier.«

Shirley war einsilbig wie beim letzten Mal und schien keine große Lust zu haben, die Weihnachtsmänner zu suchen. Sie stapfte durch den angehäuften Schnee am Straßenrand zu dem Pick-up, zog sich Latex-Handschuhe über und blickte in den Innenraum. Der Schlüssel steckte. Sie versuchte mehrmals, den Wagen zu starten, bekam ihn nicht mehr in Gang und fluchte unüberhörbar. Nachdem sie das Handschuhfach geöffnet und lediglich eine eingerissene Snickers-Verpackung gefunden hatte, kehrte sie zurück. »Nichts«, sagte sie. »Sie werden zu Fuß weitergelaufen sein oder einen Wagen gestohlen haben. Wir kriegen sie. Sobald unsere Spezialisten die Fingerabdrücke mit denen von den anderen Überfällen verglichen haben, kriegen wir sie. Danke für Ihre Hilfe!«

»Gerne ... dann kann ich jetzt weiterfahren?«

»Sicher. Denali Mountain Lodge, stimmt's?«

»Das wissen Sie noch?«

Shirley ging nicht darauf ein. Sie deutete nach Süden. »Ungefähr eine Viertelmeile von hier rechts ab und dann immer der Forststraße nach Westen folgen. Sie haben eine Wegbeschreibung, nehme ich an. Sind Sie schon mal querfeldein gefahren?« In ihrer Stimme schwang leiser Spott mit. »Bei solchem Wetter?«

»Hauptsache, die Grizzlys halten weiter Winterschlaf.«

Shirley lachte nicht. »Passen Sie auf sich auf, Lady!« Auch das »Lady« klang nicht so, als hätte sie viel für Touristen oder Stadtmenschen übrig. Oder steckte etwas anderes dahinter? »Und grüßen Sie die Walkers von mir, okay?«

»Aye, Officer.« Auch Michelle klang ein wenig spöttisch.

Sie verabschiedete sich und fuhr weiter, war froh, als der Streifenwagen kaum noch im Rückspiegel zu sehen war. Mit der Trooperin wurde sie einfach nicht warm. Ihr Verhalten erinnerte sie an eine frühere Kollegin, die eifersüchtig auf sie gewesen war, obwohl sie gar keinen Grund dazu gehabt hatte. Sie hatte lediglich Angst gehabt, dass

Michelle ihr den Freund ausspannen könnte. Dabei hatte Michelle den Freund noch nie gesehen und zu der Zeit auch gar kein Interesse gehabt, sich mit einem Mann einzulassen. Aber vielleicht musste man als Trooperin so misstrauisch und barsch sein. Oder sie hatte was gegen Kalifornien.

Michelle erreichte die Abzweigung, entdeckte sogar einen allerdings kaum sichtbaren Wegweiser zur Denali Mountain Lodge und lenkte ihren Wagen auf die Forststraße, eigentlich mehr ein Trail, der mit einem Bulldozer gerodet worden war. Während der ersten paar Meilen kam sie gut voran. Der Trail war größtenteils geräumt, und der Schnee war kein Hindernis, erst recht nicht mit ihrem Allradantrieb und den griffigen Winterreifen, die man extra für solche Bedingungen entwickelt hatte. Zu beiden Seiten des Trails erstreckte sich Mischwald, meist Birken, Espen und Schwarzfichten, deren Äste sich unter der Schneelast bogen.

Hinter einer Biegung wurde es ungemütlicher. Die Bäume standen dort dichter, und aus der Forststraße wurde ein Trail, gerade breit genug für ihren Wagen und so unwegsam, dass sie nur noch im Schritttempo vorankam. Teilweise ragten Felsbrocken und oberirdische Wurzeln in den Weg und zwangen sie zu riskanten Manövern. Sie war eine gute Autofahrerin, solche Straßen aber nur von einem Urlaub in der Sierra Nevada gewohnt, und damals war Sommer gewesen, es hatte nicht mal geregnet. Dieser Trail verlangte mehr von ihr, vor allem im Winter bei nächtlicher Dunkelheit. Nur das unruhige Licht ihrer Scheinwerfer und der reflektierende Schnee halfen ihr bei der Orientierung.

Sie fragte sich, wie weniger geübte Fahrer damit zurechtkamen. Freuten sie sich über die Herausforderung oder kamen sie mit dem Buschflugzeug? Sie erinnerte sich, eine Landepiste in dem Video gesehen zu haben. Urlauber, die eine vierstellige Summe für einen Lodge-Urlaub ausgeben konnten, hatten sicher noch ein paar Dollar für den Flug übrig und sparten dabei ja auch die Mietwagengebühren. Sie fragte sich, was sie dazu getrieben hatte, sich einen Jeep zu mieten. Die Herausforderung? Der Wunsch, auch bei der Anreise mal was völlig anderes zu tun und die Zivilisation endgültig hinter sich zu lassen?

Sie nahm diesen schwierigen Abschnitt des Trails sportlich. Nicht nur Machos in ihren aufgemotzten Pick-ups meisterten solche Wege, auch Frauen wie sie, die im Alltag meist über Asphaltstraßen fuhren. Vor allem dank der modernen Technik, die das Beherrschen eines Geländewagens nicht mehr wie Zauberei aussehen ließ. Die Lenkung war leicht, die Räder schienen sich förmlich an der Erde festzukrallen, und die Kraft des Motors war beinahe körperlich zu spüren. Es machte sogar Spaß, und Zeit hatte sie schließlich auch. Sie hatte sich erst für den frühen Nachmittag angekündigt, mit einer Sprachnachricht am vergangenen Abend.

Als der Trail wieder breiter wurde, hielt sie an, um einige Eisbrocken von ihrer Karosserie zu treten. Sie ging um den Wagen herum, trat mit den Stiefeln dagegen und wischte den festgeklebten Schnee von den Scheinwerfern. Alles in Ordnung, trotzdem fühlte sie sich plötzlich unwohl. Der Mond und die Sterne waren nicht mehr zu sehen, und ihr fiel auf, dass es kälter geworden war. Die Kälte war bis unter ihren Anorak zu spüren. Der Wind war stärker geworden, bedrängte sie mit teilweise so starken Böen, dass sie sich mit beiden Händen festhalten musste.

Michelle hatte noch nie einen Blizzard erlebt, erkannte aber, dass sie wohl demnächst Bekanntschaft mit einem der gefürchteten Schneestürme machen würde. Sie beeilte sich, in den Wagen zu kommen und die Tür zu schließen. Es hatte keine offizielle Blizzard-Warnung gegeben, und selbst Ethan hatte ihr nicht geraten, im Motel zu bleiben. Vielleicht Jeff Lafferty, der Fallensteller, aber Männer wie er übertrieben oft und machten sich gern auch ein bisschen wichtig. Solange es keine offizielle Warnung gab, konnte es vielleicht einen Sturm, aber keinen mörderischen Blizzard geben, ähnlich wie bei einem Hurrikan, der ebenso aufmerksam von Wetterdienst beobachtet wurde. Aber wusste das auch der Blizzard, der immer näher zu kommen schien? Und würde sich nicht schon ein starker Sturm für eine Städterin wie ein Blizzard anfühlen?

Sie musste so schnell wie möglich einen natürlichen Schutz für sich und ihren Wagen finden. Eine windabgewandte Ecke, wo sie einigermaßen sicher vor dem stürmischen Wind und den Schneemassen war. Vorsichtig trat sie aufs Gaspedal. Schlingernd setzte sich der Jeep in Bewegung, hinter einem Hügel in eine weite Mulde hinab und zum Waldrand. Dort standen Schwarzfichten in dichten Reihen neben dem Trail. Wenn sie es bis dorthin schaffte, war sie gerettet, hoffte sie zumindest, im Wald konnte ihr nichts etwas anhaben.

Doch schon, als sie die Mulde erreichte, heulte der Wind mit solcher Macht von den Bergen herab, dass ihr Wagen unsanft zur Seite gedrängt wurde und sie kräftig das Lenkrad herumreißen musste, um ihn einigermaßen in der Spur zu halten. Wenige Sekunden später war auch das nicht mehr möglich. Als hätte der Himmel sämtliche Schleusen geöffnet, rauschten Unmengen von Schnee auf den Trail herab, wirbelnde Schneeflocken, die mit dem Wind in dichten Wolken heranwehten und das letzte Licht vertrieben. Michelle fiel nichts Besseres ein, als Gas zu geben und in die Richtung zu fahren, in der sie den Wald vermutete. Eine Orientierung war nicht mehr möglich. Sie fuhr blind zwischen die Bäume, holperte durch das Unterholz, prallte mit einem Vorderrad gegen einen Felsbrocken und blieb im tiefen Schnee einer Lichtung stecken.

8

Benommen blieb Michelle sitzen, die Hände fest um das Lenkrad geklammert und vor Schreck zu keiner Bewegung fähig. Mit weit aufgerissenen Augen starrte sie in den Blizzard, wie ein Fischer, der mit seinem Boot in Seenot geraten und den sich auftürmenden Wellen hilflos ausgeliefert ist. Der Schneesturm hatte sie in den Klauen, hüllte sie in Dunkelheit und peitschte eisige Wogen über ihren Wagen. Der Jeep hatte sich tief in den Schnee gegraben, konnte aber jeden Moment den Halt verlieren. Lange würde der Wind nicht brauchen, um ihn umzuwerfen. Sie steckte in der Falle, konnte weder vor noch zurück.

Sie brauchte mehrere Minuten, um sich von dem Schrecken zu erholen und zu realisieren, was geschehen war. Doch ihre Hände klebten am Lenkrad, und das Gefühl der Ohnmacht blieb. Was konnte sie gegen einen solchen Sturm schon ausrichten? Sollte sie im Wagen bleiben und hoffen, dass der Blizzard nicht lange dauerte und man sie bald fand? Oder sollte sie versuchen, in den Wald zu kommen, wo der Sturm nicht so heftig war, und sich zum Trail durchkämpfen?

Sie öffnete die Fahrertür und wollte sie nach außen schieben, doch der Wind drückte so stark dagegen, dass sie gleich wieder zufiel. Ihr blieb nichts anderes übrig, als im Wagen zu bleiben und den Sturm auszusitzen. Wie ein Tier, das man in einen Käfig gesperrt und seinem Schicksal überlassen hat. Sie mochte schreien, so laut sie konnte, niemand würde sie hören. Der Schnee brauchte nur wenige Sekunden, um die Spuren ihres Wagens zu verdecken, und selbst die Scheinwerfer waren schon erloschen oder unter dem Schnee verschwunden. Niemand würde sie finden, solange der Schneesturm noch tobte.

Außer ein paar leichten Prellungen hatte sie nichts abbekommen. Der Aufprall, als der Jeep in den Tiefschnee gerauscht war, hatte den Airbag nicht ausgelöst, aber der fest angelegte Sicherheitsgurt hatte sie davor bewahrt, mit dem Kopf gegen die Frontscheibe zu prallen. Glück im Unglück: Eine schwere Verletzung oder eine langanhaltende Bewusstlosigkeit wären bei der Kälte, die sich bald auch in ihrem Wagen ausbreiten würde, unter Umständen lebensgefährlich.

Der Motor war abgestorben. Sie versuchte mehrmals, ihn wieder zu starten, doch ohne Erfolg. Irgendetwas war durch die Erschütterung kaputt gegangen. So etwas durfte normalerweise nicht passieren, aber was war schon normal in einem solchen Schneesturm? Auch ihr Handy funktionierte nicht. Sie war schon zu weit nach Westen vorgedrungen, um noch eine Verbindung zu bekommen. Oder war sie nur beim falschen Provider? Von Kalifornien war sie lückenlosen Empfang in bester Qualität gewöhnt. In Alaska brauchte man ein Satellitentelefon, um auch in entlegenen Gegenden eine Verbindung zu bekommen.

Sie war auf sich selbst angewiesen, konnte nur hoffen, dass der Blizzard nicht zu lange tobte und sie sich zu der Forststraße zurückkämpfen konnte. Die Walkers würden sie bestimmt suchen, wenn sie ausblieb. Sie hatte mal irgendwo gelesen, dass ein Blizzard durchschnittlich drei

Stunden dauerte, mal kürzer, aber auch mal länger. Würde sie so lange durchhalten? Hatte man in den Nachrichten nicht von Urlaubern gehört, die von einem Schneesturm überrascht worden und in ihren Autos erfroren waren? Wie lange würde es dauern, bis die Wärme ihrer Heizung nachließ und es immer kälter wurde?

Sie war eine praktische Frau, von ihrem Beruf gewöhnt, fast immer eine Lösung oder einen Kompromiss zu finden und niemals aufzugeben. Die Tränen, die sich in ihren Augen gesammelt hatten, ignorierte sie. Sie wischte sie mit dem Ärmel weg und versuchte, Klarheit in ihre Gedanken zu bekommen. Bei dem Wind, der wie ein zorniger Riese an ihrem Wagen rüttelte, und den wirbelnden Flocken, die einen dichten Vorhang vor ihren Augen bildeten, war das beinahe unmöglich. Die Versuchung, ihrer wachsenden Panik nachzugeben und einen Fehler zu begehen, war groß. Die meisten Menschen, die abseits der Zivilisation erfroren, hatten ihren Tod der eigenen Dummheit zu verdanken.

Sie schloss für einen Moment die Augen, versuchte ungeachtet des Lärms, den der Blizzard verursachte, etwas Ruhe in ihre Gedanken zu bringen, und dachte nach. Was empfahl man Überlebenden nach einem Flugzeugabsturz? Entfernen Sie sich auf keinen Fall zu weit von dem Wrack, denn das wird man zuerst finden. Sie sind nur ein winziger Punkt, es ist beinahe aussichtslos, dass man Sie entdeckt. Wenn sie wenigstens eine Wolldecke dabeigehabt hätte! Aber noch war es warm genug, und die Temperatur war erst um ein paar Grad gesunken. Sie konnte nur warten und hoffen, den Reißverschluss ihres Anoraks hochziehen, den Schal um ihren Hals wickeln und Mütze und Handschuhe anziehen.

Es fiel ihr schwer, in ihrem Gefängnis auszuharren, während draußen der Sturm tobte und alles zu versuchen schien, sie zu befreien und gleich darauf zu verschlingen. Mit jedem heftigen Schlag, den der Blizzard ihrem Wagen verpasste, zuckte sie wie unter einem Peitschenhieb zusammen. Wäre ein Einheimischer ebenso nervös wie sie? Oder war er besser an die Naturgewalten gewöhnt und ließ sich nicht so schnell aus der Ruhe bringen? Eine Musherin, die mit ihrem Hundeschlitten über den legendären Iditarod-Trail fuhr, rechnete sicher ständig mit einer solchen Gefahr und handelte überlegt und ruhig, alle Sinne darauf ausgerichtet, die Lage zu meistern.

Ihre Entschlossenheit nahm mit jedem Grad, das die Temperatur fiel, ab und wich Angst und Verzweiflung. Warum war sie so spät losgefahren? Warum hatte sie beim Pick-up der beiden Weihnachtsmänner angehalten? Warum hatten weder die Wirtin noch die Trooperin sie gewarnt? Warum war keine Blizzard-Warnung im Radio und im Internet gekommen? War der Schneesturm gar nicht so schlimm? Hatte sie nur eine ungünstige Stelle für ihren Unfall erwischt? Und warum, zum Teufel, funktionierte das Handy in dieser Gegend nicht? Wäre sie doch besser an den Strand von Waikiki gefahren?

Die Minuten vergingen langsam, die Temperatur sank immer schneller. Die Kälte kroch selbst durch die isolierten Scheiben und breitete sich in ihrem Wagen aus, unsichtbar und unheilvoll. Immer aufdringlicher kroch sie über die Armaturen und die Sitze in ihre Kleidung, unter ihren Anorak, unter ihre Unterwäsche. Schon bald brannte ihre Haut vor Kälte, weder der Anorak noch Mütze und Handschuhe schützten sie gegen den eisigen Wind. Wirbelnde Flocken klatschten gegen die Frontscheibe und schienen sie in einen Strudel zu reißen. Gespenstische Dunkelheit gab ihr das Gefühl, tief unter der Erde zu sein. Wenn es nur nicht so kalt gewesen wäre! Sie hatte nicht gewusst, dass Kälte so schmerzhaft sein konnte. Sie war kaum noch zu einer Bewegung fähig.

Nur nicht einschlafen, nur nicht das Bewusstsein verlieren, erinnerte sie sich, in einem Artikel über Hypothermie gelesen zu haben. Mit Unterkühlung sei nicht zu spaßen. Wenn man der Kälte zu lange ausgesetzt war und der Körper zu sehr auskühlte, konnte es gefährlich werden. Noch war sie einigermaßen okay, trotz der bitteren Kälte, aber wenn der Sturm einen langen Atem zeigte und ihr unbedingt zeigen wollte, wer der Stärkere war, wurde es gefährlich.

Womit hatte sie dieses Pech verdient? Nur eine Viertelmeile weiter, und sie wäre nicht vom Trail abgekommen. Sie wäre im Schutz der Bäume geblieben und hätte nicht diesen Albtraum erleben müssen. Auch dort hätte der Wind den Wagen durchgeschüttelt, aber sie hätte den Motor laufen lassen oder alle paar Minuten starten können, und es wäre einigermaßen warm im Wagen geblieben. Ihr Pech, dass es anders gekommen war. So hatte sie sich den Urlaub nicht vorgestellt.

Nach einer Weile ließ der Sturm tatsächlich nach. Sie vergaß die Kälte und die Schmerzen und blickte in den Schneefall, glaubte zu sehen, wie die Flocken etwas langsamer wirbelten und sogar etwas Helligkeit durch die Wolken schien. Die Sonne ging auf, oder was man in Alaska darunter verstand. Auch der Wind war etwas leiser geworden, versuchte nicht mehr, einen ratternden Güterzug zu imitieren. Noch immer hatte sich der Blizzard nicht vollständig zurückgezogen, aber er hatte an Kraft eingebüßt, und sie würde es vielleicht schaffen, ihm zu widerstehen. Wenn sie ihren ganzen Mut zusammennahm, würde es ihr gelingen, sich in den nahen Wald zu kämpfen und endlich Schutz vor dem Sturm zu finden. Nur durfte sie nicht länger warten. Der Blizzard konnte jederzeit wieder an Stärke gewinnen.

Sie öffnete die Tür und stieß sie nach außen. Schon nach wenigen Versuchen blieb die Tür im Schnee stecken und ließ ihr nur wenig Raum zum Aussteigen. Sie versuchte es mit den Füßen und trat mit voller Kraft dagegen, ohne etwas zu erreichen. Egal, wenn sie sich etwas anstrengte, würde sie es nach draußen schaffen. Als sie sich bewegte, merkte sie, wie sehr ihr Körper unter der Kälte gelitten hatte. Ihre Muskeln waren steif, und ihre Haut brannte immer noch.

Sie blieb mit dem Anorak hängen, brauchte eine Weile, um sich zu befreien, und kroch in den Schnee hinaus. Schneidende Kälte, noch eisiger als im Wagen, und böiger Wind, immer noch stark genug, um sie am Aufstehen zu hindern, empfingen sie. Sie stolperte einige Schritte durch den Schnee und erkannte, wie bedenklich ihre Entscheidung war. Der Wald war nur als schemenhafte Wand zu sehen und schien sich im Flockenwirbel verstecken zu wollen. Oder war er nur ein Trugbild, eine Art Fata Morgana?

Sie versuchte, sich an den Beginn des Blizzards und ihre Irrfahrt zu erinnern, und sah nur verwirrende Bilder.

Ohne weiter nachzudenken, ging sie los. Die ersten beiden Schritte gebückt, dann warf der Wind sie in den Schnee, und sie kam nur noch kriechend vorwärts. Den Blick auf die schemenhafte Wand gerichtet, arbeitete sie sich langsam über die Lichtung, sank immer wieder tief in den Schnee ein und sah kaum noch das trübe Tageslicht. Trotz der Handschuhe waren ihre Hände klamm, und ihr Körper wehrte sich gegen die Anstrengung, aber sie gab der Versuchung, sich fallen zu lassen und die Augen zu schließen, nicht nach. Fest entschlossen, die große Herausforderung zu meistern, kroch sie weiter.

Auf halbem Weg hielt sie inne und blickte zum Himmel empor. Zwischen den Wolken war diffuses Licht zu sehen. Nur sporadisch leuchtete es, bevor es wieder von dem Flockenwirbel verschluckt wurde. Der Wind wehte jetzt aus allen Richtungen, brauste immer wieder auf und trieb den Neuschnee wie eisigen Nebel vor sich her. Doch sie ließ sich nicht entmutigen. So entschlossen, wie sie auch im Alltagsleben war, kroch sie durch den Schnee, nur noch mit dem Ziel, so schnell wie möglich Schutz unter den Bäumen zu finden.

Als sie es endlich geschafft hatte, blieb sie minutenlang liegen. Sie atmete schwer, brauchte eine ganze Weile, um wieder einigermaßen zu Kräften zu kommen. Sie zog sich an einem Baumstamm hoch, stolperte ein paar weitere Schritte in den Wald hinein und lehnte sich mit dem Rücken gegen einen Baum. Ihr Atem beruhigte sich. Unter den Bäumen lag der Schnee meist nur knöcheltief, und der Wind entwickelte nicht die Kraft wie auf der Lichtung.

Die Kälte schien sich in ihre Haut gefressen zu haben. Bei einer Unterkühlung, auch bei einer leichten, kam es darauf an, schnell wieder die Normaltemperatur zu erreichen, daran erinnerte sie sich. Aber wie? Sie blickte sich suchend um, hatte keine Ahnung, in welcher Richtung der Trail liegen konnte. Selbst wenn sie ihn fand, konnte es noch Stunden dauern, bis jemand kam.

Ein Feuer! Aber sie hatte weder ein Feuerzeug noch Streichhölzer dabei. In ihrer Umhängetasche lag ein Feuerzeug, das sie bei ihren Verkaufsgesprächen in Petaluma immer dabeihatte, für alle Fälle, falls sich eine Kundin oder ein Kunde eine Zigarette anzünden wollte und das eigene Feuerzeug vergessen hatte. Sich noch einmal zu ihrem Wagen durchkämpfen und es holen? Unmöglich! Sie war am Ende ihrer Kräfte und würde schon nach wenigen Schritten zusammenbrechen. Es war ja nicht mal sicher, ob sie es überhaupt schaffen würde, ein Feuer zu entzünden. Vor Jahren war sie bei den Girl Scouts gewesen, und auch im Summer Camp hatte sie mal beim Entzünden eines Lagerfeuers geholfen, aber hier in der Wildnis, in einem Wald, in dem es kaum noch trockenes Holz gab?

Sie lief tiefer in den Wald hinein und suchte sich eine Mulde, in der man nur wenig von dem Sturm spürte. Er flaute immer weiter ab. Der Himmel hellte langsam auf, und die Schwarzfichten bogen sich nicht mehr unter dem Wind. Doch die Kälte war immer noch in ihr, und sie durfte keine Zeit mehr verlieren. Sie sammelte ein paar herabgefallene Äste ein, brach weitere ab und baute sich ein bequemes Lager. Ein Bett aus Fichtenästen, auf dem sie nicht besonders bequem lag, aber gegen den kalten Boden geschützt war. Sie deckte sich mit einer Vielzahl von Ästen zu, bis sie kaum noch zu sehen war, zog ihre Mütze über die Stirn und schob den Schal nach oben.

Sie kam sich fast ein wenig albern vor, wenn sie daran dachte, was für ein Bild sie abgab. Was soll's, dachte sie der Zweck heiligt die Mittel. Ihr Bett aus Fichtenzweigen war lange nicht so wirkungsvoll wie ein prasselndes Feuer, aber das einzige Mittel, um wenigstens etwas Kälte aus ihrem Körper zu vertreiben. Gegen ihren kalten Jeep der reinste Luxus, wenn auch nicht ideal. Was wohl Alice sagen würde, wenn sie ihr von diesem Abenteuer berichtete? Sollte niemand sagen, dass sie sich für einen langweiligen Urlaub entschieden hatte.

Gegen ihren Willen wurde sie müde. Ihr Kampf gegen den Schnee war anstrengend gewesen und hatte Spuren hinterlassen. Sie schloss die Augen. Nur für einen Moment, sagte sie sich, ich bin einigermaßen geschützt, und der Sturm hat nachgelassen, es kann gar nichts passieren. Im Schlaf würde sie die Anstrengung nicht mehr spüren und sich erholen. Schon nach wenigen Augenblicken nahm sie ihre Umgebung nur noch verschwommen wahr, wurde erst spät auf die Bewegung in ihrer Nähe aufmerksam. Ein Wolf, erschrak sie, ein leibhaftiger Wolf, der zögernd näher kam und an ihr schnüffelte. Seine Augen waren gelb und sichelförmig, leuchteten bedrohlich in seinem kräftigen Schädel, sein Maul war leicht geöffnet und gab den Blick auf scharfe Reißzähne frei.

Sie wagte nicht, sich zu bewegen, hielt sogar den Atem an. So nahe war sie einem gefährlichen Tier noch nie gewesen. Sie konnte sogar seinen Atem riechen. Seltsamerweise blickte ihr aus seinen Augen keine Feindseligkeit entgegen. Der Wolf schien zu verstehen, warum sie im Wald kampierte, schien lediglich neugierig zu sein und wandte sich wieder ab, nachdem er ein paarmal an ihr geschnüffelt hatte. Sie drehte vorsichtig den Kopf, blickte ihm nach und stieß erleichtert den angehaltenen Atem aus, als er in der Dunkelheit verschwand.

Sie setzte sich auf und wusste nicht, ob sie nur geträumt hatte oder tatsächlich dem Wolf begegnet war. Hatte ihr der Blizzard so stark zugesetzt, dass sie den Verstand verlor? Sie stützte sich auf den Ellbogen und dachte nach. Der Wolf war so real gewesen, wie man etwas in seinen Träumen niemals sah. Sie hätte ihn jederzeit wiedererkannt, die versöhnliche Botschaft in seinen Augen, sein silbergraues Fell mit den Narben.

So real wie der Mann, der in die Mulde herabstieg, ein sehniger Bursche in Wollhosen und Biberfelljacke, mit einem Gewehr über dem Rücken. Sein langer Pferdeschwanz lugte unter einer Pelzmütze hervor. »Hey«, sagte er, »hab ich doch richtig gesehen. Die Lady aus Kalifornien ... Michelle, nicht wahr?«

»Ganz recht ... und ...«

»Sie sind Jeff Lafferty.«

»Und hätte ich nicht so gute Augen, für mein biblisches Alter, meine ich, hätte ich den gestrandeten Jeep niemals entdeckt. Sie sind dem Blizzard in die Falle gegangen, stimmt's? Kein Vorwurf, diesmal hat uns das Wetter alle an der Nase herumgeführt, sogar die Typen vom Wetterdienst. So einem Blizzard kann man eben nicht trauen.« Er half ihr vom Boden hoch. »Kommen Sie! Ich hab nicht weit von hier in Lagerfeuer brennen, da können Sie sich aufwärmen. Ist wesentlich angenehmer, als hier weiter zu frieren.«

»Klingt gut«, sagte sie. Ihr ging es schon wesentlich besser, wie sie feststellte, die Schmerzen hatten nachgelassen, und sie fror nicht mehr so stark.

Sein Lagerplatz lag keine halbe Meile entfernt. Ein kleines Ein-Mann-Zelt, vor dem Eingang ein flackerndes Feuer. Im Feuerschein parkte ein Snowmobil mit einem flachen Anhänger mit Pelzen. Neben dem Zelt war ein Husky an einen Baum gebunden und sprang jaulend auf und ab, als sie sich näherten.

»Ist ja gut, Benny«, beruhigte ihn der Fallensteller, »das ist nur die Lady, die ich im Roadhouse getroffen habe. Ziemlich ausgebufft für eine Frau aus Kalifornien, das kann ich dir sagen. Sie hat sich ein Bett aus Fichtenästen gebaut.«

»Hey, Benny!«, rief Michelle.

Jeff deutete auf einen Felsbrocken neben dem Feuer und reichte ihr eine Wolldecke. »Setzen Sie sich dicht ans Feuer, Lady, dann tauen Sie in wenigen Minuten wieder auf.« Er kicherte. »Wie wär's mit einem Becher heißen Tee?«

»Da sage ich nicht Nein.«

Das Feuer vertrieb die Kälte und die Schmerzen aus dem Körper, und der Tee schmeckte fantastisch, auch wegen des Rums, den Jeff routinemäßig in den Becher gegossen hatte. Der Fallensteller wusste, was man nach einem Blizzard brauchte. »Ich weiß nicht, ob Sie's bemerkt haben«, sagte er, »aber der Sturm hat sich inzwischen verzogen. Ist wieder alles, wie's sein soll.«

»Danke, dass Sie mich gerettet haben, Jeff«, sagte sie.

»Sie haben sich selbst gerettet, Lady! Sich aus dem Wagen befreien und durch den Tiefschnee kriechen, das schafft nicht jede. Meine Hochachtung!«

»Ich hatte große Angst.«

»Kein Grund, sich deswegen zu schämen. Der Blizzard war kein Rekordsturm, aber gefährlich genug, besonders, wenn man so großes Pech hat wie Sie und mitten auf einer Lichtung landet. Im Wald wären Sie sicherer gewesen.«

»Ich hab's mir nicht ausgesucht.«

»Schöner Start in den Urlaub. Geht's wieder?«

»Was haben Sie vor?«

»Ich bring Sie mit dem Snowmobil zur Lodge und liefere Sie bei den Walkers ab. Um Ihren Wagen sollen die sich kümmern. Wie ich John kenne, wird er sich was einfallen lassen. Er kennt die Mietwagen-Leute in Fairbanks.«

»Ich bin noch nie mit einem Snowmobil gefahren.«

Jeff grinste. »Dann wird's höchste Zeit! Steigen Sie auf!«

9

Weihnachtliche Festbeleuchtung schimmerte durch die Bäume, als sie sich der Denali Mountain Lodge näherten. Michelle saß hinter dem Fallensteller auf dem Snowmobil, der Husky hatte es sich neben dem Gepäck auf dem flachen Anhänger bequem gemacht. Das Röhren des Motors hing in der klaren Luft.

Die Fahrt war noch anstrengender als mit dem Jeep. Auf dem Snowmobil spürte man jede noch so kleine Erschütterung, und ständig hing einem der Benzingeruch in der Nase. Der leichte Schmerz, der von ihren Prellungen ausging, war inzwischen zu ertragen. Dennoch war sie froh, die Lichter der Lodge zu sehen. Sie sehnte sich nach einer heißen Dusche und einem Becher Kaffee.

Die Denali Mountain Lodge bestand aus einem zweistöckigen Blockhaus mit einer breiten Veranda, die sich um das gesamte Erdgeschoss zog. Vor dem Haupthaus lag eine Terrasse, die allerdings nur im Sommer genutzt wurde. Ausgetretene Fußpfade führten zu fünf kleineren Blockhäusern, außerdem gab es einen Pferdestall, zwei Schuppen für die Snowmobile und Four-Wheeler und die Hütten der zwanzig Huskys. Zum Areal der Hunde gehörte eine Hütte mit den Schlitten und Geschirren. Etwas abseits, ebenfalls durch eine kleine Blockhütte geschützt, standen zwei Generatoren. Allen Gebäuden gemein waren die roten Dächer. An der Zufahrt stand ein hölzerner Bär mit einem Schild: »Willkommen in der Denali Mountain Lodge!« Der Bär lachte einladend.

John T. Walker und seine Frau hatten sie wohl kommen sehen und empfingen sie vor dem Eingang. Beide trugen blaue Anoraks mit dem Logo der Lodge, dem stilisierten Gipfel des Mount Denali. Sie wirkten äußerst besorgt.

»Michelle?« Der Lodge-Besitzer half ihr aus dem Sattel und begrüßte sie und Jeff nervös. »Was ist passiert? Wir haben uns schon Sorgen gemacht.«

»Alles gut«, erwiderte der Fallensteller. »Die Lady wollte sich einen Blizzard aus der Nähe ansehen und ist ihm ein wenig zu nahe gekommen.« Er berichtete, was passiert war. »Als ich kam, hatte sie schon alles überstanden.«

»Tut mir leid, Michelle«, sagte John. »Das ist die gefährlichste Stelle des gesamten Trails. Das soll keine Entschuldigung sein. Wir werden Ihnen natürlich einen Rabatt einräumen, und ich werde mich persönlich um die Bergung des Fahrzeugs und des Gepäcks kümmern. Ein Mietwagen, nehme ich an.«

Sie nannte ihm die Mietwagenfirma.

»Kein Problem«, erwiderte er, »ich kenne den Chef. Vorschlag: Ich lasse den Mietwagen abholen, übernehme die Kosten, und Sie können einen unserer Wagen nehmen, wenn Sie in die Stadt wollen. Wir haben vier Wagen hier.«

»Danke, das ist sehr großzügig von Ihnen.«

»Die anderen Gäste sind schon hier«, fuhr er fort. »Wegen des Blizzards konnten wir heute sowieso nicht raus. Ich schlage vor, Susan zeigt Ihnen Ihr Zimmer, Sie erholen sich ein wenig von dem Blizzard, und wir treffen uns anschließend zum gemeinsamen Mittagessen. Und nochmals Entschuldigung für den Albtraum, den Sie durchleben mussten. Ich werde heute noch zwei Leute mit dem Bulldozer losschicken und den gefährlichen Teil des Trails begradigen lassen.«

Während sie Susan ins Haus folgte, hörte sie John sagen: »Du bleibst doch hoffentlich zum Essen, Jeff. Es gibt Cheeseburger mit Pommes. Um den Husky kümmert sich Andy, ich muss ihn nur dazu bringen, sich von seiner neuen Freundin loszureißen.«

Über eine steile Treppe stieg sie hinter Susan in den zweiten Stock hinauf. Ihr Zimmer lag am Ende des Ganges, gleich neben dem Bad. »Sie sind der einzige Gast im Haupthaus«, sagte Susan, »und haben das Bad ganz für sich allein. Unser Wasser kommt aus einem Brunnen, den Strom liefern Dieselgeneratoren. Mit Solarenergie kommen wir bei den langen Wintern nicht weit.«

Ihr Zimmer war rustikal eingerichtet, wirkte aber vor allem durch das helle Holz sehr wohnlich. Bett, Schrank, ein rundes Tischchen mit zwei Sesseln, ein Fenster mit gemusterten Vorhängen, mehr brauchte man in dieser Wildnis nicht. Über dem Bett hing das Foto einer Musherin mit ihrem Hundeschlitten.

Michelle deutete auf das Foto. »Sind das Sie?«

»Beim Iditarod vor sieben Jahren. Ich war damals noch ziemlich grün hinter den Ohren, aber es hat zum neunten Platz gereicht. Ich würde gern wieder mitmachen, aber dazu müsste ich ein Jahr trainieren, die Zeit habe ich im Moment nicht.«

»Bewundernswert. Ist das nicht gefährlich?«

»Sicher, es kann immer was passieren, aber ich schätze mal, mit dem Auto durch New York oder Los Angeles zu fahren, ist wesentlich gefährlicher.«

»Da könnten Sie recht haben.«

»Und Sie sind Immobilienmaklerin, hab ich von Alice erfahren?«

Michelle nickte lächelnd. »Ohne jegliche sportliche Erfahrung. Auf der Highschool war ich im Softball-Team, aber mehr war nicht drin. Nicht einmal für die Cheerleaders hat es gereicht. Aber so ein Immobiliengeschäft in der Bay Area kann auch ziemlich aufregend sein. Da geht es um horrende Summen.«

»Mich hat es nie in eine Stadt gedrängt«, erwiderte Susan. »Fairbanks war gerade noch okay, obwohl auch das immer größer wird, aber in einer Stadt wie San Francisco wäre ich rettungslos verloren. Ich lebe gerne hier draußen.«

»Und ich bin sehr gespannt, wie sich das anfühlt«, sagte Michelle.

Susan brachte ihr zwei Handtücher und ein blaues T-Shirt mit dem Logo der Lodge. »Es dauert sicher noch, bis Jerry und Roy mit Ihrem Gepäck kommen. Bis dahin müssen Sie mit einem T-Shirt auskommen. Ist trocken und frisch.«

»Und das ist mehr, als ich von meinem Shirt sagen kann.«

Michelle duschte ausgiebig und ging nach unten. Der riesige Wohnraum war zweigeteilt, in der einen Hälfte stand ein langer Esstisch für mindestens zwanzig Personen, in der anderen gab es eine Bar mit Tresen und drei runden Tischen wie in einem historischen Roadhouse und einen offenen Kamin, in dem ein Feuer prasselte. An den Wänden hingen weihnachtliche Girlanden mit grünen und roten Lämpchen und geschmückte Fichtenzweige. Auf den

Christbaumkugeln stand »Merry Christmas«. Ein ausgestopfter Schwarzbär grüßte neben der Tür, ihm gegenüber erhob sich ein prachtvoll geschmückter Weihnachtsbaum mit roten Herzen, kleinen Zuckerstangen und bunten Kerzen.

Die anderen Gäste standen vor dem Kamin und unterhielten sich. Als Michelle den Raum betrat, verkündete John: »Ah, da ist sie ja! Darf ich vorstellen, Ladies and Gentlemen, Michelle Cook aus dem sonnigen Kalifornien. Sie wollte herausfinden, wie sich ein strenger Alaska-Winter anfühlt, und hat gleich mal Bekanntschaft mit einem ausgewachsenen Blizzard gemacht. Und was soll ich sagen? Sie hat den Sturm in die Knie gezwungen.«

Alle klatschten, hatten wohl schon von John gehört, was sie erlebt und geleistet hatte. Er reichte ihr ein Glas Wein und stieß mit ihr an. »Willkommen in der Denali Mountain Lodge! Sie möchten sicher wissen, mit wem Sie noch das Vergnügen haben. Susan und mich kennen Sie ja schon. Auch mit unserem Fallensteller haben Sie schon Bekanntschaft geschlossen. Ich versuche Jeff schon seit Monaten zu überreden, als Guide für uns zu arbeiten, aber er will einfach nicht. Stimmt's?«

»Ich brauch meine Freiheit«, erwiderte der Fallensteller. »Ich lebe schon zu lange da draußen im Busch, um plötzlich sesshaft zu werden. Die Bären und Wölfe würden mich vermissen. Aber zum Futtern komme ich gerne hierher.«

John war seine Scherze gewohnt. Er führte Michelle zu einem Ehepaar, beide in den Dreißigern, er mit gebügelten Jeans und weißen Turnschuhen, ein No-Go und längst überholt, wie Michelle fand, aber er hielt sich anscheinend für einen coolen Aufreißer, dem keine Frau widerstehen konnte. »Die Leonards«, stellte John vor. »Hank und Ellen aus Austin, Texas. Sie sind mit einem Buschflieger gekommen, gerade noch rechtzeitig vor dem Blizzard.«

»Wenn wir reisen, dann *in style*«, sagte Hank. »Meine Devise.«

Ellen hatte gar nichts zu sagen. Sie war auf eine seltsame Art hübsch, trotz ihrer zu großen Brüste und der dicken Oberschenkel, und ihr Lächeln erinnerte Michelle an eine dumme Braut in irgendeinem Road Movie, das teilweise in einem heruntergekommenen Trailer Park spielte. Aber sie konnte sich irren.

»Ellen ist mehr der stille Typ«, sagte Hank.

Michelle sparte sich einen Kommentar. »Freut mich«, sagte sie.

Nick und Charlene Milland schienen tatsächlich *in style* zu reisen. Beide wirkten wie aus dem Ei gepellt, trugen teure Designer-Pullover und dufteten nach kostbaren Wässerchen, wie man sie nur in exklusiven Parfümerien bekam. Nick sah man seine Arroganz schon an den Augen an; seine Frau war hübsch, aber nicht mehr die Jüngste und kämpfte anscheinend mit Botox gegen das Altern an. Sie trug exklusiven Schmuck, wie sie auch Michelle schon bald verriet, und hatte diesen leicht überheblichen Blick, wie ihn nur New Yorkerinnen à la »Sex and the City« hinbekamen. Beide kamen natürlich aus New York.

»Ist es nicht herrlich hier?«, sagte Charlene. Ihre blonden Haare waren kunstvoll hochgesteckt. »So heimelig und rustikal, finden Sie nicht auch? Nach vielen Wochen

in unserer Wohnung in Manhattan hatten wir das Bedürfnis, uns in der Natur und einer einfachen Umgebung aufzuhalten. Ein Strandhaus in Long Island oder eine Kreuzfahrt wären uns zu langweilig, nicht wahr, mein Schatz?«
Sie strahlte ihren Mann an. »Und in Hawaii waren wir letztes Jahr.«

Sogar Nick schien die Angeberei seiner Frau zu stören. »Wer ständig nur Wolkenkratzer um sich hat, braucht mal wieder Natur. Der Central Park ist uns zu wenig. Und das Börsengeschäft ist so anstrengend, dass man alle paar Monate eine Auszeit braucht. Sie sind ganz allein hier in Alaska?«

»Auch Frauen haben das Recht, allein zu verreisen«, konnte Michelle sich nicht verkneifen zu sagen, milderte ihre Antwort aber mit einem Lächeln ab. »Vor allem, wenn sie berufstätig sind. Ich bin Immobilienmaklerin in Petaluma.«

»In Kalifornien? Dann hatten Sie genug von der Sonne?«

»So sonnig ist es in der Bay Area gar nicht«, erwiderte sie.

Blieb noch ein drittes Ehepaar. Ben Stratton war ein schwarzer Hüne, der auch als Linebacker eines Footballteams durchgegangen wäre und ein fröhlicher Bursche zu sein schien, dafür sprach schon sein Pullover mit einer als Santa Claus verkleideten Mickey Mouse. Seine eher zierliche Frau schien an seiner Seite noch blasser, als sie wirklich war. Doch ihr Lächeln wirkte ähnlich ansteckend wie das ihres Mannes. Sie trug einen modischen Hosenanzug und einen goldenen Armreif, der im Schein der vielen Lichter verführerisch glänzte.

»Sie sehen wie ein Footballspieler aus«, sagte Michelle.
»Linebacker?«

»Kardiologe am St. Luke's Hospital in Houston, Texas«, verbesserte er sie grinsend. »Sarah-Jane arbeitet als Anästhesistin im selben Krankenhaus.«

»Wow! Dann kann uns ja nichts passieren.«

»Ich habe tatsächlich mal Football gespielt, auf dem College in Phoenix«, sagte er. »Aber Profi-Karriere und Medizinstudium passen nicht zusammen, und zum Profi hat es bei mir sowieso nicht gereicht. Zu schwerfällig.«

»Von wegen schwerfällig«, warf Sarah-Jane ein. Ihr Südstaaten-Akzent war auffälliger als seiner. »Mit den Dallas Cowboys könnte er locker mithalten.«

Ben grinste. »Ich sehe mir die Spiele lieber im Fernsehen an.«

Michelle interessierte sich weder für Football, noch wusste sie mehr über Medizin als das, was sie in den Unterhaltungen ihrer Eltern mitbekommen hatte. Dennoch unterhielt sie sich eine Weile mit den Strattons. Die beiden waren ihr wesentlich sympathischer als die Leonards und Millands. Aber was nicht war, konnte ja noch werden. Immerhin würde sie mit allen Gästen der Lodge das Weihnachtsfest verbringen. Schon in den letzten Jahren hatte sie Weihnachten häufig allein verbracht, wenn ihre Eltern den Notdienst im Krankenhaus übernommen hatten oder weil sie keinen festen Freund zum Feiern hatte.

»Ah, da kommt unser neues Traumpaar«, sagte John, als ein ungefähr sechzehnjähriger Junge und ein etwa gleichaltriges Mädchen zur Tür hereinkamen. »Andy hilft uns während der College-Ferien aus, und Olivia ist die Tochter von Nick und Charlene. Die beiden sind unzertrennlich.« Beide erröteten verlegen. »Hab ich schon erwähnt, dass wir uns hier alle mit dem Vornamen anreden?«, schob John noch nach.

Als sie sich zum Essen an den langen Tisch setzten, lernte Michelle auch den Koch Bulldog kennen, den sie schon im Video gesehen hatte und der seinem Namen alle Ehre machte. Ein bulliger Mann, der stets guter Laune zu sein schien und seine grüne Schürze mit dem Logo der Lodge voller Stolz trug. Er brachte eine Schüssel mit schmackhaftem Chili con carne und kleine Sandwiches mit Käse und Schinken. »Ich bin Bulldog«, verkündete er feierlich, »und wer bei mir nicht satt wird, ist selber schuld. Heute Abend gibt es leckeren Hackbraten.«

Michelle mochte den fröhlichen Koch und ahnte bereits, dass sie über Weihnachten ein paar Pfunde zunehmen würde. Blieb nur zu hoffen, dass die sportlichen Aktivitäten auf der Lodge für einen gewissen Ausgleich sorgen würden. Mit den anderen Gästen würde sie sich arrangieren. In ihrem Job hatte sie mit den unterschiedlichsten Menschen zu tun und war schwierige Charaktere gewöhnt. Vor einigen Wochen hatte sie es mit einem nervigen Käufer zu tun gehabt, der darauf bestand, die exklusiven Kacheln in den beiden Bädern gegen welche in den Farben seines Footballteams auszutauschen, bevor er bereit war, eine Anzahlung zu überweisen. Grün und Gold wie bei den Green Bay Packers.

Beim Kaffee, den Bulldog in einer großen Cowboykanne servierte, wurde John offiziell: »Meine Frau Susan und ich dürfen Sie noch einmal herzlich auf der Denali Mountain

Lodge willkommen heißen. Seien Sie versichert, dass wir alles tun werden, um Ihnen den Aufenthalt so angenehm wie möglich zu machen. Bei Michelle möchten wir uns noch einmal für die schlechten Bedingungen auf dem Trail entschuldigen. Ihr Gepäck ist bereits auf dem Weg zu uns.«

»Kein Problem«, erwiderte Michelle.

»Die Millands sind schon ein paar Tage hier, aber alle anderen sind erst heute gekommen, und ich möchte Ihnen erklären, was Sie in Ihrem Urlaub erwartet. Zuerst einmal das, was wir Ihnen nicht bieten können: Wir haben hier draußen leider kein Handynetz, aber Susan und ich besitzen zwei Satellitentelefone, mit denen Sie in Notfällen und gegen die entsprechende Gebühr auch telefonieren können. Aber was soll's? Telefonieren können Sie zu Hause. Sie sollen die großartige Natur hier draußen möglichst ungestört genießen.« Er lächelte. »Immerhin haben wir Toiletten und fließend warmes und kaltes Wasser. Unsere Generatoren stellen wir nur zwischen ein und fünf Uhr nachts ab.«

Kritische Mienen hätte sie nur bei den Millands erwartet. Wer an der Börse arbeitete, konnte eigentlich nirgendwo auf sein Handy verzichten. Aber Nick war guter Dinge. Später erfuhr sie, dass er ein eigenes Satellitentelefon besaß.

»Unser Programm ist auch im Winter vielseitig«, fuhr John fort. Wir bieten Hundeschlittentouren mit meiner Frau Susan an, gehen zum Eisfischen auf den zugefrorenen See, und ich unternehme gern mit Ihnen eine Snowmobil-Tour. Den Ausdauernden unter Ihnen empfehle ich eine Schneeschuhwanderung. Sie können aber auch einfach relaxen oder in unserer Sauna schwitzen. In unserem Anbau gibt es einen Pool und einen Whirlpool. Sagen Sie uns, wenn wir Ihnen was Gutes tun können. Gute Verpflegung hat Ihnen Bulldog ja schon versprochen. Morgen früh macht Susan Sie mit unseren Huskys bekannt und dreht mit Ihnen ein paar Runden, und morgen Nachmittag könnten wir eisfischen.«

Er trank einen Schluck Kaffee und lachte, als er die Ungeduld bei einigen seiner Gäste bemerkte. »Keine Angst, ich rede nicht mehr lange, aber wie Sie wissen, feiern wir in einer Woche gemeinsam Weihnachten, und wir haben uns für unsere Christmas Party am Heiligen Abend etwas Besonderes ausgedacht. Sie kennen ›Secret Santa‹? Jeder denkt sich ein Geschenk aus, das man nicht mit Geld kaufen kann, ein Gedicht, ein Lied, irgendetwas Besonderes, und vor der Party losen wir aus, welcher Gast welches Geschenk bekommt. Also, seien Sie kreativ! Denken Sie sich was Nettes aus, es kann ruhig lustig sein.«

Die Gäste wirkten ratlos, einige grinsten aber auch, offenbar hatten sie schon eine Idee.

»Und das ist noch nicht alles«, sagte John. »Wir nehmen dieses Jahr am Wettbewerb ›Wer hat die schönste Weihnachtslodge‹ teil. Soll heißen, welche Lodge ist am festlichsten geschmückt und feiert am schönsten Weihnachten. Wir haben noch jede Menge Schmuck auf dem Speicher und sind sicher noch mal in Fairbanks, um etwas Besonderes zu kaufen. Wir würden uns sehr freuen, wenn Sie beim Schmücken mitmachen würden, und wenn es nur ein paar Handgriffe sind. Die Lodge, die gewinnt, bekommt exquisite Leckereien aus einem Feinkostladen und einer Bäckerei geliefert, und die würden wir natürlich auf der Party servieren. Ich glaube, es sind auch ein paar Flaschen Wein dabei.«

»Wie wär's, wenn Liv und ich einen Schneemann bauen?«, schlug Andy vor. »Natürlich keinen gewöhnlichen. Vielleicht einen Grizzly oder Elch.«

»Ein Grizzly aus Schnee? Der brächte bestimmt Pluspunkte.«

Nach dem Essen sahen sich die meisten Gäste die Lodge an, besuchten die Huskys und die Pferde oder entspannten in der Sauna oder im Pool. Michelle wollte sich ihnen schon anschließen, als John sie zurückhielt: »Ach, Michelle, beinahe hätte ich es vergessen. Ethan hat angerufen, Ethan Stewart, der Ranger aus dem Denali National Park. Anscheinend hat er Sie zu einer Schlittentour durch den Park eingeladen. Sie scheinen hoch im Kurs bei ihm zu stehen. Er holt Sie übermorgen früh um sieben Uhr ab.«

»Oh … vielen Dank«, sagte sie.

Inzwischen war ihr Gepäck gekommen. Sie ging auf ihr Zimmer und räumte ihre Kleidung in den Schrank, war froh, irgendetwas tun zu können, bis sie ihre fröhliche Miene im Spiegel an der Schrankwand sah. »Und du dachtest, du würdest dich die nächsten zwanzig Jahre nicht mehr auf ein Date einlassen«, sagte sie zu ihrem Spiegelbild. »Sei froh, dass du nicht darauf gewettet hast!«

10

Michelle war viel zu müde, um lange nachzudenken, und sie träumte auch nicht, aber als sie am nächsten Morgen aufwachte und an Ethan dachte, lächelte sie. Sie freute sich auf ihren Ausflug mit dem Ranger. Nicht nur wegen des Abenteuers, das er ihr ermöglichte; auch seine Zurückhaltung, als sie sich unterhalten hatten, und seine freundliche Art zogen sie an. Er war eine seltsame Mischung, stark und selbstsicher, wie man es von einem Ranger in einem Nationalpark erwartete, und dennoch sanft und mit großem Einfühlungsvermögen.

Nachdem sie sich gewaschen und angezogen hatte, ging sie nach unten. Der verlockende Duft von frisch gebrühtem Kaffee wehte ihr entgegen. Florence, eine junge Frau, die als Haushälterin für die Walkers arbeitete, hatte bereits den Tisch gedeckt und stellte sich mit einem leichten Knicks bei ihr vor. »Florence unterstützt uns in den College-Ferien. Sie arbeitet an ihrem Bachelor für Mathematik und will Lehrerin werden. Die klügste Maid, die wir jemals hatten.«

Allmählich erschienen auch die anderen Gäste: die Millands in modischen Skianzügen und sehr reserviert, Hank Leonard in teuren Stiefeln, seine Frau eher bieder gekleidet, und die Strattons beide in Weihnachtspullovern, diesmal mit einem lachenden Rentier, natürlich mit roter Nase, und wie immer gut gelaunt. Andy und Olivia hielten sich abseits und tuschelten miteinander. Michelle war es gewohnt, ohne Begleitung aufzutreten, fühlte sich in der familiären Umgebung aber doch ein wenig seltsam. Sarah-Jane bemerkte es anscheinend und sagte zu ihr: »Die Huskys waren vorhin ziemlich laut. Ich hab durchs Fenster gesehen, wie sie gefüttert wurden. Ein bisschen Angst hab ich schon.«

»Vor den Huskys? Die hat Susan im Griff, keine Bange.«
»Ich hab gehört, sie sollen sehr angriffslustig sein.«
»Sicher nur, wenn sie schlechte Laune haben.«
»Und wer verrät mir, wann das der Fall ist?«

Zum Frühstück gab es French Toast mit eingemachten Waldbeeren, die Bulldog höchstpersönlich im Sommer gepflückt hatte. Eigentlich mochte Michelle nichts Süßen zum Frühstück, aber Bulldog war ein Meisterkoch und verstand es, auch aus etwas so Gewöhnlichem wie French Toast etwas Besonderes zu machen. Den Sirup bezogen die Walkers von einem Freund in Kanada.

»Wer sich für Huskys interessiert und mehr über sie wissen will, ist herzlich eingeladen, mich in einer halben Stunde bei den Hütten zu treffen. Und wer mal ausprobieren will, ob er zur Musherin oder zum Musher taugt, sollte sich ebenfalls bereithalten. Die Wagemutigen dürfen eine kleine Runde drehen.«

Alle außer den Millands wollten mitmachen. Nick und seine Frau waren schon beim letzten Mal dabei gewesen und beschlossen, in die Sauna zu gehen und ein paar Runden zu schwimmen. »Aber beim Eisfischen sind wir dabei!«

Michelle ging in ihr Zimmer und beobachtete, wie die meisten Gäste in ihren Hütten verschwanden. Vor jeder

der Blockhütten, vor dem Haupthaus, vor den Ställen und bei den Hunden brannten Lampen und zauberten helle Flecken auf den Schnee. Es war noch dunkel, aber die Wolken hatten sich inzwischen verzogen, und am Himmel drängten sich der Mond und so viele Sterne, dass man die Lampen eigentlich gar nicht brauchte. Über den Wäldern flackerte grünes Nordlicht, ein magisches Schauspiel, das sie berührte und so lange staunend zum Himmel blicken ließ, dass sie beinahe zu spät aufbrach.

Als sie an der Treppe war, sah sie die Millands hereinkommen. Sie blieben im Wohnraum stehen und schienen zu streiten. Charlenes Stimme klang so laut und vorwurfsvoll, dass Michelle erschrak und auf der obersten Stufe verharrte.

»Ich hab doch gesehen, wie du ihr schöne Augen gemacht hast!«, beklagte sich Charlene Milland. »Nicht genug, dass du deinen Assistentinnen nachstellst, jetzt gehst du schon auf eine Maid los. Weißt du, wie alt diese Florence ist? Anfang zwanzig! Du könntest ihr Vater sein! Siehst du nicht, wie lächerlich du dich machst?«

Er spielte das Unschuldslamm. »Du regst dich völlig unnötig auf, Charlene. Okay, ich hab ihr nachgesehen und einen flotten Spruch gemacht, aber ...«

»Einen flotten Spruch nennst du diese Anmache?«

»... aber ich käme doch niemals auf die Idee, mit ihr was anzufangen.«

»Das hast du bei Cindy auch gesagt.«

»Meiner Assistentin? Der hab ich längst gekündigt.«

»Und dieser Michelle hast du auch schöne Augen gemacht!«

»Unsinn! Ich hab sie freundlich begrüßt, mehr nicht.«

»Und dir sonst was dabei gedacht.«

Nick musste lachen. »Ist doch gar nicht wahr! Die Flirterei überlasse ich Hank, der will sich an sie ranmachen, das hat doch jeder gesehen. Kein Wunder bei der blassen Frau, die er geheiratet hat. Die kann doch nicht bis drei zählen.«

»Und das erlaubt ihm, sich an fremde Frauen ranzumachen?«

»Bei der kommt er sowieso nicht weit. Michelle ist ein anderes Kaliber als Ellen, die zeigt ihm schon, wo es langgeht, wenn er zu aufdringlich wird.«

»Hauptsache, du hältst dich zurück!«

Nick wurde ungeduldig. »Wie oft soll ich's dir denn noch sagen? Ich hab nichts im Sinn mit anderen Frauen, hier in der Lodge schon gar nicht. Stress hab ich an der Börse genug, da brauche ich keine Affäre.«

»Wehe, ich erwische dich!«

»Kümmere dich lieber um unsere Tochter! Sieht so aus, als hätte sie sich in diesen Andy verliebt. Vor dem Tag, an dem wir abreisen, fürchte ich mich jetzt schon. Es wäre besser, Olivia würde nicht jede freie Minute mit ihm verbringen.«

»Lass den beiden doch ihren Spaß!«

»Auf deine Verantwortung! Und jetzt lass uns endlich schwimmen gehen.«

Michelle wartete, bis die beiden in den Anbau mit Pool und Sauna unterwegs waren, und verließ dann das Haus. Sie hatte genug von Beziehungsproblemen und wollte auf keinen Fall in die Zickigkeiten anderer Gäste hineingezogen werden. Der Gedanke, Hank oder Nick könnte ihr nachstellen, amüsierte sie nur. Selbst unter idealen Bedienungen würden es diese beiden Männer nicht in ihre engere Auswahl schaffen. Wenn sie sich mit einem Mann verabredete, dann mit Ethan.

Der Gedanke an ihn brachte sie wieder in Schwung, und der verzauberte Himmel tat ein Übriges, um ihre Stimmung zu heben. So viele Sterne sah man selbst an einem klaren Tag nicht in Petaluma, geschweige denn das Nordlicht, das knisternd über den Himmel flackerte und den nahen Wald in ein geheimnisvolles Licht tauchte. Ein Blick in die Tiefen des Alls, der ihr deutlich machte, wie winzig die Erde doch war und wie unbedeutend die Probleme der Menschheit auf außerirdische Besucher wirken musste, falls diese in ihren Raumschiffen die Milchstraße durchquerten. Michelle blieb stehen und genoss den Blick zum Himmel, bis irgendjemand bei den Huskys sie rief: »Es geht los, Michelle!«

Susan stand inmitten ihrer Hunde, die ungeduldig an ihren Leinen zerrten und um die Wette jaulten. »Meine Huskys«, stellte sie die Hunde vor. »Sibirische Huskys, um genau zu sein, die sind ganz wild darauf, einen Schlitten zu ziehen und durch Eis und Schnee zu laufen. Ihre Vorfahren kamen tatsächlich aus Sibirien und wurden auch bei uns in Alaska heimisch. Alaska hat lange zu Russland gehört, wie Sie vielleicht wissen, und wurde erst 1867 ein Teil der Vereinigten Staaten. Aber ich will Sie nicht mit Fakten langweilen. Wichtig ist vielleicht noch, dass Huskys auch im tiefsten Winter am liebsten draußen übernachten und sich dabei pudelwohl fühlen. Woran das liegt? Sie haben zwei Lagen Fell, ihr Unterfell und das Deckhaar. So warm haben Sie es nicht mal unter einem Stapel Wolldecken. Die Hunde laufen für ihr Leben gern und können das Neunfache ihres Körpergewichts tragen oder ziehen, deshalb haben die Inuit und Indianer sie früher auch als Transporttiere eingesetzt. Bei uns kriegen die Huskys erstklassiges Futter, oft einen Eintopf aus Reis und Lachs, der sie bei Kräften hält. Und ich bin fast jeden Tag mit ihnen hier in der Gegend unterwegs.«

»Beißen die Huskys nicht?«, wollte Ellen wissen.

»Dich bestimmt«, versuchte Hank, witzig zu sein.

»Sagen wir mal so«, erwiderte Susan lächelnd, »Huskys sind keine Schoßhündchen, mit denen man nach Herzenslust schmusen kann. Und sie können giftig werden, wenn ihnen jemand nicht passt. Aber wenn man sie respektvoll behandelt, kann gar nichts passieren.« Sie beugte sich zu einem der Huskys hinab und kraulte ihn unter dem Kinn. Dem Hund gefiel es anscheinend. »Sehen Sie? Das ist Mick, mein Leithund. Ganz recht, Mick wie Mick Jagger. Ich bin ein großer Stones-Fan, das hab ich von meinem Vater geerbt. Und der hier …« Sie deutete auf einen Husky mit schwarzem Fell. »Das ist Keith, wer sonst?«

»Darf ich den auch mal streicheln?«, fragte Ellen.

»Klar, aber reden Sie erst ein bisschen mit ihm. Und machen Sie keine hastigen Bewegungen, sonst erschrickt er. Aber keine Angst, Mick ist geduldig.«

Michelle beobachtete Hank, als seine Frau zu dem Husky ging, eine Weile freundlich auf ihn einredete und ihn anschließend vorsichtig streichelte. Ihr Mann schien tatsächlich eifersüchtig auf seine Frau zu sein, weil sie im Mittelpunkt stand.

»So, und jetzt wird's langsam Zeit, dass wir die Hunde vor den Schlitten spannen«, sagte Susan, nachdem alle die Huskys aus der Nähe betrachtet hatten. Sie hatte die Leinen und Geschirre bereits aus dem Schuppen geholt, daher auch die Unruhe unter den Hunden, und legte die lange Führungsleine in den Schnee. »Die Huskys werden an die Führungsleine geklinkt, drei auf jeder Seite und der Leithund an der Spitze. Jeder Hund bekommt ein Geschirr, sehen Sie?« Sie zog einem der Hund das Geschirr über und klinkte ihn an die Leine.

»Für unsere Demonstration spannen wir sieben Huskys an, so viele nehme ich auch bei den meisten Touren mit. Auf dem Iditarod oder anderen großen Rennen hat man oft ein Team von dreizehn, vierzehn Hunden.« Sie kippte den leichten Schlitten, der seitwärts gelegen hatte, auf die Kufen und rammte die Bremse in den Schnee. »Wie man einen Hundeschlitten steuert? Ganz einfach: Man stellt sich auf die Kufen und hält sich an der Haltestange fest. Gelenkt wird, indem Sie Ihr Gewicht verlagern, und wenn es gar nicht anders geht, auch mit Befehlen wie ›Gee!‹ für ›Rechts!‹ und ›Haw!‹ für ›Links!‹. Mit einem lauten ›Whoaa!‹ bremsen Sie den Schlitten. Vergessen Sie auf keinen Fall, den Schlitten zu verankern, wenn Sie anhalten, sonst kann es passieren, dass Ihnen die Hunde durchgehen und ohne Sie nach Hause laufen. Aufpassen sollte man auch bei Elchen, die streiten sich gern mit Huskys und fügen ihnen oft schwere Verletzungen zu. Wenn es losgehen soll, rufen Sie ›Go!‹, ›Mush!‹ oder ›Giddy-up!‹«.

Diesmal wollte Hank der Mutige sein. »Hört sich einfach an.«

Susan bat die Gäste, zum Seeufer zu gehen, weil auf dem vereisten See mehr Platz für die Trainingsfahrten war. Sie selbst trieb die Huskys vor ihrem Schlitten mit einem lauten »Vorwärts! Go! Go!« an und fuhr eine weite Kurve über das mit einer Schneeschicht bedeckte Eis. Michelle beobachtete staunend, wie selbstsicher und locker Susan auf den Kufen stand, leicht in die Knie ging, um Unebenheiten im Eis aufzufangen und in einer Schneewolke vor ihnen bremste.

»Wow!«, sprach Ben aus, was alle dachten. »Das war erste Sahne!«

Susan verhehlte ihren Stolz nicht. »Ich mach das auch schon ein paar Jahre. Irgendwann machen sich das Training und die Erfahrung bezahlt. Beim Iditarod und anderen Rennen können Sie nur mithalten, wenn Sie voll im Saft stehen.« Sie stieg von den Kufen. »Dafür bin ich in der Küche eine Niete. Wenn wir Bulldog nicht hätten, müsste ich ständig Pizza oder Hamburger bestellen.«

Hank war noch immer nicht darüber hinweg, dass seine Frau ins Rampenlicht getreten war. »So schwierig kann das doch nicht sein«, prahlte er. »Lassen Sie mich mal ran! Ich krieg das hin. Vielleicht nicht ganz so elegant, aber ...«

»Gerne«, erwiderte Susan, »aber es ist nicht so einfach, wie es aussieht. Es reicht nicht, sich auf die Kufen zu stellen und an der Haltestange festzuhalten. Sie müssen Ihren ganzen Körper einsetzen.« Sie ahnte wohl, dass Hank sich übernehmen würde, und warnte: »Fahren Sie erst mal nur geradeaus, das ist einfacher. Sie müssen ein Gefühl für den Schlitten bekommen. Einverstanden? Und vergessen Sie nicht, ›Whoaa!‹ zu rufen, wenn Sie anhalten wollen!«

»Geht klar, Susan. Ich hab schon ganz andere Herausforderungen gemeistert.« Hank stieg auf die Kufen und blickte selbstgefällig in die Runde, bevor er die Hände auf die Haltestange legte und rief: »Vorwärts! Go! Go! Lauft!«

Und das taten die Huskys. Kaum war das Kommando erklungen, zogen sie so rasant an, dass Hank beinahe den Halt verlor und mit einem Bein in der Luft hing, bevor er endlich die Kufe erwischte. Die Huskys kümmerten sich nicht um ihn, folgten ihren eigenen Spuren über den gefrorenen See und schienen gar nicht zu merken, dass ein Zweibeiner auf den Kufen stand. Wahrscheinlich wunderten sie sich darüber, plötzlich tun und lassen zu können, was sie wollten.

Hank kam keine zwanzig Schritte weit, dann verlor er das Gleichgewicht und fiel von den Kufen. Hilflos wie ein Käfer, der auf dem Rücken gelandet war, lag er im Schnee. »Das zählt nicht! Das war unfair!«, schimpfte er, aber seine Tirade ging im schadenfrohen Gelächter der anderen Gäste unter, denen seine Angeberei schon bei der Begrüßung auf die Nerven gegangen waren. Selbst seine Frau konnte sich ein spöttisches Lächeln nicht verkneifen.

Die Huskys waren längst zum Ausgangspunkt ihres kurzen Ausflugs zurückgekehrt, als Hank fluchend und peinlich berührt zu den anderen zurückkehrte. »Kein Wunder, wenn die Biester einfach machen, was sie wollen. So kann das ja nichts werden. Geben Sie mir zwei Minuten, dann versuche ich es noch mal.«

»Erholen Sie sich erst mal!«, empfahl Susan. Sie kannte ihre Pappenheimer und wusste sie zu nehmen. »Kein Grund, mit dem Schicksal und der ganzen Welt zu hadern!

Das passiert den meisten, die zum ersten Mal versuchen, einen Hundeschlitten zu lenken. Will es noch jemand versuchen?«

»Ich!«, meldete sich Ben. »Als ehemaliger Footballer weiß ich, wie man fallen muss, sonst wäre ich schon längst nicht mehr am Leben.« Er grinste breit.

Ben stellte sich wesentlich vorsichtiger an als Hank und hielt beinahe eine Minute lang das Gleichgewicht, bevor auch er die Kontrolle über die Hunde verlor und ebenfalls von den Kufen stürzte. Glücklicherweise war die Schneedecke über dem Eis so dick, dass weder er noch Hank ernsthaft verletzt wurde.

»Schwieriger als eine Herz-OP«, urteilte der Kardiologe.

Auch die Frauen wagten sich jetzt auf die Kufen und kamen ähnlich weit wie Hank und Ben. Am besten hielt sich Sarah-Jane. Wie die zierliche Frau es schaffte, den Schlitten zu steuern, konnte sich niemand erklären. »Wenn es Medaillen zu verteilen gäbe, bekämen Sie Gold«, lobte Susan. »Was wieder mal beweist, dass dieser Sport keinen Unterschied zwischen Männern und Frauen kennt. Auch Frauen haben schon das Iditarod gewonnen, wussten Sie das?«

Michelle hielt sich wacker, war aber zu verkrampft und scheiterte an einer unebenen Stelle auf dem Eis, die den Schlitten holpern ließ und sie von den Kufen warf. »Sie müssen lockerer werden«, empfahl Susan, »jede Bewegung des Schlittens mitgehen. Das wird schon. Morgen haben Sie den besten Lehrer, den man sich vorstellen kann. Ethan kennt sich noch besser mit Huskys aus als ich. Er lässt Sie bestimmt mal lenken. Im Nationalpark macht es besonders viel Spaß. Sie kommen als Champion zurück, darauf würde ich wetten.«

»Da bin ich nicht so sicher«, widersprach Michelle.

»Ethan hat übrigens noch mal angerufen ... heute Morgen. Er sagt, Sie bräuchten keinen Proviant mitzunehmen. Und er hätte eine Überraschung für Sie.«

»Eine Überraschung? Hat er gesagt, was?«

Susan lachte. »Dann wär's ja keine Überraschung mehr.«

Während die Leonards und die Strattons in ihre Hütte zurückkehrten und ihre Badesachen holten, trieb Susan die Huskys an und brach zu einem einstündigen Ausflug auf. Die Huskys brauchten Bewegung und freuten sich bestimmt, eine wirkliche Musherin auf den Kufen zu haben. Mit den Gästen der Lodge hatten sie es sicher auch sonst nicht leicht. Befreit rannten sie davon.

Michelle blieb auf dem Eis stehen und genoss den Sonnenaufgang, ein verzauberter Augenblick, nur wenige Meilen vom Polarkreis entfernt. Im Osten zeigten sich die ersten orangefarbenen Streifen, schälten sich aus dem Halbdunkel und wurden zahlreicher, bis sie ihre ganze Pracht entfalteten und den Himmel in ein Meer von roten Farbtönen tauchten. Die verschneiten Gipfel und Hänge der nahen Alaska Range begannen zu leuchten, die Fichten schienen Feuer zu fangen, der Schnee auf dem See verfärbte sich mit jeder Minute. Nur ganz allmählich verblassten die Farben, und der kurze Tag meldete sich mit kälteren Blautönen zurück und erweckte die eisige Kälte zum Leben.

Es war ein faszinierendes Schauspiel, das Michelle in dieser Pracht noch nie erlebt hatte. Sie erfreute sich an der

Stille, hörte das Knistern von Eis und Schnee, als sie einige Schritte ging und sich nicht einmal durch den frischen Wind aufhalten ließ. Alice hatte recht gehabt: In dieser Wildnis war sie weiter von den Sorgen und Problemen ihres Alltags entfernt als irgendwo sonst auf der Welt. Auch wenn der Frieden, der von dieser Stille ausging, täuschte, weil die Wildnis mit tausend Gefahren auf Eindringlinge wartete und man in den Wäldern auch unliebsame Begegnungen mit wilden Tieren erleben konnte.

Sie blieb überrascht stehen. Weit im Westen war ein heller Fleck, der nicht in diese Umgebung passen wollte. Ein Feuer? Jeff Lafferty, der Fallensteller? Harmlose Wanderer, die ihr Lager aufgeschlagen hatten? Die Männer, die John losgeschickt hatte, um den Trail zu begradigen? Wer sollte es denn sonst sein?

Die falschen Weihnachtsmänner auf der Flucht vor der Polizei?

11

Zum Lunch gab es Sandwiches, die reichhaltigeren Mahlzeiten waren für den Abend reserviert. »Käse und Schinken, Geflügelsalat mit Curry, Thunfischsalat à la Bulldog und magerer Frischkäse mit Petersilie für unsere kalorienbewussten Gäste«, begrüßte sie Bulldog mit fröhlichem Grinsen. »Nicht zu vergessen mein Cowboy-Kaffee, Früchtetee und selbst gemachte Limonade. Und für die Leckermäuler hab ich Schokopudding mit Mandelsplittern in Reserve.«

Die Gäste waren vollzählig, auch Andy und Olivia ließen sich wieder blicken. Man brauchte kein Hellseher zu sein, um zu erkennen, wie sehr es zwischen den beiden gefunkt hatte, die Anwesenheit der anderen schienen sie gar nicht zu bemerken. Sweet Sixteen, dachte Michelle, ob ich auch mal so war?

Alle schmunzelten, als sich die beiden wieder einmal verliebt anlächelten, nur Nick schien es nicht zu gefallen. »Wo wart ihr eigentlich den ganzen Morgen?«, fragte er. »Im Pool und bei den Huskys wart ihr jedenfalls nicht.«

»Ich hab Andy im Pferdestall geholfen«, erwiderte Olivia. »Wusstest du, dass sie einen Appaloosa auf der Lodge haben, einen echten Appaloosa?«

»Appaloosa? Was soll das sein?«

»Eine Züchtung der Nez-Perce-Indianer. Hab ich dir doch schon erst mal erklärt.«

»Und ich soll mir alles merken, was du mir erzählst?«

Er biss in sein Käse-Schinken-Sandwich. Seine schlechte Laune war nicht zu übersehen. Die Vorwürfe seiner Frau hatten ihn wohl mehr genervt, als er zugeben wollte.

»Wir tun nichts Verbotenes, Dad«, sagte Olivia.

»Ihr seid sechzehn, vergesst das nicht. Mein Vater hätte mir die Ohren langgezogen, wenn ich mit einem jungen Mädchen im Stall verschwunden wäre.«

»Die Zeiten haben sich geändert, Dad.«

Er riss sich zusammen. »Ich meine es nur gut mit dir, mein Kind. Solange ihr euch nur um die Pferde kümmert, habe ich nichts dagegen, aber alles andere ... du weißt schon, was ich meine, kann ich nicht gutheißen, auch im Urlaub nicht.« Er blickte den Jungen an. »Ich bin sicher, Andy ist meiner Meinung.«

»Natürlich, Sir.« Was sollte er auch sonst sagen?

»Andy ist ein guter Junge«, mischte sich Susan ein, »sonst hätten wir ihn nicht eingestellt. John und ich legen die Hand für ihn ins Feuer, stimmt's?«

»Andy ist okay«, stimmte John ihr zu.

»Wollen wir's hoffen«, sagte Nick. Er tupfte sich den Mund mit seiner Serviette ab und stand auf. »Wenn Sie mich bitte entschuldigen wollen, ich habe noch ein dringendes Gespräch mit New York. Wichtige Geschäfte, die leider keine Aufschiebung dulden.« Er verzog sich in einen Nebenraum, anscheinend froh, der Diskussion über Andy und Olivia entfliehen zu können.

Charlene seufzte. »Wie immer ... wenn's ernst wird, rufen die Geschäfte.«

Nach dem Essen ging jeder seiner Wege. Erst gegen sechzehn Uhr hatten die Walkers das Eisfischen angesagt, und bis dahin konnte jeder selbst entscheiden, was er tun wollte. Außer Andy, der bei den Walkers angestellt war und den Rest des Nachmittags damit verbringen sollte, der Maid beim Putzen zu helfen. Natürlich hielt er Putzen für »Weiberarbeit«, aber John blickte ihn so streng an, dass er sich jeden Kommentar verkniff. Zu seinem Glück, wie Michelle bemerkte, denn John sah so aus, als hätte er eine passende Antwort parat.

Die meisten Gäste gingen schwimmen oder wärmten sich in der Sauna auf. Michelle zog es nach draußen, obwohl die Dämmerung bereits den kurzen Tag vertrieb und es noch einmal kälter geworden war. Leichte Schneeflocken wirbelten durch die Luft, als sie dem Trail zum Waldrand folgte und über einen verschneiten Pfad zum See stapfte. Sie hatte sich den Schal bis über die Nase geschoben, um besser gegen den Wind geschützt zu sein, und hätte nichts gegen eine halbe Stunde in der heißen Sauna gehabt, aber Saunen gab es auch in Petaluma, und die Verlockung, die wilde Natur hautnah zu erleben, war groß.

Der Nebel kam plötzlich. Wie eine gewaltige Sturmwolke zog er über den See und umfing sie mit seinen eiskalten Armen. Innerhalb weniger Sekunden war sie vom eisigen Dunst umhüllt, verharrte orientierungslos in dem wallenden Nebel und wartete ungeduldig darauf, dass er sich verzog. Doch er blieb, waberte wie ein körperloses Wesen um sie herum und schien sie festzuhalten.

Sie begann jämmerlich zu frieren und beobachtete mit klopfendem Herzen, wie sich ein dunkles Wesen näherte, eine Gestalt im langen schwarzen Mantel, begleitet von einem Wolf mit gelben Augen. Sie wollte vor dem Wesen davonlaufen, kam jedoch keinen Schritt weiter und sah sich Sekunden später einer greisen Frau gegenüber. Den Falten in ihrem Gesicht nach zu urteilen, musste sie mindestens hundert Jahre alt sein. Ihre weißen Haare wurden fast vollständig von einem schwarzen Schal bedeckt. Sie stützte sich auf einen Wanderstock, an dem zwei Federn hingen, und blieb vor ihr stehen. Der Wolf fauchte und zeigte seine Zähne.

»Ich habe nach dir gesucht, Michelle«, sagte sie. Ihre Stimme klang brüchig und etwas heiser. »Ich bin Sadzia. Manche nennen mich eine Geisterfrau, manche eine Hexe. Sie haben Angst vor mir, weil ich in die Zukunft blicken kann.«

»Woher kennst du meinen Namen?«, fragte Michelle.

»Ich weiß vieles, was andere nicht wissen. Ich weiß, dass du den Ring von deinem Finger genommen hast und in meine Heimat gekommen bist, um zu vergessen. In der Wildnis willst du deine Seele reinigen und neu beginnen.«

Michelle blickte sie fragend an. »Woher weißt du das alles?«

»Spielt das eine Rolle?«, fragte sie. Der Wolf an ihrer Seite fauchte nicht mehr, und Michelle glaubte in seinen Augen sogar etwas Versöhnliches zu erkennen. »Du bist an der entscheidenden Weggabelung in deinem Leben angekommen, und ich will dir helfen, dich für den richtigen Pfad zu entscheiden.«

»Aber warum, Sadzia? Warum?«

»Weil du eine von uns bist, auch wenn deine Haut weiß ist und du aus dem fernen Kalifornien kommst. Während des Sturms hast du bewiesen, dass du in der Wildnis bestehen kannst, und während die anderen Gäste im warmen Haus bleiben, gehst du nach draußen und erfreust dich an unserer Mutter Erde.«

»Was willst du mir sagen, Sadzia?«

»Du wirst dein Glück in dieser Wildnis finden«, sagte die Alte, »aber der Weg zum Glück wird nicht ohne Hürden sein. Es gibt Wesen, ob Frauen oder Männer, kann ich noch nicht erkennen, es gibt Wesen, die nicht wollen, dass du dein Glück findest, und die dich vom rechten Weg abdrängen wollen. Lass dich nicht beirren, Michelle! Sei tapfer und geh weiter deinen Weg, wie hoch diese Hindernisse auch sein mögen. Feiern deine Leute nicht Weihnachten?«

»Alle Christen feiern Weihnachten.«

»Das Fest, an dem ihr die Geburt eures Gottessohnes feiert, nicht wahr? Das Fest, an dem ihr Geschenke austauscht. Eine Sitte, die ich von unseren Potlatches und Give-Away-Dances kenne. Du musst um dein Geschenk kämpfen!«

»Mein Geschenk?« Michelle ahnte, was sie meinte. »Meinst du ...«

»Denk an meine Worte, Michelle! Und nun leb wohl!«

Selbst der Wolf schien ihr einen Blick zuzuwerfen, als er seiner geheimnisvollen Herrin in den Nebel folgte. Eine greise Indianerin, die anscheinend hellseherische Kräfte besaß. Aber warum war sie ausgerechnet zu ihr gekommen? Was für ein Interesse konnte sie haben, sie glücklich zu sehen?

»Michelle! Was ist mit Ihnen, Michelle? Sind Sie eingeschlafen?«

Michelle öffnete die Augen und sah Johns besorgte Miene. »Nein ... doch ... doch ... ich weiß nicht ...« Sie blickte sich verwundert um und sah, dass sie mit dem Rücken gegen einen Schuppen lehnte. Der Nebel war verschwunden.

»Bei der Kälte einzuschlafen, kann sehr gefährlich sein.«

»Ich weiß ... ich wollte nicht ...«

»Der Blizzard hat Sie Kraft gekostet. Seien Sie vorsichtig, okay?«

»Sicher.« Sie war immer noch verwirrt. »Sagen Sie ... war es gerade neblig?«

»Dunstig ... aber neblig? Eigentlich nicht.«

»Und kennen Sie eine alte Indianerin? Sadzia?«

John winkte ab. »Eine alte Indianerlegende. Über eine Frau, die in die Zukunft blicken kann und ihr Volk verließ, als sie zu alt wurde und ihnen zur Last fiel. Nach dem Glauben der Athabasken soll sie noch immer durch die Wälder streifen und Frauen helfen, ihr Glück zu finden. Woher wissen Sie von Sadzia?«

»Ich hab den Namen irgendwo gehört«, wich sie aus.

John deutete ein Lächeln an. »Hier ist sie noch nie aufgekreuzt. Obwohl bei uns schon einige alleinstehende Frauen zu Besuch waren. Aber die waren bestimmt nicht hier, um sich einen Mann zu angeln. Hier sind alle Männer vergeben. Außer Andy ...« Er grinste. »Und bei dem bin ich mir nicht mehr sicher.«

»Mit sechzehn? Das vergeht.«

Sein Grinsen blieb. »Susan und ich sind uns schon auf

der Highschool über den Weg gelaufen, aber ich hab sie nie um ein Date gebeten. Ich war damals hinter einer Cheerleaderin her, die aber lieber mit dem Quarterback unseres Footballteams ging. Erst später, als ich schon aufs College ging, haben wir uns zufällig wiedergetroffen und uns sofort verabredet. Seltsam, nicht wahr?«

»Nicht, wenn Sadzia im Spiel war.«

»Daran hab ich noch gar nicht gedacht.«

Michelle kehrte ins Haus zurück und wärmte sich mit einem heißen Früchtetee auf. In Gedanken versunken saß sie vor dem prasselnden Kaminfeuer. Sie hätte gern mit Alice telefoniert und mit ihr über ihre seltsamen Erlebnisse gesprochen, aber eine solche Unterhaltung war kein Grund, sich das Satellitentelefon der Lodge auszuleihen.

»Ich hab noch Pudding übrig«, sagte Bulldog.

»Klingt verlockend, aber ich hab schon genug zugenommen.«

»Sie werden im Urlaub doch nicht anfangen, Kalorien zu zählen?«, erwiderte er, fröhlich wie immer. »Außerdem gibt's heute Abend was Leichtes.«

»Ach, ja?«

»Den Fisch, den Sie nachher fangen.«

»Da sehe ich schwarz. Ich hab noch nie geangelt.«

»Ich hab noch welchen im Kühlschrank ... für alle Fälle.«

Michelle lachte. »Das beruhigt mich.«

Als Bulldog gegangen war, lehnte sie sich seufzend im Sessel zurück. Das Prasseln des Kaminfeuers beruhigte sie und ließ sie beinahe einschlafen, doch sobald sie die Augen schloss, sah sie wieder die greise Indianerin im Nebel stehen und wich vor dem fauchenden Wolf mit den gelben Augen zurück. Er erinnerte sie an den Wolf, dem sie während des Schneesturms begegnet war.

War das Zusammentreffen mit den beiden Wirklichkeit? Oder war sie eingeschlafen und hatte nur geträumt? Und woher kannte sie den Namen der greisen Frau, wenn alles nur ein Traum gewesen war? Waren ihre Sinne schon von der Kälte verwirrt?

»Nur keine Müdigkeit vortäuschen«, sagte Sarah-Jane, als sie mit ihrem Mann den Wohnraum betrat und sie am Kamin sitzen sah. Die beiden nahmen dankend an, als Bulldog ihnen ebenfalls einen Früchtetee anbot, und setzten sich zu ihr. »Wir müssen uns unser Abendessen heute schwer verdienen.«

»Haben Sie schon mal geangelt?«, fragte Michelle.

»Eisfischen waren wir noch nie, aber Ben angelt gern, wenn er mal Zeit hat. Leider kommt das viel zu selten vor. In Houston häufen sich die Herzkrankheiten, die Menschen haben zu viel Stress und leben viel zu ungesund, von der Belastung durch Umweltgifte ganz zu schweigen, und am St. Luke's kommen sie kaum noch mit den OPs nach. Herzklappen, Bypässe, Schrittmacher … wenn Ben so weitermacht landet er irgendwann selbst auf dem OP-Tisch.«

Ben wärmte seine Hände am Teebecher. »Sarah-Jane übertreibt wieder mal. Aber sie hat recht, die Herz-Kreislauf-Erkrankungen nehmen rapide zu. Sie sind häufiger die Todesursache als Krebs. Ein ganz wichtiger Faktor ist das Übergewicht der meisten Amerikaner, kein Wunder bei dem vielen Fast Food. Aber ich fange schon wieder an zu predigen. Wer hier draußen seinen Urlaub verbringt, macht es ja richtig.« Er senkte seine Stimme. »Wenn man nicht ständig mit der Wall Street telefoniert wie Nick. Einer wie er kann nicht abschalten.«

»Und Stress mit seiner Tochter hat er auch.«

»Das geht alles Hand in Hand. Wer ständig auf der Überholspur fährt, wird irgendwann nervös und ungerecht. Ein wenig Ruhe würde ihm sehr guttun.«

»Oder Angeln.«

»Wenn Sie so viel arbeiten … wo haben Sie sich dann kennengelernt?«

»Dreimal dürfen Sie raten.«

»Im Krankenhaus natürlich.«

»Falsch.« Ben amüsierte sich sichtlich. »Auf dem Highway. Sarah-Jane hatte eine Panne, und ich, ganz der Gentleman, der ich nun mal bin, habe angehalten und ihr geholfen. Als die Polizei kam, hätte man mir beinahe Handschellen angelegt. Ein Schwarzer und ein weißes Mädchen, noch dazu eine Südstaatlerin mit auffälligem Akzent, das schien ihnen verdächtig. Wir konnten froh sein, dass sie uns wieder laufen ließen. Sarah-Jane lud mich in den nächsten McDonald's zum Lunch ein, und vier Wochen später waren wir verlobt.«

»Und niemand hatte was dagegen?«

»Ich weiß, was Sie meinen. Klar, ihre Großeltern behaupteten, Sarah-Jane hätte sich mit dem Teufel eingelassen, und mein Bruder, der lange in Alabama gearbeitet hat und sich einiges anhören musste, war auch nicht begeistert. Aber unsere Eltern sind cool, die scherten sich nicht um Schwarz oder Weiß und gaben uns sofort ihren Segen.

Auch wenn wir es manchmal nicht leicht hatten. Im Krankenhaus kümmert sich auch keiner darum. Alle paar Monate habe ich einen Patienten, der lieber von einem weißen Arzt behandelt werden will, dem schlage ich dann vor, sich von unserem Praktikanten operieren zu lassen. Ich kann zynisch sein, wenn es um so was geht. So wie Sarah-Jane, wenn ein Patient darauf besteht, von einem Mann behandelt zu werden. Das gibt's alles noch.«

»Du predigst schon wieder, Ben«, sagte Sarah-Jane. Sie blickte auf ihre Armbanduhr. »Die Fische warten auf uns. Bin gespannt, ob wir was fangen.«

John und die anderen Gäste warteten am Seeufer. Die Sonne ging gerade unter und brachte die dunklen Schneewolken zum Glühen. Doch ihre Kraft schwand schneller als sonst und schaffte es nur für kurze Zeit, sich gegen die Dunkelheit aufzulehnen. Auch der Mond und die Sterne hatte gegen die Wolken keine Chance, nur gelegentlich blitzten sie am abendlichen Himmel auf.

John und die beiden Männer, die Michelles Jeep aus dem Schnee gezogen hatten, waren schon am frühen Nachmittag aktiv gewesen und hatten eine leichte Bretterbude auf das Eis geschoben. Zwei große Fackeln vor der Hütte und eine Öllampe im Innenraum sorgten für das nötige Licht. Für jeden Teilnehmer stand eine Angel mit extrem kurzer Rute bereit.

»Willkommen zu unserem kleinen Abenteuer!«, begrüßte John die Gäste. »Eisfischen ist keine Erfindung von weißen Einwanderern. Die Indianer und Inuit betreiben es seit Jahrhunderten. Natürlich nicht so luxuriös wie wir, sie hatten keine Holzhütten und keinen Ofen, waren auf dem offenen Eis und bohrten Löcher, in denen sie mit ihren präparierten Schnüren nach Fischen suchten. Das Prinzip ist aber dasselbe geblieben, auch wir haben Löcher gebohrt und können die Fische sogar mit einer kleinen Kamera orten. Aber Profis wie wir brauchen solche Hilfsmittel gar nicht. Schnappen Sie sich eine Angel und suchen Sie sich ein Plätzchen!«

Michelle staunte, wie warm es in der Hütte war. Ein kleiner Ofen rechts vom Eingang sorgte für erträgliche Temperaturen. Es gab einen in der Mitte offenen Holzboden und zwei Holzbänke zu beiden Seiten der kreisrunden Löcher, die John mit einem speziellen Bohrer in das Eis gebohrt hatte. Als er mit der Taschenlampe hineinleuchtete, erkannte man, wie dick die Eisschicht des Sees war.

»Zwei Schichten, jeweils drei Leute. Wer will zuerst?«

Michelle meldete sich nicht, landete aber trotzdem mit Ben und Hank in der ersten Schicht. John demonstrierte, wie man den Köder am Haken befestigte, nur Hank winkte ab und sagte: »Weiß ich. Ich angle nicht zum ersten Mal. So schwierig kann es doch nicht sein, einen Fisch aus diesem Loch zu ziehen.«

»Die Forellen sind nicht dumm«, erwiderte John.

»Gegen mich haben sie keine Chance!«, prahlte er.

Aber nach einer Viertelstunde hatte noch kein einziger Fisch an Hanks Haken geknabbert, und auch bei Michelle rührte sich nichts. Ben punktete mit seiner Erfahrung und hatte als Erster Erfolg. Als eine mittelgroße Forelle an seinem Haken zappelte, sprangen alle außer Hank auf und johlten begeistert, während Ben seine Beute aus dem Loch zog und vom Haken nahm. »Unser Abendessen ist gesichert!«, rief er seiner Frau zu. »Frisch gekühlt auf den Tisch!«

Hank zwang sich zu einem Lächeln, aber man merkte ihm an, wie neidisch er war. Ein Mann wie er wollte immer im Mittelpunkt stehen. Gerade vor seiner Frau durfte er sich keine Niederlage erlauben. »Abwarten!«, rief er.

Michelle blickte erwartungsvoll in das Eisloch. Für einen Moment glaubte sie eine Bewegung zu erkennen, doch gleich darauf war nichts mehr zu erkennen. »Sind denn überhaupt genug Fische im See? Um diese Jahreszeit, meine ich.«

John hatte Fotos mit seinem Handy geschossen, besonders von Ben und seinem stattlichen Fang. »Den Fischen ist da unten warm genug. Hey, bei dir rührt sich was!« Er hob sein Handy erneut und richtete es auf Michelle.

Was sie aus dem Wasser zog, war ebenfalls eine Forelle, doch leider war sie so klein, dass sie gleich wieder ins Wasser wanderte. »Künstlerpech«, sagte sie.

»Und jetzt die anderen drei«, forderte John die übrigen Gäste auf. »Michelle, Hank ... Sie bekommen in einer halben Stunde Ihre zweite Chance, okay?«

Michelle war ganz froh, eine Pause einzulegen und noch näher an dem kleinen Ofen zu sitzen. Ihre Gedanken waren noch bei der greisen Indianerin und ihren mahnenden Worten. »Es gibt Wesen, die nicht wollen, dass du dein Glück findest, und die dich vom rechten Weg abdrängen wollen«, hatte sie gesagt. »Lass dich nicht beirren, Michelle! Sei tapfer und geh weiter deinen Weg, wie hoch diese Hindernisse auch sein mögen.« Seltsame Worte, die vieles bedeuten konnten. Aber was ergab schon einen Sinn in einem solchen Traum? Warum vergaß sie die Alte nicht und erfreute sich an ihrem abenteuerlichen Urlaub?

Ellens Schrei riss sie aus ihren Gedanken. »Ich hab einen!«

Mit Johns Hilfe zog sie eine prächtige Forelle aus dem Eisloch und freute sich wie ein kleines Kind. »Sieh dir das an, Hank! Das ist unser Abendessen!«

Hank brummte missmutig. »Anfängerglück!«

12

Was für eine Überraschung sich Ethan für sie ausgedacht hatte, erfuhr Michelle am nächsten Morgen. Sie war gerade vom Frühstück aufgestanden und überlegte, ob er mit Auto, Hundeschlitten oder Snowmobil kommen würde, als Motorenlärm die morgendliche Stille durchbrach und ein Buschflugzeug auf der Schneepiste am Waldrand landete. Statt mit Rädern war es mit zwei breiten Skiern ausgerüstet, die mühelos über den Schnee glitten und den Neuschnee aufwirbelten.

Mit wachsender Aufregung beobachtete sie, wie Ethan aus der Maschine kletterte, ein paar Schritte durch den knöcheltiefen Schnee stapfte und über die geräumte Zufahrtstraße zur Lodge lief. »Guten Morgen, Michelle!«, rief er schon von Weitem. »Ich dachte, wir sehen uns die Sache erst mal aus der Luft an.« Seine Augen blitzten wie immer, wenn er sie anblickt. »Randy vom Flugservice sagt, wir können die Cessna bis heute Nachmittag behalten. Wir drehen ein paar Runden über den Gletschern, bevor wir auf den Schlitten umsteigen. Das Wetter sieht gut aus, besseres Flugwetter gibt's nicht.«

»Sie können ein Flugzeug steuern?«, staunte sie.

Er lachte. »Fast jeder in Alaska kann ein Flugzeug steuern, zumindest so kleine Maschinen wie diese Cessna. Manche Leute behaupten, es gäbe mehr Flugzeuge als Autos in Alaska. Das stimmt zwar nicht ganz, aber es sind auf jeden Fall eine ganze Menge. So viele Straßen gibt es nicht in der Wildnis.«

»Das hab ich gemerkt«, sagte sie. »Wird es heute denn hell genug?«

»Wir müssen vorher noch in Fairbanks vorbei. Das war Randys Bedingung für die kostenlose Leihe. Ich muss ein wichtiges Ersatzteil bei einem seiner Kollegen in Fairbanks abholen. Bis wir zurück sind, haben wir gute Sicht.«

Sie verabschiedeten sich bei den Jacksons und gingen zur Maschine. Michelle war bereits in voller Montur, trug auch die neue Skihose, die sie in Petaluma gekauft hatte. Die Haare versteckte sie unter ihrer weißen Wollmütze. Sie fand immer noch, dass sie mit der Mütze einiges von ihrem guten Aussehen verlor, aber abgefrorene Ohren waren keine Alternative.

»Sind Sie schon mal mit so einer kleinen Maschine geflogen?«, fragte er.

»Vor einem Jahr am Lake Tahoe«, antwortete sie, »mit meiner Freundin Alice. Eines der seltenen Wochenenden, an denen Alice ohne Freund war.«

»Und Sie?«, rutschte es ihm heraus. »Oh, Verzeihung, ich wollte nicht …«

»Kein Problem. Ich war noch viel länger allein als Alice. Muss an meinem Job liegen, da hat man meist mit Ehepaaren oder Familien zu tun. Und mit Internet-Bekanntschaften oder Typen, die mich in Clubs anbaggern, hab ich's nicht so.«

»Gehen Sie oft in Clubs?«

»Einmal im Jahr.« Sie lachte. »Wenn Alice ihren Geburtstag feiert. Ich mag die Musik nicht, außerdem werde ich langsam zu alt für das Disco-Gehopse.«

Sie kletterten in die Cessna und schnallten sich an. Ethan reichte ihr einen Kopfhörer. »Damit können wir uns besser unterhalten, und Sie bekommen mit, was der Tower in Fairbanks von mir will.« Sie setzte ihn auf, sagte etwas, bekam eine Antwort und hob den Daumen. Ethan überprüfte einige Anzeigen, richtete die Maschine gegen den Wind aus und ließ den Motor aufheulen. Inmitten des aufwirbelnden Schnees starteten sie und flogen dem Himmel entgegen. »Up, up and away!«, rief er gut gelaunt und trieb die Cessna nach Norden.

Noch war die Sonne nicht aufgegangen, aber die Wolken des vergangenen Tages hatten sich verzogen, und der Mond und die Sterne verbreiteten genügend Licht. Wie ein blasser Schleier hing es über den scheinbar endlosen Wäldern und den verschneiten Tälern. Michelle hatte ihr Fernglas mitgenommen, nicht besonders groß, aber leistungsstark genug, um die dunkle Gestalt auf den Hügeln abseits des Trails, über den sie gekommen war, zu erfassen. Sie glaubte einen Hund neben ihr zu erkennen, stellte die Schärfe nach und rief: »Das ist sie! Sadzia ... die greise Indianerin, der ich gestern begegnet bin. Ich dachte, ich hätte nur geträumt, aber das muss sie sein. Können Sie mal tiefer gehen, Ethan?«

»Sadzia? Es gibt keine Sadzia. Das bilden Sie sich ein, Michelle.«

»Fliegen Sie tiefer, Ethan! Bitte!«

Ethan tat ihr den Gefallen, ging in eine scharfe Linkskurve und hielt auf die Gestalt zu. Er ließ die Cessna so tief sinken, dass sie die Gestalt auf dem Hügel mit bloßen Augen erkennen konnte und aufgeregt nickte. »Das ist sie ... Sadzia! Ich dachte gestern, ich hätte geträumt ... aber das ist sie ... und ihr Wolf!«

Er blickte ebenfalls nach unten. »Ein Wolf ... das stimmt ... oder ein Wolfshund, aber die greise Frau kann irgendwer sein. Wenn es überhaupt eine Frau ist. Sadzia gibt es nur in der Legende. Vielleicht hat sie früher mal gelebt, aber ich hab noch nie gehört, dass sie immer noch in der Gegend umhergeht.«

»Sie hat gesagt, dass sie in die Zukunft blicken kann.«

»Und was hat sie gesehen? Hoffentlich nur Gutes.«

Michelle nahm ihm sein spöttisches Lächeln nicht übel. »Sie hat gesagt, dass ich um mein Glück kämpfen muss. Dass es Menschen gibt, die mir mein Glück nicht gönnen. Dass ich stark sein müsse, um mich zu behaupten.«

»Dafür muss ich kein Hellseher sein«, sagte er. »Jeder Mensch muss um sein Glück kämpfen. Manchmal klappt es, meistens nicht.«

»Ich habe sie auch nicht wirklich ernst genommen, Ethan. Aber sie klang so ... so ernst. Als könnte sie tatsächlich in die Zukunft blicken und würde darunter leiden. Und ihr Wolf ... das war ein echter Wolf, soweit ich das erkennen kann.«

»Sie bilden sich das ein, Michelle.«

Sie flogen so dicht über den Hügel hinweg, dass der Mantel der greisen Frau und ihre langen weißen Haare zu flattern begannen. Für einen Moment blickte ihr Michelle direkt in die Augen. Sie schien zu fluchen und schwang drohend eine Faust. Dann waren sie an ihr vorbei, und Ethan zog die Cessna nach oben. Offensichtlich erleichtert, ging er auf den alten Kurs und flog weiter nach Norden. Er folgte dem Parks Highway, der aus der Luft recht deutlich zu erkennen war, und hielt auf den Flughafen im Südwesten von Fairbanks zu. Nach einem kurzen Wortwechsel mit dem Tower landete er auf dem verschneiten Skiway, der kleinen Flugzeugen mit Skiern vorbehalten war, und brachte das Flugzeug vor einer Baracke zum Stehen.

Ein Mann kam heraus und reichte ihm die Schachtel mit dem Ersatzteil. Ethan wickelte sie in einen Lappen und legte sie auf die Rückbank. »Michelle Cook«, stellte er sie vor, als er merkte, wie neugierig der Mechaniker in die Cessna blickte. »Sie macht Urlaub bei den Walkers.« Er blickte Michelle an. »Eddy, einer von Randys Freunden. Versteht mehr von Flugzeugen als jeder andere in Alaska.« Er verabschiedete sich. »Wir müssen weiter, Eddy. Wir wollen noch zum Denali, solange es so klar bleibt. Bis bald mal wieder, okay?«

Sie starteten und flogen nach Süden zurück. Im Osten zeigte sich der erste orangefarbene Schimmer und kündigte den nahen Tag an. Keine vier Stunden sollte sich die Sonne an diesem Tag zeigen, dazu kam das Zwielicht, das am Beginn und Schluss des kurzen Tages zumindest für etwas Helligkeit sorgte. Am Boden unter ihnen waren vereinzelte Lichter zu erkennen. Nenana, eine Kleinstadt, die in Kalifornien gar nicht auf der Karte erschienen wäre. Erst recht nicht die vereinzelten Blockhäuser am Straßenrand. Auf dem Highway herrschte reger Verkehr, zumeist Trucks auf dem Weg nach Anchorage oder Fairbanks, aber auch Urlauber in Wohnmobilen. Winterurlaub wurde immer populärer in Alaska. Zahlreiche Besucher kamen nur wegen des Nordlichts oder buchten einen Lodge-Urlaub, um alle Winterfreuden genießen zu können.

Ethan war ein guter Pilot, schien genau zu wissen, in welcher Höhe es die wenigsten Turbulenzen gab. Sie hatte keine Flugangst, fühlte sich in der kleinen Cessna beinahe sicherer als in einer großen Verkehrsmaschine. Der Vorteil war, dass man nach vorn blicken und sich einigermaßen frei bewegen konnte. In einer großen Maschine saß man dichtgedrängt, wenn man nicht gerade First Class gebucht hatte, und starrte nach vorn, seitlich aus dem Fenster oder auf seinen Monitor im Vordersitz. Sie kannte Fotos von Pan-Am-Clipper-Flügen in den 1960er Jahren, als man noch *in style* reiste, wie sich Hank ausdrücken würde, genug Beinfreiheit hatte und anständiges Essen bekam. Aber das war lange her.

»Sehen Sie, da unten?«, unterbrach Ethan ihre Gedanken. »Der Eingang zum Denali National Park. Und die Blockhäuser neben der Park Road, da wohnen wir Park Ranger. Einige, vor allem Ranger mit Familien, leben außerhalb.«

»Ziemlich einsam da unten«, sagte sie.

»Im Winter vielleicht. Im Sommer sind manchmal so viele Besucher da, dass wir schon nahe daran waren, den Nationalpark zu schließen, zumindest für ein, zwei Tage. Im Grand Canyon und in Yosemite und Yellowstone ist das schon passiert. Wir vom National Park Service sind immer im Zwiespalt … wir sollen die schönsten Gebiete der USA der Öffentlichkeit zugänglich machen, aber gleichzeitig dafür sorgen, dass die natürliche Vielfalt der Natur erhalten bleibt. So steht es in unserer Satzung. Das ist gar nicht so einfach. Im Denali National Park müssen wir besonders streng sein. Besucher dürfen nur mit den offiziellen Shuttle-Bussen des National Park Service durch den Park fahren, können aber jederzeit aussteigen und die Gegend zu Fuß erkunden. Und wer im Hinterland des Nationalparks campen will, braucht einen Erlaubnisschein der Ranger.«

Kaum hatten sie die Grenze des Parks überflogen, ging die Sonne auf. Nicht so strahlend wie im Sommer, eher schüchtern, als wüsste sie, dass sie im Winter nicht genug Kraft haben würde, die Nacht vollständig zu vertreiben. Unter ihnen verfärbten sich die Schwarzfichten grün, begann die verschneite und baumlose Tundra in der Ferne zu glitzern, kroch die Helligkeit über die Gletscher an den Felswänden der Berge empor und tauchte die verschneiten Gipfel in magisches Licht. Ein Anblick, wie ihn Michelle noch nie erlebt hatte. Ein Traum, der sich nur für wenige Besucher des Denali National Parks erfüllte.

»Mount Denali«, stellte Ethan den an diesem Morgen weithin sichtbaren Bergriesen vor, »mit sechstausendeinhundertneunzig Metern der höchste Berg der USA. ›Denali‹ ist ein Wort aus der Athabaskensprache und bedeutet ›Der Hohe‹. Selbst wir Ranger blicken noch immer staunend an ihm empor. Eindrucksvoll, nicht wahr?«

»Wow!«, sagte sie nur.

Wie ein König in einem langen weißen Mantel herrschte der Denali über die anderen Berge der Alaska Range. Fest in der Erde verankert und unverrückbar, ein Monument der Wildnis, wie es kein besseres im Hohen Norden gab. Unterhalb seiner schroffen Felsenhänge führten Gletscher in die benachbarten Täler, waren Flüsse, Bäche und Seen unter ihrer Eisdecke erstarrt, wirkten die schneebedeckten

Hänge wie die zu Eis erstarrten Wellen eines Meeres. Selbst die Park Road war unter einer dichten Schneedecke verschwunden und kapitulierte vor der Natur, die sich hier noch wie am Schöpfungstag präsentierte.

»Ganz ran können wir nicht«, sagte er. »In der Umgebung des Denali ist der Wind unberechenbar, und die Gefahr, in Turbulenzen zu geraten, ist viel zu groß.«

Michelle genoss jeden Augenblick des Fluges. Nicht nur wegen der urtümlichen Natur, auch wegen Ethan, der längst ihr Herz gewonnen hatte und sie auch ohne Komplimente wissen ließ, wie sehr er sie mochte. Das vertraute Funkeln in seinen Augen, wenn er sie ansah, seine ausgeglichene Art, seine ruhige Stimme und seine Verlegenheit, als sie sich zufällig berührten und er wie ein Schuljunge errötete, bedeuteten ihr mehr, viel mehr als alles, was ihr Paul jemals gesagt und geschworen hatte. Ethan war ein Mann, ein ganzer Mann, ohne dass er sich ständig beweisen musste, und doch sanft und einfühlsam.

»Ich zeige Ihnen meinen Lieblingsplatz«, kündigte er an. »Eine Hütte, die nicht mal alle Ranger kennen. Ein idealer Platz für ein Winter-Picknick.«

»Ich bin gespannt«, erwiderte sie.

Ethan drehte nach Süden ab und näherte sich dem Denali so rasch, dass Michelle schon nervös wurde, aber sie waren noch etliche Meilen von dem Bergriesen entfernt, und der Flug wurde lediglich ein wenig holpriger: nichts, was sie und schon gar nicht ihn beunruhigt hätte. Er drückte die Cessna weiter nach unten, flog über einen lang gestreckten Gletscher hinweg und an einem schmalen Bach entlang, der sich vor lauter Eis und Schnee kaum von seiner Umgebung abhob. In einer geschützten Senke landete Ethan, ließ die Maschine bis dicht vor einige schroffe Felsen gleiten und verankerte sie mit Drahtseilen, damit sie bei einem plötzlichen Windstoß nicht davonglitt. Michelle stieg ebenfalls aus und kam sich wie auf einem anderen Planeten vor.

Erst auf den zweiten Blick entdeckte sie die Blockhütte unterhalb einiger Schwarzfichten, perfekt geschützt durch die Felsen und einen Hügelkamm, der zwar den Wind abhielt, aber auch den Blick auf den Mount Denali erschwerte.

»Kommen Sie!«, sagte er. Er nahm einen Picknickkorb von der Rückbank und führte sie zu der Hütte. »Hier übernachten wir auf unseren Inspektionsfahrten ins Hinterland. Kein Grand Hotel, aber besser als draußen im Schnee.«

Die Hütte war vor vielen Jahren aus inzwischen verwitterten Stämmen gebaut worden, bot aber noch genügend Schutz. Es gab einen Tisch, zwei Stühle, ein Stockbett und einen Ofen, neben dem die Ranger während des Sommers ausreichend Holz für den Winter aufgeschichtet hatten. Ethan entzündete ein Feuer, und es wurde schon nach wenigen Minuten wärmer und gemütlicher.

Michelle staunte nicht schlecht. Ethan zauberte etliche Köstlichkeiten aus seinem Picknickkorb. Gebratene Hühnerschenkel, Sandwiches mit Eiersalat, zwei Äpfel, zwei Schokoriegel und eine Thermosflasche mit schwarzem Tee.

»Mitten in der Wildnis! Wer hätte das gedacht?«, sagte sie.

»Einer Lady wie Ihnen muss ich doch was bieten.«

Als es warm genug war, zogen sie ihre Anoraks aus und legten sie auf eines der Betten. Auf dem Rückweg zum Tisch blieb Ethan plötzlich stehen. »Ich muss Ihnen was sagen«, begann er. Der Eindruck von dem schüchternen Schuljungen, der in der Gegenwart eines hübschen Mädchens unsicher wurde, verstärkte sich. Nur, dass er wesentlich sympathischer dabei wirkte. »Ich wollte Ihnen sagen … ich freue mich wahnsinnig, dass Sie heute mitgekommen sind.«

»Ich freue mich auch, Ethan.«

»Und ich … ich …«

Sie wartete nicht, bis er den Mut dazu aufbrachte, schlang die Arme um seinen Hals und küsste ihn. Er erwiderte ihren Kuss, zuerst nur sanft und eher vorsichtig, als könnte er nicht glauben, was ihm gerade widerfuhr, dann mutiger und mit einer Leidenschaft, die sie für einen Augenblick schweben ließ, schwerelos und nur getragen von dem plötzlichen Glück, einen Menschen gefunden zu haben, mit dem sie auf erstaunliche Weise zu harmonisieren schien.

»Michelle«, flüsterte er, »ich glaube, ich …«

Sie legte rasch einen Finger auf seinen Mund. »Spar dir das für später auf, Ethan. Nicht hier.« Sie küsste ihn noch einmal, diesmal leichter und flüchtiger, und führte ihn zum Tisch. »Lass uns darauf anstoßen, Ethan. Auf uns beide.«

Ein Wichtigtuer wie Paul hätte wahrscheinlich eine Flasche Champagner mit zwei Gläsern eingepackt, für alle Fälle, aber ihr waren die Teebecher lieber.

»Ich hätte nicht gedacht, dass mir so was passiert«, sagte er.

»Und ich wollte in Alaska keinen Mann ansehen«, sagte sie.

»So kann man sich irren.«

Sie tranken ihren Tee, besiegelten ihre Verliebtheit mit einem weiteren Kuss und machten sich über die Köstlichkeiten aus Ethans Picknickkorb her. Das Hühnchen und der Eiersalat waren aus dem Supermarkt und schmeckten nicht besonders, aber das war ihnen egal. Ein teures Büffet hätte für sie nicht besser sein können. Und was war schnöder Champagner schon gegen einen heißen Tee?

»Du warst schon mal verheiratet?«, erinnerte sie sich.

Er nickte. »Ist schon eine ganze Weile her. Ich hab sie an der Uni kennengelernt. Keine Ahnung, warum sie mich geheiratet hat. Vor unserer Scheidung hat sie gesagt, sie hätte eigentlich gleich merken müssen, dass ich einer dieser dummen Waldläufer wäre, die keine Ahnung hätten, wo das wirkliche Leben tobt. Sie hat irgendwas Belangloses studiert, wollte einen Abschluss haben, um mehr Geld mit Büroarbeit verdienen zu können. Und sie hat mich schon ein paar Tage nach der Hochzeit betrogen. Ich hab es nicht mal gemerkt, sie hat es mir erzählt. Nachdem sie die Scheidung eingereicht hatte und schon mit ihrem neuen Liebhaber zusammenlebte. Keine Ahnung, ob sie ihn geheiratet hat. Eher nicht, glaube ich. Sie war nicht der Typ, der sich auf einen Mann festlegt. Und ich war leider viel zu dumm, um zu merken, dass ich nur ein Zeitvertreib für sie war. Zu dumm und viel zu jung. Ich könnte mich heute noch ohrfeigen.«

»Da bist du nicht der Einzige«, erwiderte Michelle. »Wo wir schon beim Beichten unserer Dummheiten sind, ich hab mich noch viel dümmer angestellt.« Sie berichtete ihm von ihrer Verlobung mit Paul Bradley und kam sich reichlich töricht dabei vor. Warum hatte sie sich überhaupt mit Paul verlobt? Mit einem Politiker, der sie nur zum Repräsentieren brauchte? »Inzwischen hat er sogar Ärger mit der Polizei. Das Mädchen, das abgetrieben hat, war erst sechzehn, und ich bin mir ziemlich sicher, dass sich die Anwälte um sie reißen.«

»Und deshalb bist du nach Alaska geflogen?«

»Nicht nur«, sagte sie. »Natürlich hatte ich keine große Lust, als seine Ex-Verlobte im Fernsehen und irgendwelchen Schmuddelblättern aufzutauchen, aber vor allem wollte ich mal was anderes kennenlernen. Und möglichst keine Männer zu Gesicht bekommen.« Sie lachte. »Ziemlich blöde Idee, was?«

»Ich hab ja auch nicht nach einer Frau gesucht. Aber ...«

»Aber was?« Sie klang ein wenig heiser.

Er griff nach ihren Händen. »Ich war immer gern allein, aber ich war noch nie so glücklich wie in diesem Moment. Klingt kitschig, ich weiß, aber ...«

»Küss mich noch mal, Ethan!«

13

Michelle stand erschrocken am Fenster. Ein dumpfes Krachen rollte aus dem Norden heran und brach sich als vielfaches Echo an den Felswänden. Sie fuhr ängstlich zurück und hielt sich an einem Balken fest. »Was war das, Ethan?«

»Ein Schuss«, erwiderte Ethan. Er griff nach dem Revolver, den er aus der Cessna mitgenommen und auf den Tisch gelegt hatte, nur für alle Fälle, und lief nach draußen. Michelle folgte ihm und blieb im Türrahmen stehen. »Von da drüben.« Er zeigte auf die Wälder im Nordosten. »Ein paar Meilen von hier.«

»Ich denke, im Nationalpark sind Schusswaffen verboten?«

»Ein Ranger kann es nicht sein. Ich hab die Einsatzpläne gesehen.«

»Wilderer?«, fragte sie nervös.

»Wagen sich selten in den Park. Ich befürchte ganz was anderes.«

»Das hört sich nicht gut an.«

»Keine Angst, wir fliegen einen kleinen Umweg und sehen nach dem Rechten. Anschließend geht es zurück in die Zivilisation.« Er drehte sich zu ihr um und nahm sie in die Arme. »Tut mir leid, mit so was konnte ich nicht rechnen.«

»Das ist doch nicht deine Schuld.«

Sie trugen den Picknickkorb und ihre Abfälle in die Cessna und verstauten die Fracht hinter ihren Sitzen. Das kleine Flugzeug war in wenigen Minuten startklar. Ethans Miene war ernst, als er den Motor startete und das Gemisch einstellte.

»Gut festhalten!«, warnte er. »Der Start kann etwas holprig werden!«

Sie starteten gegen den böigen Wind, der vom Denali herabwehte, und stiegen knapp vor einer Gruppe von Fichten in die Luft. Die Cessna schien wenig Lust zu verspüren, sich vom Erdboden zu lösen, schaffte es aber dennoch und schaukelte sich in die Höhe. Michelle hielt sich mit beiden Händen fest und atmete erst wieder durch, als sie ruhigere Sphären erreichten. Erleichtert nahm sie die Hände vom Haltegriff und ihrem Sitz.

Ethan trieb die Cessna in eine weite Linkskurve und flog nach Nordwesten, die Richtung, aus welcher der Schuss gekommen war. »Ging leider nicht sanfter«, entschuldigte er sich bei ihr. »Wer den Denali aus der Nähe sehen will, muss leiden. Aber auf dem Rückweg lassen wir ihn diesmal rechts liegen.«

Michelle beruhigte sich schnell wieder, sie fühlte sich absolut sicher in Ethans Gegenwart. Erstaunt stellte sie fest, dass es bereits wieder dämmerte. Am Horizont waren blutrote Streifen zu sehen, die aber rasch verblassten und in dem Zwielicht aufgingen, das dem kurzen Tag folgte. Das Land unter ihnen wirkte sofort kälter und unnahbarer und auch gefährlicher. Der heftige Abendwind fegte den aufgewirbelten Schnee über die verschneiten Hänge.

Als unter ihnen ein gefrorener Fluss auftauchte, drosselte Ethan den Motor. Er ging langsam tiefer, riskierte damit, erneut in Turbulenzen zu geraten, schaffte es aber, die Maschine waagrecht zu halten und in geringer Höhe über den Fluss zu fliegen. »Der Clearwater Creek«, erklärte er. »Hier gibt es ein Wolfsrudel, das ich seit einigen Wochen beobachte. Ich arbeite an einer wissenschaftlichen Arbeit über das Verhalten von Wölfen in einem Nationalpark.«

»Du hast Angst, dass ihnen was passiert ist?«

»Wäre nicht das erste Mal«, erwiderte Ethan. »Vor drei Wochen wurde einer der jungen Wölfe des Rudels von einem Unbekannten erschossen. Die meisten Rancher und Farmer, aber auch andere Leute haben was gegen Wölfe und würden sie am liebsten ausrotten. Manche gehen dabei leider ziemlich radikal vor.«

»Aber warum? Ich hab gelesen, Wölfe gehen Menschen aus dem Weg.«

»Stimmt«, bestätigte er, »aber sie haben leider nicht das beste Image. In Legenden, Märchen, sogar in den Comics vom ›großen bösen Wolf‹ sind sie immer die Bösen. Das hat sich festgesetzt. Dabei helfen sie, das Gleichgewicht in der Natur zu bewahren. Doch die Rancher und Farmer behaupten, sie würden Kälber und junge Schafe töten und Angst und Schrecken verbreiten.«

»Tun sie das nicht?«

»Wenn sie sonst nichts zu fressen haben, schon. Aber sie suchen sich nur die kranken und schwachen Tiere aus, wie sie es in der Wildnis auch tun. Wölfe sind keine blutgierigen Bestien. Sie sind Beutegreifer, aber keine Ungeheuer.«

»Ich hab trotzdem Angst vor ihnen.« Sie dachte an ihre Begegnung mit dem Wolf der greisen Indianerin und erinnerte sich daran, wie nervös sie gewesen war. »Sie sind so … unheimlich. Als würden sie genau wissen, was man denkt.«

»Sie sind intelligenter als die meisten anderen Tiere.«

Sie sah eine Bewegung auf dem Fluss. Ein Snowmobilfahrer, mit Gewehr über der Schulter und anscheinend bestrebt, so schnell wie möglich in den nahen Fichtenwald jenseits einer verschneiten Senke zu kommen.

»Ethan! Das muss der Wolfsjäger sein!«

Er blickte durch sein Fernglas. »Könnte sein, aber beweisen können wir ihm nichts. Der kann sonst was behaupten, wenn wir ihn zum Anhalten zwingen. Solange niemand bezeugen kann, dass er geschossen hat, kann ihm keiner was anhängen. Außerdem verschwindet er gleich im Wald, da erwischen wir ihn nie.«

Michelle versuchte vergeblich, das Gesicht des Verdächtigen zu erkennen. Selbst durch ihr Fernglas sah sie nur seine Kapuze und den schwarzen Schal, den er bis über die Nase geschoben hatte. »Weißt du, wer das sein könnte?«

»Keine Ahnung, die schicken immer einen anderen. Meist junge Kerle, die sich und den Älteren etwas beweisen wollen. Der Sprecher der Bürgerinitiative, die schon seit Jahren gegen die Wölfe wettert, ist ein gewisser Franklin. Er hat mitgeholfen, ein Gesetz durchzudrücken, dass den Abschuss von Wölfen in Alaska wieder erlaubt ... allerdings nur außerhalb der Nationalpark-Grenzen. Sogar Behörden wie Fish & Wildlife befürworten den Abschuss einer gewissen Anzahl von Wölfen. Angeblich, um die Karibuherden im Norden zu schützen.«

»Und warum schießen sie dann Wölfe im Nationalpark ab?«

»Weil sie radikal und uneinsichtig sind.«

Der Verdächtige war bereits im Wald untergetaucht und hatte nicht mehr weit bis zur Grenze des Nationalparks. Zwischen den Bäumen war er noch für eine Weile zu sehen, dann verschwand er ganz. Michelle fluchte ungeniert.

»Außerhalb des Parks kann ich nichts tun«, sagte Ethan. »Ich sage der Zentrale, sie sollen die Troopers informieren, die sollen ihn sich vornehmen. Hast du den Wolfsschwanz an seinem Sattel gesehen? Die finden ihn.«

Michelle ärgerte sich, dass sie den Wolfsjäger nicht erwischt hatten, glaubte aber auch, dass Ethan sie nicht in unnötige Gefahr bringen wollte. Nur deshalb hatte er nicht alles darangesetzt, den Wilderer aufzuhalten und vorläufig festzunehmen. Bei der Festnahme eines radikalen Wolfsjägers konnte zu viel passieren.

Ethan hatte den Kurs bereits geändert und folgte dem Clearwater Creek nach Südosten. Das Zwielicht war inzwischen so düster, dass sie selbst durch ihre Ferngläser kaum noch etwas sahen. Er hatte den Landescheinwerfer eingeschaltet und alle Hände voll zu tun, die Maschine zu steuern und den Schnee nach einem toten oder verletzten Wolf abzusuchen. »Wenn er einen Wolf getroffen hat, müssen wir ihn jetzt finden«, sagte er. »Morgen ist es zu spät.«

Mit dem Zwielicht war die Luft unruhiger geworden, und die Turbulenzen nahmen zu und wurden heftiger, aber nach der zweiten Runde über einem weiten Tal des Clearwater River entdeckten sie den Wolf fast gleichzeitig. Er lag am Ufer des Flusses, und man konnte nicht erkennen, ob er verletzt oder tot war.

»Festhalten!«, rief Ethan. Er richtete die Maschine aus, lenkte sie durch den böigen Wind dicht über dem Boden und landete nur wenige Schritte von dem Wolf entfernt. Auch nach der Landung rüttelte den Wind noch an der Cessna. »Warte hier! Ich sehe erst mal nach, ob der Wolf noch lebt.« Er zog den Erste-Hilfe-Kasten hinter dem Sitz hervor, für alle Fälle, und lief zu dem Wolf.

Der Schnee lag hier nicht besonders tief, weil der Wind manchmal so heftig über das Tal blies, dass sich der Neuschnee kaum setzen konnte, und Ethan kam auch ohne Schneeschuhe gut voran. Michelle beobachtete, wie er sich über den Wolf beugte und ihn flüchtig untersuchte. Anscheinend lebte der Wolf noch.

Michelle stülpte sich die Kapuze über den Kopf und stieg ebenfalls aus. Die Cessna schaukelte im Wind, blieb aber stehen. Sie näherte sich dem Wolf nur zögernd, hatte Angst vor dem, was sie gleich sehen würde, und erschrak beim Anblick des verletzten Tiers im Schnee. »Ist er ... ist er schwer verletzt?«

Der Wolf atmete regelmäßig, war aber benommen und hatte die Augen geschlossen. Sein silbergraues Fell schimmerte im Zwielicht. An seinem Hals klebte Blut. Die Kugel hatte eine blutige Furche in seinen Hals gerissen, aber keine lebenswichtigen Adern getroffen und ihn nicht ernsthaft verletzt.

»Nur ein Streifschuss ... nicht so schlimm«, sagte Ethan. Er war bereits dabei, die Wunde zu säubern und zu verarzten. Er deutete darauf. »Siehst du? Der Bursche hat nicht gut genug gezielt. Einen Zoll weiter rechts, und der Wolf wäre tot. Er hätte wenigstens nachsehen können, was mit dem Tier ist. Es gibt nichts Gemeineres, als ein angeschossenes Tier sich selbst zu überlassen.«

Michelle legte eine Hand auf den Wolf, spürte sein dichtes Fell und seinen Herzschlag. Auch ein Wolf war ein lebendiges Wesen, das man nicht sinnlos abknallen sollte. Die Indianer sprachen den Wölfen sogar geheimnisvolle Kräfte zu; bei zahlreichen Stämmen, hatte sie gelesen, gab es einen Wolfsclan.

»Reicht das?«, fragte sie, nachdem Ethan die Wunde desinfiziert hatte.

»An der Luft heilt sie am besten. Bald spürt er nichts mehr.«

Nach einem letzten Blick auf den Wolf, der bereits aus seiner Benommenheit zu erwachen schien, liefen Michelle und Ethan zur Cessna zurück und kletterten hinein. Er informierte die Zentrale, schilderte der Kollegin, was passiert war, und bat sie, die Alaska State Troopers anzufunken. Wir landen auf der Piste südlich vom Haupteingang, falls die Troopers noch Fragen haben.«

»Wird erledigt. Roger und out.«

In der zunehmenden Dunkelheit startete Ethan und zog die Cessna steil in die Höhe. Die Maschine wurde kräftig durchgeschüttelt, doch schon wenig später beruhigte sich der Wind, und er gab den Kurs zu der Piste südlich vom Parkeingang ein; dort starteten die meisten Rundflüge. Endlich entspannte er sich und legte eine Hand auf Michelles Schulter. »Tut mir leid, dass du das alles miterleben musstest«, sagte er. »Das war nicht so geplant.«

Sie erholte sich allmählich von dem Schrecken. »Das glaub ich dir gerne. Aber es war trotzdem sehr schön. Nicht nur unser Picknick und … du weißt schon. Und auch die Sache mit dem Wolf. Immerhin ist ihm nicht viel passiert, und wo kann man als Urlauberin schon einen Wolf streicheln?« Ihr schauderte immer noch ein wenig, als sie daran dachte. »Ich könnte deutlich seinen Herzschlag spüren. Ein wunderschönes Tier, nicht wahr? Kein Wunder, dass du dich für die Wölfe einsetzt. Ich werde sie künftig auch mit anderen Augen sehen.«

Ethan freute sich sichtlich über ihre Worte. »Eigentlich komisch, dass die meisten Menschen so große Angst vor Wölfen haben. Sie sind uns nämlich sehr ähnlich, noch ähnlicher als Menschenaffen. Sie jagen im Rudel, das aus Familienmitgliedern besteht und in dem jeder eine bestimmte Aufgabe hat, sie kümmern sich rührend um ihre Welpen und die Alten und Schwachen. Der Zusammenhalt der Verwandtschaft ist ihnen wichtig und hilft ihnen zu überleben.«

»Und der Leitwolf ist der Chef?«

»Nicht unbedingt, die Wölfin hat genauso viel zu sagen. Bei den Wölfen gab es schon Gleichberechtigung, als die Menschen noch gar nicht daran dachten.«

»Die Tiere werden mir immer sympathischer.«

Sie landeten auf der Piste beim Highway und sahen einen Streifenwagen mit flackernden Warnlichtern an der Zufahrtsstraße stehen. Ein Trooper stieg aus, als Ethan die Cessna bremste. Eine Frau, wie Michelle bei genauerem Hinsehen erkannte. Sie blickte genauer hin. Shirley Logan, die Trooperin, die sie nach dem Überfall der beiden Weihnachtsmänner auf den Drugstore verhört hatte.

Die Trooperin hatte sie noch nicht entdeckt, als sie auf Ethan zulief und ihn umarmte. »Ethan! Da bist du ja endlich! Ich hab mir schon Sorgen gemacht. Immer wenn du allein im Hinterland unterwegs bist, mache ich mir Sorgen.«

»Ich bin nicht allein.« Er löste sich viel zu langsam von ihr, ging ein paar Schritte und stellte Michelle vor. »Michelle Cook, eine Bekannte aus Kalifornien. Ich hab sie auf einen Rundflug mitgenommen. Sie macht Urlaub auf ...«

»... der Denali Mountain Lodge, ich weiß«, vollendete Shirley den Satz. »Wir beide hatten schon das Vergnügen. Sie war Zeugin eines Überfalls in North Pole. Die beiden Weihnachtsmänner, die den Drugstore überfallen haben.« Sie blickte Michelle an. »Sie haben sich ja schnell eingelebt, Ma'am.«

Ihr »Ma'am« klang spöttisch und war wahrscheinlich auch so gemeint.

»An Dunkelheit und Kälte muss ich mich erst gewöhnen, Officer.« Sie wollte eigentlich cool bleiben, fragte aber dennoch: »Sie beide kennen sich schon länger?«

Shirley legte einen Arm um Ethans Hüften und lächelte herausfordernd. »Seit über einem Jahr, seit ich von Anchorage hierher versetzt wurde. Wir beide sind aus demselben Holz geschnitzt und senden auf derselben Wellenlänge.«

»Dürfen das Trooper überhaupt?«, fragte Michelle.

»Was?«

»Im Dienst mit einem Ranger flirten?«

»Ich wüsste nicht, was Sie das angeht, Ma'am.«

»Sie wollten uns doch sicher einige Fragen stellen. Oder wollen Sie den Wolfsjäger laufen lassen? Er hat einen Wolf angeschossen und liegen lassen.«

»Das stimmt«, bestätigte Ethan. Ihm schien die Begegnung mehr als unangenehm zu sein, er wusste vor Verlegenheit nicht, wohin er zuerst blicken sollte. »Ich schätze, es war einer von Franklins Männern. Aber das ist nur eine Vermutung, und beweisen können wir dem Burschen natürlich auch nichts. Es dürfte aber nicht schaden, ihm ein wenig auf den Zahn zu fühlen. Wenn wir Franklin nicht bald was nachweisen können, hört er nie auf, Wölfe im Nationalpark zu jagen.«

»Ich kümmere mich darum, Ethan. Schon deinetwegen. Ich bin zwar in Alaska aufgewachsen, aber erst du hast mir gezeigt, wie schön dieses Land ist. Weißt du noch, unsere Wanderung vor zwei Monaten? Oben am Savage River, als wir dem Grizzly begegnet sind? Zum Glück hatte er keine Jungen dabei und war eine halbe Meile von uns entfernt, aber so etwas Eindrucksvolles hab ich lange nicht erlebt. Oder die Snowmobilfahrt in die Kantishna Hills? Mit dem tollen Nordlicht?« Sie lehnte sich an ihn, gerade lange genug, um Michelle in Rage zu bringen. »Ich kümmere mich um den Kerl, okay? Wahrscheinlich haben ihn die Wildlife Troopers sowieso schon auf dem Radar. Keine Bange!«

»Ich verlasse mich auf dich, Shirley.«

»Das kannst du auch. Könntest du den Mann beschreiben?«

Ethan brauchte nicht lange nachzudenken. »Ein junger Kerl, so sah er jedenfalls aus der Ferne aus. Dunkler Anorak mit fellbesetzter Kapuze, Wollmütze, schwarzer Schal. Weißes Snowmobil. Am Sattel hing ein Wolfsschwanz.«

»Sehr originell. Wenn er den nicht abmacht, finden wir ihn schnell.«

»Du gibst mir Bescheid?«

»Sicher. Du kannst sogar dabei sein, wenn ich ihn verhöre.«

»Bei einem Verhör der Alaska State Troopers?«

»Müssen wir ja nicht an die große Glocke hängen«, sagte sie, »und anschließend gehen wir in das neue Steakhouse am Flughafen in Fairbanks. Das soll noch besser sein als das Pump House. Das wollte ich dir sowieso vorschlagen.«

»Ich hab wenig Zeit, Shirley.« Er wirkte nervös.

Sie blickte Michelle an. »Zu viele Verpflichtungen?«

»Der Super will, dass wir die Trails abfahren, und auf dem Campground am Toklat River muss einiges repariert werden. Ist gerade eine ungünstige Zeit. Wie du weißt, sind wir im Winter nur schwach besetzt, da geht nicht viel.«

»Aber essen musst du, Ethan. Ich ruf dich an, okay?«

»Ich weiß nicht …«

Shirley ignorierte seinen Einwand, küsste ihn zärtlich auf die Wange und blickte Michelle triumphierend an. »Haben Sie noch was zu sagen, Ma'am?«

»Ich glaube kaum, Officer.«

Die Trooperin kostete ihren Sieg aus. »Wäre vielleicht besser, Sie würden die nächsten Tage auf der Lodge bleiben. Solange sich ein Wolfskiller in der Gegend herumtreibt, sollte eine Städterin wie Sie lieber zu Hause bleiben.«

»Ich bin kein Angsthase.«

»Aber Sie kennen sich in der Gegend nicht aus.«

»Und Sie?«

»Ich bin hier aufgewachsen.«

»Das mag sein. Was ich noch fragen wollte …«

Shirley war schon bei ihrem Wagen. »Ja?«

»Sie haben in Anchorage gelebt?«

»Bis vor einem Jahr, hab ich doch gesagt. Wieso?«

»Soweit ich weiß, ist Anchorage auch eine Großstadt, und die meisten Leute haben genauso wenig Ahnung von der Wildnis wie ich. Stimmt doch, oder?«

»Aber die Wildnis ist nahe.«

»Schon mal von den Sierras gehört?«

»Die Sierra Nevada in Kalifornien? Klar doch.«

»Die Sierra Nevada ist genauso wild wie manche Gegenden in Alaska. Nicht so groß und nicht so eindrucksvoll, aber auch dort gibt es Bären und Wölfe, und wenn man sich nicht auskennt, ist man genauso arm dran wie hier. Von meiner Heimatstadt sind es keine drei Stunden bis dorthin. Und dennoch war nur ein Bruchteil der Einwohner von Petaluma jemals dort, außer vielleicht am Lake Tahoe, wo es mehr Menschen gibt als samstags im Golden Gate Park.«

»Und was wollen Sie damit sagen?«

»Dass wir uns nicht viel nehmen. Sie waren ein City Cop, oder?«

Die Trooperin stieg wortlos in ihren Wagen und fuhr davon.

»Ihr könnt euch nicht leiden, was?«, fragte Ethan.

»Ist das ein Wunder? Bringst du mich nach Hause, Ethan?«

14

In der folgenden Nacht schlief Michelle nur wenig. Die Begegnung mit der Trooperin war ihr schwer auf den Magen geschlagen. Hatte Shirley sich tatsächlich an Ethan rangemacht? Hatte sie sich diebisch darüber gefreut, einer Urlauberin eins auswischen zu können und ihr klarzumachen, dass sie schon eine ganze Weile mit Ethan befreundet war und nicht beabsichtigte, ihn mit einer Städterin aus Kalifornien zu teilen? Hatte sie sich wie eine Klette an ihn gehängt, um sie zu demütigen und in die Schranken zu weisen?

Michelle drehte sich unruhig in ihrem Bett herum. Selbst wenn es so war, hätte sie nicht wie ein eifersüchtiges Schulmädchen reagieren dürfen. Aber hätte Ethan nicht klar sagen müssen, dass er sich nicht mit zwei Frauen gleichzeitig einlassen konnte? Hatte er denn nicht gemerkt, dass Shirley es nur darauf angelegt hatte, ihn zu einem Bekenntnis zu zwingen? Warum hatte er ihr nicht die Wahrheit gesagt? Oder war die Wahrheit vielmehr, dass die beiden tatsächlich etwas miteinander hatten und er ein doppeltes Spiel trieb? War sie, Michelle, nur ein Urlaubsflirt und weiter nichts? In der Hütte in den Bergen hatte es nicht so ausgesehen, und Michelle traute ihm so etwas auch gar nicht zu, aber wer wusste schon, was in seinem Kopf vorging? Hatte sie sich von seinem Lächeln täuschen lassen?

In ihrem Beruf hatte sie gelernt, einen Menschen auf

Anhieb beurteilen zu können, aber hier in der Fremde schien ihr dieses Talent vollkommen abhandengekommen zu sein. Und sie war lange nicht mehr ernsthaft verliebt gewesen und nicht sehr erfahren, was Beziehungen anging. Du meine Güte, schimpfte sie sich in Gedanken selbst, warum kannst du dir nicht eine schöne Zeit machen und dich von Männern fernhalten, wie du es vorgehabt hast?

Michelle setzte sich auf und blickte auf die Uhr ihres Radioweckers. Kurz vor vier Uhr nachts ... oder morgens, je nachdem, wie man die Sache sah. Im Hochsommer wäre es jetzt schon hell gewesen, auch deshalb gab es dunkle Jalousien, mit deren Hilfe man das Tageslicht vollkommen ausschließen konnte. Doch jetzt war Winter, und es würde noch einige Stunden dunkel bleiben. Sie trank aus der Wasserflasche, die sie neben ihrem Bett stehen hatte, und trat ans Fenster. Eine klare Nacht, schwarz wie Samt und mit silbernen Sternen. Über dem Wald tanzten grüne Nordlichter wie Irrwische über den dunklen Himmel.

Ohne lange zu überlegen, zog sie sich an: Skihose, Pullover, Anorak, Wollmütze, Handschuhe und Stiefel. Sie brauchte frische Luft, egal, wie eisig kalt es draußen war. So leise wie möglich durchquerte sie den Wohnraum und verließ das Haus. Die Kälte war atemberaubend. Es war so eisig, dass die ersten Atemzüge schmerzten und erst nach einer Weile erträglich wurden. Sie ging ein paar Schritte, gewöhnte sich langsam an die niedrigen Temperaturen und widerstand der Versuchung, ins warme Haus zurückzukehren. Sie brauchte den Abstand. Die Kälte, um nicht ständig an Ethan und Shirley denken zu müssen, ein bisschen Bewegung, um endlich müde zu werden und später gut einschlafen zu können. Sie mochte die Nächte in Alaska. Die Stille war noch intensiver, die Einsamkeit noch vollkommener. Und der Himmel explodierte in einem bunten Farbenmeer, wenn das Nordlicht versuchte, die Nacht zu vertreiben.

In weiter Ferne heulte ein Wolf, als plötzlich die Tür einer Hütte aufging und Nick Milland mit seinem Satellitentelefon ins Freie trat. Er hatte nur seinen Anorak über den Schlafanzug gezogen, trug weder Stiefel noch Wollmütze.
»Was soll ich denn sonst machen?«, rief er vorwurfsvoll. »Die Börse öffnet in knapp zwei Stunden, und ich muss einem meiner Angestellten noch dringend Anweisungen geben. Was kann ich denn dafür, dass es dort später ist?«

Seine Frau hielt die Tür nur einen Spalt geöffnet, um nicht zu viel von der klirrenden Kälte abzubekommen. »Ich dachte, wir machen hier Urlaub!«, beschwerte sie sich. »Wir beide und unsere Tochter. Stattdessen hängst du jeden Tag an deinem verdammten Telefon und redest mit deinen Börsenheinis.«

Er drehte sich zu ihr um. »Von wegen Heinis! Das sind erstklassige Mitarbeiter, ohne die unsere Firma nicht so gut dastehen würde wie jetzt, und du nicht so viel Geld für Friseur und Nagelstudio hättest. Also halt dich zurück!«

»Friseur! Nagelstudio! Dass ich nicht lache!« Sie lachte tatsächlich, aber nur kurz. »Du weißt ganz genau, dass ich nur alle paar Wochen zum Friseur gehe und dieses Jahr nur einmal im Nagelstudio war, vor dem Empfang beim Bürgermeister. Und wenn ich mir mal eine Handtasche oder sonst was kaufe, weil ich ein wenig Aufmunterung brauche, hast du ja wohl hoffentlich nichts dagegen. Also red keinen Unsinn und komm endlich wieder rein!«

»Nur dieser eine Anruf. Dauert nicht lange.«

»Das sagst du jedes Mal. Und in ein paar Stunden rufst du wieder an, weil die Börse bald schließt und du noch mal was loswerden musst. Ich denke, du hast nur Top-Kräfte in deiner Firma, die können doch wohl selbst entscheiden, welche Aktien sie kaufen oder verkaufen müssen. Komm mal zur Ruhe, Nick!«

»Nun mach doch nicht so ein Ding draus!«

»Es ist eisig kalt da draußen!«

»Mein Satellitentelefon funktioniert nur draußen, das weißt du doch.«

Charlene ließ nicht locker. »Wir wollten drei Wochen Urlaub machen, Nick. Endlich mal Urlaub, nach wie vielen Jahren? Das hast du mir und unserer Tochter versprochen. Lass deine Leute den Job machen, und komm endlich schlafen!«

»Gleich, Charlene. Ich versprech's, okay?«

Die Verbindung kam zustande, und er begann von sinkenden Kursen einer bestimmten Firma und dringenden Verkäufen zu reden. Die Kälte schien ihm nichts auszumachen, so sehr war er in sein Gespräch vertieft. Der typische Workaholic, der selbst im Urlaub nicht abschalten konnte. Allein hätte er bestimmt keine einsame Lodge in der Wildnis gebucht. Was würde er wohl tun, wenn er zu alt für den anstrengenden Job wurde? In Florida aufs Meer blicken? Golf spielen?

Michelle sah, wie Olivia am Fenster erschien und gleich wieder verschwand. Charlene gab auf und ging in die

Hütte zurück. Nick telefonierte gut fünf Minuten, fluchte leise vor sich hin und ging schließlich wieder rein.

Als die Kälte langsam ungemütlich wurde, kapitulierte auch Michelle. Die Wärme in ihrem Zimmer fühlte sich gut an nach dem kurzen Ausflug in die eisige Nacht. Schon komisch, dachte sie, ich laufe in die Nacht raus, um meine Probleme zu vergessen, und muss mir anhören, wie ein anderes Paar in eine Ehekrise schlittert. Immerhin hatte die Kälte sie müde gemacht, und sie hatte keine Schwierigkeiten, endlich die Augen zu schließen und einzuschlafen.

Sie hatte sich den Wecker gestellt, um das Frühstück nicht zu verpassen, und schreckte aus dem Tiefschlaf hoch, als er summte. Sie zwang sich aufzustehen, stellte sich minutenlang unter die heiße Dusche, obwohl man ihr empfohlen hatte, nicht zu viel Wasser zu verbrauchen, und war noch immer nicht in Bestform, als sie zum Frühstück ging. Das schaffte erst Bulldog mit seinem berühmten Kaffee. Sie trank den ersten Becher schwarz und den zweiten mit viel Milch und Zucker, um ihren Puls im einigermaßen ruhigen Bereich zu halten.

Die anderen Gäste waren vollzählig, selbst Andy und Olivia waren da und hielten Händchen unter dem Tisch. Die meisten hatten mitbekommen, dass Michelle mit einem Ranger unterwegs gewesen war, und waren beeindruckt, als sie von ihrem Rundflug und ihrem Picknick im Schatten des Mount Denali berichtete. John versprach ihnen bei ihren Ausflügen einen ähnlich schönen Blick auf den Berg. Wer so nahe wie Michelle an ihn rankommen wollte, müsste allerdings einen der kommerziellen Rundflüge am Parks Highway buchen.

»Wir haben Glück«, sagte er nach dem Frühstück, »das Wetter soll klar bleiben, und nach Schnee sieht es auch nicht aus. Beste Voraussetzungen für einen Ausritt. Andy hat bereits die Pferde gesattelt. Er ist auf einer Farm aufgewachsen und kennt sich mit Pferden aus. Wie schon gesagt, bei uns können auch Gäste mitreiten, die vorher noch nie auf einem Pferd gesessen haben. Unsere Tiere sind sehr geduldig und verzeihen auch grobe Fehler. Wir werden ungefähr vier Stunden unterwegs sein. Bulldog packt uns einige Sandwiches ein.«

»Haben wir erfahrene Reiterinnen oder Reiter unter uns?«, fragte Andy.

Hank hob eine Hand. »Na, ich darf doch sehr bitten. Ich komme aus Austin. Hast du schon mal einen Texaner gesehen, der nicht reiten kann? Um ein Haar wäre ich zum Rodeo gegangen. Meine Großeltern hatten eine Ranch südlich von San Angelo, und meine Vorfahren haben noch gegen die Comanchen gekämpft.«

Ellen kannte ihren Mann und hielt den Mund, sonst hätte sie ihm wohl vorgehalten, dass er schon zwanzig Jahre nicht mehr auf einem Pferd gesessen hatte. Doch ihre Miene sagte genug, und als Michelle bemerkte, wie Andy nur mühsam ein Grinsen unterdrückte, und John ihm zunickte, ahnte sie, dass man Hank eines der zahmeren Pferde geben würde. Die Einzigen, die öfter im Sattel gesessen hatten, waren Ben und Charlene. Michelle war während eines kurzen Urlaubs in Arizona geritten, hielt sich aber lieber an einen zahmen Vierbeiner.

Beim Ausritt waren alle außer Susan dabei. Die Chefin ging mit ihren Huskys auf Tour und überließ Bulldog,

Florence und ihren beiden Helfern die Lodge. Bevor sie auf die Pferde stiegen, gab John den Teilnehmern noch einige Hinweise: »Wir bleiben auf dem Trail, den Jerry und Roy gestern für uns geräumt haben. Reiten Sie möglichst hintereinander, und achten Sie darauf, nicht in den Tiefschnee zu geraten. Zeigen Sie dem Pferd, dass Sie das Sagen haben, sonst knabbert es stundenlang an irgendwelchen Büschen, und wir kommen nicht voran. Rufen Sie nach Andy oder mir, wenn es Probleme gibt, okay?«

Michelle stieg in den Sattel und tätschelte ihrem Pferd den Hals. Es hieß Lucy. »Ich hab wenig Ahnung vom Reiten, Lucy. Tut mir schon im Voraus leid, wenn ich nicht alles richtig mache, aber wir kriegen das schon irgendwie hin, stimmt's?«

Andy ging von einem zum anderen und stellte die Steigbügel ein. Er war mächtig stolz, eine so wichtige Rolle bei dem Ausritt einzunehmen. Am meisten freute er sich über Olivias bewundernde Blicke. Die beiden waren sehr verliebt.

Über ihre eigenen Gefühle war sich Michelle weniger im Klaren. Sie mochte Ethan, mochte ihn sogar sehr, und war nach ihrem gemeinsamen Ausflug überzeugt gewesen, dass er ihre Gefühle erwiderte. Nach ihrer Begegnung mit der Trooperin waren ihr allerdings leichte Zweifel gekommen. Shirley war so vertraut mit Ethan gewesen, als wäre sie schon so gut wie verlobt mit ihm. Und doch ... Ethan war einfach nicht der Typ, der zwei Freundinnen gleichzeitig hatte. Sie würde vorsichtiger sein, schwor sie sich. Sie hatte gerade erst eine gescheiterte Beziehung hinter sich, war dabei genauso leichtgläubig und leichtsinnig, vielleicht auch naiv gewesen, und hatte keine Lust, eine weitere Pleite zu erleben.

»Ho-ooooh!«, rief John wie der Wagenboss eines Planwagenzugs im Wilden Westen und gab mit dem ausgestreckten Arm das Zeichen loszureiten. Einer hinter dem anderen ritten sie den Bergen entgegen, John vorneweg, dann die Leonards, Millands, Strattons und Michelle und am Schluss Olivia und Andy.

Es dauerte eine ganze Weile, bis jeder mit seinem Pferd zurechtkam und einigermaßen sicher im Sattel saß. Vor allem Hank hatte große Mühe, seinen großen Worten auch Taten folgen zu lassen. Obwohl er eines der zahmsten Pferde ritt, bekam er es nur schwer unter Kontrolle und war so wütend, dass er sich laut beschwerte: »Was haben Sie mir denn da für einen störrischen Bock gegeben? In Texas hab ich ganz andere Pferde geritten.« Er trieb sein Pferd mit einem kräftigen Hackenhieb an, das Tier machte einen Satz nach vorn, und er fiel beinahe aus dem Sattel. »Sehen Sie? Auf so was kann man doch nicht reiten!«

John blieb geduldig. »Nicht so hektisch, Hank! Sonst landen Sie noch im Schnee. Nehmen Sie sich ein Beispiel an Ellen, die macht es genau richtig.«

Hank drehte sich zu seiner Frau um. »Ellen macht es richtig, Ellen macht es richtig ... nur weil sie einen Fisch gefangen hat, ist sie plötzlich die Königin der Wildnis. Wenn ich ein bisschen mehr Platz hätte, würde ich es Ihnen zeigen.«

Ellen genoss ihren Triumph verhalten. Sie hatte längst gelernt, sich so zu benehmen, dass ihr leicht erregbarer Mann nicht die Nerven verlor. Genau der Typ Frau, den

Michelle nicht verstand. Anstatt ihm Kontra zu geben, begnügte sie sich mit der Büßerrolle. Eine Rolle, die zu viele Frauen einnahmen, dachte sie. Ellen würde wohl nicht einmal aufbegehren, wenn ihr Mann sie schlagen würde.

Zu ihrem Glück fiel Hank in die Rubrik »Hunde, die bellen, beißen nicht«. Nach seinem kurzen Ausbruch hielt er wieder den Mund und strengte sich an, eine zumindest einigermaßen gute Figur auf dem Pferd abzugeben.

Im Osten erwachte der Tag, als sie über einen schmalen Pfad auf einen lang gestreckten Hügel und am Ufer eines zugefrorenen Baches nach Westen ritten. Eine Route, die John mit Bedacht gewählt hatte, denn mit dem ersten Sonnenlicht erstrahlte auch der weiße Gipfel des Mount Denali, der sich turmhoch über seine Nachbarn erhob und wie ein gewaltiges Monument in den Himmel ragte. Wenn die Luft so klar war wie an diesem Morgen, erschien er näher, als er wirklich war, und der Schnee auf seinen Hängen glitzerte orangefarben.

Der Anblick hatte etwas Magisches, und kaum jemand sprach, solange ihnen der Berg so nahe zu sein schien. Minutenlang begleitete sie nur das dumpfe Geräusch, das die Hufe der Pferde im Schnee verursachten. Gelegentlich schnaubte eines der Tiere. Sie kannten den Weg auswendig, und keiner der Teilnehmer brauchte sie zu lenken. Erst als sie in ein Tal hinabritten, meldete sich Olivia: »Ist das nicht wunderschön hier? Ich würde gern für immer hier leben.«

Ob ihre Begeisterung nur der an der spektakulären Natur lag oder durch Andy ausgelöst wurde, verriet sie nicht. Wahrscheinlich beides, dachte Michelle. Sie hatte sich inzwischen mit Lucy angefreundet und saß sicher im Sattel. Noch besser ritt Ben, der wie Hank in Texas lebte, aber als Arzt sicher weniger Zeit zum Reiten hatte. »Hey, Ben!«, rief sie ihm zu. Er hielt die Zügel mit einer Hand und gab sich lässig wie die alten Westernhelden. »Sie reiten wie ein Cowboy!«

Ben drehte sich grinsend zu ihr um. »Wussten Sie, dass die meisten Cowboys Schwarze oder Mexikaner waren? Wird nur selten in den Geschichtsbüchern erwähnt. Auf dem Trail und der Weide waren schon damals alle gleich.«

»Aber keine Kardiologen.«

»Glauben Sie bloß nicht, dass das einfach war.«

»Ich kann's mir vorstellen.«

Sie rasteten in einer Senke am Rand eines Waldes. Dort fehlte zwar der Ausblick auf den Mount Denali, aber die Bäume schützten sie gegen den eisigen und teilweise böig auffrischenden Wind. Ihre Pferde banden sie an Bäumen fest. Die meisten waren froh, für einige Zeit aus dem Sattel zu kommen und sich die Beine vertreten zu können, auch Michelle spürte den Ritt in allen Knochen. Der heiße Tee aus der Thermosflasche vertrieb die Kälte aus ihrem Körper, und das Sandwich war so üppig belegt, dass sie nur die Hälfte schaffte.

Das Lärmen eines Snowmobils tönte aus dem Wald. Die Pferde wurden unruhig. Gleich darauf tauchte ein Mann zwischen den Bäumen auf und bremste vor ihnen auf der Lichtung: Jeff Lafferty, der Fallensteller, der sie gerettet hatte. Zwischen einigen Decken auf dem flachen Anhänger blickte Benny hervor.

»Hätte ich mir ja denken können, dass ihr das seid«,

sagte Jeff. Er schaltete den Motor aus und stieg ab. »Sorry für den Lärm. Ich weiß, der ist nichts für Naturliebhaber, aber ich drehe jeden Penny dreimal um, bevor ich ihn ausgebe, und Huskys kosten nun mal eine Menge Geld. Außerdem entkomme ich so besser den Tierschützern, die es auf mich abgesehen haben. Mein Job liegt nicht gerade im Trend, seit die Frauen nur noch künstliche Pelze tragen.«

»Sie sind Fallensteller?«, erschrak Olivia.

Jeff zog seinen Anorak hoch und entblößte seine Hüfte, auf der eine breite dunkelrote Narbe zu sehen war. »Wissen Sie, wer das war? Old Griz höchstpersönlich. Ein alter Grizzly, der es schon seit Monaten auf mich abgesehen hatte. Ich hab einiges gut bei den Tieren, glauben Sie mir.« Er grinste. »Aber wer weiß, vielleicht nehme ich doch noch Johns Angebot an und werde Touristenführer.«

»Jeff kennt die Gegend wie seine Westentasche. Angeblich kennt er jeden Grizzly und jeden Wolf mit Namen. Wie wär's mit einem Sandwich, Jeff?«

»Da sage ich nicht Nein.«

John reichte ihm ein Sandwich aus seinem Rucksack und die Thermoskanne. »Ich hoffe doch, du kommst zu unserer Christmas Party an Heiligabend. Wenn wir Glück haben und den Wettbewerb ›Wer hat die schönste Weihnachtslodge‹ gewinnen, gibt es ausgesuchte Köstlichkeiten und Wein.«

»Klingt gut.« Jeff biss in sein Sandwich und kaute genüsslich. »Aber weswegen ich eigentlich hier bin ... ich glaube, ich hab die Indianerhexe gesehen.«

»Hexe?«, rief Michelle vorwurfsvoll. »Wenn Sie Sadzia meinen ...«

»Wen denn sonst?«

»Ich dachte, die gibt's nur in Legenden.«

»Dachte ich auch«, erwiderte der Fallensteller mit vollem Mund, »aber ich hab sie gesehen, ungefähr zehn Meilen von hier. Eine alte Indianerin mit einem Wolf, einem echten Wolf. Und ich schwöre, ich war stocknüchtern, ehrlich!«

»Sadzia ... hast du mit ihr gesprochen?«, fragte John.

»Wie denn? Als die mein Snowmobil hörte, ist sie verschwunden.«

John schüttelte den Kopf. »Das war nicht Sadzia. Das war irgendeine Indianerin mit ihrem Wolfshund. Nichts gegen Legenden, aber ich glaube nicht daran. Ich glaube, du lebst schon zu lange in der Wildnis und bildest dir einiges ein. Höchste Zeit, dass du auf die Lodge ziehst und was Vernünftiges machst.«

»Ich denk drüber nach. Aber ich hab sie gesehen.«

»Unsinn!«

»Ich hab sogar mit ihr gesprochen«, sagte Michelle.

15

Michelle erzählte von ihrer Begegnung mit der greisen Indianerin, verriet aber nicht, was Sadzia gesagt hatte. »Zuerst dachte ich auch, ich hätte alles nur geträumt, aber dann hab ich sie gestern noch mal vom Flugzeug aus gesehen«, sagte sie. »Dieselbe Frau. Sie hatte einen Wolf dabei … oder einen Wolfshund.«

»Seht ihr?«, fühlte sich Jeff bestätigt. »So alt, dass ich mir was einbilde, bin ich noch nicht, auch wenn ich so aussehe. Die alte Hexe gibt es tatsächlich.«

»Eine Hexe sieht anders aus«, erwiderte Michelle.

»Mit Hakennase und glühenden Augen?« Jeff kicherte in sich hinein. »So wie die Hexe in Schneewittchen? Ein bisschen seltsam war sie aber schon.«

John lachte. »Ich wette, das hat sie auch über dich gedacht.«

Nachdem der Fallensteller weggefahren war, ritten sie weiter. Der Trail führte durch Fichtenwald und über einen zugefrorenen See, ein Ritt, den nicht nur Michelle in vollen Zügen genoss, weil es dort kaum Hindernisse gab und sie von beinahe andächtiger Stille umgeben waren. Gelegentlich wehte der Wind Neuschnee von den Fichtenästen, und das leise Rauschen der Bäume erfüllte die Luft, aber sonst hörte man nur die Huftritte der Pferde und die flüsternden Stimmen von Andy und Olivia. Die beiden ritten immer wieder nebeneinander und hatten sich viel zu sagen.

Jenseits des Waldes wand sich der Trail auf eine felsige Anhöhe, die nur spärlich mit Bäumen bewachsen war und von der aus man den Mount Denali besonders gut sehen konnte. »Einer meiner Lieblingsplätze«, sagte John, als sie die Pferde zügelten. »Besonders an einem Tag wie heute, wenn man klare Sicht hat und sich der Gipfel nicht hinter Dunst oder Wolken versteckt.« Er stützte sich mit beiden Händen aufs Sattelhorn. »Ist das nicht ein herrlicher Anblick?«

Michelle blickte in den Nationalpark hinab und wischte sich verstohlen einige Tränen aus den Augen. In Gedanken saß sie bei Ethan in seiner Cessna, spürte seine Hand auf ihrem Arm und sah sein Lächeln, als er sie anblickte und die Maschine über die Gletscher steuerte. Noch nie hatte sie sich zu einem Mann so stark hingezogen gefühlt wie zu ihm, weder zu Paul noch zu irgendjemand sonst. Was hatte er mit ihr gemacht? Welche Zauberkräfte besaß er, um eine Frau, die den Männern abgeschworen hatte, so zu begeistern?

Eine Urlaubsbekanntschaft sah anders aus, war auf Spaß und Sex ausgerichtet. Die Gefühle, die sie schon beim Kennenlernen mit Ethan verbunden hatten, waren aufrichtiger. Das hoffte sie jedenfalls. Er war sehr vertraut mit der Trooperin gewesen, nichts Besonderes in einer Gegend, wo viele Einheimische miteinander bekannt waren. Als Ranger hatte er sicher auch dienstlich mit den Alaska State Troopers zu tun. Gut möglich, dass Shirley ernsthafte Absichten bei Ethan verfolgte und deshalb ständig mit ihm zu flirten versuchte, vielleicht war er auch mal mit ihr ausgegangen, aber selbst wenn sie seine Freundin gewesen war, würde er sich nach ihrem gemeinsamen Ausflug von ihr zurückziehen.

Oder nahm sie ihre Begegnung wichtiger, als sie wirklich war?

Sie hielt ihr Gesicht in den Wind und versuchte, nicht länger darüber nachzudenken. Trübe Gedanken passten nicht zu der eindrucksvollen Natur um sie herum. John hatte auf dem Rückweg einen anderen Pfad eingeschlagen, der lange an einem Berghang entlangführte und ihr Gefühl verstärkte, inmitten der Wildnis und viele Meilen von der Zivilisation entfernt zu sein. Auch an Lucy hatte sie sich inzwischen gewöhnt. Die Stute hatte die Angewohnheit, öfter stehen zu bleiben und an herabhängenden Zweigen zu zupfen, gehorchte ihr aber, wenn sie zu schimpfen begann, und holte dann schnell auf.

Am Nachmittag erreichten sie die Lodge, halfen beim Absatteln der Pferde und gingen in ihre Hütten. »Liv!«, rief Nick, der sowieso schlechte Laune nach dem langen Ritt hatte, nach seiner Tochter. »Willst du den ganzen Tag mit Andy rumhängen?«

»Warum denn nicht?«, fragte sie.

»Weil Andy für die Walkers arbeitet und wahrscheinlich Ärger bekommt, wenn er seine Arbeit vernachlässigt. Reiß dich gefälligst zusammen. Es gehört es sich nicht, sich einem Jungen so an den Hals zu werfen. Du bist sechzehn!«

Olivia wurde wütend. »Ich werfe mich niemandem an den Hals! Andy und ich, wir lieben uns, und daran können weder Mom noch du etwas ändern, okay?

»Nein, das ist nicht okay. Ganz und gar nicht okay.«

»Reg dich nicht auf!«, sagte sie. »Wir tun nichts Verbotenes.«

Michelle hatte keine Lust, sich die Auseinandersetzung der Millands noch länger anzuhören, und ging auf ihr Zimmer. Sie duschte, zog sich um und beschloss, es den restlichen Nachmittag etwas ruhiger angehen zu lassen. Sie hätte gern mit Alice telefoniert, wollte die Walkers aber wegen eines unwichtigen Anrufs nicht um ihr Satellitentelefon bitten. Alice konnte sie später anrufen, wenn sie zum Highway kam, wo es wieder eine Verbindung gab.

Von draußen war Motorengeräusch zu hören. Sie ging zum Fenster und sah einen roten SUV vor dem Haus parken. Ein Mann und eine Frau stiegen aus, beide um die Dreißig und in brandneuen Skianzügen und dicken Wollmützen. Sie litten anscheinend unter der Kälte und waren froh, ins Warme zu kommen.

Michelle ging ebenfalls nach unten und fragte bei Bulldog, den Susan gerade ihren neuen Gästen vorgestellt hatte, nach einem Becher Kaffee. Sie wollte die anderen nicht stören und wieder zurück in ihr Zimmer gehen, aber Susan hielt sie zurück. »Kommen Sie doch zu uns, Michelle! Ich möchte Ihnen unsere neuen Gäste vorstellen: Elisa Martinez und Luke Harper. Sie sind für den *San Francisco Chronicle* unterwegs und arbeiten an einer Story über Guest Lodges in Alaska.« Elisa hatte mexikanische Wurzeln und trug ihre schwarzen Haare zu einem lockeren Knoten gebunden. Luke war blond und blauäugig, wie man sich einen Surfer Boy aus dem südlichen Kalifornien vorstellte. »Michelle kommt auch aus der Gegend um San Francisco. Setzen Sie sich doch!«

»Eigentlich komme ich aus San Diego«, sagte Luke. Er hatte etwas Jungenhaftes an sich. »Aber für ein gutes Foto fliege ich auch ins eiskalte Alaska.«

»So, wie Sie angezogen sind, kann Ihnen gar nichts passieren«, versicherte Susan.

Michelle bereute schon, nach unten gekommen zu sein. Gut möglich, dass die beiden ihretwegen gekommen waren. Als Ex-Geliebte eines skandalösen Kandidaten war sie sicher für eine Seite gut. »Vom *Chronicle*, sagen Sie?«

»Ja, in unserem Artikel geht es auch darum, die von Menschen bedrohte Wildnis zu zeigen. Wie man sie erleben kann, ohne ihr Schaden zufügen zu müssen.« Elisa sprach akzentfrei, war anscheinend in den USA aufgewachsen.

»Ein interessantes Thema«, bestätigte Susan. »Wir versuchen nach bestem Gewissen, diesem Anspruch zu genügen, und werden auch vom National Park Service und von Fish & Wildlife beraten. Glauben Sie mir, die Menschen in Alaska lieben ihre Natur und setzen alles daran, sie für ihre Nachkommen zu bewahren. Der Bau der Pipeline und der Unfall der *Exxon Valdez*, als Unmengen von Öl ins Meer flossen, hat viele Menschen zum Umdenken bewegt. Deshalb wird es auch keine Regierung schaffen, unsere Naturschutzgebiete zu beschneiden.«

Michelle war erleichtert. Wenn sich Elisa und Luke für solche brisanten Themen interessierten, arbeiteten sie bestimmt nicht für die Redaktion, die sich um Klatsch und Tratsch kümmerte. Auf die Jagd nach den Ex-Freundinnen gingen eher Blätter, die am Supermarkt an der Kasse hingen und in ihren wöchentlichen Schlagzeilen von Außerirdischen und Elvis' Rückkehr berichteten.

»Sie sind jederzeit willkommen, an unseren Ausflügen und Events teilzunehmen«, sagte Susan, »und John oder ich beantworten gern Ihre Fragen. Wir haben noch eine Hütte frei, dort können Sie sich häuslich einrichten. Beim Feuermachen hilft Ihnen mein Mann oder Andy, unser Praktikant. Unsere einzige Schwachstelle ist das fehlende WiFi. Mit dem Handy kann man hier draußen leider nicht telefonieren. Ich nehme doch an, Sie haben ein Satellitentelefon.«

»Haben wir«, sagte Elisa. Sie war die Wortführerin der beiden.

Susan erhob sich langsam. »Na, dann will ich mal weiter. Ich hab noch einiges zu erledigen heute. Kommen Sie doch später bei meinen Huskys vorbei! Wir haben zwanzig von der Sorte. Sie sind unser ganzer Stolz. »Und rufen Sie nach Bulldog, falls Sie noch Kaffee oder einen Cupcake möchten. Okay?«

»Vielen Dank, Susan.«

Michelle wartete, bis die Gastgeberin im Büro verschwunden war, und wandte sich dann Elisa und Mike zu. »Wie kommt man denn beim *Chronicle* auf diese Lodge?«

»Wir haben uns das Video der Lodge angesehen«, antwortete Elisa bereitwillig. »Die Besitzer kamen am sympathischsten rüber. Aber wir besuchen natürlich noch einige andere Lodges und sprechen mit den Park Rangers im Denali National Park und den Verantwortlichen von Fish & Wildlife und anderen Regierungsstellen. Unser Bericht soll in der Weihnachtsausgabe kommen.«

»Dann müssen Sie sich ganz schön ranhalten.«

»Das sind wir gewohnt. Die meisten unserer Reportagen sind heiß gestrickt. Für den Bericht übers Hai-Tauchen vor der Küste Mexikos hatten wir eine Woche und für den über die Gefährdung des Yosemite National Park durch zu viele Besucher vier Tage.«

»Ein abwechslungsreicher Job. Ihr Traumjob?«

»Bis wir einen neuen Chefredakteur bekamen.« Elisa lachte. »Und was machen Sie?«

Michelle erzählte es ihnen.

»Auch kein Zuckerschlecken«, sagte Elisa. »Wer kann sich heute noch ein Haus oder eine Wohnung in der Bay Area leisten? In Petaluma, sagen Sie?«

Luke mischte sich ein. »Petaluma ... da kommt doch dieser korrupte Politiker her ... Paul Bradley. Der sich mit einer achtzehnjährigen Praktikantin eingelassen hat. Der musste doch wissen, dass er mit so was nicht durchkommt.«

»Kennen Sie ihn?«, fragte Elisa.

»Jeder in Petaluma kennt ihn. War ja auf allen Sendern.«

»Inzwischen ist noch eine weitere Geliebte aufgetaucht.«

»Ach ja?« Michelles Überraschung war echt.

»Stimmt, das können Sie ja nicht wissen. Hier draußen gibt's ja weder Fernsehen noch Internet. Er soll sich der Tochter einer Mitarbeiterin seines Wahlbüros auf unsittliche Weise genähert haben. Das Mädchen ist siebzehn.«

»Siebzehn? Aber das bedeutet ...«

»... dass er dran ist. Die Eltern werden ihn anzeigen, und wenn er Pech hat, landet er im Gefängnis. Geschieht ihm recht, wenn Sie mich fragen. In einer Gegend, wo die MeToo-Bewegung besonders stark vertreten ist, sollte man sich solche Übergriffe sparen, besonders als Kandidat für ein politisches Amt.«

»Da haben Sie recht. Berichten Sie im *Chronicle* darüber?«

»Eine Kollegin von mir«, erwiderte Elisa, »eine überzeugte Feministin. Sie können sich sicher vorstellen, wie sie ihn in die Mangel nimmt. Unsere Chefredaktion steht voll dahinter.«

Elisa trank ihren Kaffee aus und winkte Luke heran, der sich im Wohnraum und der Kaminecke umgesehen hatte. »Jetzt gehen wir erst mal zu den Huskys. Wir sind für die Reiseredaktion unterwegs und kümmern uns weder um Politik noch um Skandale. Hat mich gefreut, Sie kennenzulernen, Michelle.«

Michelle blieb sitzen und blickte den beiden durchs Fenster nach. Sie schienen sich mehr mit der Kälte als mit ihrer Unterhaltung zu beschäftigen. Wussten sie etwas? Man musste keine erfahrene Journalistin sein, um herauszufinden, dass sie die Ex-Verlobte von Paul Bradley war. Sie war auf etlichen Fotos und Videos zu sehen. Ein Zitat von ihr zu dem ganzen Skandal wäre sicher Gold wert für eine Journalistin und vielleicht sogar für eine Schlagzeile gut.

»Michelle!«, rief Ben Stratton. Er saß mit seiner Frau vor dem offenen Kamin. »Warum setzen Sie sich nicht zu uns? Am Feuer ist es viel gemütlicher.«

»Sie haben recht«, sagte sie, ging zu ihnen und setzte sich in einen der bequemen Ledersessel. Ihre Stimmung besserte sich. »Hier ist es tatsächlich gemütlicher. Und sicher auch besser für die Muskeln nach dem langen Ritt.«

»Nur wenn man schon einige Jahre auf dem Buckel hat wie wir.«

Bulldog erschien mit drei gelben Cocktails. »Bulldogs Spezial-Eggnogs«, kündigte er an, »mit Eigelb, Sahne und einem Schuss Jamaica-Rum. Ist so was wie unser Nationalgetränk zur Weihnachtszeit. Den müssen Sie probieren!«

»Klingt gefährlich«, sagte Ben.

Der Eggnog, nicht nur im fernen Alaska ein legendärer Weihnachtscocktail, schmeckte hervorragend. Allerdings hatte Bulldog weder mit Rum noch mit Zucker gespart, eine gefährliche Mischung, wenn man einigermaßen aufrecht die Treppe hinaufkommen wollte. Einige Schlucke reichten völlig.

»Haben Sie sich schon was ausgedacht?«, fragte Ben.

»Ausgedacht?«

»Für den Secret Santa am Heiligabend. Ein deutscher Kollege in unserer Chirurgie sagt ›Wichteln‹ dazu. Das Wort gefällt mir noch besser. Haben Sie?«

»Ich denke noch nach. Und Sie beide?

»Eine kostenlose Herz-Sprechstunde?«

»Ich werde was singen«, sagte Sarah-Jane. »Ich hab eine ganz gute Stimme, sagen meine Freundinnen im Kirchenchor. Ich dachte an ›Grandma Got Run Over by a Reindeer‹. Mal was anderes als ständig dieses kitschige Zeug.«

»Großmutter wurde von einem Rentier überrannt?«

»Südstaaten-Humor«, sagte Ben, »den muss man mögen.«

Michelle nippte vorsichtig an ihrem Eggnog. »Mit dem

Schmücken müssten wir auch bald anfangen. Bis Weihnachten dauert es keine Woche mehr.«

»Susan will in den nächsten Tagen nach North Pole fahren und noch mehr Deko kaufen. Da soll es einen Weihnachtsladen geben, in dem es so ziemlich alles gibt, was man zu Weihnachten braucht … und nicht braucht.«

»Den kenne ich«, sagte Michelle und erzählte von ihrem Besuch.

»Na, dann kann ja nichts passieren.«

Sie unterhielten sich noch eine Weile, dann spürte Michelle den Eggnog und ging in ihr Zimmer. Sie legte sich aufs Bett und starrte an die Decke, ohne einen klaren Gedanken fassen zu können. Daran war weniger der starke Eggnog als ihre Unterhaltung mit Elisa und Luke schuld. Die Vorstellung, dass ihr Foto im angesehenen *Chronicle* erscheinen könnte, bereitete ihr wirklich Sorge.

Sie ging zum Fenster und lehnte sich mit der Stirn und ihren Händen gegen das kalte Glas. Andy und Olivia kamen gerade aus dem Pferdestall und küssten sich. Wer wusste schon, was sie im Stall getan hatten? Das dachte wohl auch Nick, der aus seiner Blockhütte getreten war und laut nach seiner Tochter rief. Er war so aufgebracht, dass er vergessen hatte, seinen Anorak anzuziehen.

»Liv!«, rief er wütend. »Jetzt reicht's aber! Komm sofort hierher!«

»Wir sind im Urlaub, Dad. Wir tun nichts Verbotenes.«

»Man kann's auch übertreiben. Wenn ihr so weitermacht, verliert Andy noch seinen Job. Also, komm jetzt!«

»Er vernachlässigt seine Arbeit nicht. Ich helfe ihm sogar dabei.«

»Du bist sechzehn. Komm endlich!«

Olivia tuschelte eine Weile mit Andy, dann löste sie sich von ihm und gehorchte ihrem Vater. Man sah ihr selbst aus der Ferne an, was sie von Nicks Ausbruch hielt. Ein typischer Workaholic, dessen Laune von den Aktienkursen abhängig zu sein schien und der nichts Besseres zu tun hatte, als sich bei seiner Familie abzureagieren. Ein Wunder, dass sie noch nicht abgereist waren. Dass er sich überhaupt auf einen Urlaub in der Alaska-Wildnis eingelassen hatte, war im Grunde genommen seltsam.

Michelle hatte genug eigene Sorgen und Besseres zu tun, als sich den Streit anderer Familien anzuhören. Beim Abendessen, einem deftigen Eintopf, der ausnahmslos allen schmeckte, spürte sie öfter die abschätzenden Blicke der Journalistin auf sich und war sich beim Nachtisch beinahe sicher, dass Elisa inzwischen herausbekommen hatte, wer sie war. Ihre Vermutung wurde zur Gewissheit, als Elisa sie nach dem Abendessen zur Seite nahm und sagte: »Können wir uns irgendwo in Ruhe unterhalten? Dauert nur ein paar Minuten.«

»Klar, wir können in mein Zimmer gehen.?«

Auf dem Weg nach oben überlegte Michelle angestrengt, was sie sagen sollte.

»Ich weiß, wer Sie sind«, sagte Elisa, als sie sich gesetzt hatten. »Michelle Cook, Paul Bradleys Ex-Verlobte.«

»Und ich dachte, ich wäre hier sicher.« Michelle lächelte gequält.

»Reiner Zufall. Wir sind wirklich für die Lodge-Story hier.«

»Und jetzt? Lassen Sie Ihre Kollegin kommen?«

»Mit der habe ich vorhin telefoniert«, gestand Elisa. »Sie würde natürlich gern in großer Aufmachung über Sie berichten, war aber einverstanden, Ihre Entscheidung, sich aus dem Skandal herauszuhalten, zu respektieren und sich mit einem Statement zu begnügen. Im Klartext: Sie sagen mir, wie Sie zu Paul standen und wie es zu der Trennung kam, und wir drucken es mit einem aktuellen Foto. Ohne zu verraten, wo Sie sich versteckt halten. Ist das ein Vorschlag?«

»Mein Glaube an eine faire Presse kehrt zurück.«

»Also?«

Michelle entschied sich, die Wahrheit zu sagen. »Ich glaube, ich habe Paul nie geliebt. Er ist ein charmanter Mann, der sich in der Öffentlichkeit wie ein Gentleman gibt, aber alles seiner politischen Karriere unterordnet. Er hat mir einen Verlobungsring geschenkt und mich zur Hochzeit gedrängt, weil er eine Frau zum Repräsentieren braucht, das hat er mir selbst gesagt, und weil er mit einer von der Kirche abgesegneten Heirat besser bei seinen konservativen Wählern dasteht. Ich wollte weiterarbeiten und nicht zu einem Modepüppchen an seiner Seite verkümmern, deshalb habe ich die Verlobung gelöst, noch bevor seine Affäre mit der Praktikantin bekannt wurde. Und ich habe mir eine Auszeit genommen, um dem Medienwirbel zu entkommen. Ich brauche keine Publicity und habe auch keine Lust, schmutzige Wäsche in der Öffentlichkeit zu waschen. Was Paul zu seinen Affären bewog, vermag ich nicht zu sagen.«

»Vielen Dank, Michelle. Ich verspreche Ihnen, dass wir Sie nicht weiter belästigen.« Elisa lächelte. »Bis auf das Foto, das Luke von Ihnen schießen wird.«

Michelle hatte kaum durchgeatmet, als es erneut klopfte. Sie nahm an, Elisa habe etwas vergessen, doch vor der Tür stand John und sagte: »Ethan hat sich gemeldet. Er wäre Ihnen noch die Hundeschlitten-Tour schuldig und würde Sie morgen früh um halb neun abholen, meinte er. Ich habe zugesagt. Durfte ich doch, oder?«

»Sicher«, antwortete sie. »Vielen Dank.«

16

Ethan holte sie nach dem Frühstück mit seinem Pick-up ab. Der Wagen sah lädiert aus, hatte etliche Dellen, und die Farbe ließ sich nur schwer bestimmen, ein rötliches Braun traf es wohl am ehesten. Er selbst wirkte umso frischer, freute sich offensichtlich, sie zu sehen und deutete eine Umarmung an. Mehr wagte er nicht vor den neugierigen Blicken der anderen Gäste. »Michelle!«, begrüßte er sie. »Ich hoffe, ich hab dich mit meinem Anruf nicht überfallen, aber ich wollte heute sowieso mit dem Schlitten auf Tour gehen und hab grünes Licht bekommen.«

»Das weiß ich sehr zu schätzen, Ethan.« Sie verstaute ihren neuen Rucksack mit den Sandwiches, die Florence für sie zubereitet hatte, auf der Rückbank und stieg ein. »Ich dachte, als Park Ranger darf man niemanden mitnehmen.«

Ethan lächelte stolz. »Ich hab dem Superintendent gesagt, es läge mir sehr am Herzen. Ich würde einer interessierten Besucherin den Park zeigen und könnte dabei gleichzeitig meine Arbeit erledigen. Oder so ähnlich. Jedenfalls, nach einigem Überlegen hat er zugestimmt.«

»Er muss dich gut leiden können.«

»Solange er mit meiner Arbeit zufrieden ist.«

Ethan wendete den Pick-up und fuhr auf den Trail zum Highway. Schon bald waren sie von dichtem Fichtenwald umgeben. Das Wetter hatte sich etwas verschlechtert, es schneite leicht, und der Wind rauschte in den Bäumen.

Noch war es dunkel, aber über der Lichtung, die jenseits des Waldes lag, breitete sich bereits das morgendliche Zwielicht aus.

»Bist du mir böse?«, fragte Ethan direkt.

»Nein ... wieso?«

»Ich dachte nur ... du bist so anders heute.«

Sie versuchte ein Lächeln. »Nur ein bisschen müde.«

»Das vergeht, wenn wir erst mal mit dem Schlitten unterwegs sind.«

Ethan wirkte nachdenklich, als er den Pick-up über einige Hügel steuerte, und auch Michelle gelang es nicht, fröhlich und unbeschwert zu sein. So leicht es ihr im Job fiel, sich zu verstellen, so unmöglich war es ihr, Ethan etwas vorzumachen. Sie wollte schon etwas sagen, aber er war diesmal schneller.

»Ist es wegen Shirley?«

»Ich weiß, ich benehme mich wie ein eifersüchtiger Teenager, aber ...«

»Ich hab nichts mit Shirley«, unterbrach er sie. »Ich weiß, es hat vielleicht so ausgesehen, aber was sollte ich denn tun? Okay, vor ein paar Monaten war ich mit ihr wandern, und essen war ich auch mal mit ihr, aber ich hab sie immer als Kumpel gesehen und ihre Umarmungen und Küsschen nie ernst genommen. War vielleicht ein Fehler. Aber ich kann ihr doch nicht ins Gesicht sagen, dass sie sich zum Teufel scheren soll. Irgendwann merkt sie schon, was los ist.«

»Das ist feige, Ethan.«

»Ich weiß. Ich bin den ganzen Beziehungskram nicht so gewohnt.«

»Und wir kennen uns erst ein paar Tage. Du lebst in Alaska und ich in Kalifornien, und ich habe kein Recht, dir den Umgang mit anderen Frauen zu verbieten. Das war egoistisch von mir. Tut mir leid, das wollte ich alles nicht.«

Eine Zeitlang fuhren sie schweigend weiter. Nur das Brummen des Motors und das Mahlen der Räder im Schnee waren zu hören. Beide waren in ihre Gedanken versunken. Michelle blickte aus dem Seitenfester und sah einem Eichhörnchen zu, dass von einem Ast zum anderen sprang. Sie war wütend auf sich selbst, weil sie sich absolut kindisch verhalten hatte. So empfand sie es jedenfalls. Sie hatte nicht das Recht, eifersüchtig auf andere Frauen zu sein. Es war unredlich, einen Mann für sich beanspruchen zu wollen, wenn man keine zwei Wochen später schon wieder nach Kalifornien zurückkehrte. Wie, um Himmels willen, sollte sich eine feste Beziehung aus einer solchen Begegnung entwickeln? Sie hatte sogar Verständnis für Shirley. Die flirtete wochenlang mit Ethan, und kaum kam eine Urlauberin aus Kalifornien daher, war sie nur noch zweite Wahl. Kein Wunder, dass sie voll auf Krawall gebürstet war.

Ethan bremste plötzlich und hielt an. »Michelle ...«

»Es ist alles gut, Ethan.«

»Michelle ...« Er schien nach den passenden Worten zu suchen. »Du hast recht, wir kennen uns erst ein paar Tage, aber die haben genügt, um mir klarzumachen, dass du die Frau bist, nach der ich immer gesucht habe. Ich brauche dir nur in die Augen zu sehen, um zu wissen, dass du die Richtige bist.« Die magischen Worte wagte er nicht auszusprechen. »Ich ... ich wäre froh, wenn du genauso fühlen würdest wie ich, und wir ... wir beide würden ...«

»Küss mich, Ethan!«, erlöste sie ihn.

Sie küssten sich und vertrieben die düsteren Gedanken. Als sie weiterfuhren, waren sie schon wieder guter Dinge, und mit jeder Meile, die sie sich dem Highway näherten, besserte sich ihre Stimmung. Die Magie, die Michelle schon bei ihrem letzten Ausflug mit Ethan verspürt hatte, war wieder da und löste dieses seltsame Kribbeln in ihrer Magengegend aus, das sie so lange nicht mehr erlebt hatte. Sie hatte sich tatsächlich in Ethan verliebt.

Mit Ethan kam ihr die Fahrt über die Foststraße wesentlich schneller und einfacher vor. Und an der Unfallstelle war der Trail jetzt geebnet und so breit, dass man selbst bei schlechterem Wetter nicht Gefahr lief, vom Weg abzukommen. Mit gemischten Gefühlen blickte sie auf den Tiefschnee in der Senke, die ihr beinahe zum Verhängnis geworden war. Im leichten Schneefall, der sie seit ihrer Abfahrt begleitete, wirkte sie längst nicht so gefährlich.

Auf dem Highway war wenig Verkehr, und sie brauchten nur wenige Minuten bis zum Nationalpark. Die Zwinger der Huskys lagen ungefähr zweieinhalb Meilen vom Eingang entfernt abseits der Park Road, der einzigen Straße im Nationalpark, die allerdings für Privatfahrzeuge gesperrt war. Ungefähr dreißig Huskys lebten in kleinen Holzhütten oder vergitterten Gehegen und heulten sich die Seele aus dem Leib, als Michelle und Ethan aus dem Pick-up stiegen. Einige waren an lange Ketten, andere an ebenso lange Leinen gebunden.

Eine Rangerin kam ihnen entgegen und begrüßte sie herzlich. »Jennifer Richards« stand auf ihrem Namensschild. Sie war um die Vierzig, stammte von Indianern ab und trug ihren breitkrempigen Rangerhut mit sichtlichem Stolz.

»Jenny und ich arbeiten zusammen«, erklärte Ethan. »Ich weiß, Susan hat dir sicher schon einiges über Huskys erzählt. Es gibt keine bessere Lehrmeisterin als eine Musherin, die beim Iditarod unter die Top Ten gekommen ist.«

»Nur noch ein paar Infos zu unseren Denali-Huskys«, sagte Jenny.

Sie hielt ihren kleinen Vortrag im Sommer regelmäßig vor Besuchern und ahnte, was Michelle interessierte. »Wir haben zurzeit dreißig Huskys in unseren Kennels, meist sibirische oder Alaska-Huskys. Sie wundern sich vielleicht, warum einige Hunde mit Ketten und andere mit Leinen gesichert sind. Die Ketten sind für die weiblichen Hunde reserviert, die im Winter ein gesteigertes Interesse an den Rüden haben und sonst für große Aufregung sorgen würden. Die Leinen sind so lang, dass sie genügend Auslauf haben, aber anderen Hunden nicht in die Quere kommen. Aber wir wissen natürlich um den Freiheitsdrang der Huskys und sind fast jeden Tag mit ihnen unterwegs.«

»Und mit einem Snowmobil kommt man nicht überall hin?«

»Ethan hat Ihnen sicher schon erzählt, dass wir auf unseren Inspektionstouren mit dem Hundeschlitten vor allem im Hinterland unterwegs sind, dort wissenschaftliche Untersuchungen anstellen, die Trails zum Mount Denali instandhalten und vieles mehr. Besonders im Winter bei extremer Kälte können wir nicht auf die Huskys verzichten. Bei vierzig Grad minus streikt so ziemlich jeder Motor. Unsere Hunde brauchen nur ein gutes Futter und rennen los. Huskys laufen für ihr Leben gern, aber das wissen Sie sicher längst. Mit ungefähr neun Jahren gehen sie in Rente, dann haben sie rund achttausend Meilen hinter sich. Hab ich schon gesagt, dass wir seit neunzehnhundertzweiundzwanzig Huskys im Park haben?«

Nach Jennys kurzem Vortrag spannten sie und Ethan die Huskys vor den Schlitten. Ethan nahm fast immer dieselben Hunde: Ruby, seinen Leithund, und sechs ausgesuchte Hunde, die bestens aufeinander eingespielt waren. »Einen besseren Leithund als Ruby kann man sich nicht vorstellen. Er ahnt Gefahren schon, wenn andere Hunde noch ahnungslos durch die Gegend rennen. Timber und Richie, die beiden, die hinter ihm laufen, sind meine schnellsten Läufer. Banjo und Rocky sind ausdauernd, auch wenn sie manchmal ganz andere Dinge im Kopf haben. Howie und Skip laufen direkt vor dem Schlitten, meine Kraftpakete.«

»Sie sind ganz schön unruhig.« Ein bisschen nervös war Michelle doch.

»So sind sie immer, wenn es auf große Tour geht«, erklärte Ethan. »Aber keine Angst, sie tun dir nichts. Sie müssen sich nur an dich gewöhnen.

Michelle durfte in mehrere Wolldecken gehüllt auf der Ladefläche sitzen. Sie winkte Jenny zum Abschied zu, als Ethan die Huskys antrieb, und hielt sich mit beiden Händen am Schlitten fest. Über die steile Böschung holperte der Schlitten auf die Park Road. »Heya! Lauft! Zeigt Michelle, was ihr könnt!«

Auf der breiten und ebenen Straße war die Fahrt das reinste Vergnügen. Michelle hatte ihren Schal bis über die Nase geschoben, um besser gegen den eisigen Fahrtwind geschützt zu sein, und saß auf den Decken einigermaßen bequem. Voller Bewunderung beobachtete sie die Hunde, die in ihrem rasanten Trab über den Schnee spurteten und dabei die Freude erkennen ließen, die sie am Laufen hatten. Ruby wirkte ruhiger als seine Kollegen, aber nicht minder engagiert, und ließ vor allem auf den seltenen Steigungen seine Muskeln spielen. Er war ein durchtrainierter Profi, das sah man ihm bei jeder Bewegung an.

Obwohl es immer noch schneite und leichter Dunst die Gipfel der Bergriesen einhüllte, sah Michelle genug, um sich an der Landschaft erfreuen zu können. Dunkle Wälder zu ihrer Rechten, weite Täler und Ebenen zu ihrer Linken und in der Ferne baumlose Tundra und die hoch aufragenden Berge der Alaska Range. Ein Winter Wonderland, das perfekt zu einem Weihnachtsurlaub passte, auch wenn man nirgendwo Girlanden und festlichen Schmuck an den Schwarzfichten sah, und sich Santa Claus sicher an andere Routen hielt.

Hinter dem Savage Creek Campground bremste Ethan den Schlitten. Er rammte den Anker in den Schnee und sagte: »Hat dir Susan gezeigt, wie man einen Schlitten lenkt? Sie hat dich doch sicher fahren lassen, hab ich recht?«

»Ja, aber ich bin nicht weit gekommen, dann lag ich im Schnee.«

»Dann wird's höchste Zeit, dass du zeigst, was du wirklich kannst«, erwiderte er. Sein Grinsen kam ihr hinterhältig vor. »Willst du es noch mal versuchen?« Er wartete ihre Antwort nicht ab. »Ich laufe ungefähr eine Meile weiter nach Westen und warte dort auf dich. Wenn ich beide Arme hebe, fährst du los. Keine Bange, auf dieser breiten Straße kann gar nichts passieren. Okay?«

»Ich weiß nicht, Ethan ...«

»Du willst dich doch nicht drücken, oder?«

Sie lächelte gequält. »Natürlich nicht.«

»Wusste ich doch.« Er half ihr von der Ladefläche. »Vergiss nicht, den Anker aus dem Schnee zu ziehen, bevor du losfährst. Und wenn du mich erreichst, laut ›Whoaa!‹ rufen, sonst fährst du mich über den Haufen.« Er zeigte ihr sein Smartphone. »Ich mach ein Foto von dir. Vielleicht druckt es der *Chronicle*.«

Michelle beobachtete mit gemischten Gefühlen, wie er nach Westen lief. Ein stattlicher Mann, der aufrecht wie ein Westernheld durch den Schnee stapfte und sich immer mal wieder umdrehte und sein Smartphone hochhielt. Er besaß Humor, das musste man ihm lassen, auch wenn er diesmal auf ihre Kosten ging. Wenn sie eine unglückliche Figur machte, womöglich vom Schlitten stürzte, und Ethan nicht dichthielt, landete sie noch in »Funniest Videos of the World«.

»Lasst mich nicht im Stich!«, rief sie den Huskys zu. Sie schienen nicht so recht zu wissen, was sie erwartete. »Helft mir, eine gute Figur zu machen. Wir kriegen das hin, hört ihr? So leicht lasse ich mich nicht ins Bockshorn jagen.«

Ethan hatte ihre Ziellinie erreicht und hob beide Arme. Er ließ sie nach unten sausen wie ein Starter bei einem Autorennen. »Und ab die Post, Michelle!«

Michelle überlegte nicht lange und löste den Anker. »Go! Go!«, feuerte sie die Huskys an. Die Hunde hatten nur auf das Kommando gewartet und rannten los, stemmten sich mit ihrer ganzen Kraft in die Geschirre und schienen Ethan ebenfalls beweisen zu wollen, was sie draufhatten. Mit rhythmischen Bewegungen, die an Rennpferde erinnerten, sprinteten sie ihrem Musher entgegen.

Michelle erinnerte sich an alles, was Susan ihr beigebracht hatte. Bleib locker in den Knien, verlagere dein Gewicht, wenn es nötig ist, und lass auf keinen Fall die Haltestange los, sonst gehen die Hunde durch! Keine Angst, die Huskys wissen, wo es langgeht, so ein Leithund ist klüger als viele Menschen.

Vor lauter Aufregung stand Michelle viel zu steif auf den Kufen. Erst nach der ersten Bodenwelle, die sie fast vom Schlitten warf, wurde sie lockerer. Plötzlich fand sie Gefallen an der rasanten Fahrt, schrie ihre Freude in den Wind und hätte vor Begeisterung fast vergessen, das Signal zum Halten zu geben. Sie hielt neben Ethan, rammte den Anker in den Schnee und rief: »Wow! Das war toll! Jetzt verstehe ich, warum Santa Claus mit dem Schlitten kommt und auf Trucks und Lieferwagen verzichtet. Danke, Ethan, vielen Dank!«

Er zeigte ihr die Fotos, die er geschossen hatte. »Na, was sagst du?«

»Fürs Iditarod reicht's noch nicht, aber ... nicht übel.«

»Ich maile dir eine Kopie. Fürs Poesiealbum.«

»So was gibt's nicht mehr, Ethan, und wenn doch, bin ich zu alt dafür.« Sie küsste ihn auf den Mund und blieb eine Weile in seinen Armen, nicht nur wegen der Wärme, die er ausstrahlte. »Haben wir eigentlich ein bestimmtes Ziel?«

»Das Sushana-Rudel«, antwortete er.

»Noch ein Wolfsrudel?«

»Eines der Rudel, die ich seit einigen Monaten beobachte. Seit sich diese verrückten Wolfsjäger in der Gegend rumtreiben, checke ich die Wölfe öfter. Die Gefahr, dass sie einen Wolf anschießen und er liegen bleibt und tagelang leiden muss, ist zu groß. Ich weiß ungefähr, wo die Tiere sich aufhalten, aber wir haben sie nicht markiert, und ich kann leider nicht garantieren, dass wir sie auch zu sehen bekommen. Wir müssen es auf jeden Fall versuchen, okay?«

»Sind die Wölfe vom Sushana River ein besonderes Rudel?«

»Für mich schon«, sagte er. »Die Alpha-Wölfin war einige Zeit allein. Sie war von einem Elch verletzt worden und hatte sich aus ihrem alten Rudel zurückgezogen. Ich kann mich noch gut daran erinnern, wie sie allein durch die Wälder zog und nur mühsam über die Runden kam. Man spricht zwar immer vom ›einsamen Wolf‹, aber Wölfe sind sehr soziale Tiere und können nur in einer Gemeinschaft überleben, in einem Rudel. Sie konnte von Glück sagen, dass ein Wanderwolf aus Kanada im Park auftauchte und nach einer Partnerin suchte. Inzwischen besteht das Rudel aus sieben Wölfen, und ich will nicht, dass sich ein Wolfsjäger an ihnen vergreift. Sie haben genug durchgemacht.«

»Hast du ihnen Namen gegeben?«

»Nein, sie haben Nummern. Sie sind Teil einer wissenschaftlichen Untersuchung, die wir für die University of Alaska durchführen, und die Leute dort mögen nicht, dass wir sie vermenschlichen. Das überlassen wir Disney & Co.«

»Und dieser Wanderwolf ist von Kanada raufgekommen, nur um in Alaska eine Partnerin zu finden und ein neues Rudel zu gründen?«, wunderte sich Michelle. »Warum ist er nicht in Kanada geblieben? Warum tut er sich das an?«

»Das passiert gar nicht selten«, erwiderte Ethan. »Wie bei uns Menschen, die Söhne verlassen das Haus, um sich irgendwo in der Fremde eine neue Existenz aufzubauen. Warum Wölfe Hunderte Meilen zurücklegen und sich dabei großen Gefahren aussetzen, zum Beispiel beim Überqueren von Highways und Flüssen, versuchen wir gerade zu erforschen. Halte ich schon wieder Vorträge?«

Sie lächelte. »Ich höre dir gern zu.«

»Wölfe faszinieren mich. Sie sind in jeder Hinsicht einzigartige Tiere. Ihretwegen habe ich Biologie studiert. Eigentlich wollte ich an der University of Alaska arbeiten, so wie John, der Besitzer der Denali Mountain Lodge, aber dann kam dieser Waldbrand, und ich fand heraus, dass ich mehr für die praktische Arbeit tauge. Als Ranger kann ich mich noch besser einbringen. Ein Traumjob!«

»Und wer kann das schon von sich sagen.«

»Du bist nicht gerne Maklerin?«

»Doch … natürlich, der Job ist spannend und macht mir großen Spaß. Und so ganz nebenbei bringt er auch gutes Geld, wenn man ihn gut macht. Aber es ist nur ein Job. Ich bin nicht mit vollem Herzen dabei wie du als Ranger.«

»Was wäre denn dein Traumjob?«

Sie brauchte nicht lange nachzudenken. »Als junges Mädchen wollte ich Flugbegleiterin werden, aber nachdem ich selbst ein paarmal geflogen war, fand ich raus, dass der Job auch nicht besser ist als Bedienung ... nur stressiger. Irgendwas mit Tieren würde mir gefallen, müssen ja nicht gerade Löwen oder Tiger sein. Oder Reiseleiterin. Interessierten Leuten die Attraktionen von Kalifornien oder irgendeinem anderen Teil der Welt zu zeigen, das wäre was.«

»Oder Alaska«, erwiderte er vieldeutig.

17

Auf dem Teklanika River Campground legten sie eine kurze Pause ein. Eine Hütte schützte sie vor dem kalten Wind. Die Huskys rasteten im Schnee neben dem Eingang, wunderten sich wahrscheinlich darüber, dass die Zweibeiner schon nach so kurzer Fahrt eine Pause brauchten. Wenn es nach den Hunden gegangen wäre, hätten sie erst am frühen Abend wieder an eine Rast gedacht.

»Jetzt kommt der anstrengende Teil«, kündigte Ethan an. »Ein schmaler Trail durch teilweise tiefen Schnee, in dem ich den Huskys helfen muss, sonst bleiben wir stecken. Dann geht es am Ufer des Sushana River entlang nach Norden. Dort dürfte der Trail etwas besser befahrbar sein. Aber das Terrain ist schwierig, überall Felsen, schlechte Sicht, und es geht ständig auf und ab.«

»Das klingt doch spannend. Ich hab keine Angst.«

»Aber vorsichtig sollten wir sein. Sogar erfahrene Musher sind dort oben schon vom Trail abgekommen und im Tiefschnee gelandet. Ich mache mir, ehrlich gesagt, etwas Sorgen. Vielleicht sollten wir auf der Park Road bleiben.«

»Unsinn! Dort warten die Wölfe bestimmt nicht auf uns.«

Sie teilten sich ein Sandwich aus Michelles Rucksack und tranken heißen Tee aus einer Thermosflasche. Für seine Huskys hielt Ethan schmackhafte Leckerlis bereit. Die Hunde sprangen sofort auf, als sie nach draußen kamen, und warteten ungeduldig darauf, dass Michelle und Ethan aufstiegen und endlich weiterfuhren. Als sich die Zweibeiner noch einmal küssten, zeigten sie mit Brummen und Knurren, was sie davon hielten. Sogar der fröhliche Banjo machte mit.

»Schon gut, schon gut!«, beruhigte Ethan die Huskys. »Ihr kommt schon noch auf eure Kosten. Es geht über Stock und Stein, das ist nicht so langweilig wie über eine breite Straße zu fahren und gefällt euch bestimmt. Aber Michelle ist was ganz Besonderes, also reißt euch gefälligst zusammen und knurrt nicht so laut!«

Michelle machte es sich auf der Ladefläche bequem. Es schneite nicht mehr, und das Zwielicht war der Helligkeit des kurzen Tages gewichen, beste Voraussetzungen für ihre Tour ins Hinterland. Über den Berggipfeln der Alaska Range hingen Wolken; vor allem der Denali hielt sich bedeckt. Es war kälter geworden, das spürte sie sofort und zog den Schal bis über die Nase.

»Halt dich gut fest!«, rief ihr Ethan zu, dann feuerte er die Huskys an und trieb sie auf den schmalen Trail nach Norden. »Lauft! Lauft! Jetzt könnt ihr zeigen, was ihr wirklich draufhabt! Hey, Ruby! Es geht zum Sushana River.«

Ruby erinnerte sich an den Klang des Wortes oder spürte instinktiv, dass sie einen anspruchsvollen Trail vor sich hatten. Er liebte unwegsames Terrain, einen Trail, den man vor lauter Schnee und zahlreichen Windungen kaum noch ausmachen konnte, und starke Steigungen und Felsenhänge. Dort konnte er beweisen, was in ihm steckte, seine Erfahrung ausspielen und sich selbst beweisen, dass ihn die Verletzung, die er während eines Unfalls erlitten hatte, nicht mehr behinderte. Wenn man Ruby zusah, konnte man ihm nur rechtgeben.

Michelle blieb kaum Zeit, sich an den Trail zu gewöhnen. Schon nach einer Viertelmeile ging es in die Ausläufer der Berge, und der Schlitten schwankte auf dem steilen Trail so stark, dass sie mehrmals fast von der Ladefläche gefallen wäre. Sie wagte nicht, sich umzudrehen, spürte aber, wie Ethan rackerte und ständig seinen Körper verlagerte, um den Schlitten zu stabilisieren. Das war schon was anderes, als über eine breite und ebene Straße spazieren zu fahren.

Als sie die erste Steigung hinter sich hatten, entspannte sie ein wenig. Sie fand sogar Gefallen daran, sich auf dem Schlitten zu behaupten und den auffrischenden Wind im Gesicht zu spüren. Sie bewunderte die Huskys, die auch diesen schwierigen Trail bewältigten und die unwirtliche Umgebung zu genießen schienen. Unwirtlich war sie, aber auch aufregend und abenteuerlich, eine wildromantische Landschaft, die mit den schroffen Felsen und dem Schnee wie verzaubert aussah und auf einem fernen Planeten zu liegen schien.

Auf einem lang gezogenen Hügelkamm, den der böige Wind fast vollständig vom Schnee befreit hatte, kamen sie schneller vorwärts und konnten sich wenigstens einige Minuten von der Anstrengung erholen. Ihr Blick wanderte über die zahlreichen Hügel, den dichten Fichtenwald in ihrer Umgebung, einige baumlose Anhöhen bis zu den nur scheinbar fernen Bergen der Kantishna Hills. Die Weite des Landes beeindruckte sie und berührte ihre Seele, trotz der zahlreichen Gefahren, die in dieser scheinbar endlosen

Wildnis warten mochten. Das trübe Tageslicht gab dem Land einen geheimnisvollen Anstrich.

Doch wenig später führte der Trail wieder ins Tal hinab, überquerte einen schmalen Nebenfluss des Sushana River und forderte sie erneut heraus. Jenseits des Flusses lag der Schnee so tief, dass Ethan gezwungen war, seine Schneeschuhe anzuschnallen und vor dem Schlitten zu laufen; nur so war der Trail für die Huskys zu schaffen. Die Huskys blieben hinter Ethan zurück, folgten ihm erst, als er nach ihnen rief und sie herbeiwinkte. »Bleibt dicht hinter mir!«, rief er ihnen zu. »In spätestens einer halben Meile wird es besser. Haltet durch!«

»Soll ich dir helfen?«, fragte Michelle. »Soll ich vom Schlitten runter, damit er leichter wird? Ich bin kein vierzehnjähriges Model. Ich wiege stattliche …«

»Untersteh dich!«, schnitt ihr Ethan das Wort ab. Er drehte sich nicht um, war zu sehr damit beschäftigt, den Schnee flachzutreten. »Bleib bloß auf dem Schlitten! Du bist das Laufen auf Schneeschuhen nicht gewohnt. Erinnere mich daran, dass ich's dir demnächst mal beibringe. Ohne Schneeschuhe bist du aufgeschmissen. Außerdem bist du immer noch ein Leichtgewicht. Die Hunde spüren dich kaum.«

»Schön wär's«, erwiderte sie.

Nach einer halben Meile wurde es tatsächlich besser. Sie waren dem Wind wieder stärker ausgesetzt, aber der Schnee lag nicht mehr so hoch. Ethan verstaute die Schneeschuhe im Schlittensack und stieg auf die Kufen. Obwohl er viel Kraft im Tiefschnee gebraucht hatte, fuhr er sofort weiter. Als Park Ranger war er solche Anstrengungen gewöhnt. »Heya! Vorwärts!«, rief er. »Das haben wir gut hingekriegt, was? Banjo, was ist los mit dir? Keine Lust mehr?«

Banjo zerrte an seinem Geschirr, wollte an irgendetwas schnüffeln, aber Ruby zeigte ihm mit einem Knurren und einem strafenden Blick, was von ihm erwartet wurde. Banjo hatte mächtigen Respekt vor ihm und gab klein bei.

»Geht doch! Jetzt aber!« Ethan ließ sich nicht beirren.

Sie fuhren ungefähr eine Stunde über weite Hügel und zerklüftete Berghänge, bis sie das Ufer des vereisten Sushana River erreichten. An einer Biegung des Flusses hielten sie an und tranken etwas Tee aus ihren Thermosflaschen.

»Hier bin ich letzten Sommer einer Grizzly-Mutter mit ihren beiden Jungen begegnet«, berichtet er. »Ich war zu Fuß unterwegs, mit einem Kollegen, der sich schon lange mit Grizzlys beschäftigt. Wir waren der Bärin so nahe, dass wir schon Angst hatten, sie würde angreifen, aber wir standen zum Glück gegen den Wind, und wir kamen rechtzeitig weg. Wenn sie Junge haben, sind Bären unberechenbar, das weiß jeder, aber selbst wir erleben noch Überraschungen.«

»Jetzt halten sie Winterschlaf, oder?«

Ethan beruhigte sie mit einer Handbewegung. »Wir sind sicher.«

Als wollte jemand das Gegenteil beweisen, drang plötzlich das Heulen eines Wolfes aus einem der benachbarten Täler. Ein unheimlicher Laut, der über den Fluss hallte und sich zwischen den Fichten verfing. Kein anderer Laut stand so für die Wildnis in Alaska wie dieses Heulen. In Filmen und Dokumentationen hatte Michelle es schon einige Male gehört, doch es war etwas ganz anderes, dieses Heulen in der winterlichen Umgebung und der eisigen Kälte zu hören.

»Der Alpha-Wolf des Sushana-Rudels«, sagte Ethan.

»Du erkennst ihn am Heulen?«, wunderte sie sich.

Er stand schon wieder auf den Kufen. »Wir kennen uns sehr gut. Ich schätze, das Rudel hält sich zwischen den Felsen weiter nördlich auf. Wenn wir rechtzeitig auf das Plateau dort drüben kommen, können wir es sehen. Bist du bereit?«

»Ich hab keine Angst, Ethan. Solange es kein Grizzly ist...«

Warum sie keine Angst vor Wölfen hatte, wusste sie selbst nicht. Wahrscheinlich hatte sie so viel über diese Tiere gehört, von Ethan und von John Walker, dass sich ihre Vorstellung von den Wölfen grundlegend geändert hatte. Oder war ihre Begegnung mit dem Wolf im Blizzard daran schuld? Und was war mit dem Wolf der greisen Indianerin, der zwar feindselig geknurrt hatte, aber nicht wirklich aggressiv geworden war? Hatte sie diese Begegnungen tatsächlich erlebt, oder waren die Wölfe nur in ihren Träumen aufgetaucht? Der Wolf, den Ethan und sie verarztet hatten, war ihr jedenfalls nicht im Traum erschienen. Er war real gewesen. Sie hatte ihn gestreichelt. Ein Augenblick, den sie nicht vergessen würde.

»Festhalten!«, rief Ethan, als er die Hunde antrieb. Schneller und entschlossener als bisher jagte er die Huskys über einen Hügelkamm, wieder ins Tal hinab und auf den gewundenen Trail, der in zahlreichen Serpentinen zum Plateau hinaufführte. Es gab kaum Bäume am Trail, der

Wind hatte freie Bahn und tat ihnen den Gefallen, einen Teil des Schnees vom Boden zu fegen. Die einzige Gefahr bestand darin, auf dem Trail die Balance zu verlieren und von dem teilweise stürmischen Wind in die Tiefe getrieben zu werden. Der Hang war mit Felsbrocken übersät, die teilweise aus dem Schnee ragten und bei einem Unfall schwere Verletzungen hervorrufen würden.

Michelle hielt sich krampfhaft fest. Sie war diese flotte Gangart nicht gewöhnt und wurde blass, als sie sah, wie steil es rechts von ihr nach unten abfiel. Ethan fuhr ihrem Empfinden nach viel zu schnell, doch die Huskys passten auf und hielten die Spur. Erst als der Schlitten ins Schlingern geriet und mit den Kufen teilweise über den Abgrund rutschte, drosselte Ethan das Tempo, nur um seine Huskys auf dem steilen Trail zum Plateau wieder lautstark anzutreiben. Die Hunde ahnten wohl, wie eilig es Ethan hatte, nach oben zu kommen, und mobilisierten alle ihre Kräfte.

Das baumlose Plateau lag so hoch, dass sie einen guten Blick auf das lang gestreckte Tal hatten, aus dem das Heulen gekommen sein musste. Ethan verankerte den Schlitten und lief zum Rand. Michelle schälte sich aus ihren Wolldecken und folgte ihm aufgeregt. Allein die Aussicht von dem Plateau hätte sie schon in Hochstimmung versetzt, daran konnte auch der Dunst über den Bergen nichts ändern. Weithin waren nur verschneite Hügel und Täler zu sehen, in den tieferen Regionen dichte Fichten- und Mischwälder, die Park Road war der einzig sichtbare Beweis dafür, dass die Zivilisation nicht besonders fern war.

»Sie müssen da unten sein«, sagte Ethan.

Michelle griff nach ihrem Fernglas und suchte den Boden des Tals ab. Ihr Blick glitt über den Schnee, der vom Wind zu zahlreichen Wehen angehäuft worden war, und über die verschneiten Hänge. Doch in ihrem Sichtfeld war alles weiß, nur zwei Felsbrocken und einige Bäume hoben sich gegen den Schnee ab. Der Wind sang ein unheimliches Lied und wirbelte neuen Schnee auf.

»Nichts«, erwiderte sie. Sie flüsterte, als wären die Wölfe in unmittelbarer Nähe und dürften sie nicht hören. »Vielleicht sind sie doch weiter nördlich.«

»Sie sind hier.« Auch er flüsterte. »Das Tal gehört zu ihrem Revier.«

Sie suchte weiter, blickte in jeden Winkel des Tales, bis sie tatsächlich einige dunkle Schatten ausmachte. Sieben Wölfe liefen durch den Schnee, stattliche Tiere, die sich vor nichts und niemandem zu fürchten schienen. Sie stieß Ethan an.

Auch er hatte sie bereits gesehen und lächelte zufrieden. »Das Rudel ist vollzählig. Ich hab jedes Mal Angst, ein Wolfsjäger könnte eines der Tiere erwischt haben. Außerhalb des Nationalparks wäre das sogar legal, da ist der Abschuss von Wölfen erlaubt, und vor hier bis zur Parkgrenze ist es nicht mehr weit.«

»Ich bin auch froh«, sagte sie. »Dass ich mal Wölfen in freier Wildbahn begegnen würde ... wer hätte das gedacht? Ich bin dir sehr dankbar, Ethan.«

Er nahm die Augen nicht vom Fernglas. »Der Wolf an der Spitze, das ist die Alpha-Wölfin. Der Alpha-Wolf läuft hinter ihr, und dahinter der Rest der Familie. Wobei ... ›Alpha-Wolf‹ und ›Rudel‹ sind eigentlich überholte Begriffe. Wir sprechen inzwischen von ›Eltern‹ und der ›Wolfsfamilie‹. Alle Mitglieder eines Rudels oder einer Familie sind miteinander verwandt, auch wenn sich der Wanderwolf und seine Partnerin erst vor einigen Monaten gefunden haben.«

Michelle beobachtete die Wölfe, bis sie das Tal durchquert und auf der anderen Seite verlassen hatten. Allein dieses Erlebnis war die Reise nach Alaska wert gewesen. Sie umarmte Ethan spontan, und sie hielten sich eine Weile aneinander fest, dann küssten sie sich, auch wenn sie die Lippen des anderen in dieser klirrenden Kälte kaum spürten. Sie blickte ihn an und sah das vertraute Glitzern in seinen Augen, die Zuneigung, die er ausstrahlte.

Aus weiter Ferne war der Motor eines Snowmobils zu hören. Beide dachten sofort an den Wolfsjäger. Ethan legte einen Finger an seine Lippen und lauschte, dann nickte er erleichtert. »Wenn es der Wolfsjäger ist, hat er das Rudel noch nicht entdeckt. Er ist mindestens eine halbe Meile hinter uns, vielleicht sogar mehr. Ich muss ihn aufhalten, bevor ein Unglück geschieht.« Er blickte sie zweifelnd an. »Ich denke nicht, dass er Schwierigkeiten machen wird, aber ...«

»Mach dir meinetwegen keine Sorgen«, sagte sie.

Michelle ahnte, in welchem Dilemma sich Ethan befand. Wenn es zu einer handfesten Auseinandersetzung kam, brachte er nicht nur sich, sondern auch sie in Gefahr. Wenn er nichts tat, bestand die Gefahr, dass der Wilderer sich den Wölfen näherte. Ein Fanatiker wie er brachte es fertig und tötete das ganze Rudel.

Ethan griff nach seinem Funkgerät und alarmierte die Law & Enforcement-Abteilung der Park Ranger. Er schilderte in wenigen Worten, was los war, und sagte: »Ich kann nicht beschwören, dass es der Wolfsjäger ist, aber die Wahrscheinlichkeit ist groß. Ich nehme ihn wegen unerlaubten Fahrens eines Snowmobils innerhalb der Parkgrenzen fest. Wir treffen uns am Tek, okay?«

»Roger«, kam es von der Zentrale.

Sie fuhren denselben Weg zurück, den sie gekommen waren, und waren noch ungefähr eine Meile vom Teklanika Campground entfernt, als der Wolfsjäger vor ihnen auftauchte. Ihm blieb keine Zeit zur Flucht, und so dumm, sein Gewehr auf einen Ranger zu richten, war er nicht. Den Motor ließ er laufen.

Der Wolfsjäger hob abwehrend die Hände. »Ich fahre nur spazieren. Ich weiß, es ist verboten, im Nationalpark mit dem Snowmobil zu fahren, aber ich wollte es sowieso stehen lassen und ein wenig wandern. Ich hab nichts getan.«

»Und das Gewehr? Geben Sie mir das Gewehr!«

Der Jäger gehorchte widerwillig. Er musste um die Dreißig sein, nicht viel älter als Ethan und sie, und trug Skihosen und einen Anorak mit Kapuze. »Hören Sie«, sagte er, »ich zahl die Strafe, wenn es unbedingt sein muss, aber ...«

»Sie haben einen Wolf angeschossen«, sagte Ethan, »vor zwei Tagen am Clearwater Creek.« Er blickte auf den Wolfsschwanz am Snowmobil.

»Das können Sie mir nichts beweisen.«

»Wir haben Sie beobachtet. Sie können von Glück sagen, dass Sie den Wolf nur mit einem Streifschuss erwischt haben. Und jetzt haben Sie es auf das Sushana-Rudel abgesehen, aber daraus wird nichts. Sie sind festgenommen!«

»Aber ...«

»Nichts aber. Ihren Führerschein bitte.«

Der Jäger kramte den Ausweis aus einer Tasche und reichte ihn Ethan. »Das mit dem Wolf war Zufall ... ein Unglücksfall«, wehrte er sich. »Ich hab nur ein bisschen in der Gegend rumgeballert und ihn aus Versehen getroffen ... ehrlich, Mann.«

»Das können Sie alles meinen Kollegen vom Law Enforcement erzählen ...« Ethan blickte auf den Führerschein. »... Carter Grayson.« Er steckte den Führerschein ein. »Wir fahren jetzt gemeinsam zum Teklanika Campground zurück. Sie voneweg und wir hinterher. Wenn Sie zu schnell fahren, lege ich das als Fluchtversuch aus. Gewehr und Führerschein bleiben vorerst bei mir, okay?«

Grayson fand das nicht okay, konnte aber nichts dagegen tun. Ihm blieb nichts anderes übrig, als zu gehorchen. Keine halbe Stunde später erreichten sie den Campground und hielten vor dem Pick-up, der am Straßenrand parkte. Ein älterer Ranger stieg aus, schüttelte Ethan die Hand und grüßte Michelle, indem er zwei Finger an seine Hutkrempe legte. »Ethan ... was haben wir?«

Ethan reichte dem Kollegen den Führerschein und das Gewehr und sagte ihm, worum es ging. »Er hat gestanden, auf den Wolf neulich geschossen zu haben, außerdem war er mit einem Snowmobil im Park unterwegs. Ich könnte mir vorstellen, dass er nicht der einzige Wolfsjäger ist. Ihr übernehmt die Sache?«

»Sicher.« Der Kollege grinste. »Privat unterwegs?«

»Beides, dienstlich und privat.«

»So eine nette Begleitung hab ich nie.«

»Weil du nur böse Mädels und Buben durch die Gegend fährst.«

Michelle und Ethan verabschiedeten sich von dem Ranger und fuhren zu den Hundezwingern zurück. Unterwegs überholte sie der Ranger im Pick-up, das Snowmobil des Wolfsjägers stand auf der Ladefläche. Gegen die Tour in den Bergen kam ihr die Rückkehr wie ein Kinderspiel vor: Der Schlitten schaukelte kaum, es gab wenig Bodenwellen, und sie hatte sich längst an die Kälte gewöhnt Inzwischen war die Sonne untergegangen, und bläuliches Zwielicht hatte sich über das weite Land gelegt. Eine eigentümliche Stille umgab sie.

»Na, wie war's?«, fragte Jenny, als sie vom Schlitten stiegen.

Ethan berichtete ihr, was vorgefallen war. »Aber wir haben das Sushana-Rudel gesehen. Alle sieben Wölfe sind am Leben. Nicht auszudenken, was passiert wäre, wenn wir den Wolfsjäger nicht aufgehalten hätten. Hier alles okay?«

»Trooper Logan hat angerufen.«

»Shirley?«

Jenny war bereits dabei, die Hunde auszuspannen. »Sie konnte dich auf dem Handy nicht erreichen und wollte wissen, wo du bist. Was sie von dir wollte, hat sie mir nicht verraten. Aber sie klang verärgert. Hast du was ausgefressen?«

»Ich ruf sie nachher an«, versprach Ethan.

18

Kaum waren sie auf den Highway abgebogen, erklang eine Polizeisirene. Michelle drehte sich erschrocken um und sah das Rotlicht eines Streifenwagens. Ethan fuhr rechts ran, ließ das Fenster runter und legte die Hände aufs Lenkrad.

»Waren wir zu schnell?«, fragte sie.

»Nicht, dass ich wüsste«, antwortete er.

Der Streifenwagen hielt hinter ihnen. Die Sirene verstummte, eine uniformierte Frau stieg aus und rückte ihren Waffengurt zurecht, bevor sie langsam näher kam. Sie stützte sich mit einer Hand aufs Wagendach und beugte sich zu Ethan hinunter. »Hallo, Ethan! Du weißt, warum ich dich angehalten habe?«

»Shirley! Ich hatte keine Fünfzig auf dem Tacho.«

»Ich muss euch ein paar Fragen zu dem Wolfsjäger stellen. Hat dir Jenny nichts gesagt? Du solltest dich doch nach deiner Rückkehr bei mir melden.«

»Ich hätte dich heute noch angerufen.«

Shirley war übler Laune. »Am besten steigt ihr mal aus, dann können wir das gleich hier erledigen.« Sie blickte Michelle an. »Das gilt auch für Sie.«

Sie stiegen aus und blieben vor dem Pick-up stehen. Das Warnlicht tauchte ihre Gesichter in rotes Licht. Michelle kam sich wie eine Verbrecherin vor.

»Tut mir leid, wenn ich dich erschreckt habe«, sagte Shirley. Ihr Lächeln galt ausschließlich Ethan. »Aber ich habe meine Anweisungen und brauche dringend noch ein paar Antworten. Der Wolfsjäger heißt Carter Grayson?«

»Ja ... aber das hab ich doch alles schon Law Enforcement erzählt.«

»Und ihr seid ihm wo begegnet?«

»Am Sushana River. Law Enforcement hat die genauen Koordinaten.«

»Das ist noch innerhalb des Parks, nicht wahr?«

»Sicher, aber ich weiß nicht ...«

»Nur ein paar Fragen, Ethan. Er fuhr ein Snowmobil?«

»Ja doch ... das mit dem Wolfsschwanz.«

Die Trooperin wandte sich an Michelle. In ihren Augen glomm ein schadenfrohes Lächeln. »Und Sie haben den Wolfsjäger auch gesehen, Ma'am?«

»Ethan und ich waren zusammen unterwegs. Bei unserer ersten Begegnung mit dem Wolfsjäger und bei der zweiten. Warum fragen Sie? Er hat doch gestanden. Ich war dabei, als er zugegeben hat, auf die Wölfe geschossen zu haben.«

»Sagen Sie mir nicht, wie ich meine Arbeit zu tun habe, Ma'am.«

Michelle erkannte, dass Shirley die ganze Show nur ihretwegen veranstaltet hatte. Aus Eifersucht und weil sie einer Rivalin unbedingt eins auswischen wollte. Warnlicht, Sirene, Verhör auf offener Straße, alles nur ihretwegen.

»Shirley! Was ist denn los mit dir?«, fragte Ethan.

»Ich tue nur meine Pflicht«, erwiderte sie. »Aber du hast recht, es ist verdammt kalt hier draußen, und wir sollten die Befragung in einer etwas angenehmeren Umgebung fortführen. Wie wär's mit einem Kaffee im Roadhouse?«

»Zuerst muss ich Michelle nach Hause fahren.«

»Zur Lodge? Sie findet sicher einen anderen Chauffeur.«

»Dauert die Befragung denn so lange?«, erschrak Ethan.

»Leider«, log sie, »aber es geht ja nicht nur um diesen einen Wolfsjäger. Wir wollen verhindern, dass die Wolfsjagd zu einem Problem im Nationalpark wird, und dazu brauche ich dringend einige Infos von dir. Die Sache eilt leider sehr.«

Michelle glaubte ihr kein Wort. Shirley wollte verhindern, dass Ethan sie nach Hause brachte und ihr dabei noch näher kam, das war alles. Ein billiger Trick, um sie auszuschalten und sich wieder in die erste Reihe zu drängen.

»Wenn's unbedingt sein muss«, ließ sich Ethan breitschlagen. »Ich rufe Jenny an, sie fährt dich zur Lodge. Du kannst in meinem Wagen warten«, sagte er zu Michelle.

»Ich weiß nicht«, erwiderte sie.

»Tut mir leid, Michelle, aber was soll ich machen? Wenn ich nicht gehorche, legt Shirley mir noch Handschellen an und lässt mich ins Gefängnis werfen.«

»Du findest lustig, was Shirley tut?«, hielt sie sich nicht länger zurück.

»Jenny braucht nicht lange«, überhörte er ihren Vorwurf. »Und ich rufe dich so bald wie möglich an. Vielleicht können wir ja noch mal was unternehmen.«

»Ich weiß noch nicht, ob ich Zeit habe.«

»Ich rufe an, okay?«

Michelle sparte sich den Abschiedskuss, auch wenn es ihr schwerfiel, sich vor der Trooperin zurückzuhalten, und stieg in Ethans Pick-up. Sie kochte vor Wut, vor allem auf Shirley, die mit so einem billigen Trick durchkam. So eine Uniform konnte sehr hilfreich sein, wenn man jemandem seinen Willen aufzwingen wollte. Sie vermied es, Shirley anzublicken, vermutete aber, dass ein schadenfrohes Grinsen ihr Gesicht zierte. Wie konnte man nur so zickig sein?

Ihr fiel ein, dass man auf dem Highway ein Netz bekam, und rief Alice in Petaluma an. Ihre Freundin war sofort am Apparat. »Michelle! Ich dachte schon, du wärst verschollen, oder ein wütender Grizzly hätte dich gefressen.«

»Die halten gerade Winterschlaf.«

»Stimmt auch wieder. Wie geht's dir so?«

»Bescheiden.«

»Ärger mit der Lodge?«

»Im Gegenteil«, widersprach Michelle, »Susan und John sind aufmerksame Gastgeber. Es ist alles so, wie sie es in ihrem Video angekündigt haben. Tolle Landschaften, interessante Aktivitäten, auch wenn ich beim Hundeschlittenfahren und beim Eisfischen nicht der Champion war. Nette Gäste, na ja, bis auf ein, zwei Ausnahmen, und das Essen schmeckt auch. Mehr kann man nicht von einem Urlaub verlangen. An die Kälte hab ich mich längst gewöhnt. Diese Nordlichter sind besser als der Sonnenschein in Hawaii. Eine gute Wahl, die ich dir zu verdanken habe. Du verstehst dein Handwerk, das muss ich sagen.«

»Das freut mich. Wo bist du gerade?«

»Auf dem Highway am Denali National Park.«

»Ihr wart auf einem Ausflug?«

»Ein Ranger hat mich mit dem Hundeschlitten mitgenommen.«

»Ein Ranger? Nur dich? Ich höre Hochzeitsglocken läuten!«

Michelle musste lachen. »Eher ein unrühmlicher Abgang. Er hat mich gerade stehen lassen und ist mit einer anderen davon.« Sie war froh, mit jemandem darüber reden zu können, und erzählte ihr, was passiert war. »Sieht ganz so aus, als hätte ich gegen die lokale Konkurrenz den Kürzeren gezogen.«

»Und jetzt?«

»Bringt mich eine Rangerin zur Lodge.«

»Das meine ich nicht.«

»Keine Ahnung«, erwiderte Michelle, »ich komme mir vor wie ein junges Mädchen, dem der Freund weggelaufen ist. Ich weiß, ich wollte erst mal auf Tauchstation gehen und mich nach der Pleite mit Paul von den Männern fernhalten, und ich hab nicht mal im Traum daran gedacht, dass mir so was passieren könnte, aber dann stand er plötzlich vor mir und ... ich verstehe es selbst nicht ganz, Alice ... wir hatten es gar nicht darauf angelegt, aber dann waren wir zusammen unterwegs, und alles war plötzlich perfekt, und ich dachte ... weiß der Teufel, was ich dachte. Wahrscheinlich, dass es ewig dauern würde.«

»Im Urlaub sieht man vieles durch die rosarote Brille«, sagte Alice. Sie war sonst eher der begeisterte Typ, wirkte diesmal aber nachdenklich. »Du hast dir die große Liebe wahrscheinlich nur eingebildet. Weil er dir schöne Augen gemacht hat, die Umgebung perfekt war und Weihnachten vor der Tür steht.«

»Ich glaube nicht an den Weihnachtsmann.«

»Ich dachte, der wohnt in North Pole?«

»Stimmt, den hatte ich beinahe vergessen. Aber der hat genug damit zu tun, sich um bedürftige Familien zu kümmern. Um mich macht der sich keine Sorgen. Warum auch? Weil ich mich wie ein pubertierender Teenager benehme?«

»So schlimm?«

»Ich glaube, ich liebe Ethan.«

»Ethan? Wie John Wayne in *The Searchers*?«

»Du kennst den Film?«

»Mein Dad ist ein großer John-Wayne-Fan.«

»Egal«, sagte Michelle, »jetzt ist sowieso alles egal. Diese Hexe wird schon dafür sorgen, dass er mir nicht mehr zu nahe kommt. Ist vielleicht sogar besser so. Alaska ist viel zu weit für eine Long-Distance-Beziehung. Stimmt doch, oder?«

Alice seufzte leise. »Ich wünsche dir wirklich nur das Beste mit deinem Ranger, aber ich glaube, du hast erst mal ganz andere Sorgen. Du hast mit einer Reporterin des *Chronicle* gesprochen, nicht wahr? Einer gewissen Elisa Martinez?«

»Das stimmt, sie ist mit einem Fotografen auf der Lodge. Reiner Zufall, sie sind eigentlich für eine Reportage über Wilderness Lodges und die bedrohte Natur in Alaska. Mit Paul oder mir hatten die gar nichts im Sinn. Aber …«

»… sie haben dich natürlich erkannt«, vollendete Alice den Satz.

»Natürlich, und weil sie mir versprochen haben, mein Versteck nicht zu verraten, habe ich mich zu einem Statement breitschlagen lassen. Sie sahen so aus, als würden sie sich daran halten. Nicht alle Reporter wollen dich reinlegen.«

»Ich kann dich beruhigen, sie haben sich daran gehalten.«

»Aber?«

»Es könnte trotzdem sein, dass herauskommt, wo du dich aufhältst.«

Michelle erschrak. »Ist der Artikel denn schon raus?«

»Schlag mal die Online-Seite des *Chronicle* auf, dann weißt du's. Und sieh dir das Foto an, das der Fotograf von dir gemacht hat. Ich bezweifle, dass alle Klatschreporter darüber hinwegsehen. Nun ja, vielleicht hast du Glück, und sie brauchen ein paar Tage oder sie haben keine Lust, an Weihnachten in die Kälte zu fliegen.« Im Hintergrund klingelte es. »Ich bekomme Besuch, Michelle.«

»Ein neuer Lover?«

»Mein lieber Bruder, der hat auch Beziehungsstress.«

»Die Welt ist voller Probleme.«

Michelle legte auf und öffnete die Website des San Francisco *Chronicle*. Sie brauchte nicht lange nach dem Artikel zu suchen. Unter der Schlagzeile »Ich wollte kein Modepüppchen sein« stand das Statement, das sie Elisa gegeben hatte, eingebettet in einen Kommentar, in dem es hieß, Pauls Verhältnis zu Michelle passe zu seiner Einstellung gegenüber Frauen, die er lediglich als attraktiven Anhang zum Repräsentieren und als sexuelle Objekte betrachtete. Elisa hatte ihr Wort gehalten und ausgesprochen fair über sie berichtet.

Nur bei dem Foto hatten weder Michelle noch Luke und Elisa aufgepasst. Eigentlich war nur ein Porträt von Michelle zu sehen, aber wenn man genauer hinsah, erkannte man durch einen Teil des Fensters, dass draußen

Schnee lag, und bei noch genauerem Hinsehen eine Hütte der Lodge. Ein findiger Reporter würde nicht lange brauchen, bis er Michelles Aufenthaltsort gefunden hatte.

»O verdammt!«, fluchte sie. »Warum hab ich das nicht gesehen?«

Mehr Zeit zum Überlegen blieb ihr nicht. Jenny hatte sich beeilt und stieg zu ihr in den Pick-up. »Hi«, sagte sie, »schneller ging's leider nicht. Habt ihr eine Bank überfallen, oder warum entführt ihn unsere Trooperin zum Verhör?«

»Angeblich, um noch einiges über den Wolfsjäger zu erfahren.«

»Er hat gestanden, was gibt's da noch zu verhören?«

»Sie will wohl wissen, ob der Wolfsjäger allein oder im Auftrag eines anderen unterwegs war. Das sagt sie jedenfalls. Wenn Sie mich fragen, ist sie eifersüchtig auf mich und will mir eins auswischen. Ziemlich albern von ihr.«

»Sind Sie sauer auf Ethan? Sie ist Trooperin, er kann sich nicht weigern.«

»Er kennt sie schon lange. Er hätte ihr Kontra geben können.«

»Mag sein, aber Ethan ist eher einer von der stillen Sorte.«

Jenny startete den Motor und fuhr los. Sie hatte ihren breitkrempigen Hut auf die Rückbank gelegt, um in der zunehmenden Dämmerung besser sehen zu können. Sie war eine gute Autofahrerin, fuhr sehr ruhig und überlegt. Wie den meisten Einheimischen in Alaska machten ihr Schnee und Eis nur wenig aus.

»Sind Ethan und Shirley schon länger zusammen?«, fragte Michelle nach einer Weile. Sie waren auf die Forststraße abgebogen und nun zur Lodge unterwegs. »Ich meine ... sie sind so vertraut miteinander. Sind sie ein Paar?«

»Ethan hat keine feste Freundin.«

»Wirklich nicht?«

Jenny fuhr auch auf dem teilweise holprigen Trail sehr sicher, ließ sich durch die dunklen Schatten und den vereisten Untergrund nicht aus der Ruhe bringen. »Solange ich bei den Rangers bin, hatte er nie was Festes. Gelegentlich eine kurze Romanze, aber nie was Ernsthaftes. Er gehört zu den seltenen Männern, die auf die Richtige warten und nicht auf jedes schöne Gesicht hereinfallen. Okay, da war mal eine Rangerin, ungefähr sein Jahrgang, die fand er toll, aber soweit ich mich erinnern kann, ist es nie zu einem Date gekommen. Sie war nur einen Sommer bei uns und ist inzwischen in einem anderen Park.«

»Und Shirley? Entschuldigen Sie, wenn ich Sie mit Fragen löchere.«

»Shirley? Da ist nichts.«

»Ehrlich?«

»Sicher, sie kommt auffallend oft bei uns vorbei und tut manchmal so, als wäre sie mit ihm verheiratet, aber ich bin sicher, das ist nur Wunschdenken. Ethan ist nur zu nett, um ihr das mal deutlich zu sagen. Ich hab ihm schon ein paarmal gesagt, er soll sich vorsehen, aber er will sie auch nicht vor den Kopf stoßen.«

Michelle dachte an Paul. »Manchmal geht es aber nicht anders.«

»Da haben Sie recht.« Sie fuhren an der Stelle vorbei, an der Michelle vom Trail abgekommen war. »Ich hatte das Vergnügen, schon mal verheiratet gewesen zu sein, bis ich herausfand, dass er mit anderen Frauen rummachte. Wollen Sie wissen, wie ich ihn losgeworden bin? Ich hab seine Sachen in einen Koffer gepackt und das Teil vor die Tür gestellt. Und als er zurückkam und handgreiflich wurde, hab ich ihn in den Schwitzkasten genommen und aus der Wohnung geworfen. Ich war auch mal bei den Troopers und kenn mich mit Kampfsportarten aus. Der kommt nicht wieder!«

»Und jetzt haben die Männer Angst vor Ihnen?«

»Die Angst vor mir haben, kommen sowieso nicht in Frage.«

»Kein Lover in Sicht?«

»Bin ich als Frau nur mit einem Lover vollkommen?«

»Nein«, stimmte Michelle zu. »Sie haben einen tollen Job, kommen mit Menschen und Tieren zusammen und arbeiten in einer traumhaften Gegend. Dafür würden manche Frauen sonst was geben. Und was nützt ein Lover, wenn man ihn nicht liebt?« Sie überlegte eine Weile. »Ich glaube, ich liebe Ethan.«

»Dann wird's kompliziert.«

»Weil ich in Kalifornien lebe und er in Alaska?«

»Das auch. Und weil Ethan ein sensibler Bursche ist.«

»Und Shirley das Baggern nicht lassen kann«, sagte Michelle.

»Und er vielleicht selbst nicht weiß, was er will.«

Jenny lenkte den Pick-up an einigen Eisbrocken vorbei und über einen steilen Hang in einen Fichtenwald. Der

Schnee lastete schwer auf den dunklen Ästen und drückte sie nach unten, an den Stämmen der Schwarzfichten klebte Eis. Die Sonne war längst vor der Dunkelheit geflohen, und am Himmel funkelten die ersten Sterne. Der Mond schob sich als schmale Sichel in ihr Blickfeld.

»Eine klare Nacht, das gibt gutes Wetter morgen.«

»Kein Blizzard? Kein Schnee?«

»Eine gute Nacht, um die Polarlichter zu bestaunen, das tun auch wir Einheimischen noch, wenn sie besonders schön in allen Regenbogenfarben leuchten. Und ein guter Tag für eine Hundeschlitten-Tour. Ich mag Snowmobile nicht besonders, ich würde immer den Hundeschlitten nehmen. Nur mit dem Hundeschlitten kann man die Wildnis wirklich hautnah erleben. Was hat man denn von der Natur, wenn ständig einer dieser furchtbaren Motoren röhrt?«

»Dann haben Sie tatsächlich den perfekten Job.«

Jenny lächelte zufrieden. »Die Arbeit mit den Huskys macht unheimlich viel Spaß. Jeder der Hunde hat seinen eigenen Charakter, und es kommt mir manchmal so vor, als hätte ich eine Schulklasse mit launischen Teenagern vor mir. Ghandi, einer meiner Huskys, und der Teufel allein weiß, warum er ausgerechnet diesen Namen bekam, ist mein größter Rüpel. Ein Raufbold, der jeden anderen Rüden, der ihm in die Quere kommt, gnadenlos angeht. Aber ich komme inzwischen mit ihm klar. Er reagiert auf weibliche Stimmen und wird immer schwach, wenn ich den Sexy-Modus einschalte. Funktioniert leider nur bei Hunden, und bei Ghandi auch dann nur, wenn er eine Extra-Portion Futter bekommt.«

»Und gibt es auch friedliche Gesellen?«

»Na, sicher. Ghandi ist noch nicht so weit, dass er bei den Demonstrationen für unsere Besucherinnen und Besucher dabei sein kann, aber Diana ist perfekt dafür. Diana, wie die schöne Prinzessin aus England. Sie lässt sich von jedem streicheln, auch von kleinen Kindern, und zeigt vor dem Schlitten, dass sie auch anders kann. Sie werden lachen, sie läuft mit Ghandi in einem Team.«

Sie fuhren durch eine Schneewehe, und Michelle stützte sich vorsichtshalber mit beiden Händen ab. Der Pick-up geriet nur leicht ins Schleudern. »Ich glaube, ich muss noch mal kommen und mir die beiden aus der Nähe ansehen.«

»Sie sind jederzeit willkommen, Michelle.«

Sie hatten die Lodge erreicht und parkten vor dem Haupthaus. John begrüßte sie vor der Tür. »Da sind Sie ja wieder, Michelle! Lange nicht gesehen, Jenny! Kommen Sie rein, Bulldog hat seine beste Pizza im Ofen!«

»Da sage ich nicht Nein«, erwiderte die Rangerin.

19

Zum Frühstück tischte Bulldog ordentlich auf. Rühreier mit Schinken, dicke Toastscheiben mit selbst gemachter Marmelade aus Waldbeeren und verschiedene Müslis. Dazu Kaffee und ein Früchtetee, der diesen Namen wirklich verdiente. Allein der Duft, der einen am Tisch empfing, machte schon hungrig.

»In wenigen Tagen ist Weihnachten«, sagte John während des Essens. »Okay, das ist kein großes Geheimnis, aber die Zeit wird langsam knapp, wenn wir den Wettbewerb ›Wer hat die schönste Weihnachtslodge?‹ gewinnen wollen. Am zweiundzwanzigsten Dezember kommen zwei Juroren der Tourist Association, die den Wettbewerb veranstaltet, und bewerten unsere geschmückte Lodge. Einen Tag später erfahren wir, wer gewonnen hat. Wenn wir gewinnen sollten, bekommen wir zum Heiligabend ein leckeres Büffet mit Leckereien und edlen Weinen geliefert, die wir natürlich redlich mit allen Gästen teilen würden. Andy hat sich bereiterklärt, zusammen mit Olivia einen riesigen Schneemann zu bauen. Beim Schmücken der Lodge und der Ställe und Schuppen mit bunten Lichterketten können sich alle beteiligen. Wir werden die Schachteln mit unserem Weihnachtsschmuck im angrenzenden Aufenthaltsraum aufstellen. Eine Skizze, wie die weihnachtlich geschmückte Lodge ungefähr aussehen könnte, liegt in mehrfacher Ausfertigung neben den Kisten. Und morgen muss Susan sowieso noch mal nach North Pole und Fairbanks und dort Deko einkaufen.«

»Könnte ich mitfahren?«, wandte sich Michelle an Susan. »Ich würde gern noch mal mit dem echten Santa Claus in North Pole sprechen. Wer weiß, vielleicht kann ich ihn dazu überreden, an unserer Weihnachtsparty teilzunehmen.«

»Dem echten Santa Claus?«, wunderte sich John. Er grinste leicht. »Ich dachte, da sitzt ein freundlicher alter Mann, der sich ein Zubrot verdienen will.«

»Ja, das denken viele, aber er ist tatsächlich echt.«

»Und wo steht sein Rentierschlitten?

»Den parkt er irgendwo im Himmel. Da kostet's keine Parkgebühren.«

»Der echte Santa Claus?« Auch Elisa beteiligte sich an dem Spielchen. »Vielleicht sollte ich den interviewen. Wäre sicher eine Riesenstory, oder?«

»Er steht nicht gern im Mittelpunkt.«

»Ich auch nicht«, wechselte Susan das Thema, »aber ich habe Elisa und Luke versprochen, sie für ein paar Fotos auf dem Hundeschlitten mitzunehmen. Für das Programm ist heute John verantwortlich. Er hat eine Schneeschuhwanderung geplant. Ein Abenteuer, auf das ich auf keinen Fall verzichten würde.«

John hielt seinen Kaffeebecher in der Hand. »Wir fahren ein paar Meilen mit dem Snowmobil und wandern dann auf Schneeschuhen zu einem versteckten See, den ich Lake Susan getauft habe. Ehre, wem Ehre gebührt. Sobald es hell wird, haben wir von dort eine fantastische Aussicht auf die Alaska Range.«

»Und sehen den Denali in seiner ganzen Pracht?«, fragte Sarah-Jane.

»So wie's jetzt aussieht, auf jeden Fall.«

»Kann ich mir heute freinehmen?«, fragte Andy. Er vermied es, die Eltern seiner Freundin anzusehen. »Ich würde ihr gern die Hütte am McKinley River zeigen.« Er blickte Olivia an. »Dort wohnte vor einigen Jahrzehnten ein Fallensteller und hat die Hütte so hinterlassen, als wäre er nur mal kurz weg.«

»Dafür brauchst du dir nicht freizunehmen, das ist eine offizielle Tour. Die Hütte ist tatsächlich sehr interessant, und die Fahrt mit dem Snowmobil über den Jagdtrail kann sich auch sehen lassen. Den kannten schon die Indianer.«

»Moment!«, protestierte Nick. »Ich glaube, da haben Charlene und ich auch noch ein Wörtchen mitzureden. Wir können nicht zulassen, dass sich unsere minderjährige Tochter mit einem unreifen Jungen in eine einsame Hütte zurückzieht. Woher sollen wir wissen, dass ihr dort keine Dummheiten macht?«

»Weil ich es Ihnen verspreche«, sagte Andy.

»Ha.«

»Andy ist kein unreifer Junge mehr«, verteidigte John den Praktikanten. »Sonst könnte er nicht bei uns arbeiten. Hier draußen in der Wildnis kann man es sich nicht erlauben, verantwortungslos zu sein. An Ihrer Stelle würde ich Andy voll und ganz vertrauen, Nick. Geben Sie Ihrem Herzen einen Ruck!«

»John hat recht«, sagte auch Charlene. »Andy ist ein guter Junge.«

»Ich habe Liv viel zu gern, um ihr Vertrauen auszunützen«, erwiderte Andy. Ein erstaunlicher Satz für einen so jungen Mann, dachte Michelle. »Und ich werde auch Ihr

Vertrauen nicht enttäuschen, Sir. Sie haben mein Ehrenwort.«

»Wenn mir irgendwas anderes zu Ohren kommt, werde ich …«

Charlene stoppte ihren aufgebrachten Mann. »Wenn John sagt, dass man Andy vertrauen kann, bin ich einverstanden. Sind wir beide einverstanden. Pass gut auf unsere Tochter auf, Andy, und seid zum Abendessen wieder zu Hause!«

»Sie können sich auf uns verlassen.«

Andy und Olivia waren schneller verschwunden, als ihre Eltern antworten konnten. Schon wenige Minuten später hörte man das Knattern ihres Snowmobils. Nick hätte Olivia am liebsten zurückgepfiffen, blieb aber ruhig und fügte sich brummend. Charlene redete leise auf ihn ein und setzte ihren ganzen Charme ein, um einen weiteren Ausbruch ihres Mannes zu verhindern. Ihr Lächeln wirkte sehr gequält. Nicht gerade die beste Werbung für eine dauerhafte Beziehung.

Auch für die anderen Gäste begann die Wanderung mit einer Fahrt auf den »mechanischen Huskys«, wie Susan sie nannte. Während Florence den Tisch abräumte, holten sie ihre Lunchpakete bei Bulldog ab, diesmal mit Chicken Salad Sandwiches, einem Apfel, Nüssen und einem kleinen Schokoriegel. »Und heute Abend gibt es Bulldogs original Texas-Steaks mit Baked Potato und der besten selbst gemachten Steaksauce zwischen Yukon und Rio Grande.«

Michelle trug Skihosen, Anorak und Stiefel und hatte ihre Haare zu einem Pferdeschwanz gebunden. Sie war nervös, denn sie erinnerte sich an die Mühe, die selbst

Ethan auf Schneeschuhen gehabt hatte, als er den Weg für die Huskys in den Bergen geebnet hatte. Bei dem Gedanken sah sie sein Gesicht wieder dicht vor sich und spürte, wie ihr Tränen in die Augen schossen. Seine seltsame Beziehung zu Shirley hatte er ihr einigermaßen glaubhaft erklärt, das hoffte sie jedenfalls, aber sein Abgang auf dem Highway war eher grenzwertig gewesen. Man ließ seine Begleitung nicht am Straßenrand stehen, auch wenn eine Trooperin befahl, ihr zur Befragung in ein Roadhouse zu folgen. Er hätte sich wehren können. Er kannte Shirley doch länger, hätte sich auch eine Erwiderung wie »Wir können Michelle nicht allein hier stehen lassen. Lass uns warten, bis Jenny hier ist« erlauben können, auch dann, wenn Shirley ihre Uniform trug.

»Nick! Charlene! Wo bleiben Sie denn?«, hörte sie John rufen.

Sie trat nach draußen und sah die anderen Gäste bei John und den Snowmobilen stehen. Hank und Ellen, Ben und Sarah-Jane, nur die Millands ließen sich nicht blicken. »Ich sehe mal nach«, bot sich Michelle an und stieg die Anhöhe zur Hütte der beiden hinauf. Die Tür stand halb offen, und sie hörte die Stimmen der beiden schon von Weitem. »Nick! Charlene! Wir warten auf Sie!«

Nick war immer noch gereizt. »Das gefällt mir alles nicht, Charlene. Unsere sechzehnjährige Tochter verschwindet mit einem Halbwüchsigen in die Wildnis und macht sonst was in dieser Hütte, und an der Wall Street brennt die Luft, während ich auf Schneeschuhen durch die Gegend laufe und mir irgendwelche Berge und Seen ansehe. Du hast ja keine Ahnung, was am Markt los ist. Die

Wirtschaft stagniert. Die Kurse sind im Keller! Wenn meine Leute und ich unüberlegt reagieren, steht die Firma auf dem Spiel. Ich bleibe hier, Charlene.«

»Aber du hast Angestellte, die kommen schon zurecht, Nick.«

»Und ich vergnüge mich in den Bergen? Ich hab unserem Urlaub zugestimmt, weil die Lage vor unserer Abreise einigermaßen stabil schien. Wer konnte denn ahnen, dass wir nur haarscharf an einem Börsencrash vorbeischrammen? Ich muss wenigstens telefonisch mit den Kollegen in Kontakt bleiben, und wenn es hart auf hart kommt, muss ich vielleicht sogar nach Hause.«

»Du würdest Liv und mich allein lassen? An Weihnachten?«

»Es geht um unsere Existenz, Charlene!«

»Und um unsere Familie.«

»Entschuldige bitte, Charlene. Ich bleibe hier.«

Michelle wartete geduldig, bis Charlene aus dem Haus kam. »Tut mir leid, ich musste alles mitanhören. Lassen Sie Ihren Mann ruhig hier. Einen Workaholic wie ihn kann man nur stoppen, wenn man ihm die lange Leine lässt.«

»Nick ist besessen von seiner Arbeit.« Charlene klang genervt.

»Die frische Luft wird Ihnen guttun.«

Charlene schluckte ihren Ärger herunter und schien schon wieder guter Dinge, als sie die anderen Gäste erreichten. »Nick kann leider nicht mitkommen«, entschuldigte sie sich. »An der Börse geht es wieder mal drunter und drüber, und er muss den ganzen Morgen am Telefon hängen. Der Zeitunterschied.«

»Okay«, zog John die Aufmerksamkeit auf sich. »Um ein Snowmobil zu steuern, muss man nicht in Alaska aufgewachsen sein. Gas gibt man mit dem rechten Daumen, gebremst wird mit der linken Hand, und schalten muss man nicht, das geschieht alles automatisch. Wichtig ist vor allem, nicht zu schnell, aber auch nicht zu langsam zu fahren und das Gleichgewicht zu halten, besonders auf Steigungen und Abfahrten. Ich erinnere mich noch gut an meine erste Fahrt. Auf einer Steigung hab ich vergessen, Gas zu geben, die Maschine kippte, und ich bin unterhalb des Trails im Tiefschnee gelandet. Ich konnte von Glück sagen, dass mir das schwere Ding nicht ins Kreuz gefallen ist. Ohne fremde Hilfe würde ich wahrscheinlich heute noch dort oben im Tiefschnee liegen.«

Sie starteten die Motoren und folgten John über den Trail, den sie mit den Pferden benutzt hatten, nach Nordwesten. Ben und Sarah-Jane teilten sich eine Maschine, Charlene saß nach einigem Zögern hinter Ellen auf, die anscheinend Geschmack daran gefunden hatte, ihrem Mann Paroli zu bieten, nur Hank und Michelle fuhren allein. Nach einer kurzen Eingewöhnungszeit kamen sie gut mit den Snowmobilen zurecht und fanden Spaß daran, durch die Dunkelheit zu rauschen. Die Lichtkegel ihrer Scheinwerfer tanzten über den verschneiten Trail und die Schwarzfichten, die nahe bei der Lodge noch sehr dicht standen.

Michelle staunte, wie sehr Ellen während der ersten paar Tage an Selbstbewusstsein gewonnen hatte. War sie ihr anfangs noch naiv und willensschwach vorgekommen, die typische Frau eines Angebers, die nicht einmal daran dachte, gegen ihren Mann aufzubegehren, hatten ihr der Erfolg beim Eisfischen und Reiten einen Sinneswandel beschert. Sie war aus ihrer Büßerrolle herausgetreten und zeigte ihrem Mann, dass vieles von dem, was er verkündete, nur heiße Luft war. Auch auf dem Snowmobil wirkte sie sicherer. Michelle befürchtete nur, dass sie nach ihrem Urlaub wieder in ihre alte Rolle zurückfallen würde.

Hank konnte es nicht lassen und wäre beinahe aus der Spur geraten, als er zu stark beschleunigte und nach rechts ausweichen musste, weil er sonst in das Snowmobil von Ben und Sarah-Jane hineingefahren wäre. Er fuhr zwischen die Bäume und konnte von Glück sagen, dass er rechtzeitig bremsen und einen Unfall vermeiden konnte. »Passen Sie doch auf, Ben!«, rief er erschrocken. »Wenn ich nicht rechtzeitig gebremst hätte, wäre ich Ihnen draufgefahren.«

»Sie sind zu schnell gefahren!«, erwiderte Ben.

John hatte angehalten und rief: »Ben hat recht. Sie haben zu stark beschleunigt, das kann ins Auge gehen, wenn man die Power einer solchen Maschine nicht gewöhnt ist. Aber ist ja alles noch mal gutgegangen. Keine Panik, Hank!«

Ellen enthielt sich klugerweise eines Kommentars.

Sie warteten, bis Hank sich eingereiht hatte, und fuhren weiter. Der sternenübersäte Himmel und die klare Luft versprachen einen schönen, wenn auch kurzen Tag und gute Sicht. Die Schutzbrillen, die John vor ihrem Aufbruch verteilt hatte, milderten den eiskalten Fahrtwind.

Nach ungefähr einer Stunde erreichten sie ein paar Felsen und fanden einen idealen Platz, windgeschützt genug, um die Snowmobile zu parken. John schnallte sich den Rucksack mit dem Proviant und dem Erste-Hilfe-Kasten auf den Rücken und zeigte ihnen, wie man die Schneeschuhe anlegte. Die moderne Schneeschuhe waren wesentlich leichter und kleiner als die handgemachten Dinger, die man zur Zeit des großen Goldrausches um 1900 getragen hatte, und schützten besser, vorausgesetzt, man hatte gelernt, damit zu laufen und sein Gleichgewicht zu halten. »Gehen Sie breitbeinig«, erklärte John, »sonst bleiben Sie an Ihren Schneeschuhen hängen und landen schneller im Schnee, als Ihnen lieb ist. Und heben Sie die Beine; so schlampig wie mit Sneakern zu gehen, zahlt sich nicht aus.« Für jeden Gast gab es zwei Skistöcke, wie sie auch Langläufer benutzten. Er lachte. »Keine Angst, nach einigen Schritten haben Sie den Bogen raus.«

Michelle lief am Schluss. Sie brauchte nicht lange, um sich an diese neue Art der Fortbewegung zu gewöhnen, und staunte, wie praktisch Schneeschuhe waren. Als sie vom Trail abbogen und durch den tiefen Schnee stapften, sank sie kaum ein und kam beinahe so schnell voran wie auf einem geräumten Trail. Ohne Schneeschuhe wäre sie bis über die Hüften eingesunken und keinen Schritt weitergekommen. Aber anstrengend war es, das spürte sie schon nach wenigen Minuten. Breitbeinig zu gehen, die Beine höher zu heben als auf normalem Untergrund und kaum etwas zum Festhalten zu haben, das alles kostete Kraft.

Den anderen Teilnehmern ging es nicht viel besser. Auch sie spürten die Anstrengung und kamen nur langsam vorwärts. Solange der Weg eben war, gab es keine Probleme, doch als sie den zugefrorenen Lake Susan erreichten und auf einen der Hügelkämme stiegen, die sich vor ihnen erhoben, forderte ihnen die Wanderung einiges ab. Im Zickzack stiegen sie den Hang hinauf und blieben oben erschöpft stehen, wo sie nach Atem rangen.

»Geschafft!«, sagte John, dem der Anstieg kaum etwas ausgemacht hatte. »Beim ersten Mal tut's ein bisschen weh, aber das gibt sich beim zweiten oder dritten Mal. Sie werden sehen, auf dem Rückweg geht es schon besser.« Er öffnete seinen Rucksack und verteilte die Lunchboxen. »Stärkung gefällig?«

Seitlich von ihnen ging die Sonne auf. Das Zwielicht, während der letzten Stunde ihr ständiger Begleiter, verblasste und überließ den Himmel der aufgehenden Sonne, die wie flüssige Glut über den Bergen aufflammte und ihre magischen Kräfte walten ließ. In einem Meer aus Orange und Rot ließ sie die letzte Dunkelheit ertrinken und schmückte die Gipfel des Denali und der umliegenden Berge mit ihren leuchtenden Farben. So muss der Beginn der Schöpfung ausgesehen haben, dachte Michelle und gab sich dem Anblick hin. Ein Naturwunder, das sie zu Tränen rührte und an die gemeinsamen Stunden mit Ethan erinnerte. Die Küsse und Berührungen in einem Winter Wonderland, das man sonst nur in Märchenfilmen zu sehen bekam. Nur einem talentierten Maler, einem Fotografen, der sein Metier verstand, oder einem Künstler, der magische Welten für Fantasy-Filme auf dem Computer schuf, gelang so etwas.

Waren die gemeinsamen Stunden mit Ethan nur ein schöner Traum gewesen? Hatte sie sich etwas herbeigewünscht und eingebildet, was es nicht gab?

Sie merkte gar nicht, dass sie sich einige Schritte von den anderen entfernt hatte und der Anziehungskraft der aufgehenden Sonne erlegen war. Mit ihrem Sandwich in der Hand stapfte sie über den Hügelkamm, ohne darauf zu achten, wohin sie lief und in welche Gefahr sie sich begab. Zu beiden Seiten des Hügelkamms ging es steil nach unten, und obwohl man dort im Tiefschnee relativ sanft landen würde, konnte man sich durch den Aufprall verletzen.

Es geschah so schnell, dass ihr keine Zeit blieb, zu schreien oder den Sturz zu verhindern. Ein unbedachter Fehltritt ließ sie über ihren Schneeschuh stolpern und den Hang hinabstürzen. Der tiefe Schnee bremste ihren Fall, doch sie schlug relativ hart auf und verlor für einen Augenblick das Bewusstsein. Als sie wieder erwachte, sah sie eine dunkle Gestalt vor sich stehen: eine Frau im langen schwarzen Mantel, begleitet von einem Wolf mit leuchtenden Augen. Der Wolf stand so dicht vor ihr, dass sie seinen Atem riechen konnte.

»Sadzia!«, wunderte sich Michelle. »Was tust du hier?«
»Ich wollte nach dir sehen.«
»Bist du es wirklich, Sadzia?«
Die greise Indianerin überhörte die Frage. »Du bist traurig, nicht wahr? Habe ich dir nicht gesagt, dass du um dein Glück kämpfen musst? Dass es Menschen gibt, die dir dieses Glück nicht gönnen?« Ihr Blick wurde ernst. »Du darfst nicht aufgeben, Michelle! Du bist stark genug, dein Ziel zu erreichen.«

»Es sieht nicht besonders gut aus.« Sie hatte keine Angst vor Sadzia.

»Das wird sich ändern«, sagte die greise Indianerin. »Hast du nicht gesehen, wie die Sonne die Dunkelheit vertrieben hat? Es wird noch einige Monate dauern, und die Nacht wird so oft siegen, dass es schwerfällt, an den Sieg der Sonne zu glauben, aber sie wird gewinnen, weil sie den Kampf niemals aufgibt.«

»Das sind schöne Worte, Sadzia.«

»Und du wirst sie mit Leben erfüllen.«

Michelle schloss für einige Zeit die Augen, dachte nach und öffnete sie wieder. Statt der Indianerin stand John vor ihr. »Alles okay, Michelle?«, fragte er.

»Sind Sie das, John?«

»Sie sind gestürzt. Haben Sie Schmerzen?«

»Nein, ich bin nur ein wenig benommen, aber es geht gleich wieder.« Sie ließ sich von ihm aufhelfen und auf den Hügelkamm führen. Die anderen Gäste blickten ihnen besorgt entgegen. »Kein Grund zur Sorge. Ich hab das Gleichgewicht verloren, weiter nichts. Ist schwieriger, mit diesen Dingern auf den Beinen zu bleiben, als man denkt. Hat jemand heißen Tee für mich?«

20

Michelle hütete sich, von ihrer Begegnung mit Sadzia zu erzählen. Niemand hätte ihr geglaubt. Wenn sie ehrlich war, bezweifelte sie sogar selbst, der greisen Indianerin begegnet zu sein. War sie nach dem Sturz zu stark benommen gewesen und hatte sich alles nur eingebildet? Nach ihrer letzten Begegnung auf dem nebligen See hätte sie schwören können, tatsächlich mit Sadzia gesprochen zu haben. Sie konnte sich Alices erstaunte Miene und ihr Kichern schon jetzt vorstellen. Die Urlauberin aus der Stadt begegnet einer Schamanin, logisch, und ein Wolf kuschelte mit ihr im Schnee … wirklich sehr witzig.

Nach ihrer Rückkehr war Michelle so erschöpft, dass sie Bulldogs Einladung zu einem leckeren Eggnog annahm und es sich vor dem offenen Kamin gemütlich machte. Bis auf den Sturz hatte ihr der Ausflug großen Spaß gemacht, und ihre Bewunderung für die Menschen, die in dieser Wildnis lebten, war noch einmal gestiegen. Selbst mit allen Hilfsmitteln der modernen Zivilisation stellte dieses Land immer noch eine Herausforderung dar: ein krasser Gegensatz zu ihrer Heimat in der Bay Area und Urlaubsorten wie Waikiki Beach.

Sie hatte erst einmal an ihrem Eggnog genippt, als Charlene völlig aufgelöst im Wohnraum erschien. Aus ihren Augen sprachen Traurigkeit und Entsetzen. »Nick!«, rief sie, einen Zettel in der Hand. »Nick … wo bist du?«

Michelle ging zu ihr und legte tröstend einen Arm um

ihre Schultern. »Charlene! Um Himmels willen! Was ist denn passiert? Ist was mit Nick?«

Charlene reichte ihr die Nachricht: »Liebe Charlene, tut mir furchtbar leid, im Betrieb geht es drunter und drüber, und ich muss leider schon nach Hause fliegen. Ich kann es mir nicht leisten, über Weihnachten in Alaska zu bleiben. Sag bitte John und Susan, ich hätte mir einen der Pick-ups ausgeliehen und lasse ihn auf dem Parkplatz des kleinen Flughafens in Healy stehen. Die Schlüssel gebe ich an der Information ab. Von dort kann ich einen Flieger nach Fairbanks nehmen und noch die Abendmaschine nach New York erreichen. Seid mir nicht böse. Wir feiern Weihnachten nach, wenn ihr zurück seid. Sorry, aber manchmal geht der Job vor. Pass auf Liv auf, okay? Nick.«

Kein Wunder, dass Charlene so fertig war. Ihr Mann hatte sich heimlich, still und leise aus dem Staub gemacht und die Zeit genutzt, während er allein in der Lodge gewesen war. Fairer wäre es gewesen, mit Charlene und Olivia vorher darüber zu sprechen. Stattdessen die Tochter zu beschimpfen und sich mit Charlene zu zanken, sprach nicht gerade für ihn. Das war feige und unfair.

»Tut mir leid«, sagte Michelle zu Charlene. »Kommen Sie, setzen Sie sich erst mal zu mir! Glauben Sie mir, nach einem Eggnog sieht die Welt wieder besser aus.«

Das war natürlich stark übertrieben, aber zumindest hellte sich Charlenes Miene nach dem ersten Schluck etwas auf. »Nicht mal ›Liebe Grüße‹ oder ›Ich liebe dich‹ hat er daruntergeschrieben. Als hätte er längst mit mir abgeschlossen.«

»Er hat es eilig gehabt, das ist alles«, sagte Michelle. »Er kann ohne seine Arbeit nicht leben, das gibt es häufiger, als man denkt, bei Männern und bei Frauen. Aber ich bin sicher, er liebt Sie und Ihre Tochter deshalb nicht weniger. Sicher, es war ein bisschen feige von ihm, sich auf diese Weise aus dem Staub zu machen, aber was soll's? Zwei Mal Weihnachten feiern ist auch schön.«

Charlene hatte sich etwas beruhigt. Der Eggnog tat seine Wirkung und vertrieb sogar ihre Tränen. »Sie kennen nicht die ganze Geschichte, Michelle.«

»Wollen Sie darüber reden?«

»Unsere Ehe war eigentlich schon gescheitert«, gestand Charlene. »Seit Nick an der Wall Street arbeitet, hatte er nur noch seinen Job im Sinn, und ich war mit meinen Freundinnen unterwegs und dachte mir, es kommen schon wieder bessere Zeiten. Aber das war ein Irrtum. Nach einer Weile hatten wir uns kaum noch was zu sagen, und jeder lebte in seiner eigenen Welt. Wir gingen zur Therapie, aber Nick schwänzte schon den zweiten Termin, und dann, sozusagen als letzte Rettung, kam ich auf die Idee, Weihnachten mit ihm und unserer Tochter in Alaska zu verbringen. Na, Sie sehen ja, was daraus geworden ist.«

Susan war von ihrem Ausflug mit den Presseleuten zurückgekehrt und sah sie vor dem Kamin sitzen. »Michelle! Charlene! Ich sehe, unser Bulldog hat mit seinem speziellen Eggnog Ihren Geschmack getroffen. Wenn das Zeug nur nicht so viele Kalorien hätte, aber mit der Figur haben Sie ja beide kein Problem.«

»Haben Sie eine Ahnung«, sagte Michelle lachend.

Die Lodge-Besitzerin spürte, dass irgendetwas nicht

stimmte. »Alles in Ordnung?«, fragte sie. »Sie sehen etwas bedrückt aus, Charlene. Kopfschmerzen?«

Charlene reichte ihr wortlos den Zettel.

»Ach, das tut mir leid«, sagte Susan, nachdem sie die Nachricht gelesen hatte. »Den Pick-up holen wir zurück, kein Problem. Haben Sie schon versucht, ihn anzurufen? Der Abendflug geht erst um elf, wenn ich mich richtig erinnere.«

Susan ging in ihr Büro und kehrte mit dem Satellitentelefon zurück. »Das können Sie auch im Haus benutzen«, sagte sie. »Wir haben eine Antenne auf dem Dach. Bis wir hier ein Netz haben, vergehen wohl noch einige Jährchen.«

Zur Überraschung aller klingelte ausgerechnet in diesem Augenblick das Telefon. Susan ging dran und meldete sich. »Shirley! Irgendwas Wichtiges?«

Bei dem Namen durchzuckte es Michelle, doch der Anruf betraf sie nicht.

»Wie bitte? Wann? Wo? Sind Sie sicher?«

Susan hörte der Trooperin eine Weile zu, dann legte sie auf und blickte Charlene betreten an. »Ihr Mann hatte einen Unfall«, sagte sie, und als Charlene erschrocken aus ihrem Sessel fuhr: »Keine Angst, es ist keine schwere Verletzung. Eine Rippenprellung oder ein Rippenbruch, nimmt Shirley an. Die Sanitäter haben ihn ins Krankenhaus nach Healy gefahren, nur eine kleine Klinik, aber mit einem Rippenbruch werden die fertig. Machen Sie sich keine Sorgen!«

»Wie ist das passiert? Auf dem Highway?«

»Im Wald, ungefähr eine Meile vom Highway entfernt. Er ist vom Trail abgekommen und gegen einen Baum gefahren. Zum Glück hat ihn ein Wanderer entdeckt. Wenn Sie ihn besuchen wollen, fahre ich Sie gern nach Healy.«

»Ich mache das«, erklärte sich Michelle bereit. »Sie werden auf der Lodge gebraucht, Susan. Und ich habe mich gerade mit Charlene unterhalten und glaube zu wissen, was ihr jetzt helfen kann. Natürlich nur, wenn sie einverstanden ist.«

»Das wollen Sie wirklich tun?«

»Kein Problem für mich. Wollen wir?«

»Okay«, war Susan einverstanden, »wir heben die Steaks für Sie auf.«

Wenige Minuten später waren sie unterwegs. Die hereinbrechende Nacht war dabei, erneut gegen das Zwielicht zu siegen und wurde von flimmerndem Nordlicht begleitet, als sie über den Trail nach Osten fuhren. Im aufgeblendeten Licht der Scheinwerfer wirbelten Schneeflocken, die Vorboten einer Schlechtwetterfront, vor der man die Walkers bereits gewarnt hatte. Ausgerechnet vor Weihnachten sollte es noch einmal stark schneien, und vielleicht gäbe es sogar noch einen Blizzard. Aber wer konnte das schon mit Bestimmtheit sagen? Die Wettervorhersagen in Alaska waren reine Glückssache. »Sicher weiß man nur, dass es zwei Jahreszeiten gibt«, hatte John ihnen erklärt, »den monatelangen Winter und den extrem kurzen Sommer.« Ein Blizzard konnte so plötzlich ausbrechen, dass selbst Einheimische manchmal zu spät reagierten.

Nachdem die beiden Mitarbeiter der Lodge den Trail noch einmal ausgebessert hatten, fürchtete Michelle den Weg nicht mehr. Sie hielt das Lenkrad des Pick-ups fest mit beiden Händen und steuerte ihn sicher durch die

Dunkelheit. Obwohl es gerade erst siebzehn Uhr war, hatte die Nacht im zentralen Alaska schon begonnen. Sie fragte sich, warum Nick verunglückt war. Hatte er die Kontrolle über seinen Wagen verloren? War er so in seine beruflichen Probleme vertieft gewesen, dass er deshalb gegen einen Baum gefahren war? War ihm ein Tier vor den Wagen gelaufen, womöglich der Wolf, dem sie nach ihrem Unfall begegnet war?

»Nick war schon immer krankhaft ehrgeizig«, sagte Charlene. »Er wollte so werden wie dieser Gordon Gekko. Der Börsenmakler, den Michael Douglas in *The Wolf on Wall Street* gespielt hat. Ich musste mir den Film dreimal mit Nick ansehen und habe nie verstanden, was ihn so an diesem Beruf fasziniert. Was bringt es denn, an der Börse zu spekulieren, einen Haufen Dollar zu verdienen und am nächsten Tag wieder alles zu verlieren?« Sie stöhnte leise. »Ich nehme an, das hat er von seinem Vater. Der war so einer wie Gekko und ging anschließend nach Washington in die Politik. Es fehlte nicht viel, und er wäre Präsident geworden. Nick will so werden wie er, da bin ich ganz sicher. Auch wenn er mit seinem Temperament wohl nie Präsident werden könnte.«

»Nach Washington? Nicht für viel Geld«, sagte Michelle.

»Und dann ist da noch sein jüngerer Bruder«, fuhr Charlene fort. Darüber zu reden, tat ihr anscheinend gut. »Er ist Partner in einer großen Anwaltskanzlei in Philadelphia und hat gute Chancen, zum Senator gewählt zu werden. Er verdient mehr Geld als Nick, und er und seine Frau Beth wohnen in einem riesigen Haus auf Long Island, einem verglasten Bungalow mit Pool und allen Schikanen.

Das ärgert Nick gewaltig. Ich weiß nicht, warum er eifersüchtig auf Eric ist, er hat eigentlich keinen Grund dazu. Unser Haus in Brooklyn ist auch nicht übel, und Nick verdient mehr Geld, als wir ausgeben können, aber Sie haben ja gesehen, wie er ist. Reichtum ist ihm nicht genug. Er will Macht, warum auch immer.«

Sie hatten das Ende der Forststraße erreicht und bogen auf den Highway ab. Michelle empfand es als reine Wohltat, wieder ebenen Boden unter den Rädern zu haben. »Ist vielleicht gar nicht so schlecht, dass ihn die Natur mal ausgebremst hat«, sagte sie. »Er wird sehen, dass es an der Wall Street auch ohne ihn geht und dass es ganz hilfreich ist, auch mal auszuspannen und sich zu erholen.«

Charlene sorgte sich um ihren Mann. Vergessen waren alle Sorgen und Probleme, jetzt kam es nur noch darauf an, dass er schnell gesund wurde. »Ich hoffe, die Verletzung ist nicht schlimm und er hält sich an das, was ihm die Ärzte sagen.«

Die Canyon Clinic war in einem einfachen Holzbau untergebracht und lag direkt am Highway. Vor dem Eingang parkte ein Streifenwagen der Alaska State Troopers. Eine Vorwarnung für Michelle, denn im Empfangsraum wartete Shirley. Sie war blasser als sonst, hatte anscheinend eine lange Schicht hinter sich. Sie warf ihren halbvollen Kaffeebecher in den nahen Papierkorb.

»Charlene Milland?«, sagte sie zu Charlene. »Ihrem Mann geht es einigermaßen. Soweit ich weiß, hat er sich die Rippen geprellt. Das Zimmer am Ende des Gangs.« Sie wandte sich an Michelle. »Ist John nicht mitgekommen?«

»John und Susan haben zu tun«, antwortete Michelle. »Charlene war ziemlich aufgelöst, und ich dachte, es wäre besser, wenn sie jemand begleitet.«

»Sie mischen sich wohl überall ein.«

»Wie meinen Sie das?«

»Der Überfall der beiden Weihnachtsmänner auf den Drugstore, der Wolfsjäger im Nationalpark, der Unfall … ständig laufen Sie mir über den Weg.«

»Oder Sie mir.«

Ihre Augen verengten sich. »Officer.«

»Oder Sie mir, Officer«, verbesserte sich Michelle. »Ich lege es nicht darauf an, wenn Sie das meinen. Aber soweit ich weiß, habe ich keine Straftat begangen. Im Gegenteil, ich war Zeugin eines Überfalls und hab Ihnen sogar den Namen eines Täters geliefert. Haben Sie die Weihnachtsmänner schon verhaftet?«

»Wir ermitteln noch. Sie kümmern sich um Charlene?«

»Sobald Sie gegangen sind.«

Die Trooperin nahm sich zusammen. »Den Pick-up, mit dem Milland gefahren ist, habe ich in die Werkstatt gegenüber abschleppen lassen. Ist nicht viel passiert. Ein kaputter Scheinwerfer, abgebrochener Spiegel, ein paar Beulen … nicht der Rede wert. Ray, der Besitzer der Werkstatt, hat bereits mit John gesprochen.«

»Wissen Sie, wie es zu dem Unfall gekommen ist?«

»Milland hat den Unfall selbst verschuldet«, antwortete Shirley. »Er war leider kaum ansprechbar, aber es sieht ganz so aus, als hätte er die Kontrolle über sein Fahrzeug verloren. Kann passieren, wenn man Schnee nicht gewöhnt ist.«

»Ich gewöhne mich langsam daran.«

»Darf ich Ihnen einen Rat geben, Ma'am?«

»Nur zu.« Michelle ahnte, was jetzt kommen würde.

»Halten Sie sich bitte von Ethan fern. Ich nehme an, Sie haben seine Freundlichkeit und seine Einladung zu einem Ausflug missverstanden und für mehr gehalten, als es war. Und er war sicher zu rücksichtsvoll, Ihnen zu sagen, dass Sie sich keine Hoffnung zu machen brauchen. Ethan und ich sind schon seit Monaten zusammen, und er ist nicht der Typ für eine flüchtige Urlaubsaffäre.«

Michelle überlegte einen Augenblick. »Ich bin in Alaska, um mich zu erholen«, sagte sie, »und nicht, um einen Zickenkrieg zu führen. Aber was Ethan und mich betrifft, verlasse ich mich einzig und allein auf das, was er sagt.«

»Dann sollten Sie besser zuhören.«

»Hören Sie, Officer, ich will keinen Streit mit Ihnen …«

»Auf Wiedersehen, Ma'am.«

Shirley verließ den Empfangsraum ohne ein weiteres Wort. Michelle beobachtete durch eines der Fenster, wie sie in ihren Streifenwagen stieg und mit durchdrehenden Reifen auf den Highway fuhr. Sie hatte sich ihre Unterhaltung wohl ganz anders vorgestellt. Ihr musste doch längst klar sein, dass Ethan keine romantischen Gefühle für sie hegte, wenn sie schon seit einigen Monaten mit ihm befreundet war und er nie auf ihre Annäherungsversuche reagiert hatte.

Michelle wollte nicht länger darüber nachdenken und betrat nach einem kurzen Klopfen das Krankenzimmer. Charlene saß am Bett ihres Mannes und hielt seine Hand, ein ungewohntes Bild nach den Auseinandersetzungen in der Lodge. Das Zimmer war eher karg eingerichtet, auf Dauergäste war man in der kleinen Klinik nicht eingerichtet. Auf dem Nachttisch brannte eine Lampe.

»Tut mir leid, was Ihnen passiert ist, Nick«, sagte Michelle. »Ich bin während des Blizzards selbst auf dem Trail verunglückt und weiß, wie sich das anfühlt.« Sie blieb vor seinem Bett stehen. »Sie haben Glück gehabt, Nick.«

»Bis auf die Schmerzen, es hat höllisch wehgetan. Ich hab einen Moment nicht aufgepasst und bin aus der Spur gekommen. Ich konnte das Lenkrad gerade noch herumreißen, sonst wäre ich frontal gegen den Baum geprallt, und es wäre noch sehr viel schlimmer ausgegangen ... für mich und den Wagen.«

»Ist Ihnen ein Tier vor den Pick-up gelaufen?«

»Ich war in Gedanken, das ist alles. Der verdammte Job.«

»Das wird wieder.«

»Nur eine leichte Rippenprellung«, freute sich Charlene. »Der Arzt sagt, ich kann ihn morgen wieder mitnehmen. In der Lodge hätte er die Ruhe, die er jetzt dringend braucht. Er bekommt starke Schmerzmittel, aber in ein paar Tagen sollen die Schmerzen nachlassen. Die Prellungen heilen von allein.«

»Hier sind Sie offenbar in guten Händen.«

»Ich bleibe heute Nacht bei meinem Mann«, sagte Charlene. »Ich fühle mich auch schuldig. Ich hätte nicht so mit meinen Kleidern und meinem Schmuck angeben sollen. In Wirklichkeit bedeutet mir Reichtum gar nichts ... oder gar nicht so viel.« Seitdem sie lächelte, wirkte sie wesentlich attraktiver. »Ich darf auf der Liege dort drüben schlafen, sagt der Arzt. Ich habe schon mit Susan telefoniert. Sie würde morgen mit Ihnen nach North Pole und Fairbanks fahren und uns auf der Rückfahrt mitnehmen.«

Michelle freute sich. »Das trifft sich gut.«

»Mein Satellitentelefon ist bei dem Aufprall kaputt gegangen«, sagte Nick. »Ich kann von Glück sagen, dass es mir nicht an den Kopf geflogen ist. Das war's dann wohl mit den Börsengeschäften. Ich könnte natürlich eins mieten, aber der Arzt sagt, dass ich ein leichtes Schleudertrauma habe und jeden Stress vermeiden soll. Sieht so aus, als müssten die Kollegen ohne mich auskommen.«

»Und Sie werden sehen, es geht«, sprach Michelle ihm Mut zu.

Charlene war überglücklich. »Der Unfall war schlimm genug, und es hätte sonst was passieren können, aber er hat uns, glaube ich, auch die Augen geöffnet. Wir waren beide gereizt und ungerecht, auch mit Olivia. Und Nick lebte nur noch für seinen Beruf und war im Dauerstress. Meist wird so ein Verhalten mit einem Herzinfarkt bestraft, auch bei einem älteren Kollegen von Nick war das so. Wenn es einen Gott gibt, hat er uns mit diesem Unfall rechtzeitig ausgebremst und zur Besinnung gebracht. Auch wenn es Nick schwerfallen wird, ohne Telefon und E-Mail auszukommen. Was meinst du, Nick?«

»Ich hab Mist gebaut, ich weiß.«

»Sollen wir Ihnen was aus der Stadt mitbringen?«, fragte Michelle.

»Vielleicht drei Flaschen Schampus«, sagte Nick. Er war wohl auch erleichtert, dass es mit seiner Frau wieder besser lief. »Die würden wir mit allen auf der Lodge teilen. Ich glaube, wir haben einiges gutzumachen.« Er bewegte sich und verzog das Gesicht. »Aber einmal telefoniere ich noch mit den Kollegen. Nur um ihnen zu sagen, dass ich ab sofort in Urlaub bin. Wie ich sie kenne, werden sie sehr erleichtert sein, eine Nervensäge wie mich endlich los zu sein.«

»Und im neuen Jahr machst du ihnen wieder die Hölle heiß«, sagte Charlene. »Ich weiß, du hast einen anstrengenden Job und musst auch mal abends und am Wochenende ran. Mehr Verständnis, das schenke ich dir zu Weihnachten.«

»Auf der Lodge werden sie uns nicht wiedererkennen.«

Michelle verabschiedete sich und setzte sich in den Pick-up. Wow, dachte sie, der Unfall muss den beiden so an die Nieren gegangen sein, dass sie gemerkt haben, wie unmöglich sie sich benommen haben. Ein Wunder, wenn sie sich daran erinnerte, wie sie gestritten und sich gegenseitig verflucht hatten.

Oder hatte Santa Claus seine Finger im Spiel? Sagte man nicht, dass er sich jedes Jahr einige zerstrittene Paare aussuchte und sie zur Vernunft brachte?

Sie startete den Motor. Es wurde höchste Zeit, dass sie zurück zur Lodge kam und sich ihr Steak bei Bulldog abholte: Sie hatte einen Bärenhunger. Und ein weiterer Eggnog konnte auch nicht schaden. Bei den zahlreichen sportlichen Aktivitäten auf der Lodge würden ihr die vielen Kalorien kaum etwas anhaben.

Es sei denn, sie gönnte sich auch noch einen Apple Pie mit Sahne zum Nachtisch.

21

Am nächsten Morgen war Michelle früh auf den Beinen. Sie war froh, statt der gefütterten Skihosen wieder gewöhnliche Jeans und eine ihrer Strickjacken tragen zu können, durfte aber auch bei einem Stadtausflug nicht auf Anorak, Stiefel, Wollmütze und Handschuhe verzichten. Überall würde es an diesem Morgen schneien und bitterkalt sein, vermutete sie, als sie nach draußen blickte.

Elisa und Luke, die Journalistin und der Fotograf, waren schon auf, als sie in den Wohnraum kam. Sie hatten es eilig, würden schon mit der Morgenmaschine nach San Francisco zurückfliegen. Michelle bedankte sich noch einmal bei ihnen für ihre Fairness. Mit etwas bösem Willen hätten sie auch eine gemeine Klatschstory mit ihr machen können. »Und wohin geht's an Weihnachten?«, fragte Michelle die beiden. »Zum Weihnachtsmann in die Karibik?«

»Zum Weihnachtsmann vor den heimischen Kamin«, sagte Elisa.

Andy und Olivia waren am Abend pünktlich nach Hause gekommen und machten sich Sorgen um Olivias Vater, aber Susan hatte sie beruhigt. Vor dem Frühstück fütterten sie die Huskys, eine von Olivias liebsten Beschäftigungen.

Hank und Ellen wollten im Pool und in der Sauna »abhängen«, wie er sich ausdrückte, und anschließend vor dem Kamin »chillen«, obwohl es dort eher warm sein würde. Ben und Sarah-Jane waren die Einzigen, denen nach ausgiebiger Bewegung und frischer Luft zumute war: Sie planten eine Schneeschuhtour zu einem der Seen in der Umgebung. Das leichte Schneetreiben hielt sie nicht ab.

Michelle und Susan fuhren nach dem Frühstück. Es war noch dunkel, und der Mond und die Sterne wurden teilweise von Wolken verdeckt. Die Lodge-Besitzerin fuhr zügig und sehr sicher, sie war den Weg zum Highway sicher schon tausend Mal gefahren. Sie freute sich, dem Alltag entfliehen zu können, auf den Einkauf im Santa Claus House in North Pole und ihr gemeinsames Essen in einem kleinen italienischen Restaurant, das sie fast jedes Mal besuchte, wenn sie in Fairbanks war – ein Ritual, auf das sie nicht verzichten wollte.

In Healy hielten sie vor dem Krankenhaus und besuchten Nick und Charlene, die gerade beim Frühstück saßen. Es gab Rührei und Toast mit Marmelade. Beide waren guter Dinge und freuten sich über den Besuch, sie wirkten wie verwandelt, wenn man sie während der letzten Tage auf der Lodge erlebt hatte.

»Nick, Charlene ... freut mich, Sie so munter zu sehen«, sagte Susan.

»Es geht schon wieder«, erwiderte Nick. »Tut mir leid, dass ich in letzter Zeit so gereizt war und jetzt auch noch Ihren Pick-up gegen einen Baum gefahren habe. Ist eigentlich nicht meine Art, mich so zu blamieren. Hatte zu viel am Hals.«

»Hauptsache, Sie werden wieder gesund.«

Charlene strahlte. »Nick hat versprochen, bis zu unserem Rückflug nicht mehr in New York anzurufen, und der Arzt hat es ihm sogar verboten. Die Prellungen und das

Schleudertrauma gehen nur weg, wenn er Ruhe in sein Leben bringt und nicht ständig an die Börsenkurse denkt. Stimmt doch, Nick?«

»Mein Satellitentelefon ist sowieso kaputt.«

»Und ich gebe meins nicht her«, sagte Susan. »Aber ich gebe Ihnen einen Rabatt, weil Sie an den meisten Aktivitäten nicht mehr teilnehmen können.«

»Danke … für Sauna und Pool reicht es aber noch.«

Charlene schob ihren Teller beiseite und tupfte sich den Mund ab. »Die Werkstatt hat vorhin angerufen. Der Pick-up wird bis heute Mittag fertig. Ist es für Sie okay, wenn wir allein zurückfahren? Dann haben Sie mehr Platz für Ihre Einkäufe.«

»Kein Problem. Rufen Sie mich an, falls es doch länger dauert.«

Michelle und Susan verabschiedeten sich und fuhren weiter in Richtung Fairbanks. Die Dunkelheit war in fahles Zwielicht übergegangen, das wie feiner Nebel über den Wäldern hing und die Bäume am Straßenrand wie unheimliche Wächter erscheinen ließ. Michelle fühlte sich an Sadzia erinnert, die greise Indianerin, die ihr genauso bedrohlich vorgekommen war, bei näherem Hinsehen aber zu einer wohlmeinenden Geisterfrau geworden war, die nur das Beste für sie gewollt hatte. Sie hätte Susan gern auf Sadzia angesprochen, wollte aber nicht von ihren vielleicht nur eingebildeten Begegnungen berichten und dafür belächelt werden. Nur eine Legende, hatte John Walker gesagt.

Susan hatte die Scheinwerfer eingeschaltet. Einige Wolken hatten das Zwielicht verdunkelt, und das Schneetreiben war wieder stärker geworden. Susan schien das wenig auszumachen. Der Highway war geräumt und teilweise gestreut, und das Fahren bereitete ihr keine Schwierigkeiten. Nur wenn ihnen ein Truck entgegenkam oder sie überholte, packte sie das Lenkrad entschlossener, um den Wagen in der Spur zu halten, wenn der aufgewirbelte Schnee gegen die Frontscheibe klatschte. Zum Glück herrschte an diesem Morgen wenig Verkehr.

»Ich bin froh, dass sich Nick und Charlene wieder vertragen«, sagte Susan, als sie die Außenbezirke von Fairbanks erreichten. »Ich dachte schon, irgendwann reist einer der beiden ab. So seltsam es klingen mag, der Unfall kam eigentlich zur rechten Zeit. Wenn Nick so weitergemacht hätte, wär's zu einem Herzinfarkt gekommen, und dann wäre er nicht so leicht davongekommen.«

»Der Unfall hat ihre Ehe gerettet.«

»Sagen Sie das bloß keinem Eheberater!«

Ihr erster Weg führte sie zu Costco an der College Road, einem Großmarkt, der so ziemlich alles bot, was man sich vorstellen konnte. Eigentlich handelte es sich eher um eine riesige Lagerhalle, in der die Waren im künstlichen Licht zahlreicher Lampen in wenig attraktiven Kisten und Schachteln angeboten wurden. Seit Thanksgiving gab es dort einen Christmas Shop, so groß wie ein gewöhnlicher Supermarkt und sogar mit künstlichen Weihnachtsbäumen und Schneemännern dekoriert.

Sie brauchten fast zwei Stunden für den Einkauf und waren schon auf dem Weg zur Kasse, als Michelle zwei Weihnachtsmänner vor den Regalen mit Konserven entdeckte. Als die bärtigen Männer merkten, dass Michelle sie anstarrte, duckten sie sich rasch hinter einer Pyramide mit Konservendosen.

»Das … das gibt's doch nicht!«, stieß Michelle ungläubig hervor.

Susan erschrak.

»Die Weihnachtsmänner, die im Drugstore geklaut haben!«

»Hier gibt's einige Weihnachtsmänner. Woher wollen Sie wissen …«

»Der eine hinkt, haben Sie's nicht gesehen?«

Ohne weiter nachzudenken, rannte sie los. Doch als sie die Dosenpyramide erreichte, waren die Weihnachtsmänner verschwunden, und sie kam sich selten dämlich vor. Nicht genug, dass sie von einer indianischen Hexe träumte, jetzt bildete sie sich schon diebische Weihnachtsmänner ein. Warum sollten die beiden auch ausgerechnet in einem Costco auftauchen? Um dort einzukaufen, brauchte man eine Mitgliedskarte, und mit der hätten sie eine lesbare Spur hinterlassen. Oder hatten sie sich mit einer gestohlenen Karte in den Großmarkt geschlichen?

Susan rief nach ihr, und sie wollte schon wieder umkehren, als sie die Weihnachtsmänner durch eine Lücke in den Regalen entdeckte. Sie lief rasch an den Auslagen entlang, bog nach links ab und sah die Weihnachtsmänner im Nachbargang stehen. Einer der beiden deutete auf sie, und sie rannten erneut davon.

Jetzt war Michelle sicher, dass sie die Diebe vor sich hatte. Einer der beiden hinkte, rutschte auf dem frisch geputzten Boden aus und stürzte, rappelte sich mühsam wieder auf und verschwand aus ihrem Blickfeld. Als sie das

Ende des langen Ganges erreichte und nach ihnen suchte, waren sie nicht mehr zu sehen.

Sie ging zügig weiter, suchte verzweifelt nach den Männern und erreichte den Probierstand einer Joghurtfirma. Eine hübsche Dame verteilte Kostproben.

»Unsren neuen Maracuja-Joghurt müssen Sie probieren!«

»Keine Zeit! Haben Sie zwei Weihnachtsmänner gesehen?«

»Zwei? Hier waren gerade mindestens hundert!«

Michelle lief weiter und sah die Weihnachtsmänner am Probierstand einer Schokoladenfirma stehen. Nicht hundert, aber mindestens fünfzig verkleidete Santa Claus' gönnten sich die kostenlosen Pralinen. Auch mit hochgeschobenen Masken konnte man sie in dem künstlichen Licht kaum auseinanderhalten.

Sie versuchte es mit einem Trick. »Fletch!«, rief sie laut.

Der diebische Weihnachtsmann fiel darauf herein und ergriff überstürzt die Flucht, gefolgt von seinem kräftigen Kumpan. Mit hastigen Schritten stürmten sie an dem Regal mit Cornflakes und Potato Chips vorbei, bogen nach links zu den Waschmitteln ab und hielten auf den Lagerbereich zu. Michelle rannte hinterher, begleitet von den Rufen und dem Applaus zahlreicher Kunden, die das Ganze für einen Spaß hielten, bis sie selbst ausrutschte und gegen ein Regal prallte.

Sie kam schimpfend wieder hoch, rannte ihnen noch bis zur Laderampe nach und sah sie zu einem Pick-up laufen und darin verschwinden. Leise fluchend blieb sie stehen. Einige der Lagerarbeiter beobachteten sie lachend und feixten.

Sie erwiderte ihr Grinsen und klopfte sich den Schmutz von der Kleidung. Enttäuscht lief sie zur Kasse zurück. Susan hatte schon ausgecheckt und wartete mit dem vollen Wagen. »Ich muss die Polizei anrufen«, sagte Michelle.

Wenige Minuten später hielten zwei Polizisten in einem Streifenwagen neben ihnen, ein Mann um die Vierzig und eine Frau in den Dreißigern. »Haben Sie uns gerufen?«, fragte der Officer. Im Gegensatz zu Shirley lächelte er.

»Michelle Cook«, stellte sie sich vor, »und das ist Susan Walker, die Besitzerin der Lodge, in der ich gerade Urlaub mache. Ich war neulich Zeugin eines bewaffneten Raubüberfalls. Zwei Weihnachtsmänner haben einen Drugstore an der Straße nach North Pole überfallen. Sie konnten leider fliehen. Einer Ihrer Kollegen und Officer Logan von den State Troopers haben meine Aussagen aufgenommen. Die Gesichter der Diebe konnte ich nicht erkennen, sie trugen Weihnachtsmann-Masken, aber einer war kräftig, und der andere war schlank und heißt Fletch.« Sie berichtete von der Verfolgungsjagd im Großmarkt.

»Sind Sie sicher, dass es die beiden waren?«

»Sie hatten die gleiche Statur, und einer reagierte, als ich ›Fletch!‹ rief.«

»In was für einem Wagen sind sie geflohen?«

»In einem braunen Pick-up. An das Nummernschild kann ich mich nicht erinnern, ich hab den Wagen nur kurz gesehen. Ihren alten haben sie zu Schrott gefahren. Officer Logan hat den Unfall aufgenommen, sie weiß sicher mehr.«

»Wohin sind sie gefahren?«

»Wenn man aus dem Lagerraum blickt, nach links.«

»Sonst noch was, Ma'am?«

»Leider nein.«

Er klappte sein Notizbuch zu. »Vielen Dank. Ich hoffe, Sie verbringen ansonsten einen geruhsamen Urlaub. Rufen Sie uns an, wenn Ihnen noch was einfällt.«

»Mach ich, Officer.«

Als die Polizisten gefahren waren und sie wieder im Wagen saßen, sagte Susan: »Davon wusste ich ja gar nichts! Ein bewaffneter Raubüberfall, ein spektakulärer Unfall im Blizzard, eine Verfolgungsjagd mit verkleideten Dieben … der Officer hat recht. Sie brauchen so dringend Erholung wie Nick.«

»Ich hab mich nicht um die Aufregung gerissen«, sagte Michelle.

»Bereit für die beste Pizza der Stadt?«

Michelle strahlte. »Mit doppelt Salami und doppelt Käse!«

»Für uns kalorienbewusste Ladys.«

Das Lokal lag in der Nähe des Colleges und war gut besucht. Die Pizza ließ etwas auf sich warten, dafür wurde sie frisch zubereitet und schmeckte hervorragend. Statt Rotwein, den beide sonst bestellt hätten, tranken sie Mineralwasser mit Limone. Zum Nachtisch gönnten sie sich Cappuccino und Eiscreme.

»Fast so gut wie bei Bulldog«, sagte Michelle.

»Aber nur fast«, erwiderte Susan lachend.

Sie stiegen in den Pick-up und fuhren zum Highway. Einige Häuser waren mit bunten Lichterketten für die Weihnachtszeit geschmückt, aus etlichen Fenstern hing ein künstlicher Santa Claus, der so aussah, als würde er an der

Wand emporklettern, und von einem Park abseits der Straße grüßten einige beleuchtete Eisskulpturen. Fairbanks war bekannt für seine künstlerischen Skulpturen.

An einer roten Ampel verging Michelle die gute Laune. Zwei Wagen weiter vorn auf der Fahrbahn neben ihnen wartete ein Pick-up des National Park Service. Obwohl selbst das Tageslicht diesmal eher trübe war und es zudem immer noch leicht schneite, glaubte sie Ethan am Lenkrad zu sehen. Er beugte sich zu der langhaarigen Frau auf dem Beifahrersitz und nahm sie zärtlich in die Arme.

»Ist das ... ist das Ethan? In dem Pick-up da vorn?«

Susan beugte sich nach rechts, um besser sehen zu können. »Sieht ganz so aus ... auf jeden Fall gehört der Pick-up zum National Park Service. Wollte er denn heute nach Fairbanks kommen? Haben Sie sich mit ihm verabredet?«

»Nein, ich hab seit unserer Schlittenfahrt nichts mehr von ihm gehört.« Michelle bewahrte nur mühsam die Fassung, sie wollte mit Susan nicht über ihre Gefühle sprechen. »Eigentlich hat er doch heute Dienst im Park. Auf unserem Ausflug hat er mir gesagt, dass es auf den Campgrounds einiges zu tun gibt.«

»Vielleicht irren wir uns, und es ist ein anderer Ranger.«

Michelle blickte genauer hin. Genau erkennen konnte sie ihn noch immer nicht, aber die Wahrscheinlichkeit war groß. Dieselbe stattliche Figur, die breiten Schultern, sein Lächeln, als er die Frau anblickte ... er musste es sein.«

Die Ampel wechselte auf Grün.

»Gleich wissen wir mehr«, erwiderte Susan und fuhr los. Sie schob sich an einem Lieferwagen vorbei und überholte einen Geländewagen, bis sie fast auf gleicher Höhe mit dem Pick-up waren und die Insassen besser sehen konnten.

Michelle zog es den Magen zusammen. »Das ist Ethan, nicht wahr?«

»Sieht ganz so aus.« Susan hupte zweimal und versuchte, ihn auf sich aufmerksam zu machen, aber er reagierte nicht oder wollte nicht reagieren und war im nächsten Augenblick in eine Seitenstraße abgebogen. Susan blickte ihm verwundert nach. »Was ist denn mit dem los? Hat er plötzlich was gegen uns?«

»Er will nichts mehr von mir wissen«, sagte Michelle.

»Unsinn! Oder ist auf dem Ausflug irgendwas passiert?«

»Wir haben uns gut verstanden. Vielleicht ist es wegen Shirley.«

»Die Trooperin? Die ist eine Kollegin, mehr nicht.« Susan schüttelte den Kopf. »Mag sein, dass sie das etwas anders sieht, aber er war nie zusammen mit ihr auf unserer Lodge, und ich hab nicht gehört, dass sie ein Paar sein sollen.«

»Und die Frau, die neben ihm saß? Kennen Sie die?«

»Nie gesehen«, sagte Susan. »Keine Ahnung, wer das war. Vielleicht arbeitet sie im Büro des National Park Service oder für eine Behörde wie Fish & Wildlife. Als Ranger hat er mit einigen Frauen zu tun. Sind Sie eifersüchtig?«

»Ein bisschen.«

Susan wich einem mit alten Möbeln beladenen Pick-up aus. »Ein bisschen sehr, nicht wahr?« Ihr Lächeln hatte etwas Mitleidiges. »Da würde ich mir keine Sorgen machen. Ethan ist ein ehrenwerter Mann, der würde sich niemals mit einer anderen Frau abgeben, wenn er verliebt und anderweitig gebunden wäre.« Sie blickte Michelle prüfend an. »Verzeihen Sie, wenn ich persönlich werde, aber empfinden Sie denn etwas für ihn? So richtig, meine ich? Für eine flüchtige Urlaubsbekanntschaft scheint er mir nämlich nicht der Typ zu sein.«

»Ich wollte eigentlich nicht über meine Gefühle sprechen«, erwiderte Michelle, »aber wenn ich es nicht tue, platze ich. Ja, ich glaube, ich habe mich in Ethan verliebt. Unsinn, ich weiß es. Obwohl ich gerade erst eine Verlobung gelöst und auf der Lodge auch eher Abstand von Männern gesucht habe. Aber gegen wahre Liebe ist wohl kein Kraut gewachsen. Ist das nicht verrückt, Susan?«

Susan tröstete sie mit einem verständnisvollen Lächeln. »Wenn Ethan genauso fühlt wie Sie, haben Sie von anderen Frauen nichts zu befürchten, da bin ich ganz sicher. Und für die Frau gerade gibt es sicher eine einfache Erklärung.«

Das redete sich Michelle auch ein, doch es fiel ihr schwer, und sie war nahe daran, laut loszuheulen oder mit beiden Fäusten gegen das Seitenfenster zu trommeln. Wie stand Ethan zu Shirley, wie zu seiner Beifahrerin? Konnte er sich nicht entscheiden? Wollte er sich nicht entscheiden? War er in Beziehungsfragen zu naiv oder glaubte er, nur mit mehreren Dates innerhalb weniger Tage punkten zu können? Die Gedanken überschlugen sich in ihrem Kopf und verwirrten sie so sehr, dass sie die Augen schloss und Bilder an sich vorbeiziehen ließ, die sie beruhigen sollten. Doch statt verschneiter Berggipfel und grüner Wiesen erschien Sadzia mit ihrem Wolf und kicherte wie eine Hexe, als wollte sie sagen: »Ich hab dich gewarnt, der Weg zum Glück ist mit Hindernissen gepflastert. Nur wenn du stark genug bist, sie beiseitezuräumen, schaffst du es.«

»Geht's wieder?«, fragte Susan, als die Traumbilder verschwanden.

»Ja ... ich glaube schon.«

Unter dem bedeckten Himmel war der Übergang von der Helligkeit zum Zwielicht kaum zu merken. Die Straßenlampen waren längst eingeschaltet, als sie North Pole erreichten, und in den meisten Häusern brannte Licht. Die Gipfel der Alaska Range waren kaum noch zu erkennen. Es schneite kaum merklich.

»Eine Fernbeziehung könnte ziemlich anstrengend werden«, gab Susan zu bedenken. »Zwischen Alaska und Kalifornien liegt ein halber Kontinent.«

»Darüber habe ich auch schon nachgedacht«, sagte Michelle.

»Und?«

Michelle blickte sie unschlüssig an. »Keine Ahnung, ob so was funktionieren würde. Noch kennen wir uns ja kaum, und wer weiß, ob es überhaupt noch mal zu einem Treffen kommt. Vielleicht laufe ich nur einer Fata Morgana hinterher, und es wäre völlig egal, was ich darüber denke. Oder Ethan hat schon darüber nachgedacht und hält sich so bedeckt, weil er keine Chance für uns sieht.«

»Denken Sie positiv, Michelle! Es ist Weihnachten!«

»Soll ich den Weihnachtsmann um Rat fragen?«

»Sie meinen, er kennt sich mit Beziehungen aus?«

Michelle dachte darüber nach. »Gibt's nicht einen Song über Mrs Santa Claus? Wenn der stimmt, muss er jahrhundertelang mit ihr zusammen sein. Wenn er nicht weiß, wie man in einer Beziehung glücklich wird, wer dann?«

»Sie haben recht«, sagte Michelle. »Ich bin gespannt, was er sagt.«

22

Brenda Lee sang »Rockin' Around the Christmas Tree«, als sie das Santa Claus House in North Pole erreichten. Das Weihnachtslied der Rock-n-Rollerin tönte aus mehreren Lautsprechern an dem verschachtelten Gebäude und hatte bereits zahlreiche Kunden angelockt. Susan fand mit Mühe einen Parkplatz.

Auch bei ihrem erneuten Besuch war Michelle von dem weihnachtlichen Zauber in dem Laden überwältigt. Überall blinkten bunte Lichter und erweckten die Plüschtiere, Puppen und Comicfiguren zum Leben, ein Modellzug dampfte durch eine Stadt aus erleuchteten Miniaturhäusern, die künstlichen Weihnachtsbäume standen so dicht, dass man durch einen Wald zu gehen glaubte, und die Regale bogen sich unter dem vielfältigen Angebot an Weihnachtsschmuck. Von der Decke hingen glitzernde Girlanden und goldene Sterne.

Doch auf dem erhöhten, von zwei bunt geschmückten Weihnachtsbäumen eingerahmten Thron neben dem Tresen, saß nicht der Santa Claus, den Michelle bei ihrem ersten Besuch getroffen hatte. Er war jünger und schlanker und lachte weniger. Ein Jobber, der nur am leichten Verdienst interessiert war.

»Das ist nicht der echte Santa Claus«, erkannte Michelle enttäuscht »Das ist einer der beiden anderen, die für den Weihnachtsmann die Stellung halten.«

»Und Sie haben mit dem echten Santa Claus gesprochen?«

Michelle arbeitete sich zu dem Ersatzmann vor und wartete geduldig, bis er einen kleinen Jungen von seinem Schoß genommen hatte. »Entschuldigen Sie«, sprach sie ihn an, »ist Ihr Kollege hier? Der alte Mann mit dem langen Bart?«

Der junge Weihnachtsmann grinste. »Sie meinen George?«

»George?«

»George Haydon ... der verrückte Kerl, der mit Geld und Geschenken um sich wirft. Ein verrückter Vogel, nicht wahr? Entweder ist er einer dieser komischen Reichen, die sich unters Volk mischen und ihre armen Mitbürger überraschen wollen, oder er hat im Lotto gewonnen. Sind Sie mit ihm verwandt?«

»Nein, aber wir kennen uns. Ich hab ein paar Fragen an ihn.«

»Woher er sein Geld hat? Das verrät er Ihnen nicht.« Er trank einen Schluck aus der Wasserflasche, die er neben seinem Thron stehen hatte. »Sind Sie etwa von der Presse? Oder vom Fernsehen? Doch wohl hoffentlich nicht von der Polizei?«

Michelle lachte. »Gott bewahre! Wissen Sie, wo George ist?«

»Keine Ahnung ... eigentlich wäre er heute dran gewesen. Angeblich besitzt er kein Handy. Als er eine Stunde nach der Öffnung noch immer nicht hier war, haben Sie mich angerufen. Ohne Weihnachtsmann geht hier gar nichts.«

»Vielleicht ist er krank.«

»Kann schon sein. Groß in Form war er nicht mehr.«

»Haben Sie seine Adresse?«

»Fragen Sie Brandy hinter dem Tresen.«

Michelle wandte sich an Susan, die sich über ihr Interesse an dem alten George zu wundern schien. »Er ist so ein netter Mann. Ich wollte mich noch einmal mit ihm unterhalten und ihn fragen, ob er vor der Lodge posieren möchte ... für den Wettbewerb. Ich würde ihn aus eigener Tasche bezahlen.«

»Eine schöne Idee. Aber Sie müssen ihn nicht bezahlen.«

»Ich möchte aber«, sagte Michelle. »Auf die Weise hätte ich gleich ein passendes Weihnachtsgeschenk für Sie. Natürlich nur, wenn Sie nichts dagegen haben.«

»Wie sollte ich ... das ist eine wundervolle Idee!« Susan war begeistert. »Und mir kommt da noch eine andere Idee. Wie wäre es, wenn er zwei Mädchen als seine Elfen mitbringen würde? Er weiß sicher am besten, wer es verdient hätte. Nicht wegen des Wettbewerbs, sondern weil es mir und sicher auch John großen Spaß machen würde, sie zu der Party einzuladen. Keine Angst, wir hängen das nicht an die große Glocke, die Medien sollen davon gar nicht erfahren.«

»Das wäre eine tolle Geste, Susan.«

Michelle ging zur Kasse, holte sich dort aber eine Abfuhr. »Wir dürfen seine Adresse leider nicht rausgeben«, erwiderte Brandy. »Datenschutz, Sie verstehen. Nicht mal der Polizei dürften wir sie ohne entsprechenden Beschluss geben.«

Redseliger wurde sie erst, als Susan so viel Weihnachtsschmuck in ihren Wagen geladen hatte, dass eine dreistellige Summe herauskam und ordentlich Geld in ihre Kasse spülte. »Ganz ehrlich, wir haben seine Adresse nicht«, sagte sie. »Im Adressbuch von Fairbanks ist er nicht gelistet, und ein Handy besitzt er auch nicht. Vielleicht wohnt er bei seiner Tante, was weiß ich? Seinen Lohn bekommt er bar ausbezahlt. Ich weiß nicht, warum er heute nicht erschienen ist.«

»Er scheint ein reicher Mann zu sein.«

»Weil er ständig Geld und Waren an Bedürftige verteilt? Keine Ahnung, woher er das Geld hat. Mich interessiert nur, dass er die Waren bezahlt, und das tut er. Er ist ein komischer Kauz, das ist mal sicher. Als er den Job annahm, dachte ich, er wäre ein armer Schlucker. Wer weiß, vielleicht hat er ein Vermögen geerbt oder in der Lotterie gewonnen.« Sie lachte. »Oder eine Bank ausgeraubt. Ich traue ihm, ehrlich gesagt, alles zu. Er ist ein ausgeschlafener Bursch und lange nicht so naiv, wie manche glauben. Er ist wohl tatsächlich der Weihnachtsmann.

Michelle und Susan wollten schon gehen, als Brandy sie noch mal zurückrief. »Warten Sie! Da fällt mir gerade noch was ein. Er hat sich mal mit einem Mädchen fotografieren lassen, das ihm davon vorgeschwärmt hat, im Kirchenchor der First United Methodist Church zu singen. Seine Antwort war: ›Dann hab ich dich bestimmt schon mal gehört. Ich wohne nur eine Straße weiter.‹«

»Vielen Dank, Brandy«, sagte Susan. »Sie haben uns sehr geholfen.«

»Sie wissen, wo das ist?«, fragte Michelle beim Rausgehen.

»In der Innenstadt, an der Second Avenue.«

Sie verstauten ihre Einkäufe auf der Rückbank und fuhren zur First United Methodist Church, einer unscheinbaren Holzkirche mit verschneitem Giebeldach, aus dem sich ein kleines Türmchen erhob. Die Kirche war verschlossen, aber im Büro brannte Licht. Michelle klopfte, und eine Stimme rief: »Herein!«

Die Stimme gehörte zu einem freundlichen Mann, der sich als Pastor James Daley vorstellte und sie nach ihrem Befinden fragte. »Wie kann ich Ihnen helfen?«, fügte er an.

»Wir suchen George Hayden«, ergriff Michelle erneut das Wort. »Einen älteren, aber sehr stattlichen älteren Herrn, der als Weihnachtsmann im Santa Claus House in North Pole arbeitet. Er ist heute nicht zur Arbeit erschienen.«

»Hat er denn kein Telefon?«

»Nichts … er hat nicht mal seine Adresse angegeben.«

»Tut mir leid, Ma'am. Zu unserer Gemeinde gehört er jedenfalls nicht.«

Eine ältere Dame in einem altmodischen Kostüm, anscheinend die Mitarbeiterin oder Assistentin des Pastors, kam herein. Sie hatte die letzten Worte mitgehört und fragte: »George Hayden? Meinen Sie den alten Rauschebart?«

»Ja, genau den«, antwortete Michelle. »Kennen Sie ihn?«

»Ich hab meine Nachbarn über ihn reden gehört, die haben ihn als Weihnachtsmann in North Pole erkannt. Ein seltsamer Kauz, hab ich mir sagen lassen. Soweit ich weiß, wohnt er in der Kellum Street. Um die Ecke in dem blauen Haus.« Sie legte einige Akten auf ihren Schreibtisch. »Er war heute nicht in der Arbeit? Er wird doch nicht krank sein! Sind Sie mit ihm verwandt?«

»Nein, Ma'am. Aber keine Angst, wir kümmern uns um ihn.«

Es war bereits dunkel, als sie das Büro der Kirche verließen. Das blaue Haus erkannten sie bereits aus der Ferne, einen älteren Holzbau, in jedem der beiden Stockwerke gab es eine lange Veranda vor den Wohnungstüren. Eine Holztreppe führte vom ersten in den zweiten Stock. Die Stufen knarrten unter jedem Schritt, und das Geländer wirkte so baufällig, dass sie lieber freihändig gingen.

George hatte kein Namensschild an der Tür, aber sie sahen ihn durch das verschmutzte Fenster auf der Couch liegen. Die Klingel funktionierte nicht. Sie klopften mehrmals und immer lauter, bis er endlich öffnete.

»Was gibt's?«, fragte er, als er in der Tür stand.

Auch ohne sein Kostüm sah er wie Santa Claus aus. Sein langer weißer Bart war echt und seine Nase beinahe so rot wie die von Rudolph. Er trug ausgeleierte Jogginghosen, die Santa niemals angezogen hätte, und einen Pullover.

»Hallo, George ... Santa«, sagte Michelle. »Erinnern Sie sich an mich?«

George schwankte leicht und musste sich am Türrahmen festhalten, aber trotz seiner roten Nase war er nicht betrunken. »Ach ja, Sie waren vor ein paar Tagen im Santa Claus House ... als ich die Mallorys beschenkt habe. Kathryn und Jessica. Die beiden hatten das Geld bitter nötig. Für alleinerziehende Frauen wird zu wenig getan, finden Sie nicht auch?« Ein seltsamer Satz von einem alten weißen Mann, dachte Michelle, und noch dazu in einer zerknitterten Jogginghose.

»Haben Sie noch mal von den beiden gehört?«

Seine Augen begannen zu glänzen. »Jessica, das Mädchen, kam am nächsten Tag noch mal vorbei und brachte mir einen selbst gebastelten Strohstern. Er soll mich beschützen. Leider wird er mir nicht mehr viel helfen können.«

Michelle hütete sich, ihn nach dem Grund zu fragen.

»Wollen Sie nicht reinkommen?«, sagte er. »Ist frostig da draußen.« Er führte sie ins Wohnzimmer, war immer noch unsicher auf den Beinen und schaffte es nur mühsam auf die Couch. »Sorry, mir geht's heute nicht besonders.«

»Sollen wir später wiederkommen?«

»Nein, nein, setzen Sie sich. Ich hab's in letzter Zeit mit dem Kreislauf. Selbst ein Santa Claus kommt in die Jahre. Hab ich meinen Schülern immer gesagt, wenn sie ihre Zeit mit banalen Dingen verplempert haben.«

»Sie waren Lehrer?«

»An der Highschool«, erwiderte er, »und zu meiner Zeit ging es noch einigermaßen zivil an den Schulen zu. Keine Waffen in der Schultasche, keine Mass Shootings, und die Kinder hatten noch Respekt vor ihren Lehrern.«

»Und jetzt sind Sie hauptberuflich Weihnachtsmann?«

»Ich bin der echte, schon vergessen?« Er schien sich von seiner Kreislaufschwäche erholt zu haben, war aber noch blass und sah müde aus, als hätte er die ganze Nacht kein Auge zugetan. »Wie kann ich Ihnen helfen, Ladys?«

Michelle stellte Susan vor. »Ihr gehört die Denali Mountain Lodge westlich vom Parks Highway.« Sie berichtete ihm von dem Wettbewerb »Wer hat die schönste Weihnachtslodge?« und wie sie ihn als Santa Claus in die Präsentation einbinden wollten. »Sie kennen doch sicher zwei Waisenkinder, die sie als Elfen mitbringen können. Es dürfen auch mehr Kinder sein. Es gibt Geschenke und ein leckeres Essen für alle, und Sie bekommen natürlich ein Honorar. Keine Angst, das läuft alles privat ab, wir lassen die Medien außen vor.«

George brauchte nicht lange nachzudenken. »Eine großartige Idee, aber ich will kein Geld. Ich hab selbst genug. Aber Sie müssten den Leuten in North Pole klarmachen, dass ich am zweiundzwanzigsten meinen freien Tag haben muss. Ihre Lodge liegt ziemlich abseits, stimmt's? Ich hab von der Denali Mountain Lodge gehört. Ich werde wohl einen Flieger für die Kinder und mich chartern. Ich hab an zwei bestimmte Kinder gedacht.« Er blickte Susan an. »Erinnern Sie sich an den Absturz der Cessna vor sechs Wochen? Der Anwalt und seine Familie?«

Susan nickte. »Am Lake Minchumina, gar nicht weit von uns. Der Anwalt und seine Frau kamen ums Leben. Ihre Zwillinge kamen ins Waisenhaus. Sie hatten keine Verwandten außer ihren Eltern. Abbie und Sofia, nicht wahr?«

»Ich war neulich im Waisenhaus in Fairbanks und hab dort die Kinder beschenkt, und die beiden fielen mir sofort auf. Sie hat es schwer getroffen.«

»Wir machen ihnen gern eine Freude«, sagte Susan.

»Wunderbar! Dann haben wir ...« Er hielt plötzlich inne, schloss die Augen und griff sich mit beiden Händen an die Schläfen. Was wie ein erneuter Schwächeanfall aussah, schien ernst zu sein. »Die Tabletten ... auf der Kommode!«

Michelle sprang auf und brachte ihm die Medizin und

ein Glas Wasser. Er brach eine Tablette aus der Verpackung und schluckte sie rasch. Bald darauf ging es ihm wieder etwas besser. »Tut mir leid … das passiert mir nur selten.«

»Sollen wir einen Arzt rufen, George?«

»Nicht nötig … es geht schon wieder.«

»Sind Sie sicher? Sie sehen gar nicht gut aus.«

»Keine Panik«, erwiderte er. »Ich bin in Behandlung. Diese Anfälle lassen sich leider nicht vermeiden, schon gar nicht, wenn ich die Chemo schwänze oder meine Tabletten vergesse. Mein Arzt sagt, die Anfälle kämen jetzt häufiger.« Er schien die entsetzten Mienen von Michelle und Susan erst jetzt zu bemerken und lächelte schwach. »Ich hab einen Gehirntumor. Der Arzt gibt mir noch ein halbes Jahr, wenn ich Glück habe, und ich muss alle paar Tage eine Auszeit nehmen, damit es sich nicht auf die Arbeit auswirkt. Im Santa Claus House wissen sie nichts von meiner Krankheit, und Ihnen wollte ich es eigentlich auch nicht erzählen. Als Weihnachtsmann hat man gefälligst gesund zu sein. Was sollen denn die Kinder sagen, wenn Santa Claus plötzlich verschwindet?«

»Sie muten sich zu viel zu, George!« Susan war besorgt.

George ging es schon wieder besser. »Kommen Sie bloß nicht auf die Idee, mir den Job wieder wegzunehmen. Die Schwindelanfälle haben mit meinem Krebs wenig zu tun. Die kommen von den Schlaftabletten, die mir mein geliebter Schwiegersohn in den Tee rührt, damit ich keinen Unsinn anstelle.«

»Ihr Schwiegersohn kümmert sich um Sie?«

»So kann man's auch nennen«, erwiderte er. »Er versucht mit allen Mitteln, mir den Verstand zu rauben und mich zu zwingen, ihm Bares zu geben. Er hat Angst, dass ich meiner Tochter nur den Pflichtteil vermache und die ihn vielleicht im Stich lässt, sodass ihm gar nichts mehr bleibt. Und noch viel schlimmer ist, dass Angie nichts dagegen tut. So heißt meine Tochter. Okay, sie stand ihrer Mutter immer näher als mir und schob mir die Schuld in die Schuhe, als ich mich von ihr scheiden ließ und mit einer anderen durchbrannte. Aber deswegen führt man sich doch nicht wie eine Hexe auf! Sie feuert Toby sogar an, mir möglichst viel Geld aus der Tasche zu ziehen. Am liebsten hätten sie die ganzen Millionen. Ich kann mir gut vorstellen, wie sie jedes Mal mit den Zähnen knirschen, wenn sie daran denken, dass ich meine Millionen ans Kinderhilfswerk oder an sonst wen vermache. Selbst wenn ich als Santa Claus ein paar Hunderter oder gar Tausender verschenke, drehen sie wahrscheinlich durch.« Er zupfte an seinem langen weißen Bart. »Warum erzähle ich Ihnen das alles?«

»Weil man jemanden braucht, bei dem man sich seine Sorgen und Nöte von der Seele reden kann. Sie sind nur für andere da, hören sich den ganzen Tag die Probleme und Wünsche anderer Leute an und vergessen sich dabei selbst.«

Susan kapierte erst jetzt. »Ihr Schwiegersohn gibt Ihnen Schlaftabletten, damit Sie wirr im Kopf werden? Warum gehen Sie nicht zur Polizei?«

»Die greift doch erst ein, wenn das Kind in den Brunnen gefallen ist. Toby tut nichts Ungesetzliches. Er gibt mir Beruhigungstabletten und hütet sich, mir eine tödliche Dosis unterzujubeln. Ich soll vielleicht den Verstand verlieren, damit er mich für unzurechnungsfähig erklären kann, aber Mord? So tief gesunken ist er nun auch wieder nicht. Er ist extrem geldgierig, das ist alles.«

»Einen netten Schwiegersohn haben Sie.«

»Dabei habe ich ihm schon fünfzigtausend gegeben.«

»Fünfzigtausend Dollar?«, erschrak Michelle.

»Damit sie ihre Schulden bezahlen können.«

»Haben Sie denn so viel Geld?«

»Vier Millionen«, antwortete er. »Ich hab in der Lotterie gewonnen. Leider hab ich meiner Tochter davon erzählt. Sonst weiß nur die Lotteriegesellschaft davon, und die darf meinen Namen niemandem verraten. Ich brauche keinen Luxus, keine Villa, keine Yacht, keine großen Reisen. Vielleicht, wenn meine Frau noch am Leben wäre, aber allein? Ich hab die Wohnung hier und jeden Tag was zu essen, und seitdem ich weiß, dass ich bald sterben werde, lege ich erst recht keinen Wert darauf, das Geld sinnlos zu verprassen oder meiner Tochter und meinem Schwiegersohn in den Rache zu werfen. In meinem Testament hab ich vor allem karitative Einrichtungen berücksichtigt, die meisten für Kinder. Das hätte ich auch ohne meine Krankheit getan.« Er unterbrach sich mit einem Lachen. »Anscheinend will ich mir tatsächlich einiges von der Seele reden. Tut mir leid, aber Rudolph ist ein schlechter Zuhörer, seit er erkältet ist.«

»Wenigstens haben Sie Ihren Humor nicht verloren«, sagte Michelle.

»Und ich bin kein Unmensch. Natürlich hab ich auch meine Tochter und ihren Mann in meinem Testament berücksichtigt. Mit einer respektablen Summe, die jeden normalen Menschen zufriedenstellen würde – außer meinem lieben Schwiegersohn.« Er schnaufte tief. »So, jetzt geht's mir wieder besser.«

»Wenn wir Ihnen irgendwie helfen können?«, sagte Susan.

George war wieder voll auf der Höhe. »Das tun Sie doch schon. Allein dafür, dass Sie sich meine Probleme angehört haben, bin ich Ihnen schon dankbar.«

»Natürlich sind Sie auch zur Party am Heiligabend eingeladen.« Susan überlegte. »Wie viele Kinder leben denn in dem Waisenhaus, das Sie unterstützen?«

»Zwischen zwanzig und dreißig.«

»Hm ...« Sie zögerte etwas. »Wie gesagt, wir liegen außerhalb, und mit dem Bus kommen Sie zu uns nicht durch, aber wenn es ein Transportmittel gäbe, würden wir am liebsten alle Kinder zu der Party einladen. Etwas schwierig ...«

»Das kriegen wir hin. Ich chartere einen Buschflieger oder vier SUVs ... mir fällt schon was ein. Ich leite alles in die Wege und rufe Sie morgen oder übermorgen an, okay? Ich besorge mir sogar ein Handy, eines dieser billigen Dinger, die man im Drugstore bekommt. Geben Sie mir Ihre Nummer, Lady?«

»Natürlich.« Susan gab sie ihm, und sie verabschiedeten sich. »Wissen Sie was, George? Sie sind ein toller Mann! Genauso, wie ich mir den Weihnachtsmann als Kind immer vorgestellt habe. Wir freuen uns auf Ihren Besuch.«

»Und bringen Sie Rudolph mit«, empfahl Michelle. »Ich hab Nasenspray dabei, das hilft ihm bestimmt. Auch wenn er dann seine rote Nase verliert ...«

23

Zum Frühstück hatte sich Bulldog etwas ganz Besonderes ausgedacht, ein »Cowboy Breakfast« mit Spiegeleiern, Würstchen, Schinken, zerdrückten Kartoffeln und Cheddar, wie man es wohl sonst nur in Texas bekam. Für die Vitamine gab es selbst gemachten Obstsalat, dazu starken Cowboy-Kaffee.

»Nur gut, dass ich keine Kalorien zähle«, sagte Michelle.

Ihr Lächeln täuschte nicht darüber hinweg, dass sie in dieser Nacht nur wenig geschlafen hatte. Ethan und seine langhaarige Beifahrerin gingen ihr nicht aus dem Kopf. Auch wenn sie sich einredete, dass er nicht zu den Männern gehörte, die mehrgleisig fuhren und jeder Freundin eine andere Lügengeschichte erzählten, und Susan derselben Meinung war, spürte sie, wie sich die Traurigkeit immer tiefer in ihre Seele fraß. Warum konnte sie ihm nicht vertrauen?

Susan berichtete am Frühstückstisch von ihrer Abmachung mit Old George und versprach eine stimmungsvolle Weihnachtsparty mit zahlreichen Überraschungen. »Wer uns beim Schmücken helfen will, ist herzlich eingeladen. Michelle und ich haben in Fairbanks kräftig zugeschlagen. Zwei große Schachteln mit Lichterketten, Girlanden und anderem Schmuck stehen im Vorratsraum.«

»Denken Sie daran, wenn wir gewinnen, haben auch Sie was davon. Das Edelbüffet gibt's für alle, und als besondere Überraschung verlosen wir unter allen Gästen an Weihnachten einen Zwei-Wochen-Gratisurlaub auf unserer Lodge.«

Außer Nick, der erst einmal liegen bleiben und die Schmerzen im Brustkorb und Nackenbereich mit Schmerztabletten bekämpfen sollte, und Charlene, die ihn bemutterte, anstatt mit ihm zu streiten, beteiligten sich alle Gäste beim Schmücken der Lodge. John und Hank, der nicht müde wurde, sich in den Vordergrund zu schieben, kletterten auf Leitern und brachten neue Lichterketten am Haus an. Ben dekorierte die Schuppen und Ställe. Michelle und Sarah-Jane verteilten Weihnachtsmänner, Schneemänner und Engel im Schnee. Und Andy und Olivia arbeiteten am ersten Schnee-Grizzly der Welt – im XXL-Format.

Alles ein wenig kitschig, und zu viel Strom verbrauchten die Lichterketten auch, aber so wollten es die Veranstalter des Wettbewerbs und wahrscheinlich auch die meisten Leute rundum. Michelle hätte eine mit bescheidenen Mitteln geschmückte Lodge in der Wildnis Alaskas für wesentlich romantischer gehalten, ihr genügte schon die verschneite Umgebung, sie sagte aber nichts. Der Lichterzauber war sicher spektakulär, und das Dekorieren machte Spaß.

Michelle war gerade dabei, den kleinen Weihnachtsbaum auf der Veranda des Haupthauses zu schmücken, als John nach ihr rief. »Michelle! Ein Anruf für Sie!« Er kam aus dem Haus und reichte ihr das Satellitentelefon. »Ethan.«

Sie war so überrascht, dass sie den Apparat wie ein seltsames Objekt anstarrte und erst etwas zu sagen wagte, als John ihr aufmunternd zunickte. »Ja?«

»Michelle? Ich bin's, Ethan.«
»Ja, Ethan?«
»Geht's dir nicht gut? Du klingst so komisch.«
»Ich bin nur ein wenig müde«, sagte sie.
»Eine anstrengende Tour?«
»Heute noch nicht ... aber ich schmücke gerade den Baum auf der Veranda, und gestern waren Susan und ich den ganzen Tag in Fairbanks unterwegs.«
»In Fairbanks? Ich war auch in Fairbanks ... was erledigen.«
Sie hätte beinahe mit »Ich weiß« geantwortet.
»Ich wollte fragen, ob du Lust auf eine kleine Tour hättest. Ich will mit ein paar von den Huskys, die nicht so oft zum Zug kommen, eine Runde drehen. Zum Savage River und zurück. Auf dem Campground wollte ich sowieso nach dem Rechten sehen. Ich könnte dich nach dem Mittagessen abholen. Was meinst du?«
Sie hätte am liebsten sofort zugestimmt, doch beim Klang seiner Stimme kam ihr nicht das Blitzen in seinen Augen, sondern seine Umarmung mit der langhaarigen Frau in den Sinn. »Ich weiß nicht«, antwortete sie stattdessen.
»Hast du schon was anderes vor?«
»Wir schmücken die Lodge, da kann ich mich schlecht drücken.«
»Und wenn ich dich bei John entschuldige?«
»Es geht nicht, Ethan. Tut mir leid.«
Er zögerte. »Bist du sicher, dass mit dir alles okay ist?«
»Ja ... es ist nur ...«
»Dann vielleicht morgen?«

»Vielleicht … ruf mich an, okay?«

»Sicher.« Er klang verstört. »Bis morgen, Michelle.«

»Alles in Ordnung?«, fragte John, als sie ihm den Apparat reichte und er die Unsicherheit in ihren Augen erkannte. »Holt er Sie ab?«

»Morgen vielleicht«, sagte sie.

John bohrte nicht weiter und ließ sie allein. Sie arbeitete mit angespannter Miene, die Lippen schmal, die Augen so feucht, dass es ihr schwerfiel, einen Rauschgoldengel an den Baum zu hängen. Warum hatte sie Ethan nicht auf seine Begleiterin angesprochen? Vielleicht gab es eine harmlose Erklärung, und alles wäre wieder gut. Warum benahm sie sich wie ein eifersüchtiger Teenager? Hatte sie überhaupt ein Recht, die Beleidigte zu spielen? Sie griff nach einem weiteren Rauschgoldengel und hätte ihn am liebsten gegen die Wand geworfen. Es wurde höchste Zeit, dass sie endlich wieder Vernunft annahm. »Du bist nicht mehr auf der Highschool!«, fauchte sie den Engel an und meinte eigentlich sich selbst. »Reiß dich zusammen!«

Nach der Mittagspause, diesmal nur mit winzigen Sandwiches, weil die meisten noch vom Frühstück satt waren, lockte wieder die Wildnis. Ben und Sarah-Jane luden sie zu einer Schneeschuhwanderung zu einer Hütte ein, die John ihnen empfohlen hatte. Sie sagte begeistert zu. John skizzierte ihnen den Weg auf einer Karte. »Sie fahren mit den Snowmobilen bis zu dem kleinen See, dort stellen Sie die Maschinen unter den Bäumen ab und laufen auf Schneeschuhen über einen ehemaligen Trail der Indianer und Fallensteller zur Hütte.«

»Das klingt abenteuerlich«, sagte Michelle.

»Bleiben Sie bitte auf der Route, die ich Ihnen eingezeichnet habe, alles andere wäre zu gefährlich. Und passen Sie auf den Hügelkamm vor der Hütte auf, der ist meist vereist und man stürzt leicht. Halten Sie sich an den Tiefschnee!«

Außer zwei Thermoskannen mit Tee und einer »Notration« Schokokekse nahmen sie keinen Proviant mit. Viel wichtiger waren der Erste-Hilfe-Kasten, Taschenlampe, Feuerzeug, Taschenmesser, Ersatzsocken, Powerriegel und eine leichte Wärmedecke, falls etwas schieflief. John erklärte ihnen noch einmal die wichtigsten Funktionen eines Snowmobils und wünschte ihnen Glück. »Falls Sie einem Elch begegnen«, warnte er, »kommen Sie ihm nicht zu nahe. Die Burschen sind gefährlicher, als man denkt, und haben mit Menschen nicht viel im Sinn. Wir hatten schon mal einen Gast, der wollte einen Elchbullen streicheln. Wir konnten ihn gerade noch davon abhalten. Passen Sie bitte auf!«

Mit den Snowmobilen kamen sie gut zurecht. Bei Tageslicht war der Trail leicht zu erkennen, und sie kamen zügig voran. Michelle hatte immer noch das Gespräch mit Ethan im Sinn und geriet manchmal aus der Spur, fing sich aber immer schnell wieder und blieb auf Kurs. Sie fuhr hinter Ben und Sarah-Jane, hielt einigen Abstand, um den Auspuffgasen ihrer Maschine aus dem Weg zu gehen, und ließ ihre feuchten Augen vom frischen Fahrtwind trocknen.

An dem See, den ihnen John auf der Karte gezeigt hatte, parkten sie ihre Snowmobile im Schutz einiger Fichten. Sie tranken von dem heißen Tee, gönnten sich ein Stück Schokolade und schnallten die Schneeschuhe an.

»Sie sehen traurig aus«, sagte Sarah-Jane zu ihr. »Probleme?«

»Nur ein bisschen Liebeskummer«, gestand sie.

»Liebeskummer?«, fragte Sarah-Jane erstaunt.

»Ich weiß, ich bin zu alt für so was, aber ich bin ein wenig aus der Übung gekommen und hab nicht mehr alles im Griff. Verrückt, nicht wahr?«

»Oder stinknormal. Wenn wir verliebt sind, drehen wir doch alle durch. Ich hab eine siebzigjährige Tante, die hat sich wie ein pubertierender Teenager benommen, als sie im Seniorenheim mit einem netten Witwer zusammen war. Ob Sie es glauben oder nicht, die beiden sind zusammengezogen. Ließen sich angrenzende Zimmer von der Heimleitung geben und öffneten die Verbindungstür.«

»Das beruhigt mich etwas.«

»Und ich bin jeden Tag eifersüchtig auf die hübschen Krankenschwestern, die Ben jeden Tag umschwirren und vom Pfad der Tugend abbringen wollen. Sie glauben nicht, mit welchen Tricks die jungen Dinger arbeiten.«

Ben umarmte seine Frau liebevoll. »Sie will nur immer mal wieder hören, dass ich sie über alles liebe und mir diese Krankenschwestern nichts anhaben können.« Er blickte Sarah-Jane an. »Du bist die einzige Frau, die ich jemals lieben werde.«

»Das weiß ich doch, Ben. Ich liebe dich auch.«

Sie küssten sich leidenschaftlich, bis sie merkten, dass sie Michelle damit in Verlegenheit brachten. »Das war unhöflich«, entschuldigte sich Ben, »aber wenn sie mich mit diesen treuen Augen anblickt, kann ich nicht widerstehen.«

»Ist schon okay, Ben.«

»Wir mussten vom ersten Tag an zusammenhalten, sonst hätte die Polizei unserer Beziehung schon damals am Straßenrand den Garaus gemacht. Sarah-Jane musste mit Engelszungen und mit ihrem stärksten Südstaaten-Akzent auf den Cop einreden, um ihm klarzumachen, dass ich sie nicht angemacht hatte.«

»Das war bestimmt nicht einfach«, sagte Michelle.

»Ich konnte nicht anders. Wir wussten schon nach den ersten paar Sekunden, dass wir einmal heiraten würden. Egal, dass er schwarz und ich weiß bin. Egal, dass er sein Studium bezahlen konnte, weil seine Eltern besser gestellt waren, und ich nur durch ein Stipendium an die Universität kam. Egal, dass ich aus den Südstaaten kam, wo Schwarze alles andere als willkommen sind.«

Michelle kam sich auf einmal schäbig mit ihren Problemen vor. Was war schon ihre kindliche Eifersucht gegen die ernsten Probleme, die Ben und Sarah-Jane bewältigen mussten. Auch in Petaluma gab es Rassismus, und sie war in ihrem Job manchmal gezwungen, nicht an Schwarze oder Mexikaner zu verkaufen, weil die Eigentümer das nicht wollten. Sie hatte oft genug dagegen protestiert und war von ihrem Chef jedes Mal zurechtgewiesen worden. »Wenn es nur nach der Moral ginge, könnten wir unsere Firma gleich schließen«, sagte er. »Die Verkäufer haben das Sagen.«

Mit dem Wind, der jetzt von der Seite blies, wanderten sie am Ufer des Sees nach Nordosten. Sie hielten auf die Hügel zu, die sich in einiger Entfernung erhoben und ihnen die Lage der Hütte anzeigte. Ein blasser Himmel wölbte sich über ihnen, filterte das schwache Sonnenlicht und wehrte sich kaum gegen die bereits aufziehende Dämmerung.

Sie gewöhnte sich schnell wieder an den seltsamen Rhythmus, der das Wandern auf Schneeschuhen so viel leichter machte. Breitbeinig wie ein Matrose auf hoher See stapfte sie durch den Tiefschnee, immer bemüht, das Gleichgewicht zu halten, weil einen sonst auch die Schneeschuhe nicht retteten. Es war mühsam, die Füße nach jedem Schritt wieder zu heben und darauf zu achten, sich nicht selbst in die Quere zu kommen, und sie konnte froh sein, die Skistöcke mitgenommen zu haben, mit denen sie die Balance hielt.

Sie rasteten zwischen einigen Bäumen. Die Wanderung kostete viel Kraft, und Michelle war lange nicht so gut in Form wie Ben und Sarah-Jane. Die beiden gingen drei Mal die Woche in ein Fitness-Center, verrieten sie, und liefen jeden Morgen. »Viel Sport und gesunde Ernährung verlängern Ihr Leben um mindestens zehn Jahre«, empfahl Ben grinsend. »Für eine solche Empfehlung müssen meine Patienten sonst teuer bezahlen. Sie laufen viel?«

»Jeden zweiten Morgen«, beschönigte sie etwas, »aber das ist wesentlich einfacher, als sich auf Schneeschuhen durch den Tiefschnee zu kämpfen.«

»Sie haben die beste Begleitung, die Sie sich wünschen können.«

»Zwei Ärzte? So schlimm steht es schon um mich?«

Sie marschierten weiter, hatten es am Waldrand etwas leichter und waren dort auch besser gegen den Wind geschützt. Das Zwielicht hatte gegen die Helligkeit gesiegt und breitete sich wie gläserner Nebel über dem Land aus.

Nur noch vereinzelte Bäume ragten aus dem Schnee, die Stämme waren vereist, die Äste mit einer feinen Schicht aus Schnee und Eis überzogen. Ein buschiges Tier, wahrscheinlich ein Fuchs, huschte eilig an ihnen vorbei.

Das Motorengeräusch eines Snowmobils, wenn auch aus weiter Ferne, erinnerte Michelle an ihre Begegnung mit dem Wolfsjäger und ließ sie in der Spur verharren. »Wer kann das sein? Hoffentlich kein Wolfsjäger. Carter Grayson, der neulich den Wolf angeschossen hat, soll zu einer ganzen Bande von Wolfskillern gehören, sagen die State Troopers. Und wir haben keine Waffe.«

»Ich habe eine«, sagte Ben und klopfte auf seine Seitentasche.

»Das ist sicher bloß ein Urlauber«, glaubte Sarah-Jane. Auch sie und ihr Mann waren stehen geblieben und suchten die Gegend durch ihre Ferngläser ab.

Als das Motorengeräusch verstummte, wanderten sie weiter. Selbst wenn es ein Wolfsjäger war, würde er es sicher nicht darauf anlegen, einer Gruppe von Schneeschuhwanderern zu begegnen, auch wenn er außerhalb des Nationalparks gar nichts zu befürchten hatte. So einer umgab sich nur mit Gleichgesinnten: irregeleiteten Querdenkern, die in einem Wolf die Wiedergeburt von Satan vermuteten, sich bedroht fühlten oder einfach nur Spaß am Töten hatten.

»Vielleicht haben Sie recht«, sagte Michelle zu Sarah-Jane.

Sie brauchten eine weitere halbe Stunde bis zu dem vereisten Hügel, den John beschrieben hatte, und erkannten auf den ersten Blick, dass sie dort keinen Halt finden würden. Sie wählten einen Umweg durch den tiefen Schnee und stolperten beinahe über ein Snowmobil mit verbogenem Lenker und abgebrochenem Ski. Der Schnee war zerwühlt, und die Spuren von zwei Männern ohne Schneeschuhe führten nach Nordosten. Anscheinend waren sie verletzt und schleppten sich zu der Hütte. Die meisten Einheimischen kannten sie wahrscheinlich, und es gab Landkarten, auf denen solche Hütten markiert waren.

Ben mahnte zur Eile. »Mindestens ein Verletzter«, erkannte er. »Ich kann ihm sicher helfen. Beeilung!« Er stützte sich auf seine Stöcke und lief weiter.

Michelle und Sarah-Jane hatten Mühe, ihm zu folgen. In immer weiterem Abstand folgten sie ihm und den Spuren der beiden Männer durch den Schnee. Die verwitterte Hütte erhob sich am Rand einer geschützten Mulde. Das einzige Fenster war erleuchtet, aus dem Schornstein stieg Rauch. Ein friedliches Bild, und doch beschlich Michelle plötzlich ein ungutes Gefühl. »Passen Sie auf!«, rief sie.

Aber Ben hatte schon die Tür geöffnet und die Hütte betreten. Nichts geschah, kein Schuss, keine wütenden Beschimpfungen. Michelle und Sarah-Jane beeilten sich und erreichten die Unterkunft nur wenige Augenblicke später.

»Die Weihnachtsmänner!«, erschrak Michelle.

Obwohl sie ihre Gesichter nie gesehen hatte, erkannte sie die beiden Diebe sofort. Fletch, der Stattliche, hatte sich wohl bei dem Sturz die Wange aufgerissen und blutete stark. Der Schlanke hielt sich den linken Arm. Beide lagen auf dem Boden und stöhnten vor Schmerz. Es war eisig kalt in der Hütte.

»Helfen ... Helfen Sie uns!«, stammelte Fletch.

Ben stellte seinen Rucksack ab und packte den Erste-Hilfe-Kasten aus. Die beiden Verletzten hatten Glück, dass er als Arzt mehr als die üblichen Schmerzmittel und Verbandszeug und Salbe dabeihatte. Mit einem sauberen Tuch säuberte er die aufgerissene Wange, betäubte sie und vernähte sie fachgerecht. Mit etwas Tee flößte er dem Patienten Schmerztabletten ein.

Sarah-Jane untersuchte den verletzten Arm des anderen Diebs und stellte fest, dass er gebrochen war. Sie sah sich nach einer Schiene um, fand einen passenden Holzscheit im Brennholzvorrat und fixierte ihn mit einem festen Verband. Als Sarah-Jane den Arm streckte, stieß der Verletzte einen lauten Schrei aus. Auch er bekam zwei Schmerztabletten, stöhnte aber lauter als sein Komplize.

Gemeinsam schleppten Michelle, Sarah-Jane und Ben die Verletzten zu den Matratzen hinter dem Ofen. Dank seiner Angelausflüge, bei denen er oft in ähnlichen Hütten schlief, war Ben am besten für einen Aufenthalt abseits der Zivilisation geeignet und schaffte es innerhalb von wenigen Minuten, ein Feuer in dem altmodischen Ofen zu entzünden.

»Die beiden müssen so schnell wie möglich in ein Krankenhaus«, sagte Ben. »Darauf zu warten, dass sie uns auf der Lodge vermissen und nach uns suchen, dauert zu lange. Am besten fahre ich zurück und sage Bescheid. Kann ein paar Stunden dauern, aber immer noch besser, als die ganze Nacht hierzubleiben.«

»Wir sollen auf zwei Verbrecher aufpassen?«

»Die schlafen sowieso erst mal«, beruhigte Ben sie. »Und selbst wenn sie munter wären, könnten sie mit ihren Verletzungen nichts ausrichten. Und wenn gar nichts mehr hilft, verpasst ihnen Sarah-Jane eine Narkose. Einverstanden?«

»Wir kommen zurecht«, erwiderte Sarah-Jane.

»Und zum Abendessen gibt's Schokolade«, versprach Michelle.

Sie wünschten Ben viel Glück und sahen ihm nach, bis er hinter dem Hügel verschwunden war. In spätestens einer Stunde würde es dunkel sein. Er musste sich beeilen, wenn er sein Snowmobil noch im Zwielicht erreichen wollte. Vier Stunden würde es wohl mindestens dauern, bis Hilfe für die Verletzten kam.

Sie zündeten die Petroleumlampe auf dem Holztisch an, tranken heißen Tee und aßen Schokolade und blickten alle paar Minuten aus dem Fenster, als könnte Ben zaubern und jetzt schon zurückkommen. Michelle achtete darauf, dass das Feuer im Ofen nicht erlosch, und Sarah-Jane behielt die verletzten Männer im Auge. Als beide erwachten und zu jammern begannen, spritzte sie ihnen ein Beruhigungsmittel, das sie für mehrere Stunden ruhigstellen würde.

Die Zeit verging quälend langsam. Das Zwielicht löste sich wie zäher Nebel auf und überließ den Himmel der Nacht, die sich mit einem vollen Mond und einer unendlichen Zahl von Sternen zurückmeldete, als wollte er Michelle und Sarah-Jane mit einem besonders romantischen Anblick versöhnen. Das Nordlicht nahm die Herausforderung an und erleuchtete den Himmel mit einem flackernden Regenbogen, der sich in wässrigen Farben über den Schnee legte.

Nach vier Stunden war es endlich so weit. Über einen Trail, der aus einer anderen Richtung zur Hütte verlief und die vom Tiefschnee gefährdeten Täler und Mulden umging, nahten John und Ben mit zwei Snowmobilen und flachen Schlitten, wie geschaffen für den Transport der Verletzten.

Ben umarmte seine Frau nur kurz. »Sorry, schneller ging es nicht.«

»Ich bin stolz auf dich«, erwiderte sie.

Sie luden die Verletzten auf die Schlitten und stiegen auf. »Tut mir leid«, sagte John. »Ich wollte den Urlaub nicht spannender machen, als er schon ist. Aber woher sollte ich denn ahnen, dass sich Diebe in der Hütte verstecken.«

24

Michelle war froh, als sie endlich im Bett lag. Obwohl die diebischen Weihnachtsmänner ihre Vergehen gestanden hatten und im Krankenwagen nach Fairbanks unterwegs waren, hatte es sich Shirley nicht nehmen lassen, die Strattons und Michelle persönlich zu befragen. Fast kam es Michelle so vor, als hätte es die Trooperin darauf angelegt, ihr das Leben schwerzumachen. Immer wenn etwas passierte, was mit ihr zu tun hatte, schien sie sofort zur Stelle zu sein.

Michelle hatte die Fragen beantwortet, die Shirley schon bei der letzten Begegnung gestellt hatte, sparte sich aber jede schnippische Bemerkung, um sie nicht unnötig zu reizen und Schikanen zu provozieren. Zum Glück wurden Ben und Sarah-Jane ebenfalls befragt und hatten viel mehr zu sagen, vor allem, was die Verletzungen der beiden Diebe anging. Ben ließ seinen Charme spielen und schaffte es tatsächlich, Shirley ein freundliches Lächeln zu entlocken, das aber augenblicklich wieder verschwand, als sich Michelle von ihr verabschiedete.

Du wirst dich wundern, dachte Michelle. Wenn Ethan tatsächlich etwas mit der langhaarigen Lady hat, stehst du ebenfalls auf dem Abstellgleis. Ein Wunsch, der nur ihrer Wut auf die Trooperin geschuldet war, denn eigentlich hatte Ethan ihren Verdacht längst entkräftet, natürlich nur in ihren Gedanken, und die Leidenschaft wieder heraufbeschworen, die er in der Hütte gezeigt hatte. Nur widerwillig stellte sie sich Fragen wie »Wird er sich noch mal melden?« oder »Habe ich ihn mit meiner Absage so verunsichert, dass er glaubt, ich wollte nichts mehr von ihm wissen?« Warum war Liebe so kompliziert? Warum benahm sie sich nicht wie eine erwachsene Frau und fragte ihn, wer die Lady war?

Lautes Klopfen riss sie aus dem Schlaf. Sie fuhr erschrocken hoch, sah auf ihrem Handy, dass es schon nach acht war, und lief barfuß zur Tür. Sie öffnete und steckte ihren Kopf durch den Spalt. Susan blickte sie fröhlich an.

»Sorry«, entschuldigte sich Michelle, »ich hab verschlafen.«

»Kein Problem. Ethan wartet unten.«

»Ethan?« Sie war kurz davor, sich die Haare zu raufen.

»Mit dem Hundeschlitten. Er will Sie zu einem Ausflug entführen.«

»Himmel! Sagen Sie ihm, ich komme gleich!«

»Keine Eile, er frühstückt mit uns.«

Michelle sperrte ab und verschwand im Bad. In Windeseile duschte sie und zog sich an: Skihose, Pullover, Wanderschuhe. Anorak, Mütze und Handschuhe nahm sie unter den Arm. Ihre Haare band sie zu einem halbwegs ansehnlichen Pferdeschwanz, und ein Make-up machte ohnehin wenig Sinn bei dem arktischen Wetter. Ihr wichtigstes Utensil war der Fettstift für die Lippen.

Mit ihrem Rucksack unter dem Arm stieg sie die Treppe in den Wohnraum hinunter. Erst unterwegs wunderte sie sich darüber, wie schnell und bereitwillig sie reagiert hatte, als Ethans Name gefallen war. Hatte er ihre Verärgerung bei ihrem Telefongespräch nicht herausgehört? Hatte er denn keinerlei Schuldgefühle?

»Guten Morgen allerseits«, begrüßte sie die anderen Gäste. Sie saßen um den Tisch herum und aßen Rührei mit Schinken. »Ich hab leider verschlafen.«

»Sie haben ja auch einiges erlebt gestern Abend«, sagte John.

Ethan, der ebenfalls am Tisch saß, stand auf, als sie den Raum betrat, alte Schule eben, und umarmte sie flüchtig. Einen Kuss sparte er sich zur Begrüßung, wahrscheinlich aus Verlegenheit. »Michelle!«, sagte er. »Wenn ich gewusst hätte, dass du noch schläfst, wäre ich eine Stunde später gekommen.«

»Ich hab nur vergessen, meinen Wecker zu stellen«, sagte sie.

Michelle legte ihre Sachen ab und setzte sich auf den freien Platz neben ihm. Es war noch reichlich Rührei in der Schüssel. Sie hatte am vergangenen Abend kaum etwas gegessen und war froh, wieder etwas in den Magen zu bekommen. Bulldogs Kaffee brachte sie zu den Lebenden zurück. »Das tut gut«, sagte sie und wandte sich an alle. »Haben Sie schon gehört, dass uns der Weihnachtsmann bei unserer Bewerbung helfen wird? Zu unserer Christmas Party kommt er auch. Und er bringt dreißig Waisenkinder mit. Ist das eine gute Nachricht?«

»Der Weihnachtsmann?«, wunderte sich Hank. »Sie meinen, einer dieser Studenten, die sich als Santa Claus ein Zubrot verdienen? Bringt das was?«

»Kein Student. Der echte Weihnachtsmann!«

»Es gibt keinen Weihnachtsmann!« Er klang verärgert.

»Natürlich gibt's den«, widersprach sie, »ich habe ihn gleich nach meiner Ankunft in Fairbanks getroffen, und sein Umgang mit Menschen hat mir gut gefallen.«

»Ich hab ihn auch kennengelernt«, sagte Susan. »Der war echt.«

»Hatte er seinen Schlitten dabei? Und Rudolph?«

»Der Schlitten parkt im Himmel. Und Rudolph hat sich wahrscheinlich in Decken gehüllt und trinkt Tee mit Honig, weil er seine rote Nase langsam leid wird.«

Alle waren guter Laune. Zwei Tage, bevor die Inspektoren der Tourist Association kamen und die weihnachtliche Lodge bewerteten, erstrahlte sie bereits im weihnachtlichen Glanz, wenn auch nur während des Frühstücks, um Strom zu sparen und den Generator nicht unnötig zu belasten. Die Lichter färbten den Schnee und ließen die Eiszapfen an den Hüttendächern leuchten. Aus der Küche tönte »Let It Snow, Let It Snow, Let It Snow« herüber, eines der Lieblingslieder des Kochs zur Weihnachtszeit. Bulldog war ein unverbesserlicher Romantiker.

Für Michelle und Ethan hielt er zwei Lunchpakete und heißen Tee bereit, als sie sich verabschiedeten, und betonte, für jeden zwei selbst gebackene Chocolate Chip Cookies dazu gepackt zu haben, extragroße Schokokekse.

»Ich hoffe, diesmal haben Sie mehr Glück als gestern«, sagte Susan.

Die Huskys waren bereits aufgesprungen und warteten auf sie. Vor allem Timber und Richie, die beiden schnellsten im Team, wollten so rasch wie möglich wieder auf die Piste. Von allen Hunden im Team brauchten sie am meisten Bewegung. Howie und Skip, die Schwergewichte vor dem Schlitten, lagen noch im Schnee, als Michelle und Ethan nach draußen kamen, und hätten wohl gern länger gerastet. Ruby drehte sich zu ihnen um und knurrte zwei

Mal vernehmlich; erst dann erinnerten sie sich an ihre Pflichten und standen auf.

Michelle erinnerte sich an alle Namen und begrüßte einen nach dem anderen. Ruby kraulte sie mutig unter dem Kinn. »Hi, Ruby. Ich hoffe, du hast nichts dagegen, dass ich wieder dabei bin. Ich bin hoffentlich nicht zu schwer.«

»Ruby ist ganz andere Lasten gewöhnt«, sagte Ethan.

Sie verstaute ihren Rucksack im Schlittensack und machte es sich in den Wolldecken auf der Ladefläche bequem. Sie schaffte es nicht, ihre Besorgnis zu unterdrücken und war erleichtert, ihm nicht in die Augen blicken zu müssen. Ihre Sehnsucht nach ihm war groß, sonst hätte sie sich nicht auf diesen Ausflug eingelassen. Ihr Verlangen nach einer zärtlichen Berührung oder einem Kuss war fast übermächtig. Aber noch stand etwas zwischen ihnen, und sie schwor sich hoch und heilig, dieses Problem so schnell wie möglich aus der Welt zu schaffen, wenn es denn ein Problem war. Liebe sollte nicht wehtun, sondern beflügeln.

Ethan spürte ihre Unsicherheit. »Du bist mir hoffentlich nicht böse, dass ich dich heute Morgen überfallen habe, aber die Gelegenheit war günstig. Ich soll die Hunde bewegen und die Trails abseits der Park Road abfahren. Dort ist der Park am schönsten.« Er zögerte. »Ich hätte noch mal anrufen sollen, oder?«

»Nein, das ist schon in Ordnung, Ethan. Ich freue mich.«

Ethan hatte sicher auf der Zunge, dass wahre Freude anders aussah, ging aber nicht darauf ein. »Wir nehmen den

Trail, über den ich heute Morgen gekommen bin«, sagte er stattdessen, »am Teklanika River entlang direkt in den Nationalpark. Eine der einsamsten und schönsten Routen in dieser Gegend.«

»Dann müssen wir nicht zum Highway?«

»Nein, wir fahren direkt nach Süden. Der Trail ist ein wenig anstrengender und führt durch enge Schluchten, aber keine Angst, die Grizzlys schlafen fest, und die Wölfe lassen uns in Ruhe, die kennen mich schon. Kann es losgehen?«

»Wenn es nach Ruby geht, schon längst.«

Ethan stieg auf die Kufen und feuerte die Huskys an. Die Hunde hatten ungeduldig auf diesen Moment gewartet und legten sich mit voller Kraft in die Geschirre. Michelle hielt sich mit beiden Händen am Schlitten fest, als sie über die Zufahrtstraße zum Waldrand fuhren, wo der Trail nach Süden begann.

Die ersten Meilen führten durch dichten Mischwald. Ethan hatte seine Stirnlampe eingeschaltet und half seinen Huskys, den Weg zu finden, obwohl im Ernstfall auch ihr Instinkt genügt hätte. Der Lichtkegel wanderte über den Schnee und die Bäume zu beiden Seiten des Trails. Dunkle Schwarzfichten, vereiste Birken und Espen und namenloses Gestrüpp markierten ihren Weg nach Süden, wirkten im flackernden Licht wie ein magischer Zauberwald.

Michelle schützte sich mit ihrem Schal gegen den frischen Fahrtwind. Winzige Eispartikel, die aus den Baumkronen auf sie herabwehten, brannten auf ihrer Haut. Der Trail war relativ breit und erlaubte den Huskys, ein flottes Tempo anzuschlagen. Sie waren perfekt aufeinander eingespielt, funktionierten als Team, in dem jeder seine bestimmte Aufgabe hatte. Timber und Richie sorgten für das Tempo, Banjo und Rocky für den Rhythmus und Howie und Skip dafür, dass sie durch den Schlitten nicht gebremst wurden. Ruby hielt das Team zusammen, ein echter Leader, der stets zu ahnen schien, was Ethan wollte. Er brauchte sich nicht einmal umzudrehen, um seine Absichten zu erkennen.

Der Teklanika River war ein launischer Fluss. Selbst im tiefsten Winter war er nicht überall zugefroren, hier und da bahnte sich sprudelndes Wasser durch Öffnungen, die wie Wunden im Eis klafften. Ethan ging kein Risiko ein, blieb mit dem Schlitten auf dem Ufertrail und atmete sichtlich auf, als sich der Fluss in mehrere Arme zerteilte und sich durch beinahe ebene Tundra nach Süden wand.

Besonders gefordert waren Ruby und seine vierbeinigen Kollegen in einer schmalen Schlucht, die in der Dunkelheit so unheimlich wirkte, dass sie unwillkürlich langsamer wurden. Die schroffen Felswände stiegen zu beiden Seiten des Flusses steil empor und ließen trotz des Zwielichts, das sich inzwischen über das Land gelegt hatte, die Nacht zurückkehren. Der Himmel war kaum zu sehen. Es war kälter als auf dem offenen Land, auch weil sich der Wind in der Schlucht verfangen hatte und ihnen eisige Luft entgegenblies. Der Trail wurde so schmal, dass Ethan höllisch aufpassen musste, nicht aus der Spur zu kommen, und Michelle sich wegen des vereisten Bodens mit beiden Händen am Schlitten festhalten musste. Vereinzelte Schneeflocken trieben ihr ins Gesicht.

Während der Fahrt sprachen sie kaum miteinander. Michelle hätte sich gern mit Ethan ausgesprochen oder zumindest die Wahrheit erfahren, wusste aber nicht, wie sie es anfangen sollte. Ethan schien sich über ihr Schweigen zu wundern, setzte jedes Mal zum Sprechen an, wenn sich ihre Blicke trafen, und suchte vergeblich nach Worten. Michelle kam sich albern vor, verspottete sich in Gedanken für ihr kindisches Verhalten und hatte sich gerade dazu durchgerungen, etwas zu sagen, als Ethan den Schlitten neben ein paar Felsen bremste.

»Michelle ...«, begann er.

»Ethan ...«, begann sie im gleichen Atemzug.

»Michelle«, versuchte er es noch einmal, »irgendwas ist doch mit dir. Hast du Kummer? Hab ich was Falsches gesagt? Bist du sauer? Was ist los mit dir?«

Sie schlug die Decken zurück und setzte sich seitwärts auf den Schlitten. »Du hast recht«, antwortete sie, »ich bin etwas verwirrt. Ich komm mir wie ein eifersüchtiges Schulmädchen vor, das ständig an ihren Freund denkt und sich davor fürchtet, dass er mit einem anderen Mädchen ausgehen könnte.«

»Aus dem Alter bist du aber raus, oder?«

Sie deutete ein Lächeln an. »Wenn ich in den Spiegel blicke, ganz sicher. Ansonsten bin ich mir nicht mehr sicher. In meinem Job bin ich dafür bekannt, mit den größten Problemen fertig zu werden, ich hab Hauskäufer zu einem Pool überredet, obwohl beide wasserscheu waren, und hab Apartments an den Mann gebracht, die in der Branche als unverkäuflich galten. Und Beziehungen haben mich nie aus der Bahn geworfen. Okay, die letzte vielleicht. Wer verlobt sich schon mit einem aalglatten Burschen, der einen nur als Aushängeschild benutzen will, um als Kandidat für das Bürgermeisteramt gut dazustehen? Der sich heimlich mit seiner jungen Praktikantin trifft und sie dafür bezahlt, sein Kind abzutreiben? Kam sogar im Fernsehen, aber ich hab mich nicht beirren lassen.«

»Was willst du mir sagen, Michelle?«

»Susan und ich haben dich vorgestern in Fairbanks gesehen.«

»Ach ja?«

»Mit deiner langhaarigen Beifahrerin.«

Seine Augen weiteten sich ungläubig. »Du meinst ... du glaubst doch nicht ... du denkst, ich hab was mit Mila?« Er lachte. »Wie kommst du denn darauf?«

»Ich hab ja gesagt, ich komme mir wie ein eifersüchtiges Schulmädchen vor«, sagte sie. »Als ich gesehen habe, wie du deinen Arm um ihre Schultern gelegt hast ... Ich weiß eigentlich, dass nichts dahinter sein kann, und trotzdem hatte ich Angst, dass ... dabei hab ich doch gar keine Rechte auf dich. Wir sind weder verlobt noch verheiratet, haben uns nur ein paarmal gesehen und ... vergiss es, Ethan! Vergiss, was ich gesagt habe! Entschuldige, dass ich dir mit meinen blöden Gefühlen auf die Nerven gehe. Ich verstehe mich ja selbst nicht mehr.«

Ethan kam zu ihr und half ihr vom Schlitten hoch. »Du brauchst dich nicht bei mir zu entschuldigen. Ich hatte vorgestern ganz ähnliche Gedanken, als du mir am Telefon einen Korb gegeben hast. Ich war plötzlich vollkommen durch den Wind. Ich will dich nicht verlieren, Michelle. Wir gehören zusammen.«

»Ehrlich?«

»Ehrlich«, erwiderte er, »und was die Sache mit Mila betrifft: Mila Young ist die Managerin für das Kulturförderungsprogramm am Alaska Native Heritage Center, einer Einrichtung in Anchorage, die über die Kultur der indigenen Bevölkerung von Alaska informiert. Sie ist eine Athabaskin und koordiniert die Programme. Vorträge, Filmabende, so was. Ich hab sie umarmt, weil sie mir gesagt hat, dass ihr Vater gestorben ist. Sie wollte es mir persönlich sagen. Sie ist mit einem Hünen von Mann zusammen, einem professionellen Boxer, der mich zwischen Daumen und Zeigefinger zermalmen würde, wenn ich ihr zu nahe käme. Wir sind befreundet, weiter nichts. Und wir haben uns getroffen, weil sie zu einem Potlatch zu Ehren ihres Vaters nach Nabesna fliegen will und ich an dem Fest teilnehmen und die Spenden aus ihrer Aktion überreichen soll, die sie vor einem Jahr ins Leben gerufen hat. ›Natives First‹ nennt sich der Laden. Ich hab vor zwei Jahren einen Sommer lang im Wrangell-St. Elias National Park gearbeitet, der liegt ganz in der Nähe, und bin mit einigen Leuten in Nabesna befreundet.«

Michelle war blass geworden. »Jetzt komme ich mir erst recht wie ein dummer Teenager vor. Wie habe ich nur denken können, dass du … Es tut mir leid, Ethan. Ich hatte ja keine Ahnung. Ich hätte wissen müssen, dass du keine andere hast. Ich könnte mich ohrfeigen, Ethan. So lange ohrfeigen, bis ich wieder Vernunft annehme. Jetzt hast du sicher ein ganz schlechtes Bild von mir, nicht wahr?«

»Unsinn!« Er ging auf sie zu und zog sie von der Ladefläche hoch. »Das alles zeigt mir doch nur, dass du mich wirklich magst. Sonst würdest du noch nicht durchdrehen, nur weil eine junge Frau in meinem Pick-up saß.« Ein bisschen Spott musste wohl sein. »Nein, Michelle. Für mich gibt es nur dich. Und es macht mir auch nichts aus, dass du in Kalifornien wohnst. Ich hab einen Freund bei den Alaska Airlines, der gibt mir sicher Rabatt, wenn ich alle zwei Wochen nach Petaluma fliege. Und wer weiß? Vielleicht lasse ich mich irgendwann versetzen. Yosemite oder King's Canyon sollen auch sehr schön sein.«

»Du bist mir nicht böse?«

»Wie könnte ich?«

»Und du verrätst niemandem, was für eine dumme Pute ich bin?«

Er grinste. »Das muss ich mir noch überlegen.«

Sie legte ihre Arme um seinen Hals und schmiegte sich dicht an ihn. Trotz der gefütterten Anoraks glaubte sie die Wärme seines Körpers zu spüren. Sie spiegelte sich in seinen Augen. »Ich liebe dich, Ethan! Ich liebe dich wirklich!«

»Und ich liebe dich!«

Sie küssten sich lange und leidenschaftlich, obwohl die Huskys schon unruhig wurden und sich wahrscheinlich fragten, was die feste Umarmung der beiden Zweibeiner zu bedeuten hatte. Jetzt reicht's aber, schien Ruby zu sagen.

»Kommst du morgen mit zum Potlatch nach Nabesna?«

»Bin ich denn dort erwünscht?«

»In meiner Begleitung schon.«

»Ein Potlatch ... was ist ein Potlatch?«

»Ein Fest ... in diesem Fall zu Ehren von Milas verstorbenem Vater. Zu Ehren der Toten verschenken die Dorfbewohner einen Teil ihres Besitzes. Milas Bruder ist der Häuptling des Dorfes und würde sich bestimmt freuen, dich kennenzulernen.«

»Bist du sicher?«

»Ganz sicher.«

Sie küssten sich und lösten sich gerade voneinander, als sich ein Mann auf einem Snowmobil näherte. »Wir bekommen Besuch«, sagte Ethan.

25

Jeff Lafferty stieg von seinem Snowmobil und schob seine Kapuze nach hinten. »Hey!«, rief er. »Der Ranger und die tapfere Städterin! Die Walkers wussten, dass ich Sie hier treffen würde. Haben Sie Schokolade dabei? Ich brauch was Süßes.«

Ethan zauberte einen Schokoriegel aus der Anoraktasche und warf ihn ihm zu. Der Fallensteller fing ihn geschickt auf, riss das Papier auf und biss hinein. Sein Gesicht entspannte sich, als er die Schokolade auf der Zunge spürte.

»Sie sind uns doch nicht wegen des Riegels nachgefahren«, sagte Ethan.

»Natürlich nicht«, antwortete Lafferty mit vollem Mund. »Ich hab selbst welche dabei, aber die liegen ganz unten in meinem Rucksack. Es gibt Neuigkeiten, Ranger, deshalb bin ich hier. Sie wissen, dass ich nichts gegen Wolfsjäger habe. Das Gleichgewicht in der Natur muss erhalten bleiben. Aber ich hab sehr wohl was gegen militante Rüpel, die sich nur aus Spaß am Töten an den Tieren vergreifen und ihnen sogar in den Nationalparks auflauern.« Er biss von seinem Riegel ab und kaute angestrengt. »Aber das, was ich Ihnen jetzt verrate, ist noch krasser. Ich hab ein Gespräch von zwei Wolfsjägern im Roadhouse belauscht. Sie waren sauer, weil Sie Carter Grayson festgenommen haben, einen ihrer wichtigsten Männer, und wollen sich rächen.«

»Versuchen sie das nicht seit Monaten?«

»Nicht auf die hinterhältige Art, die sie sich jetzt ausgedacht haben. Weil sie keine Lust haben, im Nationalpark einem Ranger in die Arme zu laufen, wollen sie die Rudel aus dem Park locken … mit Fleischbrocken! Der eine hat sogar vorgeschlagen, einige der Köder mit Strychnin zu versetzen, weil sie dann keine Kugeln zu vergeuden brauchten. Hat dem anderen gar nicht gefallen. ›Ich will meinen Spaß haben und die Biester abknallen‹, hat er gesagt.«

»Das sind schlechte Nachrichten«, sagte Ethan. »Haben sie gesagt, wo sie den Wölfen auflauern wollen? Bis zur Parkgrenze ist es keine Meile mehr.«

»Ich weiß, deshalb hab ich mich ja so beeilt«, sagte Lafferty. »Irgendwo zwischen dem Teklanika und dem Sushana River. Sie wissen besser, wo genau die Grenze verläuft. Sie verstecken sich zwischen den Felsen und warten, bis die Wölfe das Fleisch riechen und sich aus ihrer Deckung heraustrauen. Ich hab so was nie gemacht, auch nicht bei Elchen und kleineren Tieren. Hab ich nicht nötig. Ein echter Jäger lässt es auf einen fairen Zweikampf ankommen.«

»Danke, dass Sie uns nachgefahren sind«, sagte Ethan. »Wir werden den Burschen die Suppe versalzen, da können Sie sicher sein. Mag sein, dass sie kein Gesetz übertreten, wenn sie die Köder außerhalb des Nationalparks platzieren und dort auf die Wölfe schießen, aber weit kommen sie damit nicht.«

»Außerhalb des Parks haben Sie keine Befugnis«, erwiderte Lafferty.

»Mir wird schon was einfallen.« Ethan griff nach seinem Funkgerät und informierte die Zentrale. Der Fallensteller hatte recht, außerhalb der Parkgrenzen hatten die Ranger nichts zu sagen, aber es war besser, wenn sie Bescheid wussten. »Nein, ich riskiere keine Alleingänge«, versprach er dem Ranger am anderen Ende, »ich halte lediglich die Augen offen. Ich habe eine gute Freundin dabei und werde den Teufel tun, sie einer Gefahr auszusetzen.« Er gab seinen genauen Standort an und wandte sich wieder an Lafferty. »Und was treibt Sie in unsere Gegend? Wollten Sie nicht mal was anderes machen?«

»Bin schon dabei«, sagte der Fallensteller. »Hab schon mit den Walkers gesprochen und vereinbart, ab der kommenden Saison als Guide für sie zu arbeiten. Ich kenn mich in der Gegend und mit den Tieren aus, ich kann einen Hundeschlitten steuern und mich auf einem Four-Wheeler halten. Beim Reiten hapert es etwas, ich bin kein Cowboy, aber für den Hausgebrauch reicht es.«

»Hätte nicht gedacht, dass Sie noch mal vernünftig werden.«

»Ich komme in die Jahre, Ranger.«

»Bei den Walkers haben Sie ein gutes Auskommen.«

»Und das beste Essen. Bulldog kocht einen großartigen Eintopf.«

Der Fallensteller verabschiedete sich und fuhr denselben Trail zurück, den er gekommen war. In seinem Fellmantel und der Biberfellmütze mit den Ohrenschützern wirkte er wie ein Abenteurer aus einer längst vergangenen Zeit.

»Das waren schlechte Nachrichten«, sagte Michelle, als er verschwunden war. »Wie willst du die Wolfsjäger aufhalten? Mit dem Gewehr? Das ist doch viel zu gefährlich! Die kommen mindestens zu zweit. Das schaffst du nicht.«

»Solange sie die Grenze nicht überschreiten, können wir sowieso nichts unternehmen, weder die Kollegen noch ich. Ich muss die Wölfe finden und sie auf irgendeine Weise daran hindern, auf die Köder hereinzufallen. Und dich würde ich am liebsten irgendwo in Sicherheit bringen. Aber nicht mal die Hütte am Teklanika River wäre sicher, solange die Burschen in der Nähe sind.«

»Wenn du bei mir bist, habe ich keine Angst«, sagte Michelle.

Sie folgten dem Teklanika River weiter nach Süden. Die Huskys waren nicht gerade begeistert von der langsamen Gangart, die Ethan von ihnen forderte, gehorchten aber, wenn auch widerwillig. Unter einem verwaschenen Himmel, wie er typisch für einen Wintertag im Hohen Norden war, hielt Ethan immer wieder an und suchte die Gegend nach den Wölfen ab, entdeckte aber weder sie noch die Jäger. Obwohl Michelle mit dem Rücken zu ihm saß und ihn nur sehen konnte, wenn sie sich umdrehte, spürte sie seine Unruhe. Wegen der Wölfe, aber auch ihretwegen. Sie hörte, wie er seinen Revolver überprüfte und ihn griffbereit in den Schlittensack legte. Aus einem unterhaltsamen Ausflug war eine gefährliche Fahrt durch die Wildnis geworden. So hatte sie sich ihren Urlaub in Alaska nicht vorgestellt. Was würde Alice dazu sagen?

»Wir sind schon im Nationalpark«, sagte Ethan, als sie wieder einmal hielten und die Gegend absuchten. Auch Michelle blickte durch ihr Fernglas, sah aber nur schneebedeckte Hänge, Fichten und kahle Laubbäume und Felsen. Keine Wolfsjäger, keine Wölfe, kein anderes Tier. Nicht die geringste Bewegung.

Sie setzte das Glas ab. »Und die Grenze ist dort drüben?«

»Auf der Anhöhe bei den vielen Felsen«, antwortete Ethan. »Eine perfekte Deckung für die Wolfsjäger. Obwohl sich das Rudel meist am Sushana River aufhält, dort bringt die Wölfin auch ihre Jungen zur Welt. Wäre ein geschickter Schachzug von den Wolfsjägern, sie in diese einsame Gegend zu locken.«

Sie fuhren zögernd weiter. Die Huskys hatten inzwischen gemerkt, dass sie in einer ganz besonderen Mission unterwegs waren, und beschwerten sich nicht mehr über das langsame Tempo. Sie blieben im Schatten der Bäume, die sich am Flussufer erhoben. Michelle erkannte, dass auch die Huskys nervös waren und plötzlich sogar versuchten, den Trail zu verlassen und in den Tiefschnee auszubrechen.

Ethan hielt an und atmete mehrmals tief ein. Seine Nase war nicht so empfindlich wie die seiner Huskys, dennoch glaubte er, den Geruch von frischem Fleisch in seiner Nase zu spüren. »Immer mit der Ruhe, meine Lieben!«, versuchte er die Hunde zu beruhigen. Er rammte den Anker in den Schnee, bat Michelle mit einem Wink, in Deckung zu bleiben, und schlich zum Waldrand. Durch sein Fernglas suchte er die Gegend ab, noch sorgfältiger als vorher.

Als er das dunkle Bündel im Schnee liegen sah, wusste er Bescheid. Selbst durch das Fernglas erkannte er, dass es sich um rohes Fleisch handelte. So verlockend auch für die Huskys, dass sie sofort darauf zugerannt wären, wenn er sie nicht zurückgehalten hätte. Und erst recht für die Wölfe, die im Winter viel zu hungrig waren, um sich von einer so verlockenden Beute abhalten zu lassen.

»Ein Köder«, sagte er, als er zurückkam. »Und ich bin sicher, die Wolfsjäger liegen dort oben zwischen den Felsen auf der Lauer. Wenn ich nur wüsste, wie viele Köder sie ausgelegt haben! Und wo die anderen Fleischbrocken liegen.«

»Meinst du, sie haben uns schon gesehen?«, fragte Michelle.

»Bestimmt«, antwortete Ethan, »aber wir sind ihnen wahrscheinlich egal, solange wir nicht eingreifen. Selbst wenn sie an meinem Anorak erkennen, dass ich Ranger bin, wissen sie, dass ich keine Unterstützung anfordern kann, solange sie nicht in den Park kommen und dort das Gesetz brechen. Radikalen Wolfsjägern ist sowieso alles egal, wenn sie erst einmal in Fahrt kommen. Sie haben gewiefte Anwälte, die es nicht zu einer Verurteilung kommen lassen.«

»Tolle Aussichten. Und wie willst du sie dann stoppen?«

»Keine Ahnung.«

»Dann wird's aber höchste Zeit, dass du dir was einfallen lässt«, sagte sie mit einem bangen Blick. Sie stand auf und deutete auf das Ufer des vereisten Flusses hinab, der ungefähr eine Viertelmeile von ihnen entfernt vorbeifloss. »Da kommen nämlich die Wölfe!«

Ihre Stimme klang gefasst und zitterte nicht, aber ihr Magen verkrampfte sich, und ihr Herz pochte vor Aufregung. Sie griff mit einer Hand nach Ethan. Auch die Huskys waren unruhig geworden. Banjo und Rocky schienen sich im Schnee verkriechen zu wollen, Timber und Richie zerrten ungeduldig an den Leinen, und ausgerechnet der kräftige Howie schien Angst zu bekommen und zitterte sogar. Ruby blieb aufrecht, wie es sich für einen erfahrenen Leithund gehört, und stellte sich der drohenden Gefahr mutig entgegen.

Gleichermaßen ängstlich und fasziniert beobachtete Michelle, wie sich die Wölfe in einer Angriffsformation der Beute näherten. Als ob sie auf einen Elch losgingen, fächerförmig auseinandergezogen, um der Beute jede Fluchtmöglichkeit zu versperren. Sie trauten der verlockenden Witterung nicht, schienen nicht zu wissen, ob sie es mit einer lebenden oder toten Beute zu tun hatten, und hielten immer wieder an. Die erwachsenen Anführer hatten Mühe, ihren leichtsinnigen Nachwuchs zurückzuhalten, sie spürten wohl die drohende Gefahr.

»Das Sushana-Rudel«, erkannte Ethan. »Sie haben es auf das Sushana-Rudel abgesehen! Als ob diese Irren nicht schon genug Unheil angerichtet hätten!«

»Du musst was unternehmen, Ethan! Wenn sie schießen …«

Ethan griff nach seinem Revolver und trat ein paar Schritte nach vorn. Michelle hielt sich die Ohren zu, als er drei Mal in die Luft schoss, und beobachtete, wie die Wölfe stehen blieben und für einen Augenblick nicht zu wissen schienen, was sie tun sollten. »Zurück! Zurück!«, rief Ethan ihnen zu, fuchtelte wild mit den Armen und klatschte in die Hände. In der Einsamkeit war jedes Wort und jedes Geräusch doppelt so laut und hallte als Echo nach.

Die Wölfe verstanden ihn und ergriffen die Flucht. Bevor die Wolfsjäger reagieren konnten, waren sie außer Schussweite und verschwanden im Wald.

Ethan steckte den Revolver weg und wandte sich an die Wolfsjäger, die vorsichtshalber in Deckung geblieben waren.

»Hier spricht Park Ranger Ethan Stewart!«, rief er. Er hatte einen Trichter mit seinen Händen gebildet, damit sie ihn besser hören konnten. »Ich weiß, dass ihr da oben seid. Ihr seid auf öffentlichem Land, aber eure Köder liegen im Nationalpark, und das ist strafbar.«

Ihre Antwort bestand aus einem ordinären Schimpfwort.

»Wenn ihr schlau seid, kommt ihr aus eurer Deckung und lasst euch festnehmen. Eine Weigerung macht alles nur noch schlimmer. Carter Grayson wartet bereits auf seine Verhandlung und verrät uns bereitwillig eure Namen, wenn wir dafür mit dem Staatsanwalt reden. Ihr habt drei Minuten, denkt drüber nach.«

»Du kannst uns mal!«, kam es postwendend.

Wenig später hörte man die Motoren von zwei Snowmobilen aufheulen und sich rasch entfernen. »Dumm wie Bohnenstroh!«, schimpfte Ethan. Er funkte die Zentrale an und berichtete, was geschehen war, meldete sich ab und kehrte zu Michelle zurück. »Tut mir leid, aber das war nicht zu vermeiden. Wenn ich nicht eingegriffen hätte, wäre keiner der Wölfe mehr am Leben.« Er nahm sie in den Arm und drückte ihren Kopf sanft gegen seine Brust. »Du hast dir deinen Urlaub sicher anders vorgestellt. Wie kann ich das wiedergutmachen?«

»Wie wär's mit einem Picknick in eisiger Kälte?«

Sie mussten beide lachen.

»Damit kann ich dienen«, sagte er. »Ungefähr zwei Meilen von hier gibt es die Überreste eines ehemaligen Gletschers. Einige überhängende Felsen, die den Wind abhalten, und eine gute Aussicht auf die Berge der Alaska Range.«

Mit der Aussicht war es an einem trüben Tag wie diesem zwar nicht weit her, aber man bekam ein Gefühl für die scheinbar endlose Weite im Denali National Park, der viel größer war, als sie vermutet hatte. Eine Wildnis, in der man sich verlieren konnte, in der schon Menschen verschwunden und nie mehr aufgetaucht waren. Gefährlich für alle, die sich nicht an die Regeln hielten, eindrucksvoll für Naturliebhaber, die wissen wollten, wie die Erde im Urzustand ausgesehen hatte. Michelle fand es gut, dass man mit dem Privatwagen nur bis zu einem der ersten Campgrounds fahren durfte und ansonsten auf den grünen Bus angewiesen war, hier wurde Naturschutz noch großgeschrieben.

Unter den Felsen des Plateaus, das aus dem verschneiten Land herausragte, war die bedrohliche Situation an der Grenze des Nationalparks schon beinahe vergessen. Ethan hatte die Wölfe gerettet und die Wolfsjäger vertrieben, um sie würden sich die Ranger und die Alaska State Troopers kümmern. In den Lunchpaketen, die Bulldog für sie gepackt hatte, lagen Käse, Schinken, Biscuits und etwas Obst, am besten schmeckten aber die Chocolate Chip Cookies, schmackhafte Kekse, die der Koch von seinem Weihnachtsvorrat abgezweigt hatte.

Michelle hatte sich schon lange nicht mehr so lebendig gefühlt. Aus der Eintönigkeit des Alltags war ein Wechselbad der Gefühle geworden, das jeden ihrer Sinne aktivierte und ihre Seele berührte. Jeder Tag brachte ein neues Abenteuer. So intensiv wie hier hatte sie es noch nie empfunden. Vor allem, weil es einen Menschen gab, der ihre Gefühle teilte und ihr das gab, was sie so lange vermisst hatte:

die Möglichkeit, ihre Freude, aber auch ihre Sorgen und Nöte mit einem Menschen zu teilen, der sie zu verstehen schien, obwohl sie sich erst seit wenigen Tagen kannten. Der Gedanke, dass sie jemals mit einem Blender wie Paul Bradley zusammen war, erschien ihr im Nachhinein geradezu absurd. Selbst ohne seine Verfehlungen hätte sie seinen Verlobungsring niemals annehmen dürfen.

»Ich liebe dich«, sagte Ethan und küsste sie. »Ich dachte immer, ich könnte diese Zauberworte niemals aussprechen, aber bei dir kann ich es. Weil ich wirklich so fühle, Michelle. Ich würde dich am liebsten nach Alaska entführen.«

»Wer weiß?«, erwiderte sie lächelnd. »Ich gewöhne mich langsam an die Kälte und weiß schon gar nicht mehr, wie die Sonne aussieht, wenn sie freie Bahn hat wie in Kalifornien.« Sie küsste ihn ebenfalls. »Ich liebe dich auch, Ethan. Ich liebe dich so sehr, dass es mir beinahe unheimlich vorkommt.«

»Verrückt, nicht wahr?«

»Weil es so schnell ging?«

»Und weil das Gefühl so ... so intensiv ist.«

Die Huskys jaulten. Es schien fast so, als hätten sie die Worte verstanden und wollten sie daran erinnern, endlich weiterzufahren. »Schon gut«, rief Ethan ihnen zu, »wir haben euch nicht vergessen.« Er fischte einige Leckerli aus seiner Anoraktasche und verteilte sie unter den Hunden. »Ihr habt euch wacker gehalten. Andere Hunde wären bei so vielen Wölfen noch nervöser geworden.«

»So wie ich«, sagte Michelle, »aber nicht wegen der Wölfe. Eher wegen der Wolfsjäger. Das sind rücksichtslose Burschen, die einfach nur Spaß am Töten haben.«

Ethan war ihrer Meinung. »Auch deshalb gibt es Nationalparks. Damit solche Rabauken weniger Spielwiesen haben, um ihre Gewaltfantasien auszuleben. Sie sagen, dass sie Angst um ihre Rinder und Schafe haben und Wölfe nur töten, damit das Gleichgewicht der Natur erhalten bleibt, aber die wenigsten dieser Männer sind Rancher oder Farmer, und für das Gleichgewicht sorgt die Natur schon selbst. Auf keinen Fall sollten wir es diesen Kerlen überlassen.«

Das Zwielicht hatte den kurzen Tag vertrieben, als sie die Park Road erreichten, und Ethan hatte längst wieder seine Stirnlampe eingeschaltet. Wie Nebel hing der eisige Dunst über der geräumten Straße. Ethan ließ die Hunde laufen, brauchte sie nicht einmal anzufeuern, so breit und einladend war die Straße nach dem kurvenreichen Trail am Teklanika River. Michelle genoss die Fahrt trotz der eisigen Temperaturen, hörte noch immer sein ehrliches »Ich liebe dich!«, das aus seinem Mund weder kitschig noch verlogen geklungen hatte, spürte die Wärme seiner Umarmung, als würde er sie noch in den Armen halten. Würde sie jemals aus diesem Traum erwachen? Natürlich war sie erwachsen genug, um zu wissen, dass eine Beziehung mit Ethan nicht nur eitel Freude und Sonnenschein bringen würde, dafür waren beide zu stark und zu selbstbewusst, jeder auf seine Weise, aber ihre Liebe würde alle Sorgen überstehen.

Bei den Zwingern vor dem Verwaltungsgebäude des Nationalparks wartete Jenny Richards. »Hey«, grüßte sie lässig, »ich hab schon gehört. Ihr hattet wieder Ärger mit den Wolfsjägern. Ich hoffe, sie landen bald im Gefängnis.«

»So einfach ist das gar nicht«, erwiderte Ethan, »bisher konnten wir ihnen nur Kleinigkeiten nachweisen. Wenn manche Bürokraten nicht so verbohrt wären, hätten sie den Wolf längst wieder auf die Liste der gefährdeten Tierarten gesetzt, aber dazu fehlt ihnen leider der Mut. Aber wem erzähle ich das.«

»Willst du noch eine Runde mit den Huskys drehen? Ruby wäre sicher einverstanden. Die Wolfsjäger haben uns länger aufgehalten, als ich dachte.« Er stieg von den Kufen und half Michelle vom Schlitten. »Wir nehmen den Pick-up und gehen noch ein Eis essen, bevor wir zur Lodge zurückfahren.«

»Choco Blast?«

»Tropic Thunder«, verbesserte er sie. »Mit viel Sahne!«

26

Im Roadhouse am Highway bullerte der Ofen, als sich Michelle und Ethan an einen der wenigen freien Tische setzten. Es war so warm, dass sie ihre Anoraks auszogen und über die Stuhllehnen hängten. Michelle blickte sich um und erkannte Urlauber und Einheimische, die sich allein durch ihre Kleidung verrieten. Die Urlauber, die wie Michelle meist aus wärmeren Gegenden kamen, trugen Anoraks und Wollmützen in modischen Farben, die Einheimischen die Sachen, die sie schon letztes und vorletztes Jahr angehabt hatten. Aus der altmodischen Jukebox neben der Tür zu den Toiletten dröhnte »Blue Christmas«.

Maggie entdeckte sie sofort und begrüßte sie erfreut. »Ethan! Michelle! Da seid ihr ja wieder! Sieht so aus, als hättet ihr euch gesucht und gefunden.«

Beide grinsten verlegen.

»Was darf's denn sein? Apple Pie mit doppelt Schlagsahne?«

»Zwei Eisbecher«, sagte Ethan. »Einen Choco Blast für Michelle und einen Tropic Thunder mit viel Sahne für mich. Die stehen doch noch auf der Karte?«

»Das sind meine Renner. Gibt's was zu feiern?«

»Unsere Rückkehr zum Beispiel.«

»Aus den Bergen? Ich hab gehört, es gab Ärger.«

»Hat sich anscheinend schnell herumgesprochen«, erwiderte Ethan. »Pech für die Wolfsjäger, dass wir ihre Köder rechtzeitig entdeckt und die Wölfe vertrieben haben. Ich weiß nicht, warum sie ausgerechnet den Rudeln im Nationalpark auflauern. Warum nicht weiter nördlich, da ist die Wolfsjagd erlaubt.«

»Aber da macht sie weniger Spaß. Seht ihr die Jungs am Tresen?«

»Die mit den Biergläsern?«

»Genau die. Ich glaube, das sind die Burschen, die auf deine Wölfe schießen wollten. Ich hab nur Bruchstücke von dem mitbekommen, was sie sagen, aber das hat mir gereicht. Sie haben geschworen, sich nicht einschüchtern zu lassen und es den verdammten Rangern heimzuzahlen. Und das war noch lange nicht alles. Sie haben zu viel Bier getrunken, sonst würden sie die Klappe halten.«

»Seit wann sind sie hier?«

»Seit ungefähr zwei Stunden.«

»Das kommt hin. Sind sie mit Snowmobilen hier?«

Maggie nickte. »Stehen auf dem Parkplatz.«

»Okay, lass dir nichts anmerken. Wir können ihnen nichts beweisen, und sie würden uns nur eine lange Nase drehen. Ruf die Troopers, falls es Ärger gibt.«

»Geht klar. Ich hole eure Eisbecher.«

Obwohl es draußen eisig kalt war, genoss Michelle jeden Löffel ihres Choco Blast. Schokoladeneis mit Waldbeeren und Schlagsahne, eine bessere Belohnung gab es nicht nach dem aufregenden Tag in der Wildnis. Auch Ethan schmeckte es. Zufriedener konnte man nicht sein, dachte Michelle. Die Liebeserklärung eines geliebten Menschen zu hören, getoppt mit einem grandiosen Eisbecher, und das nur wenige Tage vor Weihnachten … was für ein Geschenk!

Doch in ihr Glück mischten sich barsche Misstöne, als einer der Männer am Tresen von seinem Barhocker rutschte und sich leicht schwankend vor den Gästen aufbaute. »Habt ihr gehört?«, rief er ihnen zu. »Sie haben einer meiner Freunde verhaftet! Weil er auf einen Wolf geschossen hat! Weil er eine dieser blutgierigen Bestien zum Teufel schicken wollte.« Er trank einen Schluck von seinem Bier und fuhr sich mit dem Handrücken über den Mund. »Findet ihr das vielleicht okay? Die Bestien vermehren sich wie die Karnickel und warten doch nur darauf, unsere Kälber und Schafe zu reißen. Ich bin Farmer, ich weiß, wovon ich rede.« Er stellte sein Glas mit solcher Wucht auf den Tresen, dass Bier herausschwappte. »Wie lange wollen wir uns das noch gefallen lassen?«

»Er hat zu viel getrunken, aber er hat recht!«, rief jemand.

»Und ob ich recht habe! Schon klar, die meisten von euch denken, was geht es mich an, ich hab keine Kälber oder Schafe. Aber vielleicht habt ihr kleine Kinder, die ahnungslos im Schnee spielen, wenn sich eine dieser Bestien auf sie stürzt. Oder ihr habt eine Panne mit eurem Snowmobil, und ein hungriger Wolf kommt aus dem Wald. Meint ihr vielleicht, der lässt euch laufen?«

Mehrere Gäste redeten wild durcheinander. Einige stimmten dem Wolfsjäger zu, andere winkten ab, und einer rief: »Was willst du denn? Keiner tut dir was, wenn du einen Wolf abknallst. Wir sind in Alaska, nicht in Kalifornien.«

Ethan platzte der Kragen. Er hatte lange genug zugehört, und Michelle war von vornherein klar gewesen, dass er es auf die Dauer nicht schaffen würde, sich herauszuhalten. Er stand auf und ging einen Schritt auf den Wolfsjäger zu. »Sie sind betrunken«, sagte er, »und Betrunkene sollte man nicht ernstnehmen. Aber Ihr Kumpel hat nicht irgendwo auf einen Wolf geschossen, sondern in einem Nationalpark. Und wie Sie und alle anderen hier wissen sollten, haben wir die Nationalparks geschaffen, um die Natur in besonders attraktiven Gebieten unseres Landes zu schützen und vor der Ausbeutung zu bewahren und unseren Nachkommen die Möglichkeit zu geben, sie in ihrer ganzen Schönheit kennenzulernen. Niemand darf in einem Nationalpark auf ein Tier schießen, auch nicht auf einen Wolf!«

»Nun hör sich einer diesen Klugscheißer an«, rief der Wolfsjäger. Spöttisches Gelächter machte sich breit. Für die meisten Gäste war der Betrunkene nur ein Clown, der für etwas Unterhaltung sorgte. »Wer bist du überhaupt?«

»Ich bin Park Ranger im Denali National Park und habe geholfen, Ihren Kumpel festzunehmen. Und ich bin derjenige, der heute ein Wolfsrudel davor bewahrt hat, von Ihren Ködern zu fressen und Ihnen vor die Gewehre zu laufen. Oder wollen Sie das etwa leugnen? Vor ein paar Stunden waren Sie noch am Teklanika River und haben versucht, die Wölfe aus dem Nationalpark zu locken. Warum jagen Sie die Wölfe nicht dort, wo es erlaubt ist? Und hören endlich auf, den Leuten wilde Lügengeschichten zu erzählen? Wenn Wölfe schon Kälber oder Schafe reißen, dann meist schwache oder kranke Tiere, die Sie sowieso erschossen hätten. Und Menschen greifen sie nur an, wenn sie sich in die Enge getrieben fühlen. Wölfe gehen Menschen meist aus dem Weg.«

Der Wolfsjäger trank den Rest seines Biers und warf das Glas vor Ethan auf den Boden. »Du warst das also! Ein verdammter Ranger, der lieber Menschen sterben sieht, als eine blutgierige Bestie zu erledigen.« Er spuckte aus. »Wissen Sie was? Wir werden den Teufel tun, klein beizugeben.« Er blickte seine jüngeren Begleiter an, die ebenfalls in Angriffsstellung gegangen waren. »Wir werden so lange Wölfe abknallen, bis kein Einziger mehr übrig ist.«

Michelle bekam es mit der Angst zu tun. Auch wenn der Wolfsjäger nur angetrunken war, konnte es sein, dass er eine Schlägerei anfing. Einige der Gäste schienen bereits darauf zu warten und feuerten ihn an. »Endlich ist hier mal was los!«, rief jemand. »Besser als in einem alten Western!«

Eine Polizeisirene und das Warnlicht, das in diesem Augenblick vor dem Fenster aufflackerte, lösten die Spannung. Die Tür flog auf, und Shirley Logan und ein männlicher Trooper betraten das Roadhouse. Maggie hatte sie rechtzeitig gerufen. »Was gibt's?«, rief die Trooperin, eine Hand auf der Pistole.

»Was soll's schon geben?«, erwiderte der Wolfsjäger. »Dieser Scheißkerl behauptet, Ranger zu sein, und will mir verbieten, blutgierige Bestien abzuknallen. Soweit ich weiß, hat die Regierung nichts dagegen.«

»Im Nationalpark schon«, erwiderte Ethan scharf.

»Wer sagt mir denn, dass Sie tatsächlich Ranger sind?«

»Ist er«, antwortete Shirley. »Ich kenne ihn.«

»Hört ihr das?«, wandte er sich an seine jüngeren Freunde. »Die Lady macht gemeinsame Sache mit dem Moralapostel.« Die beiden lachten. »Und ich dachte, er wäre mit der Blonden an seinem Tisch zusammen. Hast dir wohl eine Zweitfrau geschnappt? Eine in Uniform ... manche Männer macht das heiß.«

»Sie sind betrunken, Mann!«, sagte Ethan.

»Aber nüchtern genug, um einen wie dich zu durchschauen. Hast du noch mehr Frauen als die Blonde und die Trooperin? Treibst du's gern mit mehreren? Also, ich hätte auch nichts dagegen. Ich stehe auf Frauen in Uniform.«

»Jetzt reicht's mir aber!«, sagte Shirley und ging auf den Mann zu.

»Willst du mich etwa verhaften?« Der Alkohol ließ den Wolfsjäger übermütig werden, sodass er anfing, sich über die Trooperin lustig zu machen. Ein Fehler, den er nüchtern niemals begangen hätte. »Ich habe nichts getan. Stimmt doch, Leute?«

Seine Kumpane kamen nicht dazu, ihm zu antworten. Denn Shirley war schon heran, packte den Wolfsjäger mit einem gekonnten Griff am Arm und schleuderte ihn zu Boden. Er kam auf den Bauch zu liegen und wimmerte vor Überraschung und Schmerz. Die Trooperin drückte seine Hände zusammen und legte ihm Handschellen an. »Sie sind verhaftet, Mister!«

Sie zerrte ihn vom Boden hoch und schob ihn dem anderen Trooper zu.

»Sie können mich nicht verhaften! Ich hab nichts getan!«

»Widerstand gegen die Staatsgewalt, Beleidigung eines State Troopers, Zerstörung von fremdem Eigentum ...« Sie deutete auf die Glasscherben. »Reicht das fürs Erste?

Wenn Sie wollen, fallen mir noch ein paar andere Dinge ein.«

»Das können Sie nicht machen!«

»Ich bin Trooperin. Ich kann das.«

»Sie haben keine Beweise!«

»Wenn Sie sich da mal nicht täuschen! Carter Grayson singt wie ein Vögelchen, seitdem wir ihm versprochen haben, ein gutes Wort beim Staatsanwalt für ihn einzulegen. Carter Grayson, Ihr angeblich bester Freund. Und wenn ich tief genug grabe, finde ich sicher noch mehr krumme Dinger bei Ihnen.« Sie blickte sich zu ihrem Kollegen um. »Packen Sie ihn in Ihren Wagen! Und von seinen Kumpanen nehmen Sie die Personalien auf!«

Der Trooper verschwand mit den Wolfsjägern, und allmählich kehrte wieder Ruhe ein. Maggie bedankte sich bei Shirley und spendierte ihr einen Kaffee. Die Trooperin setzte sich zu Ethan und Michelle an den Tisch. »Ich hätte dem Kerl vielleicht sagen sollen, dass ich professionellen Kampfsport betreibe«, sagte sie. »Andererseits wäre es dann nicht so unterhaltsam geworden.«

»Das war sehr mutig von ihnen«, lobte Michelle die Trooperin.

»Und ich hab mich Ihnen gegenüber wohl danebenbenommen«, sagte sie. »Tut mir leid. Wenn ich Ethan und Ihnen in die Augen blicke, weiß ich, dass ich keine Chance habe. Ich werde mir wohl einen dieser Männer suchen müssen, die auf Frauen in Uniformen stehen. Oder einen reichen Sugar Daddy.«

Michelle lächelte dankbar. »Glauben Sie mir, ich hab eine lange Pechsträhne hinter mir, was Beziehungen angeht, und weiß, wie Sie sich fühlen. Und ich kann Ihnen versprechen, dass ich nicht zu den Frauen gehöre, die nur auf einen schnellen Urlaubsflirt aus sind. Als ich hier ankam, wollte ich nichts von Männern wissen.«

»Was soll's, immerhin werde ich befördert.«

»Wirklich?«, wunderte sich Ethan.

»Sergeant Shirley Logan. Hat was, oder?«

»Herzlichen Glückwunsch!«

Auch Michelle beglückwünschte die Trooperin und entschuldigte sich anschließend, um ein Telefongespräch im Nebenraum zu führen. Nur hier am Highway hatte sie noch die Möglichkeit, ein Netz zu bekommen. Nachdem sie ihren Eltern ein Foto vom Mount Denali gemailt und ihnen frohe Weihnachten gewünscht hatte, rief sie Alice an. Ihre Freundin war im Büro und sofort am Apparat.

»Hey«, rief sie, »ich dachte, du meldest dich gar nicht mehr.«

»Ist nicht so einfach in der Wildnis.«

»Was macht dein Ranger?«

»Wir lieben uns.«

»Echt jetzt? So richtig?«

»So richtig«, bestätigte Michelle. »Wir hatten einen kleinen Hänger, aber nur, weil ich das eifersüchtige College Girl gespielt hab. Du weißt, dass ich schon öfter danebengegriffen hab, wenn es um Beziehungen ging, aber diesmal ist alles so, wie es sein soll. Ethan und ich sind füreinander geschaffen.«

»Klingt fast zu schön, um wahr zu sein. Und wie soll das gehen? Wollt ihr eine Fernbeziehung führen? Alle vierzehn Tage nach Alaska und zurück?«

»Erst mal. Alles andere kommt mit der Zeit.«

»Könntest du dir denn vorstellen, in Alaska zu leben?«

»Jetzt schon«, sagte Michelle. »Wir haben uns an die Waldbrände in Kalifornien gewöhnt, und ich würde auch mit der Kälte und der Dunkelheit im Winter zurechtkommen. Aber ich werde nichts überstürzen, ich lass mir Zeit.«

»Dafür ging es aber in den ersten Tagen ziemlich rasant.«

»Schon mal was von Liebe auf den ersten Blick gehört?«

»Ich dachte, die gibt's nur im Märchen.«

»Und bei deiner besten Freundin. Und bei dir so?«

»Wie immer. Mal so, mal so«, erwiderte Alice.

»Keine neuen Lover?«

»Einen schon, aber nur auf Zeit.«

»Was Neues von Paul gehört?«

»Es sieht nicht gut aus für ihn«, berichtete Alice. »Eines der Schmuddelblätter hat sich an die siebzehnjährige Praktikantin aus seinem Wahlkampfbüro rangemacht und berichtet jeden Tag in großen Lettern über sie. Das arme Mädchen aus einfachen Verhältnissen, das dem smarten Politiker auf den Leim gegangen ist und Monica Lewinsky gespielt hat. Du weißt, wer Monica war?«

»Die Praktikantin, die Clinton den … na, du weißt schon.«

»Unsere Monica heißt Maria … ausgerechnet … und hatte es wahrscheinlich faustdick hinter den Ohren. Ich nehme an, sie war von Anfang an auf Kohle aus, aber als Opferlamm verkauft sie sich besser. Soll auch keine Entschuldigung für Paul sein. Er hat sich seine Gefängnisstrafe redlich verdient.«

»Und ich dumme Pute bin auf ihn reingefallen.«

»Er ist ein raffinierter Weiberheld und ein guter Schauspieler«, erwiderte Alice. »Wahrscheinlich wäre jede Zweite auf ihn reingefallen. Ein Gutes hat die Nummer mit Maria ja, sie zieht die ganze Aufmerksamkeit auf sich, und von dir ist in den Berichten kaum noch die Rede. Du kannst ganz beruhigt sein.«

»Ich werde das Kapitel wohl auch aus meinen Memoiren streichen.«

»Besser wär's.«

Michelle telefonierte noch, als Shirley ihr mit einem Lächeln zuwinkte und das Roadhouse verließ. Ethan erschien wenig später. Sie beendete das Gespräch und folgte ihm zum Wagen. »Shirley ist netter, als ich dachte«, sagte sie.

»Sie freut sich über die Beförderung.«

»Und hat dem Wolfsjäger gezeigt, was sie draufhat.«

»Sie ist eine gute Trooperin und hat die Beförderung verdient.«

Sie stiegen ein und fuhren auf die Forststraße zur Lodge. Inzwischen war sie geräumt worden, und sie kamen gut voran, ausgenommen auf den Passagen, wo sie schmaler als ein Trail wurde und über einige Hügel führte. Während sie durch den Fichtenwald fuhren, kehrte die Nacht zurück. Am Himmel flammten unzählige Sterne auf, zahlreicher und klarer als in Kalifornien und von einer Strahlkraft, wie man sie nur in einsamen Gegenden wie dieser spürte. Der halbe Mond wirkte dagegen blass, beinahe fahl.

Auf einem der Hügel bremste Ethan abrupt. Die Scheinwerfer hatten ein Snowmobil erfasst, das umgekippt im Schnee lag. Neben der Maschine versuchte ein langhaariger Mann angestrengt, wieder auf die Beine zu kommen.

»Jeff Lafferty!«, riefen Michelle und Ethan fast gleichzeitig.

Sie stiegen aus und beugten sich über den Fallensteller, der gerade das Bewusstsein wiedererlangt hatte, aber zu schwach war, sich vom Boden hochzustemmen. »Hey!«, flüsterte er heiser. »Keine Ahnung, was mit mir los ist. Plötzlich wurde mir schwarz vor Augen. So was ist mir noch nie passiert, zum Teufel!«

»Wahrscheinlich der Kreislauf«, vermutete Ethan. »Du bist nicht mehr der Jüngste. Wenn ich's mir recht überlege, bist du älter als der Weihnachtsmann.«

»Mein Snowmobil ...«

»Ist noch hier«, beruhigte ihn der Ranger. »Am besten packe ich dich auf den Schlitten an deinem Snowmobil und bringe dich zur Lodge. Einer der Gäste ist Arzt und kann dir bestimmt sagen, was dir fehlt. Hast du Schmerzen?«

»Mir ist ein bisschen schwindlig ... sonst bin ich okay ... glaube ich.«

»Nichts gebrochen? Nichts verstaucht?«

»Alles an seinem Platz. Ist die Maschine okay?«

»Ist nur umgekippt.« Er blickte Michelle an. »Fahr schon mal vor und sag den Walkers, was passiert ist. Und frag den Arzt, ob er Jeff helfen kann.«

Die Straße bereitete ihr keine Schwierigkeiten mehr. Sie kam gut voran und konnte sich auf die griffigen Winterreifen des Pick-ups verlassen. Für die Fahrten im

Nationalpark mussten die Wagen winterfest und bestens ausgerüstet sein. Nur die Lenkung ging etwas schwer. Die Lichtkegel der Scheinwerfer tasteten sich über den Schnee und glitten an den Schwarzfichten entlang. Sobald der Wind in die Bäume fuhr, rieselte feiner Neuschnee auf den Wagen.

Im Rückspiegel sah sie, dass Ethan keine halbe Meile hinter ihr war. Er kam auch mit dem altersschwachen Snowmobil des Fallenstellers zurecht. Als sie die Lodge erreichte und nach den Walkers rief, war er bereits am Waldrand.

Lafferty war bei vollem Bewusstsein und nur etwas unsicher auf den Beinen, als er vom Schlitten stieg. »Ich bin wieder okay«, sagte er. Anscheinend hatte er Angst vor der Untersuchung. »War der Kreislauf, vermute ich.«

Ben wusste mit Patienten umzugehen. »Kann schon sein, aber wir machen besser ein EKG, nur um sicherzugehen. Tut nicht weh und kostet Sie nichts.«

»Umsonst? Wo gibt's denn so was?«

»Kommen Sie! Ich hab alles dabei.«

Während sich Ben und seine Frau um den angeschlagenen Fallensteller in einem Nebenraum kümmerten, warteten die Walkers, Michelle und Ethan im Wohnraum. Bulldog servierte ihnen Kaffee und Chocolate Chip Cookies. Alle waren nervös, unterhielten sich über belanglose Themen. Ethan kündigte an, dass er Michelle am nächsten Morgen mit der Cessna abholen und nach Nabesna fliegen würde. Und Michelle überraschte alle, vor allem Ethan, als sie ihren Urlaub auf der Lodge um eine Woche bis Neujahr verlängerte.

Eine halbe Stunde später erschienen die Strattons mit dem Fallensteller. »Das EKG ist in Ordnung«, sagte Ben, »aber es könnte sein, dass sein Herz einige Pausen einlegt; dann bräuchte er einen Schrittmacher. Lassen Sie sich so bald wie möglich in einem Krankenhaus untersuchen, Jeff! Einverstanden?«

»Aye, Doc«, erwiderte Lafferty gehorsam.

27

Bulldog servierte das Frühstück mit roter Zipfelmütze. Mit seinem dicken Bauch hätte er es niemals durch einen Kamin geschafft, das überließ er dem echten Santa Claus, aber er gefiel sich als Weihnachtsmann und hatte sogar kleine Tannenbäume aus Sahne auf die Pfannkuchen gezaubert. Nicht gerade ein Frühstück für kalorienbewusste Vegetarier, aber dafür unheimlich lecker.

»Soll keiner sagen, bei den Walkers gäbe es nicht genug zu essen«, sagte John und prostete seinen Gästen mit dem Kaffeebecher zu. »Jeff Lafferty hat uns leider schon wieder verlassen. Auch wenn er Krankenhäuser wie der Teufel das Weihwasser verabscheut, will er sich auf Herz und Nieren untersuchen lassen, bevor er bei uns anfängt. Ganz recht, er wird als Tourguide für uns arbeiten und Susan mit den Huskys helfen. Wer hat schon einen ehemaligen Fallensteller im Team? Jeff war die letzten sechzig Jahre in der Wildnis unterwegs.«

»Heute früh ging es ihm schon viel besser«, sagte Ben. »Ich hab noch mal ein EKG gemacht. Ein Ultraschallgerät hab ich leider nicht dabei. Aber so wie ich ihn einschätze, lässt er sich nicht so leicht unterkriegen. Ein zäher Bursche.«

Nick und Charlene griffen bei den Pfannkuchen besonders beherzt zu. Seitdem sie das Kriegsbeil begraben hatten, nahm auch ihr Appetit zu, und sie waren bei jeder Mahlzeit für einen Nachschlag gut. Die Prellungen schmerzten noch, und auch das Schleudertrauma wirkte nach, aber Nick wollte wieder unter Menschen sein und hatte wohl genug davon, den ganzen Tag im Bett zu verbringen.

»Sie sehen erholt aus«, sagte Michelle.

Charlene lächelte. »Ohne seine Telefonate geht es Nick viel besser.«

»Dafür wäre ich beinahe am Hüttenkoller erkrankt.« Er blickte seine Frau an. »Wir sollten mal nach Fairbanks fahren und etwas Stadtluft schnuppern, bevor wir wieder in den Wäldern verschwinden. Ein bisschen shoppen und so.«

»Seit wann interessierst du dich für Shopping?«, wunderte sich Charlene. »Als wir vor einigen Wochen im Schuhgeschäft waren, bist du ausgeflippt.«

»Weil du über zwei Stunden zum Anprobieren gebraucht hast und wir trotzdem mit leeren Händen wieder rausgekommen sind. Ich brauche keine zehn Minuten.«

»Gib's zu, du willst doch nur in die Stadt, weil du dort Handyempfang hast. Du willst doch nicht rückfällig werden? Bis nach Weihnachten, haben wir ausgemacht. Um die Aktien sollen sich die Kollegen in New York kümmern.«

»Nur ein ganz kurzer Check.«

»Du brauchst Ruhe … und frische Luft.«

»Wie wär's mit einer Runde Eisfischen?«, schlug John vor. »Das kriegen Sie auch mit Ihren Verletzungen hin. Und es ist viel spannender als Aktienkurse.«

»Auf jeden Fall besser als im Bett liegen und die Decke anstarren.«

Michelle sah, dass sich Hank öfter an den Rücken griff. »Sind Sie verletzt, Hank?«, fragte sie. »Ich hab's selbst erlebt. Wenn man Hundeschlitten und Snowmobil nicht gewohnt ist, geht so eine Fahrt ganz schön in die Knochen.«

»Das war es nicht«, erwiderte er.

»Sondern?«

»Er ist von der Leiter gefallen«, antwortete seine Frau für ihn. Sie verbarg ihr schadenfrohes Lächeln nicht. »Als er eine Lichterkette an die große Fichte bei den Hütten hängen wollte. Zum Glück hat der Schnee den Sturz gebremst.«

»Und jetzt?«

»Gehen wir mit Nick und Charlene zum Eisfischen.«

»Petri Heil!«

»Und Sie wollen uns heute schon wieder verlassen?«, fragte Susan, obwohl sie genau wusste, warum Michelle so gerne ausriss. »Ein Ausflug, auf den ich auch nicht verzichten würde. Ich war nur einmal in Nabesna und hab die Gastfreundschaft der Leute dort sehr genossen. Weihnachten sind Sie aber hier, oder?«

Michelle nickte eifrig. »Das versteht sich doch von selbst. Wenn die Juroren kommen und die Lodge bewerten, zur Christmas Party an Heiligabend, wenn wir den ersten Preis gewinnen, und am Weihnachtstag. Am meisten freue ich mich auf Santa Claus und die vielen Kinder. Das wird ein tolles Fest!«

»Und Sie wollen bis Neujahr bleiben?«

»Die Woche schenke ich mir zu Weihnachten.«

Olivia und Andy arbeiteten schon wieder an ihrem Eis-Grizzly, als sie den Motorenlärm der Cessna hörte und nach draußen ging. Die Eisskulptur war beinahe fertig, nur der Gesichtsausdruck des Bären sollte noch etwas grimmiger werden.

»Was meinen Sie?«, fragte Andy. »Sollen wir ihm eine Lichterkette in die Pranken legen? Mit grünen und roten Lämpchen, das sähe noch viel weihnachtlicher aus. So was haben die anderen Lodges bestimmt nicht auf Lager.«

»Warum nicht? Solange er damit keinen echten Grizzly anlockt?«

»Die schlafen tief und fest.«

»Wollen wir's hoffen.«

Ethan wartete vor der Maschine auf sie. Er wirkte locker und gelöst und freute sich offenbar riesig, sie wiederzusehen. Michelle ging es genauso. Jedes Mal, wenn sie ihn sah, fühlte sie dieses seltsame und oft besungene Kribbeln in ihrem Bauch, das sich noch einmal verstärkte, wenn sie sich umarmten und sie seine Wärme und seine Lippen auf ihrem Mund spürte. Wie viel schöner und gefühlvoller war doch ein Kuss, wenn man ihn mit einem geliebten Menschen austauschte. Wenn einen der Gedanke, man würde mit ihm den Rest seines Lebens verbringen, nicht nervös machte, man diesen leichten Schwindel empfand, der einem das Gefühl gab, mit tausend Luftballons in der Luft zu schweben. Eine Schwerelosigkeit, wie man sie wohl nicht mal im Weltall empfand.

Im Flugzeug lernte sie Mila Young kennen, die junge Athabaskin, die sie zu Unrecht verdächtigt hatte, es auf Ethan abgesehen zu haben. Wenn Mila davon wusste, ließ sie sich nichts anmerken, und auch Michelle hütete sich, von ihrem Verdacht zu erzählen. »*Doeenda*«, begrüßte Mila sie in ihrer Sprache, »freut mich sehr. Ethan erzählt viel von Ihnen, das hat mich neugierig gemacht.«

Mila hatte trotz ihrer indianischen Herkunft eher helle Haut, aber dunkle Augen und Haare, so schwarz wie das Gefieder eines Raben, die ihr in zwei Zöpfen bis über die Schultern hingen. Um den Hals trug sie eine lederne Kette.

»Mein Beileid«, sagte Michelle. »Es tut mir leid um Ihren Vater.«

»Er hatte ein gutes Leben«, erwiderte Mila ruhig.

Der Flug nach Nabesna dauerte ungefähr zwei Stunden. Michelle merkte schnell, wie unnötig ihre Eifersucht gewesen war und wie lächerlich sie sich damit gemacht hatte. Die Beziehung zwischen Ethan und Mila war rein freundschaftlich, und es gab nicht den geringsten Grund, misstrauisch zu sein. Auch Michelle, die hinter ihnen auf der Rückbank saß, unterhielt sich blendend mit ihr, wenn Milas Stimmung auch von der Trauer um ihren Vater überschattet war, den sie sehr verehrt hatte. Ihr Ehemann, der Boxer, hatte einen wichtigen Kampf in Anchorage und konnte an der Trauerfeier leider nicht teilnehmen.

Nabesna lag in den Ausläufern der Metasta Mountains an einem Nebenfluss des Copper River, nur wenige Meilen von der gleichnamigen Minenstadt entfernt. Während der Sommermonate hatten die Athabasken dort ihr Fishing Camp aufgeschlagen, um Lachse zu fangen, die zu Tausenden zum Laichen den Fluss hinaufschwammen. Der Fisch wurde getrocknet und geräuchert und war noch vor wenigen Jahrzehnten eine ganz alltägliche Nahrung gewesen. Erst als immer mehr Urlauber geräucherten Lachs kauften, wurde er zu etwas Besonderem.

Sie landeten auf der verschneiten Piste am Flussufer und parkten neben der windschiefen Hütte, die als »Empfangsgebäude« diente. Chief Noah, einige Jahre älter als seine Schwester und wesentlich korpulenter, sowie einige Mitglieder seiner Familie warteten schon und empfingen sie freundlich. »*Anaa neenyo!*«, begrüßte er sie in seiner Sprache. »Willkommen in unserer Siedlung!«

Zwei Männer waren mit Snowmobilen und angehängten Schlitten gekommen und luden die Geschenktüten für die Dorfbewohner aus dem Frachtraum der Cessna. Mila hatte das Fremdenverkehrsamt, das auch mit entlegenen Wildnisdörfern um Touristen warb, überredet, die Geschenke zu sponsern und festlich verpacken zu lassen. Nabesna hatte ungefähr hundert Einwohner, darunter zahlreiche Kinder, die Spielzeug und Süßigkeiten bekommen würden. Nicht zu vergessen der großzügige Scheck, den Mila überreichen würde.

Unter den neugierigen Blicken der Bewohner und den fröhlichen Zurufen der Kinder, die sie auf ihrem Weg ins Dorf begleiteten, gingen sie zu dem verwitterten Blockhaus, in dem Chief Noah mit seiner Frau Chena und seinen Großeltern lebte. Chena hielt gesüßten Kräutertee für sie bereit. Der Chief entzündete seine langstielige Pfeife und blies den Rauch zur Decke. Und die Großmutter, die Kräuterfrau des Dorfes, hatte ein Bündel Salbei entzündet und verteilte den Rauch, der böse Gedanken von den Besuchern fernhalten sollte.

Chief Noah sprach ein Gebet und bat die Geister, die viele seiner Leute verehrten, und den Gott der Weißen, seine Besucher mit einem glücklichen Leben zu segnen. Mit einem mitfühlenden Blick auf Mila fuhr er fort: »Unsere Freunde haben den Mann, dessen Namen wir nicht mehr aussprechen dürfen, in sein Grab gelegt, wie es bei unserem Volk üblich ist. Ich trauere mit Mila, seiner Tochter und meiner Schwester, um diesen Mann und bitte dich, sich seiner Seele anzunehmen, sobald das Potlatch begonnen hat und er auf ihre letzte Reise geht. Er war ein guter Mann, der jederzeit für seine Familie sorgen konnte. Unsere Freunde«, er blickte Michelle und Ethan an, »werden dabei sein, wenn wir ihn mit unseren Tänzern, Liedern und einem Festschmaus ehren.«

»Mein Bruder hat wahr gesprochen«, sagte Mila in ihrer Sprache. Sie gehörte zu den wenigen Athabasken, die sich noch fließend in der Sprache ihres Volkes verständigen konnten, »und wir alle teilen sein Leid und seine Trauer. Mögen wir ein gutes Potlatch haben, so wie nach seinen großen Jagderfolgen.«

Im Gemeinschaftshaus war schon alles für das Potlatch bereit, als Chief Noah Michelle und Ethan in das einstöckige Gemeinschaftshaus führte und den anderen Dorfbewohnern vorstellte. So wie sich Christentum und Geisterglaube in ihren Liedern und Gebeten vermischt hatten, bot auch der rechteckige Raum eine Mixtur aus beidem. An den Wänden hingen Stickereien mit kunstvollen Mustern und Fotografien von traditionellen Potlatches zu Beginn des 20. Jahrhunderts, die langen Tische zu beiden Seiten der Tanzfläche waren jedoch weihnachtlich geschmückt, und neben dem Podium erhoben sich zwei prächtig geschmückte Weihnachtsbäume, an denen auch Amulette mit indianischen Mustern hingen.

Nachdem Chief Noah alle Bewohner begrüßt und seinen Nachbarn für das Ausheben des Grabes gedankt hatte, begann das Fest mit einem Gemeinschaftstanz, zu dem auch Michelle auf die Tanzfläche gebeten wurde. Sie fügte sich und hatte schon bald heraus, wie die Tänzerinnen und Tänzer ihre Füße zum treibenden Rhythmus der Trommeln bewegten. Dennoch kam sie sich ein wenig fremd vor unter den Athabasken in ihren teilweise prächtigen Gewändern. Ethan, der nicht zum ersten Mal an einem solchen Tanz teilnahm, ermutigte und tröstete sie: »Ein Tango oder Walzer wäre komplizierter für mich.«

Beim Festessen saßen Ethan und sie bei der Familie des Häuptlings. Es gab saftige Karibusteaks mit gebackenen Kartoffeln und Limonade. Alkohol war im Dorf streng verboten, auch wegen der schlechten Erfahrungen, die man mit alkoholisierten Jugendlichen gemacht hatte. Indigene Menschen reagierten stärker auf Alkohol, hatte Michelle schon früher gelernt, oft reichte ein Bier oder ein Gläschen Schnaps, um sie unvernünftig werden zu lassen.

Nach dem Essen hielt Chief Noah eine Lobrede auf den Verstorbenen und wünschte ihm eine gute Reise in die andere Welt. Nach dem traditionellen Glauben der Athabasken wanderte die Seele eines Toten während des Potlatchs ins Jenseits und vereinte sich dort mit den anderen Verstorbenen. Die Lieder und Gebete der Anwesenden begleiteten sie auf ihrem langen Weg. Zahlreiche Bewohner trugen ihre Spirit Songs vor, die Lieder zu Ehren ihrer Geist-

Tiere, die sie durch ihr Leben begleiteten und ihnen mit Rat und Tat zur Seite standen. Michelle musste an den Wolf denken, der sie nach ihrem Unfall besucht hatte.

Nachdem vor allem bedürftige und ältere Bewohner von ihren besser gestellten Verwandten, Freunden und Bekannten beschenkt worden waren, traten Mila und Ethan auf das Podium. Mila trug inzwischen ein perlenbesticktes Kleid der Athabasken und Mokassins, und Ethan hatte seine Ranger-Uniform angezogen. Chief Noah bat mit einer resoluten Handbewegung um Ruhe.

»Mila und Ethan haben etwas Wichtiges zu sagen!«, verkündete er.

Mila sprach über die schwierige Lage der indigenen Bevölkerung in Alaska, die unter den veränderten wirtschaftlichen Bedingungen und der mangelnden Chancengleichheit am meisten zu leiden hatte, und sagte: »Und weil ich weiß, wie dramatisch es damit vor allem in Nabesna steht, habe ich unsere Hilfsorganisation ›Natives First‹ gebeten, eine Spendenaktion durchzuführen. Ethan, wenn du bitte den Scheck überreichen würdest?« Ethan entrollte eine vergrößerte Kopie des Schecks, auf der man die Summe deutlich erkennen konnte, und überreichte ihn Chief Noah. »Achtzigtausend Dollar für Nabesna«, jubelte Mila.

Chief Noah bedankte sich mit blumigen Worten und versprach, das Geld ins Gemeinwohl der Siedlung zu investieren. Der Stammesrat würde entscheiden, welche Projekte besonders vordringlich waren. Dann sagte er: »Aber jetzt seid ihr dran, liebe Kinder! Seht ihr die vielen Päckchen? Die haben Mila und Ethan vom Weihnachtsmann für euch mitgebracht. Holt euch die Geschenke ab!«

Michelle freute sich mit den Kindern und überlegte, wie wenig man doch über das Leid und die Bedürfnisse vieler Menschen wusste. Auch sie fand, dass man den Indianern einiges schuldig war. Die europäischen Siedler hatten ihnen das Land gestohlen und einen Vernichtungskrieg geführt, unter dessen Nachwirkungen die Athabasken noch immer litten. Es wurde dringend Zeit, dass man fairer mit ihnen umging und sie für die Nachteile entschädigte, die ihnen durch die Landnahme entstanden waren. Die 80'000 Dollar würden wenigstens ein bisschen zur Verbesserung der Situation in Nabesna beitragen.

Als Michelle aufstand, um sich die Beine zu vertreten, wurde sie auf eine greise Indianerin am Ende des Tisches aufmerksam. Sie war ähnlich gekleidet wie Sadzia, die angebliche Hexe mit ihrem Wolf. Und sie bewegte sich auch so, als sie nach ihrem Stock griff und langsam zur Tür ging. Unterwegs drehte sie sich mehrmals um und forderte Michelle mit Blicken auf, ihr zu folgen, doch Michelle ging erst auf sie ein, als die Alte bereits an der Tür war und das Potlatch House verließ. Ohne lange darüber nachzudenken, lief Michelle ihr nach.

Sie hatte ihren Anorak mitgenommen, schlüpfte rasch hinein und zog den Reißverschluss bis zum Hals hoch. Ihre Wollmütze und die Handschuhe steckten in ihren Taschen. Es war bereits dunkel, und im Sternenlicht und im trüben Schein der Lampen war die Gestalt der Indianerin nur schemenhaft zu erkennen, als sie zwischen zwei Blockhütten verschwand und wenige Augenblicke später auf einem kahlen Hang auftauchte, der zum Wald führte.

Michelle lief ihr hastig nach. Sie dachte nicht daran,

Ethan zu informieren oder Mila zu fragen, um wen es sich bei der alten Frau handeln könnte. Um Sadzia ganz sicher nicht. Sie waren über zweihundert Meilen vom Denali National Park entfernt, und wer glaubte schon daran, dass sie in ein Flugzeug oder einen Bus gestiegen war, nur um Michelle in Nabesna zu erschrecken? Hätten die Athabasken nicht gemerkt, wenn eine Fremde unter ihnen gewesen wäre?

Sie war nahe daran umzukehren, schalt sich eine Närrin, schon wieder auf ihre eigenen Fantasien hereinzufallen, aber ein unbestimmter Drang, gegen den sie sich nicht wehren konnte, trieb sie den Hang hinauf und in den Wald, bis sie die Alte auf einer Lichtung einholte. So überraschend, dass Michelle beinahe einen Schrei ausgestoßen hätte, trat sie zwischen den Bäumen hervor und winkte sie heran. Der Wolf war wieder an ihrer Seite und fletschte die Zähne.

»Hab keine Angst! Ich wollte, dass du mir folgst.«

»Was willst du von mir?«, fragte Michelle.

Die Alte befahl ihrem Wolf mit einer herrischen Geste, im Wald zu verschwinden. »Ist nicht geschehen, was ich dir gesagt habe? Hast du in den Bergen nicht dein Glück gefunden? Musstest du nicht einige Hindernisse überwinden?«

»Du hast recht«, räumte Michelle ein, »es ist alles gekommen, wie du gesagt hast. Aber ... aber ich verstehe noch immer nicht, warum du mit mir sprichst? Meine Haut ist weiß, und ich hatte bisher nie mit Indianern zu tun.« Sie stockte. »Sagt man noch Indianer? Oder muss man jetzt Indigene oder Natives sagen?«

»Ich bin Sadzia«, erwiderte sie. »Sollte der Name nicht genügen?«

»Warum sollte ich dir folgen, Sadzia?«

»Weil ich dich warnen wollte. Wir Alten sind manchmal seltsam, vielleicht sage ich dir deshalb, dass du dich vorsehen solltest. Die Geister sagen mir, dass es noch ein Hindernis zu überwinden gilt. Sieh dich vor, versprich mir das!«

»Was für ein Hindernis?«, drängte Michelle.

»Das weiß ich nicht«, antwortete Sadzia.

Hinter Michelle erklangen Schritte. Sie fuhr herum und sah Ethan zwischen den Bäumen auftauchen. Er leuchtete sie mit seiner Taschenlampe an. »Michelle! Da bist du ja!«, sagte er erleichtert. »Was tust du denn hier draußen?«

»Ich hab mir nur ein bisschen die Beine vertreten«, erwiderte sie.

28

Der 22. Dezember versprach ein Tag zu werden, wie man ihn sich in der Wildnis wünschte. Die Luft war klar, der Wind machte sich kaum bemerkbar, und am Himmel leuchteten die Sterne so hell, dass man ihr Licht auf der Haut zu spüren glaubte. Über Nacht war Schnee gefallen und hatte die Lodge und ihre Umgebung mit glitzerndem Schnee angezuckert wie in einer Disney-Kulisse.

Michelle wurde durch das flackernde Nordlicht geweckt, das sich anschickte, den ganzen Himmel zu erobern und die Sterne zu vertreiben. Sie schlug die Decken zurück und setzte sich auf den Bettrand, trank einen Schluck von dem Wasser auf ihrem Nachttisch und blickte staunend aus dem Fenster. Sie fand das Naturschauspiel immer wieder faszinierend, hätte stundenlang sitzen bleiben und auf die meist grünen und rötlichen Farbstreifen starren können.

Sie hatte sich nur ungern von Ethan getrennt. Es wäre ihr lieber gewesen, wenn er bis Weihnachten auf der Lodge geblieben wäre. Aber er hatte noch zwei Tage Dienst und würde erst zu der Christmas Party am Heiligabend kommen können. »Ich komme mit dem Hundeschlitten über den Trail, den wir letztes Mal gefahren sind«, sagte er. »So bin ich am schnellsten hier. Ich habe sowieso dort oben zu tun und wollte auch noch mal nach den Wölfen sehen.«

Nach dem Frühstück testeten die Walkers noch einmal die weihnachtliche Festbeleuchtung. Lautes »Aaaah!« und

»Ooooh!« kam von den Gästen, als die Lichter angingen und das Haupthaus, die Hütten, die Ställe und Schuppen und sogar einige der Schwarzfichten und der Grizzly aus Eis im festlichen Glanz erstrahlten. Eine Mammutaufgabe für den Generator, deshalb schalteten sie die Lichter nach einigen Versuchen auch wieder aus. Die Juroren hatten sich für den späten Nachmittag angekündigt. Fehlten nur noch Santa Claus und seine Elfen. Sie würden die weihnachtliche Kulisse zum Leben erwecken und am Heiligabend mit allen Waisenkindern zur Christmas Party zurückkehren. »Am dreiundzwanzigsten muss ich noch mal im Santa Claus House ran«, sagte Santa Claus.

Zum Wettbewerb kam er nicht mit dem Rentierschlitten, sondern mit dem Buschflugzeug. Er hatte die Cessna und ihren Piloten gechartert und ihn gebeten, bis nach der Inspektion in der Lodge zu bleiben und sie anschließend wieder nach Fairbanks zurückzubringen. Santa Claus zahlte gut. Die Maschine landete am Waldrand und blieb im aufgewirbelten Schnee stehen. Susan und Michelle liefen ihr entgegen und begrüßten George, der bereits sein Weihnachtsmannkostüm trug, und die beiden »Elfen«. Abbie war acht und etwas wacklig auf den Beinen, Sofia war etwas älter und schien viel Sport zu treiben.

»Na, was hab ich gesagt?«, begrüßte sie der Weihnachtsmann. »Die schönsten Elfen zwischen Nordpol und Äquator.« Ihre Haare fielen bis auf die Schultern, und sie trugen weiße Kleidchen, die eine Erzieherin für sie genäht hatte.

Susan umarmte die beiden Kinder und drückte sie an sich. »Hallo, Abbie! Hallo, Sofia! Zwei so schöne Elfen hab ich noch nie gesehen! Wollen wir ins Haus gehen? Bulldog, so heißt unser Koch, hat Kakao und Kekse für euch.«

»Darf mein Pilot auch mitkommen? Eddy bringt uns nach Fairbanks zurück, sobald die Juroren hier waren. Und wir könnten sicher beide einen Kaffee vertragen.«

»Fühlen Sie sich ganz wie zu Hause«, lud Susan George und Eddy ein.

Michelle hakte sich bei George unter und ging mit ihm zur Lodge. Alle Gäste waren neugierig, den »echten« Weihnachtsmann zu treffen, und warteten im Wohnraum auf ihn und seine Elfen. Sie stellten sich selbst vor, hielten aber auch ein wenig Abstand, wie Kinder, die sich nicht sicher waren, ob sie es ins Goldene Buch des Weihnachtsmanns geschafft hatten. »Zur Christmas Party bringt Santa dreißig Kinder mit, also machen Sie sich auf einiges gefasst.«

Der Einzige, der Santas Hand etwas länger hielt und ihm prüfend in die Augen blickte, war Ben Stratton. »Ist Ihnen nicht gut?«, fragte der Arzt besorgt.

George starrte ihn mit schmerzverzerrter Miene an und wäre zu Boden gestürzt, hätte ihn Ben nicht festgehalten und ihn auf einen der Stühle gesetzt. Er stöhnte so laut, dass die kleine Abbie zu weinen anfing und Susan sich beeilte, die beiden Kinder in das Kaminzimmer zu führen. George hielt sich mit beiden Händen den Kopf, als wollte er ihn vor dem Zerspringen bewahren, und schien den Schmerz kaum auszuhalten, viel schlimmer noch als bei einer Migräne.

»Er hat einen Hirntumor«, sagte Michelle leise zu Ben. »Er sagt, er hätte nur noch ein paar Monate zu leben und die Schmerzen würden immer schlimmer.«

»Das kann ich mir vorstellen. Er muss dringend ins Krankenhaus. Ich kenne eine Ärztin am Providence Medical Center in Anchorage. Sie arbeitet im Krebszentrum und hat auf dem letzten Ärztekongress einen Vortrag über Gehirntumore gehalten. Ich kenne niemanden, der sich besser damit auskennt. Am besten rufe ich sie gleich mal an und kümmere mich um Georges Behandlung.«

George verzog das Gesicht vor Schmerzen, war aber bei Sinnen und stammelte: »Nicht … nicht ins Krankenhaus! Das bringt doch … bringt doch nichts!«

»Lassen Sie die Ärztin entscheiden. Dr. Terri Rossi. Warten Sie …« Er lieh sich das Satellitentelefon von John aus, ließ sich eine Nummer geben und ging zum Telefonieren nach nebenan. Als er wenige Minuten später zurückkehrte, sagte er: »Terri ist einverstanden. Wir sollen gleich vorbeikommen. Sie macht ein MRT von Ihnen, dann sehen wir weiter. Falls Sie Probleme mit der Bezahlung haben sollten …«

George hielt sich immer noch den Kopf. »Geld ist … ist kein Problem.«

»Er ist Millionär«, erklärte Michelle. »Er hat in der Lotterie gewonnen.«

George suchte Michelles Hand. »Kommen Sie … Sie mit?«

»Natürlich, George. Ben und ich bringen Sie hin.« Sie tauschte einen schnellen Blick mit Ben und Sarah-Jane und holte sich ihr Einverständnis. Dann drehte sie sich zu dem Piloten um. »Fliegen Sie uns nach Anchorage, Eddy?«

»Aye, Lady. Jederzeit.«

George wehrte sich, als ihn John und Ben von seinem

Kostüm befreien wollten, doch dann brannten die Schmerzen erneut in seinem Kopf, und er wimmerte nur noch und rief leise um Hilfe. Als der Schmerz nachließ, dachte er nur an eines: »Und ... wer macht jetzt ... jetzt den Weihnachtsmann?«

»In den sauren Apfel werde ich wohl beißen müssen«, sagte John. »Keine Sorge, die Kinder holen wir auch ab. Wir kümmern uns um alles, George.«

Michelle und Ben hüllten ihn in einige Wolldecken, und John brachte ihn auf einem Schlitten zur Cessna. Auf der Rückbank des Flugzeugs baute er ihm ein Lager. Ben und der Pilot stiegen vorn ein, Michelle setzte sich zu dem Patienten. Ben hatte ihm eine Beruhigungstablette gegeben, und er schloss bereits die Augen. »Könnte sein, dass wir erst nachmittags zurück sind«, sagte Ben. »Ich würde mir die Ergebnisse des MRT gern zusammen mit Dr. Rossi ansehen, das kann dauern. Ich hoffe, Sie kommen ohne uns mit den Inspektoren zurecht.«

»Ich bin Ihnen zu großem Dank verpflichtet, Ben«, sagte John.

»Wir melden uns«, versprach Ben.

Eddy startete die Cessna und lenkte sie über die Fichtenwälder nach Süden. George lag in seinen Decken und schlief unruhig. Die Schmerzen schienen ihn auch im Schlaf zu erreichen und ihm böse Träume zu bescheren. Michelle betrachtete ihn mitfühlend, war entsetzt, wie plötzlich der lebensfrohe Mann zusammengebrochen und auf die Kunst der Ärzte angewiesen war. Ohne sein Geständnis und Bens Erfahrung hätte man vielleicht eine Migräne vermutet.

»Ich hoffe, sie können George noch helfen«, sagte Michelle. »Er ist ein herzensguter Mensch.« Sie erzählte ihm, was er als Santa Claus für bedürftige Kunden im Santa Claus House getan hatte, und berichtete von seiner Absicht, mit einem Großteil seines Gewinns notleidenden Menschen zu helfen. »Ich habe erlebt, wie er eine Mutter und ihre kleine Tochter beschenkt hat. So glückliche Menschen habe ich selten erlebt. Er hat diese Krankheit wirklich nicht verdient.«

Anchorage war doppelt so weit wie Fairbanks von der Denali Mountain Lodge entfernt, eine ständig wachsende Großstadt am Cook Inlet, umgeben vom Meer und den malerischen Chugach Mountains. Das Häusermeer lag im Zwielicht, als sie auf dem gefrorenen Lake Hood am Westrand der Stadt landeten. Am Ufer wartete bereits der Krankenwagen, den Ben per Funk aus dem Flugzeug bestellt hatte. Seine Warnlichter spiegelten sich auf dem Eis.

Michelle und Ben baten den Piloten, auf sie zu warten, und versprachen, sich telefonisch bei ihm zu melden. Sie stiegen zu George in den Krankenwagen und begleiteten ihn auf der Fahrt, die sie quer durch die Stadt zum Providence Medical Center führte. Santa Claus hatte bereits wieder die Augen geöffnet, wusste aber nicht, wo er sich befand. »Wo bin ich? Was ist passiert?«

»Wir sind in Anchorage«, antwortete Michelle. »Wir bringen Sie ins Providence Medical Center. Sie hatten wahnsinnige Kopfschmerzen.« Sie blickte Ben an. »Das ist Ben Stratton, er ist Arzt und macht Urlaub auf derselben Lodge wie ich. Eine Bekannte von ihm ist Onkologin und wird Sie untersuchen.«

»Aber mir geht's wieder gut. Ich bin nur ein bisschen müde.«

»Die Kopfschmerzen werden immer häufiger kommen und in wenigen Wochen so stark sein, dass Sie kaum noch Luft bekommen«, sagte Ben ehrlich. »Dr. Terri Rossi, eine Kollegin, wird ein MRT von Ihnen anfertigen und sich die Bilder noch mal ansehen. Sie sollten nicht so schnell aufgeben, George.«

»Aber das hab ich doch alles schon hinter mir.« George rieb sich die Schläfen. »Die Ärzte, bei denen ich war, sagen, da könne man nichts mehr machen. Ich will keine Chemo oder so'n Quatsch, der die Leiden nur noch verlängert.«

»Darum geht es doch gar nicht«, sagte Ben. »Kein Mensch braucht heute noch so stark zu leiden wie Sie heute Morgen. Lassen Sie uns eine zweite Meinung einholen und dann entscheiden, was wir tun können. Und machen Sie sich keine Sorgen wegen der Kinder. John und Susan kümmern sich um sie.«

Dr. Terri Rossi wartete bereits in der Notaufnahme auf sie. Sie war um die Fünfzig, und man sah in ihren Augen, wie viel Leid sie schon gesehen hatte. »Der Weihnachtsmann braucht unsere Hilfe«, sagte sie, nachdem Ben sie begrüßt und Michelle sich vorgestellt hatte. »Schlechtes Timing, würde ich sagen, so kurz vor Weihnachten sollte er eigentlich putzmunter sein.« Ihren Humor hatte sie jedenfalls noch nicht verloren. Sie wandte sich an Michelle: »Wäre es okay, wenn Sie in unserem Aufenthaltsraum warten? Ben, Sie kommen mit mir.«

Michelle folgte ihrem Rat und bedankte sich, als ihr eine Schwester einen Kaffee aus dem Automaten brachte. Gleich darauf verließ die Schwester das Zimmer, und Michelle war allein. Das Wartezimmer sah wie alle anderen Wartezimmer aus, es gab einen Tisch mit Zeitschriften, an den Wänden waren einigermaßen bequeme Stühle aufgereiht, und neben der Tür hing ein stumm geschalteter Fernseher, in dem eine *Love Boat*-Folge aus den 1970ern lief.

Wäre die Lage für George nicht so ernst gewesen, hätte sie wahrscheinlich gelacht. Da flog sie über 3000 Meilen nach Alaska, um für eine Weile ihre Ruhe zu haben und sich erholen zu können, und erlebte stattdessen eine aufregende Begegnung mit Wolfsjägern und half bei zwei abenteuerlichen Rettungsaktionen. An ihren eigenen Unfall im Blizzard dachte sie dabei gar nicht, eher schon an ihre Begegnung mit Ethan, die ihr gezeigt hatte, welche starken Gefühle wahre Liebe auslösen kann. Nichts, was für Ruhe nach der dramatischen Trennung von Paul gesorgt hätte, eher ein Abenteuerurlaub, wie sie ihn nicht in ihren wildesten Träumen vermutet hätte. Ihr Leben hatte sich verändert, mit ihrer Liebe zu Ethan hatte etwas Neues und Aufregendes begonnen, das sich auch nach ihrer Rückkehr nach Kalifornien nicht verändern würde. Ihre Liebe zu Ethan würde ewig dauern, das hätte sie beschwören können.

Nach ungefähr zwei Stunden kehrten Dr. Rossi und Ben zurück. »Es gibt noch Hoffnung«, sagte Dr. Rossi, »allerdings ist die Operation sehr schwierig und riskant, und ich kann gut verstehen, dass sich manche Chirurgen ein solches Wagnis nicht zutrauen würden. Die Chance, dabei zu scheitern oder ein wichtiges Zentrum im Gehirn zu verletzen, ist groß. Ich würde dieses Wagnis trotzdem eingehen. Ich habe bereits mit George gesprochen, er ist einverstanden. Natürlich müsste ich noch weitere Untersuchungen durchführen, um endgültige Klarheit zu schaffen, aber auch mein Kollege in der Neurologie, der sich die Untersuchungsergebnisse aus Fairbanks angesehen hat, ist der Meinung, dass wir es versuchen und das Risiko eingehen sollten. Wir haben einen speziellen Fördertopf für die Finanzierung von risikoreichen Eingriffen dieser Art, aber George besteht darauf, die OP aus eigenen Mitteln zu bezahlen. Wenn Sie noch mal zu ihm wollen?«

Während Ben das weitere Vorgehen mit seiner Bekannten diskutierte, besuchte Michelle den Weihnachtsmann in seinem Einzelzimmer. Seine Schmerzen hatten nachgelassen, zumindest für den Augenblick, und er konnte schon wieder lächeln. »Michelle«, krächzte er, »so schnell kann's gehen, was? Und ich dachte, ich kriege dieses Weihnachten noch hin. Danke, dass Sie sich um den Weihnachtsmann kümmern. Ihr Name steht bereits im Goldenen Buch.«

»Es gibt noch Hoffnung, George«, sagte sie.

»Mal sehen, was die Ärztin draufhat.«

»Wollen Sie die OP wirklich selbst bezahlen?«

»Mit knapp vier Millionen auf dem Konto? Was würden denn die vielen Patienten denken, die ihre Rechnungen bezahlen müssten, wenn ich's nicht täte. Dass der Weihnachtsmann eine Vorzugsbehandlung erhält? Die Ärztin sagt, sie würden einen Teil des Geldes für krebskranke Kinder spenden, das passt doch. Sagen Sie in North Pole Bescheid, dass ich nicht mehr komme?«

Michelle lächelte. »Ich sage, dass Sie nächstes Jahr wiederkommen.«

»Bleibt nur noch ein Problem.«

»Wir müssen Ihre Tochter anrufen.«

»Und meinen Schwiegersohn. Er wird toben!«

»Weil Sie nicht schnell genug sterben?«

»Weil ich mein Geld für eine Operation aus dem Fenster werfe, die mein Leben höchstens um drei, vier Jahre verlängert, wenn ich großes Glück habe.«

»So herzlos wird er doch nicht sein.«

»Da kennen Sie Toby aber schlecht. Rufen Sie ihn an?«

»Sollten Sie das nicht selbst tun?«

»Lieber nicht. Die Ärztin sagt, ich soll mich nicht aufregen.«

Michelle ließ sich die Nummer geben und trat mit ihrem Handy ans Fenster. Draußen war es hell geworden, und es fanden sogar ein paar Sonnenstrahlen den Weg zur Erde. Hinter der Stadt waren die Chugach Mountains zu sehen.

»Ja?«, meldete sich eine männliche Stimme.

Michelle stellte sich vor und erklärte ihm in wenigen Worten, worum es ging: dass sie George in North Pole kennengelernt und der Lodge für die Christmas Party empfohlen hätte. Sie berichtete von seinem Zusammenbruch und wiederholte, was die Ärztin gesagt hatte, dass es noch eine Chance für seinen Schwiegervater gab. »Er liegt im Providence Medical Center in Anchorage.«

»Wir sind in einer halben Stunde bei Ihnen«, sagte der Mann und legte auf.

»Sie kommen vorbei«, sagte Michelle.

»Und ich muss mir wieder anhören, was für ein seniler und schwachsinniger Greis ich bin.« George regte sich jetzt schon auf. »Ich hab eine halbe Million für ihn auf die Seite gelegt, wenn das nicht für einen zweiten Porsche und Champagner und Kaviar zum Frühstück reicht, weiß ich's auch nicht. Ich verstehe nicht, wie meine Tochter einen solchen Blindgänger heiraten konnte.«

»Die Liebe geht seltsame Wege.«

»Die Dummheit auch.«

Vierzig Minuten später stürzte Toby ins Zimmer, gefolgt von seiner eher schüchternen Frau, die sich wohl für ihn schämte, ihm aber nichts entgegenzusetzen hatte. »Was soll das?«, raunzte er seinen Schwiegervater an. »Haben dir die Ärzte in Fairbanks nicht gesagt, dass dein Tumor unheilbar ist? Warum genießt du nicht die Monate, die dir noch bleiben, und tust dir diesen Stress mit einer Operation an?«

»Dr. Rossi sagt, ich hätte noch eine Chance. Ich vertraue ihr.«

»Und wirfst dein Vermögen zum Fenster raus!«

»Bist du sauer, dass ich dir nicht alles in den Rachen werfe? Wie viele Porsches willst du denn noch kaufen? Warum freust du dich nicht, dass ich mit meinem Gewinn etwas Sinnvolles anstelle? Euch geht es doch gut, und außerdem vererbe ich euch eine stattliche Summe. Angie, sag doch auch mal was!«

»Ich würde das viele Geld auch nicht verschenken.«

»Ich verschenke es nicht wahllos, Angie. Ich gebe es Leuten, die es nötiger haben als ihr und ich. Was willst du mit dem ganzen Luxus, wenn nebenan eine alleinerziehende Mutter wohnt, die kaum über die Runden kommt? Unsere Welt ist ungerecht. Es liegt an uns, das zu ändern. Also, regt euch nicht auf!«

»Du hast gut reden! Du machst es nicht mehr lange und …«

»Jetzt reicht es aber!«, hielt sich Michelle nicht länger zurück. »So spricht man doch nicht mit seinem Schwiegervater! Haben Sie denn nicht gehört, dass er sich nicht aufregen soll? Gehen Sie nach Hause, und kommen Sie nach der Operation wieder, wenn er Ihre Liebe und Ihren Zuspruch braucht.«

»Sie haben mir gar nichts zu sagen!«

»Aber die Ärztin. Soll ich sie holen?«

»Nicht nötig, wir gehen ja schon.«

Sie verließen wortlos das Zimmer und ließen sie mit George allein.

»Danke«, sagte er.

»Mit dem Weihnachtsmann muss man sich gut stellen«, erwiderte sie.

29

Obwohl es am Morgen des 23. Dezember stockdunkel war, herrschte eitel Freude und Sonnenschein in der Denali Mountain Lodge. Auch Michelle und Ben waren zurück und saßen wieder am Frühstückstisch, als John die frohe Nachricht verkündete: »Ich habe gerade einen Anruf von der Tourist Association erhalten. Sie haben gestern Abend noch abgestimmt. Wir haben gewonnen! Wir haben den ersten Preis gewonnen! Wir haben die schönste Weihnachtslodge und bekommen morgen unser Feinschmecker-Büffet!«

Der Jubel war unbeschreiblich. Jeder Einzelne hatte seinen Anteil an dem Erfolg und durfte sich darüber freuen. »Bulldog! Champagner!«, rief John. Der Koch brachte zwei Flaschen und Gläser, John ließ die Korken knallen, und sie stießen auf ihren gemeinsamen Erfolg an. »Vielen Dank für Ihren Einsatz! Das war große Klasse! Und auch, wenn ich dem echten Santa Claus nicht das Wasser reichen kann, war mein Auftritt doch offenbar okay. Sie bringen uns das Büffet morgen mit dem Flieger, und wahrscheinlich werden auch das Fernsehen und die Presse zur Stelle sein. Seien Sie nett zu den Leuten. Ohne die Fürsprache der Medien hätten wir einen schweren Stand.« Er blickte den Koch an. »Bulldog, was ist mit dir? Keine Lust auf Champagner?«

»Ich trinke lieber Bier«, sagte der Koch. »Ich hab eins in der Küche.«

Den letzten Tag vor Heiligabend wollte jeder auf seine Weise verbringen. Nick und Charlene beschlossen, in die Stadt zu fahren und sich dort die Ausstellung im Museum of the North und die Eisskulpturen in den Parks anzusehen. »Schon klar«, sagte Charlene, als sie die grinsenden Gesichter der anderen sah. »Ich weiß auch, dass Nick die Gelegenheit nutzen und mit seinen Kollegen an der Wall Street telefonieren will. Ich hab ihm den Anruf zu Weihnachten geschenkt, der freut ihn mehr als Champagner, ein neues Hemd oder Pralinen.«

»Wir lassen es locker angehen«, sagte Hank, »hängen in der Sauna und im Pool ab und hauen uns anschließend zwei Stunden aufs Ohr. Nach Weihnachten wartet wieder der alte Trott auf uns. Wir wollen noch mal Kraft tanken.«

Ben und Sarah-Jane freuten sich auf einen gemeinsamen Snowmobil-Ausflug. »Und heute hoffentlich ohne Einsatz«, hoffte Ben. »Passen Sie gut auf, wenn Sie unterwegs sind. Und Hank, heizen Sie die Sauna nicht zu stark!«

Dass auch Andy und Olivia etwas zusammen unternehmen würden, war von vornherein klar. »Wir kümmern uns um die Pferde«, sagte Andy, »die müssen mal wieder gestriegelt werden. Und danach fahren wir mit dem Snowmobil spazieren.« Er riskierte einen Blick auf Olivias Eltern, die aber nicht mehr protestierten. Sie hatten längst kapituliert. Gegen Teenager-Liebe kam man nicht an.

Michelle zog es zu den Huskys. Sie begrüßte Mick und den grimmigen Keith, half Susan beim Füttern und fragte: »Zeit für einen Ausflug, Susan?«

»Wie wär's mit der großen Runde?«, erwiderte Susan. »Die fahre ich jeden Morgen, wenn ich für das Iditarod trainiere. Für die tausend Meilen bei dem großen Rennen brauchen die Huskys viel Kraft und Ausdauer. Schaffen Sie vier, fünf Stunden am Stück?«

»Im Sitzen schon. Lassen Sie mich mal wieder ein Stück fahren?«

»Sicher. Sonst macht es doch keinen Spaß.«

Michelle half beim Anspannen der Huskys und stellte sich so geschickt an, dass Susan anerkennend nickte. Die meisten Gäste fürchteten sich vor den Hunden oder verwechselten sie mit gezähmten Tieren, die an Leinen gingen, sich in den Arm nehmen ließen und Tennisbälle apportierten. Michelle hatte auf ihren Ausflügen mit Susan und Ethan gelernt, dass Huskys ihre Verwandtschaft mit Wölfen weniger verleugnen konnten als andere Hunde, selbst Schäferhunde, und genauso wild und unberechenbar sein konnten. Streicheln ließen sie sich nur, wenn ihnen die Witterung des Zweibeiners gefiel und sie gelernt hatten, Menschen zu vertrauen. Zu engen Freunden wie manche Stadthunde wurden sie nur selten, zu stark war der Ruf der Wildnis und ihr Drang nach Freiheit.

Susans Stirnlampe flammte auf, und kaum hatte sie ihr »Vorwärts! Go! Go!« gerufen, rannten die Huskys los, als müssten sie den zurückgebliebenen Gästen zeigen, wozu sie fähig waren. Mick hatte seine Artgenossen fest im Griff und sorgte dafür, dass sie schon nach kurzer Zeit ihren Rhythmus fanden und mit kräftigen Schritten über die Zufahrtstraße rannten. Unter ihren Pfoten staubte der Schnee und glitzerte im Licht der wenigen Lampen. »Heya! Lauft, ihr Lieben!«, rief Susan. »Zeigt, was ihr könnt! Mick! Keith! Enttäuscht mich nicht!«

Am Waldrand entlang fuhren sie nach Süden. Die Lodge verschwand schon nach wenigen Minuten hinter den Hügeln, und sie waren allein mit der Wildnis. Über ihnen spannte sich der samtschwarze Himmel mit seinem endlosen Sternenmeer, das Michelle jedes Mal aufs Neue faszinierte und ihr bewusst machte, wie klein und unbedeutend man als menschliches Wesen auf einem kleinen Planeten doch war. Das Land vor ihnen bestand aus dunklen Schatten und weißen Ebenen, den Wäldern, die sich bis auf die Berghänge zogen, und den Tälern und Lichtungen, die das Licht der Sterne reflektierten.

Nach einigen Meilen bogen sie von dem Trail ab, den Michelle mit Ethan gefahren war, und folgten einem schmalen Pfad, der in die Ausläufer der Berge führte und Michelle zeigte, warum Susan beim Iditarod-Rennen so gut abgeschnitten hatte. Sie hatte ihre Huskys im Griff, gab kaum Kommandos und verlagerte ihr Gewicht so geschickt, dass sie mit dem Schlitten nicht aus der Spur rutschte. Die Hunde waren lange genug im Training, um auch auf starken Steigungen und in plötzlichen Kurven nicht zu verzweifeln, und bildeten eine Einheit mit ihrer Musherin, die sie selbst auf diesem Trail unermüdlich antrieb.

Noch schwieriger gestaltete sich die Abfahrt zu einem schmalen Nebenfluss des Teklanika River, dessen Eis sich im böigen Wind der letzten Wochen zu einer kaum überschaubaren Eiswildnis aufgetürmt hatte. Sie fuhren eine halbe Stunde am Ufer entlang, bevor sie eine passende Stelle zum Übersetzen fanden, und mussten sich durch einen lichten Birkenwald kämpfen, um auf den Trail zurückzufinden und wieder schneller voranzukommen. Einmal sprang Susan vom Schlitten, half den Huskys über einige abgebrochene Äste hinweg und sprang dann wieder auf die Kufen. »Nicht langsamer werden, Mick! Vorwärts!«

Zwischen Felsen am Flussufer rasteten sie. Susan verankerte den Schlitten und verteilte Leckerli an ihre Hunde, kraulte Mick im Nacken und reckte sich. »So macht das Spaß!«, sagte sie. »Solche Herausforderungen hast du auf dem Iditarod alle paar Meilen. Wird Zeit, dass ich wieder mitmache.«

Sie aßen die Sandwiches mit Geflügelsalat, die Bulldog ihnen mitgegeben hatte, und tranken heißen Tee aus ihrer Thermoskanne. »Ein tolles Erlebnis!«, schwärmte Michelle. »Vielen Dank, dass ich das alles erleben darf. Ich hätte nicht gedacht, dass Alaska mir so gut gefällt. Ein echtes Kontrastprogramm.«

»Zu Kalifornien? Ganz bestimmt … nicht nur wegen der Kälte.«

»Die macht mir nichts mehr aus. Irgendwie gefällt sie mir sogar. Die Luft ist klarer, und man sieht zehn Mal so viel Sterne wie über Petaluma. Am meisten fasziniert mich das Nordlicht. Als wäre man bei Alice im Wunderland oder im Reich des Zauberers von Oz gelandet.«

»Wenn man den Legenden der Inuit glauben darf, leuchtet es aus dem Jenseits zu uns herüber. Ein tröstlicher Gedanke, nicht wahr? Und besser als die Vorstellung, dort würde ewige Dunkelheit herrschen.« Sie trank einen Schluck und blickte Michelle nachdenklich an. »Sie haben einiges mitgemacht, Michelle. Den Unfall auf der Forststraße, die Wolfsjäger, den Zusammenbruch des

Weihnachtsmanns ... viele wären nach solchen Erfahrungen abgereist.«

»So schnell gebe ich nicht auf. Die schönen Erinnerungen überwiegen.«

»An Ethan? Sie mögen ihn, nicht wahr?«

»Ich liebe ihn. Und er liebt mich.«

»Sie passen gut zusammen, das ist wahr.«

»Ich habe es nicht darauf angelegt, mich in einen Ranger zu verlieben«, sagte Michelle. »Nach dem Schlamassel in Petaluma wäre ich den Männern am liebsten aus dem Weg gegangen. Ich gehöre nicht zu den Single-Frauen, die im Urlaub auf Teufel komm raus flirten, und ich hab mich auch diesmal zurückgehalten. Aber dann saß er plötzlich an meinem Tisch, und es war um uns geschehen. Ich weiß, es klingt blöde, aber mit uns beiden ist es was Besonderes.«

»Das will ich doch hoffen.« Susan verschraubte die Thermosflasche und blickte sie forschend an. »Ich will ja nicht neugierig sein ... oder vielleicht doch. Haben Sie sich schon Gedanken über eine gemeinsame Zukunft gemacht?«

Michelle blieb ernst. »Klar denke ich darüber nach. Aber es ging anfangs ziemlich schnell mit uns, und wir wollen uns in Zukunft etwas Zeit lassen. Ein Ortswechsel, egal ob für ihn oder für mich, wäre ein großer Schritt. Wir haben beide einen verantwortungsvollen Job, und es wäre bestimmt nicht einfach für ihn, in einen der Nationalparks in Kalifornien versetzt zu werden, oder für mich, als Immobilienmaklerin in Alaska anzufangen. Viele Paare führen eine Fernbeziehung, warum sollen wir das nicht können? Ich rede zu viel, oder?«

»Sie wollen andere an Ihrem Glück teilhaben lassen, das ist doch verständlich. Als ich in die Top Ten beim Iditarod kam, konnte ich mich auch kaum zurückhalten.« Susan stand auf. »Höchste Zeit, dass Sie auf die Kufen steigen!«

Michelle hielt sich wacker. Der Trail war immer noch anspruchsvoll, führte über zahlreiche Berghänge, die teilweise stark anstiegen, und durch eine enge Schlucht, deren schroffe Wände weit nach oben ragten und sich im Zwielicht verloren. Doch sie spürte, wie viel sicherer sie inzwischen auf den Kufen stand und dass sie bereits instinktiv reagierte, wenn eine besonders starke Steigung oder eine scharfe Kurve warteten. Natürlich fuhr sie langsamer als Susan, und ihre Bewegungen waren nicht so flüssig, aber sie kam gut voran und atmete erleichtert auf, als sie den breiten Trail erreichten, den sie mit Ethan genommen hatte.

»Wenn Sie so weitermachen, machen Sie mir noch Konkurrenz«, lobte Susan, als sie wieder übernahm. »Wie wär's, wenn Sie in Alaska blieben und für das nächste Iditarod trainieren? Nein, im Ernst, Sie haben sich gut geschlagen.«

»Danke, Susan. Es macht großen Spaß.«

Auch Susan ließ es auf dem Rückweg etwas langsamer angehen. Es war hell geworden, der Himmel war leicht bedeckt, und die mächtigen Gipfel der Alaska Range ragten unerschütterlich aus Schnee und Eis und markierten den Horizont im Norden. Vor ihnen lagen weite Ebenen, gelegentlich Hügel, die der Wind kahl gefegt und besser passierbar gemacht hatte. Das Scharren der Kufen begleitete sie auf ihrer Fahrt, die scheinbar endlosen Wälder des zentralen Alaska vor Augen. Sie schienen die einzigen Lebewesen im weiten Umkreis zu sein, nicht mal ein Eichhörnchen kletterte an einem Baum empor.

Michelle machte es sich auf der Ladefläche bequem. Ihre Fahrt hatte viel Kraft gekostet, und sie freute sich jetzt schon auf eine heiße Schokolade, die sie sich zur Feier des Tages gönnen würde. Sie entspannte sich und empfand sogar den kalten Fahrtwind als Wohltat, streckte ihre Beine unter den Wolldecken aus. Ein Tag, wie man ihn sich besser nicht wünschen konnte; nichts deutete darauf hin, dass sich das Wetter innerhalb der nächsten Stunden ändern würde.

Oder irrte sie sich? »Irgendetwas stimmt da nicht«, rief Susan hinter ihr. »Sehen Sie den Himmel über den Bergen? Da wird es plötzlich ganz dunkel. Die Huskys sind auch unruhig. Mick dreht sich ständig zu den anderen um. Irgendwas ist im Busch, wir beeilen uns besser. Halten Sie sich gut fest, es könnte ungemütlich werden!«

»Ein Sturm? Ein Blizzard?«, fragte Michelle besorgt.

»Sieht ganz so aus.«

»Wie weit ist es noch bis zur Lodge?«

»Ungefähr zwei Meilen.«

»Das schaffen wir, Susan!«, erwiderte Michelle optimistisch. »Die Wolken sind meilenweit von uns entfernt. So schnell kommen die nicht näher.«

»Wollen wir's hoffen!«

Susan feuerte die Hunde an. »Lauft! Lauft! Schneller! Schneller! Wir haben einen Blizzard im Nacken! Jetzt kommt es auf euch an! Seht ihr die dunklen Wolken? Die sind schneller bei uns, als ihr denkt! Vorwärts, Mick! Go! Go!«

Die Huskys spürten instinktiv, wie ernst die Bedrohung war, und rannten, als ginge es um ihr Leben. Kraftvoll und mit einer Entschlossenheit, wie sie nur Huskys aufbringen, die an großen Rennen teilgenommen haben, hetzten sie über den Schnee. Sie brauchten sich nicht umzudrehen, um zu erkennen, wie überraschend schnell die dunklen Wolken näher kamen, sie spürten die Gefahr und taten alles, um ihr zu entgehen. Sie wussten, dass es nicht mehr weit bis zur Lodge war. Nur noch ein lang gezogener Spurt, und sie wären dort.

Michelle klammerte sich mit beiden Händen an den Schlitten und sah, wie unruhig und nervös die Huskys waren. Sie hörte die Anfeuerungsrufe der Musherin und hatte längst gemerkt, in welcher Gefahr sie schwebten. Auch wenn die Wolken noch meilenweit entfernt waren, würden sie nur wenige Minuten brauchen, um sie einzuholen. Sie hatte sich getäuscht, was das Wetter anging. Ihr fehlte die Erfahrung der Einheimischen, die wussten, wie schnell sich das Wetter ändern konnte.

Doch auch für Susan kam der Blizzard überraschend. Gefühlt von einer Minute auf die andere verdunkelte sich der Himmel, als wäre es tiefste Nacht, und sie schaffte es gerade noch, die Stirnlampe einzuschalten, bevor der Wind auf sie eindrosch, am Schlitten rüttelte und sie beinahe zu Boden warf. Sie hielt sich krampfhaft an der Haltestange fest, suchte nach dem rettenden Waldrand, der nicht mehr weit entfernt sein konnte, und rief ihren Huskys etwas zu, das nicht einmal Michelle verstand, die direkt vor ihr saß. Der Himmel schien sich zu öffnen, als der Schnee zu wirbeln begann und ihnen fast den Atem nahm.

Michelle kam sich vor wie auf einem Schiff, das in stürmische See geraten ist und jeden Augenblick zu kentern droht. Heftiger, viel heftiger als bei ihrem Unfall, tobte der Blizzard um sie herum und war mehrmals nahe daran, sie von der Ladefläche zu schleudern. Wie weit war es noch bis zur Lodge? Noch über eine Meile? Oder hatten sie schon mehr geschafft? Würden die Blockhäuser der Lodge jeden Moment auftauchen? Waren sie fast da?

Sie schrie auf, als die Huskys vom Trail abkamen und der Schlitten im tiefen Schnee stecken blieb. Im selben Moment fiel sie von der Ladefläche und sah gerade noch, wie Susan ebenfalls den Halt verlor und in dem wirbelnden Schnee verschwand.

»Susan! Um Himmels willen! Susan!«

Michelle kroch auf allen Vieren in die Richtung, in der Susan verschwunden war. Zum Glück war die Stirnlampe der Musherin nicht erloschen und leuchtete in dem schäumenden Schnee. Sie kroch zu ihr und packte sie am Oberarm, musste schreien, damit Susan sie in dem tosenden Sturm verstand.

»Susan! Sind Sie okay?«

»Mein Fuß ... hab mir den Fuß verstaucht.«

»Wir kriechen ... der Schlitten steckt fest!«

Gemeinsam erreichten sie den Schlitten. Michelle zog ihn aus dem Tiefschnee, Susan rammte den Anker tief in den Schnee und kroch auf die Ladefläche. Weder Michelle noch die Huskys hörten ihr Stöhnen, als sie mit ihrem verstauchten Fuß gegen den Schlitten prallte. »Sie müssen fahren!«, rief sie. »Lassen Sie die Hunde laufen! Mick weiß am besten, wo es lang geht.«

Michelle stieg auf die Kufen, blieb gebückt stehen und umklammerte mit einer Hand die Haltestange, bevor sie mit der anderen den Anker aus dem Schnee zog und sich auch mit ihr festhielt. Sie brauchte die Huskys nicht anzufeuern. Es kam jetzt einzig und allein darauf an, auf den Kufen zu bleiben und ihrem Instinkt zu vertrauen. Die Huskys schienen zu ahnen, dass dies erst der Anfang sein könnte und sie vor dem Sturm kapitulieren müssten, wenn sie nicht bald die heimatliche Lodge erreichten. Jetzt zeigte sich, was für ein erfahrenes Team den Schlitten zog und wie Mick sich auch in einem tosenden Schneesturm orientieren konnte, ohne etwas zu sehen. Eine Fähigkeit, über die jeder gute Leithund verfügte, der an einem Rennen wie dem Iditarod teilnahm, weil er sonst hoffnungslos ins Hintertreffen geraten würde. »Vorwärts! Lauft!«, schrie Michelle in den Wind, ohne dass die Huskys oder Susan sie hörten.

Als sie den Wald erreichten und zwischen den Bäumen etwas Ruhe vor dem Sturm hatten, stöhnte Michelle vor Erleichterung auf. »Durch den Wald und dann noch über die Zufahrtstraße, jetzt haben wir nicht mehr weit!«, rief Susan.

Die Huskys dachten nicht daran, eine Pause einzulegen, und auch Michelle wollte so schnell wie möglich zur Lodge. Sie überließ den Hunden weiterhin die Führung und stieß ein lautes »Ja! Endlich!« aus, als sie die Zufahrtstraße erreichten und sich durch den wirbelnden Schnee zur Lodge kämpften.

John hatte sie bereits durchs Fenster gesehen und kam mit Ben und Andy nach draußen, um ihnen zu helfen.

»Geht ins Haus!«, rief er. »Ich kümmere mich um die Huskys.« Er schaffte es, die Hunde auszuschirren, während Ben ihnen half, ins Haus zu kommen und sich von ihren Anoraks zu befreien.

»Meine Frau und ich sollten ständig hierbleiben«, sagte er, als er Susans verstauchten Fuß untersuchte, und Sarah-Jane ihn fest verband. »Genug zu tun gibt es jedenfalls. Was ist mit Ihnen, Michelle? Unverletzt?« Und als sie nickte: »Wie sind Sie bloß durch diesen Blizzard gekommen? Meine Hochachtung! Wir haben es mit dem Snowmobil gerade noch vor dem Sturm geschafft.«

»Das haben Sie großartig gemacht, Michelle!«, sagte auch Susan.

Bulldog kam aus der Küche und begrüßte sie mit seinem fröhlichen Lachen. Auch seine rote Zipfelmütze trug er wieder. »Eggnog oder heiße Schokolade?«

»Am besten beides«, erwiderte Michelle.

30

Der Heiligabend begann mit einer guten Nachricht. George bat John, den Lautsprecher seines Satellitentelefons einzuschalten, als er sich aus dem Krankenhaus in Anchorage meldete. »Ho, ho, ho!«, rief er mit hoffnungsvoller Stimme. »Hier spricht der Weihnachtsmann. Die Ärztin war gerade bei mir und hat mir gesagt, dass ich nächste Woche operiert werde. Die Chancen ständen nicht schlecht, dass ich wieder gesund würde und auch nächstes Jahr wieder als Santa Claus auftreten könnte. Die Operation wäre nicht ganz ungefährlich, aber ich sollte mir keinen Kopf machen, sie würde den Tumor rausbekommen.«

»Das ist wunderbar, George!«, erwiderte John. »Wir sitzen gerade am Frühstückstisch und freuen uns alle riesig. Hören Sie mal!« Er hielt sein Handy hoch, und alle klatschten und riefen »Merry Christmas!« und »Gute Besserung!« John freute sich mit. »Sie schaffen das, Santa Claus! Ganz bestimmt!«

»Und das ist noch nicht alles«, fuhr George fort. »Angie, meine Tochter, war gestern Abend hier. Sie hat sich tausend Mal bei mir entschuldigt und mir gesagt, dass sie mich liebt und keinen Cent von mir haben will. Und dass sie Toby ins Gewissen reden wird. Wegen seines Angeber-Porsches, mit dem man in Alaska sowieso wenig anfangen kann, und wegen seiner Geldgier. Wenn er sich nicht bald einen anständigen Job suchen und bei mir entschuldigen würde, wäre es vorbei, dann würde sie ihn verlassen. Keine

Ahnung, ob sie das wirklich fertigbringen würde, aber ich freue mich jedenfalls, dass sie bei mir gewesen ist. Ist besser, mit einem guten Gefühl in so eine Operation zu gehen.«

»Und mit unseren besten Wünschen, George! Wir drücken Ihnen alle den Daumen, und wenn Sie sich nach der OP eine Weile ausruhen wollen, sind Sie in unserer Lodge willkommen. Sie können bleiben, so lange Sie wollen.«

Die gute Nachricht hinterließ auch bei Michelle ein tiefes Gefühl der Dankbarkeit. So etwas wollte man am Heiligabend doch hören. Was waren die tollsten Geschenke gegen die Nachricht, dass es einem todkranken Menschen wieder besser ging? Man sollte an Weihnachten keine teuren Geschenke, sondern nur noch gute Nachrichten und Versprechen austauschen. Dann bräuchte Santa Claus in der Nacht zum Weihnachtstag auch nicht mehr durch verrußte Kamine in die Häuser zu steigen, das wurde mit seinem dicken Bauch sowieso immer schwieriger. Und Rudolph könnte endlich seine Erkältung auskurieren.

Michelle wünschte sich nur eines an diesem Heiligabend: dass Ethan wie versprochen zur Christmas Party erschien und sie in die Arme nahm. Auch wenn es für manche Leute altmodisch klang, gab es doch nichts Schöneres als zwei Menschen, die zueinander passten und sich ergänzten und in großer Liebe zueinander fanden. Nur wenn man sein Leben mit einem anderen Menschen teilen konnte, wurde es vollkommen. Sie grinste still in sich hinein. Und das von mir, einer Frau, die immer nur ihre Karriere im Kopf gehabt hatte und zu allem Unglück noch einem Blender auf den Leim gegangen ist. Wahrscheinlich musste man eine Bruchlandung erleben, um wieder auf Kurs zu kommen.

»Heute wird es ein bisschen lebhaft«, sagte John. »Bei der Preisübergabe sind die Medien dabei, sogar das Fernsehen. Sie wollen auch auf unserer Christmas Party drehen. Das hat man davon, wenn man einen Wettbewerb gewinnt. Aber ich schätze, das Büffet und der Spaß, den wir mit den Kindern haben werden, macht vieles wieder wett. Ich hoffe, Sie sind einverstanden.«

Nach dem Frühstück lief Michelle zum nahen Seeufer hinunter und blickte in die Richtung, aus der Ethan kommen musste. Obwohl er sich erst für den frühen Nachmittag angekündigt hatte, sehnte sie ihn jetzt schon herbei. Nicht einmal in ihren kühnsten Träumen hätte sie vermutet, dass sie jemals so viel für einen Mann empfinden könnte, schon gar nicht nach der Pleite mit Paul. Sie hatte keine Angst mehr, von Ethan enttäuscht zu werden. Nach ihrer unbegründeten Eifersucht, für die sich jetzt noch schämte, war ihr längst klargeworden, dass sie in Ethan einen ganz besonderen Menschen gefunden hatte.

Der Rummel kündigte sich mit der Ankunft zweier Cessnas an. Mit der einen kam die Chefin der Tourist Association mit zwei Mitarbeitern, die drei große Behälter mit Gourmet Food in die Lodge trugen und auf dem Esstisch anrichteten. Vor allem Finger Food wie Pastetchen und Törtchen, dazu halbe Hummer, King Crabs und Shrimps mit verschiedenen Dips, geräucherten Fisch, exquisites Roastbeef, Mini-Steaks und andere Köstlichkeiten. Und es gab leckere Süßigkeiten zum Nachtisch und mehrere Flaschen Champagner.

Mit der zweiten Maschine kam eine Reporterin mit ihrem Kamerateam, die im Wohnraum auf die feierliche Preisverleihung warten wollte. Alle Gäste und Angestellten waren anwesend, John und Susan Walker in ihrer Sonntagskleidung, als Betty Donovan alle Anwesenden im Namen der Tourist Association begrüßte und den Walkers die Siegerurkunde übergab. »Mit Ihrer festlich und fantasievoll geschmückten Lodge und Ihrer stimmungsvollen Präsentation haben Sie sich den ersten Preis für die schönste Weihnachtslodge redlich verdient«, sagte sie. Natürlich vergaß sie auch nicht, die Sponsoren des Büffets zu nennen. »Herzlichen Glückwunsch, und lassen Sie es sich schmecken!«

Während Betty Donovan mit ihren Mitarbeitern nach Fairbanks zurückflog, blieb die Reporterin mit ihrem Kameramann und ihrem Tontechniker noch vor Ort, um Außenaufnahmen der beleuchteten Lodge zu organisieren, Interviews mit Gästen zu führen und auf die Waisenkinder zu warten. Auch Michelle musste die Frage »Was gefällt Ihnen so an der Denali Mountain Lodge?« beantworten und sagte: »Ich komme aus Kalifornien und wusste nicht so recht, was mich in Alaska erwartet. Aber ich bin begeistert. Ich habe mich in Alaska verliebt. Die Walkers sind hervorragende Gastgeber und bieten uns viel Abwechslung, vor allem ermöglichen sie uns, die Natur hautnah zu erleben. In der Lodge geht es sehr familiär zu, und das Essen ist fantastisch.« Am liebsten hätte sie noch hinzugefügt: »Und ich habe hier den Mann meiner Träume gefunden und werde wohl in Zukunft noch öfter in Alaska auftauchen.« Aber das behielt sie dann doch für sich.

Es war bereits hell geworden und ging auf Mittag zu, als die Kinder kamen. Dreißig Kinder, darunter auch Abbie und Sofia, die beiden »Elfen«, und zwei Betreuerinnen saßen in den SUVs, die sich über den Trail zur Lodge gekämpft hatten und vor dem Haupthaus parkten. In ihren großen Augen spiegelten sich die vielen Lichter, als sie ausstiegen, alle in neuen gesponserten Anoraks.

»Ho, ho, ho!«, begrüßte sie der Weihnachtsmann. John hatte sich den roten Mantel angezogen, eine Zipfelmütze aufgesetzt und einen langen weißen Bart angeklebt. Er spielte den Santa Claus nicht so perfekt wie George, aber gut genug für die Kinder, die aufgeregt an seinen Lippen hingen. »Liebe Kinder, wir freuen uns sehr, dass ihr uns heute besuchen kommt und eine tolle Weihnachtsparty mit uns feiern wollte. Nachher gibt es Cheeseburger und Hot Dogs für euch, die Spezialität von Bulldog, unserem Koch, und wir haben jede Menge heiße Schokolade und Limo auf Lager. Und keine Angst, natürlich habe ich für jeden von euch ein Geschenkpaket dabei, aber das gibt's erst nach dem Essen. Wie wär's, wenn wir erst mal zu den Huskys gehen? Dort drüben warten Susan und die Huskys und nehmen euch auf eine Schlittentour mit. Habt ihr Lust?«

Natürlich waren die Kinder ganz erpicht darauf, die Huskys kennenzulernen. Die beiden Betreuerinnen hatten große Mühe, sie im Zaum zu halten. Michelle beobachtete mit großem Vergnügen, mit welcher Neugier die Kinder den Hunden begegneten und Susan zuhörten, die es verstand, ihr Wissen auf kindgerechte Weise zu vermitteln. Am spannendsten aber wurde es, als sie jeweils drei Kinder auf den Schlitten setzte und mit ihnen eine große Runde auf dem zugefrorenen See drehte. Michelle beobachtete sie voller Freude, doch ihr Blick blieb immer wieder am Waldrand hängen, an dem Trail, über den Ethan kommen würde. In ungefähr zwei Stunden, hatte er gesagt. Für »Secret Santa« hatte sie, mit etwas Nachhilfe von Susan, seinen Namen gezogen, und sie hatte sogar schon sein Geschenk dabei. Etwas, das kein Geld kostete, sollte es sein, und das hatte Susan auch Ethan mitgeteilt. Natürlich hatten John und Susan bei der »Auslosung« der Namen geschummelt. Die Ehepaare und vor allem auch Olivia und Andy blieben beim Austauschen der kleinen Geschenke unter sich.

Für die Kinder gab es früher Essen. Bulldog arbeitete im Akkord, um genügend Cheeseburger und Hot Dogs auf die Teller zu bringen, und auf dem Kindertisch, den er im Kaminzimmer aufgestellt hatte, standen zwei Kannen mit heißer Schokolade. Aus den Lautsprechern tönte Weihnachtsmusik, die Bulldog höchstpersönlich ausgesucht hatte, auch »Rudolph the Red-Nosed Reindeer« war in mehreren Versionen dabei. Zum Nachtisch gab es Schokoladenpudding mit Vanillesoße, und dann schlug endlich Johns große Stunde, als er in seinem Santa-Claus-Kostüm die Päckchen mit den Geschenken verteilte und den Kindern »Merry Christmas!« wünschte. Einige der Kinder hatten schwere Schicksalsschläge erlitten und freuten sich besonders über die Geschenke und die Abwechslung, die sie auf der Lodge erleben durften.

Die Erwachsenen tauschten inzwischen ihre kleinen Aufmerksamkeiten aus. Ben sang ein Lied für seine Frau und sie eines für ihn; beide zeigten dabei großes Talent. Hank und Ellen flüsterten sich liebevolle Botschaften zu, und auch bei Nick und Charlene ging es um ihre neu erwachte Liebe. Was Olivia und Andy sich zuflüsterten, blieb ihr Geheimnis. Wahrscheinlich schworen sie einander ewige Liebe, ein gewagtes Unterfangen in ihrem Alter, wie alle Erwachsenen wussten, aber nicht verrieten.

Am frühen Nachmittag, es hatte angefangen, leicht zu schneien, und geheimnisvolles Zwielicht lag über dem Tal, wurde Michelle langsam nervös. Sie hielt sich die meiste Zeit am Seeufer auf, blickte in die Ferne und suchte nach Ethan, der jeden Augenblick am Waldrand auftauchen musste. Am frühen Nachmittag, hatte er gesagt, und jetzt dämmerte es bereits. Die bunten Lichter blinkten im Schneetreiben, Bing Crosby sang, und John und Susan hatten bereits das Büffet eröffnet, nur Ethan ließ sich noch immer nicht blicken.

»Ethan!«, flüsterte sie. »Wo bleibst du, Ethan?«

Ihre Augen brannten bereits vom ständigen Starren, und die Vernunft riet ihr, zu den anderen Gästen ins Haus zu gehen und von dem leckeren Büffet zu kosten. Ethan würde so bald wie möglich kommen, das hatte er ihr versprochen, und dieses Versprechen würde er halten. Warum auch nicht? Er liebte sie, das hatte er mehrfach beteuert, und es war dumm von ihr, sich überhaupt Sorgen zu machen. Leider konnte sie nicht anders. Er würde sie nicht versetzen, und er war erfahren genug, seinen Hundeschlitten ohne Komplikationen durch den Schnee zu steuern. Es würde nicht mehr lange dauern, bis er mit seinem Schlitten am Waldrand auftauchte und ihr erwartungsvoll zuwinkte.

Umso größer war ihr Schrecken, als die Huskys im Zwinger plötzlich laut zu jaulen begannen und sich ein herrenloser Hundeschlitten über den Trail näherte. Sie erkannte Ruby, den Leithund, und rief laut nach John und Susan. In ihrer Panik rannte sie zum Schuppen und schob eines der Snowmobile ins Freie. Sie stieg in den Sattel und griff nach der Schutzbrille, die am Lenker hing. »Das ist Ethans Schlitten!«, rief sie den Walkers zu, die aufgeregt aus dem Haus gerannt kamen. »Ihm muss was passiert sein! Ich gehe ihn suchen!«

Die beiden waren viel zu überrascht, um sie zurückzuhalten, und Michelle hatte so große Angst um Ethan, dass sie kaum noch klar denken konnte. Doch sie kannte den Trail und zögerte nicht, ihr Snowmobil nach Westen zu lenken. Sie wusste selbst, wie wenig Erfahrung sie mit dem Fahren von Snowmobilen hatte, noch dazu in der Wildnis westlich der Lodge, doch sie konnte nicht tatenlos zusehen, wie andere nach ihm suchten. Ethan musste irgendwo dort draußen sein. Er war aus irgendeinem Grund vom Schlitten gestürzt und hatte die Huskys nicht mehr zurückhalten können. Allein in der Wildnis war auch ein erfahrener Mann wie er auf die Hilfe anderer angewiesen. Es war unwahrscheinlich, dass er auf einer Fahrt zur Weihnachtsparty sein Funkgerät dabeihatte. War er verletzt? Lag er mit gebrochenem Bein hilflos im Schnee?

Eine Vielzahl von möglichen Horrorszenarien ging ihr durch den Kopf, während sie das Snowmobil durch den wirbelnden Schnee lenkte. Das Schneetreiben machte es noch schwieriger, die Umgebung abzusuchen, ihn irgendwo am Wegesrand zu entdecken. »Ethan! Wo bist du?«, rief sie immer wieder, obwohl sie in dem Motorenlärm niemand hören konnte. »Ethan!«

Ihr fiel ein, dass sie keinen Erste-Hilfe-Kasten mitgenommen hatte. Steckte einer in den Satteltaschen des Snowmobils? Ich hätte auf John oder Susan warten sollen, sagte sie sich, und auf Ben, der hätte ihn verarzten können. Sie werden dicht hinter mir sein, tröstete sie sich, es wird Ethan an nichts fehlen. Wenn sie nur besser mit dem Snowmobil zurechtkäme! Je schwieriger und holpriger der Trail wurde, desto schwerer tat sie sich. Mehrere Male war sie gezwungen, ein Hindernis weitläufig zu umfahren, und musste aufpassen, nicht in den Tiefschnee zu geraten. Sie kam viel zu langsam voran. »Ethan? Wo steckst du?«

Sie war noch keine halbe Stunde gefahren, als sie eine einsame Gestalt auf dem Trail stehen sah. In dem Schneetreiben war sie nur undeutlich zu erkennen: Ein breitschultriger Mann in einem weinroten Anorak, die Kapuze über den Kopf gezogen. Sie bremste, sprang noch im Fahren ab und rannte ihm entgegen. »Ethan! Da bist du ja, Ethan!« Ihre Stimme überschlug sich fast, als sie ihm in die Arme fiel. »Ist dir was passiert? Dir ist noch nichts passiert, oder?«

Er schloss sie fest in die Arme und lächelte schuldbewusst. »Ich bin okay, Michelle! Tut mir leid, wenn ihr euch meinetwegen gesorgt habt.«

Sie küssten sich lange und leidenschaftlich, bis sie nach Luft rangen.

»Ich wage es kaum zu sagen«, gestand er. »Ich muss wohl zu stark an dich gedacht haben. Ich bin in einer Kurve von den Kufen geflogen und im Tiefschnee gelandet. Die Huskys konnte ich nicht mehr aufhalten. Als ich mich aus dem Schnee gegraben hatte, waren sie verschwunden. Wahrscheinlich wollten sie mich für meine Dummheit bestrafen. Ruby traue ich so was zu.«

»Sie sind ohne dich zur Lodge gekommen«, sagte sie.

»Es tut mir leid«, sagte Ethan noch einmal. »Ich hab mich wie ein Anfänger angestellt. Aber mir ist nichts passiert, und ich wäre zu Fuß zur Party gekommen. Hätte zwei, drei Stunden länger gedauert, aber ich wäre gekommen.«

»Das will ich doch schwer hoffen«, sagte sie.

Sie küssten sich wieder und hielten sich eine Weile in den Armen, bis die Panik verflog und ihr Atem wieder ruhiger ging. Ihr Lächeln war dankbar und voller Liebe.

»Habt ihr schon Secret Santa gespielt?«, fragte er. »Ich hab dein Geschenk dabei.« Er zog ein winziges Päckchen aus der Tasche und reichte es ihr.

»Jetzt bin ich aber gespannt!« Sie öffnete das Päckchen und fand einen Zettel, wie er in Glückskeksen steckt. »Ich werde dich immer lieben!«, stand dort in seiner Handschrift. Und daneben hatte er einen kleinen Herz-Emoji gemalt.

»Ethan!«, flüsterte sie. »Ich hab dein Geschenk auch dabei.«

Er öffnete ihr winziges Päckchen und fand ebenfalls einen Zettel. Mit ihrem roten Filzstift hatte sie geschrieben: »Du bist meine große Liebe, Ethan!«

Er errötete. »Ein schöneres Geschenk habe ich nie bekommen!«

»Ich auch nicht.«

Sie küssten sich immer noch, als John und Ben mit ihren Snowmobilen erschienen. »Ho, ho. ho!«, rief John, immer noch im Santa-Claus-Kostüm. »Ich glaube, hier stören wir nur.« Sie wendeten ihre Maschinen und fuhren zur Lodge zurück.

Michelle und Ethan merkten nicht mal, dass die beiden sie gesehen hatten. Erleichtert bestiegen sie das Snowmobil. »Ich fahre«, sagte Michelle grinsend.

»Das geht ja gut los«, erwiderte Ethan.

Nur Michelle sah die greise Indianerin mit dem Wolf am Waldrand stehen, ein wissendes Lächeln im Gesicht, als sie ihr Snowmobil startete. »Danke, Sadzia!«, flüsterte sie und war froh, dass Ethan sie im Motorenlärm nicht hörte.